Au gré des Vents

Catalogage avant publication de Bibliothèque et Archives nationales du Québec et Bibliothèque et Archives Canada

Titre : Au gré des vents / Sonia Alain
Nom : Alain, Sonia, 1968- , auteure
Alain, Sonia | Aimeline
Description : Sommaire incomplet : t.1. Aimeline
Identifiants : Canadiana 20210057718 | ISBN 9782897833657 (vol. 1)
Classification : LCC PS8601.L18 A94 2021 | CDD C843/.6–dc23

Illustration de la couverture : Camila Picheco

Les Éditeurs réunis bénéficient du soutien financier de la SODEC et du Programme de crédit d'impôt du gouvernement du Québec.

Financé par le gouvernement du Canada | Canada

Édition
LES ÉDITEURS RÉUNIS
lesediteursreunis.com

Distribution nationale
PROLOGUE
prologue.ca

Imprimé au Canada

Dépôt légal : 2021
Bibliothèque et Archives nationales du Québec
Bibliothèque et Archives Canada

Sonia Alain

Au gré des Vents

★ *Aimeline*

LES ÉDITEURS RÉUNIS

De la même auteure
chez Les Éditeurs réunis

L'amante masquée, 2019

Conquise : Parce que tu m'appartiens, 2019

Annabel et Max : Adultes consentants, 2016

L'amour au temps de la guerre de Cent Ans

1. *La tourmente*, 2012
2. *L'insoumission*, 2013

Ce roman est pour Sylvain, mon compagnon de tous les jours, le roc solide sur lequel m'appuyer et le cœur contre lequel me blottir. Merci d'illuminer ma vie et de m'entourer de ton amour. Je t'aime !

Ce livre est une œuvre de fiction. Toute ressemblance avec des personnages ou des faits existant ou ayant existé ne saurait être que coïncidence fortuite, mis à part certains faits historiques concernant le naufrage de l'*Empress of Ireland*, certains événements survenus à Métis, l'explosion d'Halifax et l'effondrement du pont de Québec.

Prologue

Métis, mai 1914

Élisée Caron était aux aguets ce soir-là. Cela faisait huit ans qu'il était le gardien du phare de Métis. Du haut de sa tour blanche, il scrutait le ciel, mais le banc de brume qui venait de se lever en direction du nord-est ne lui inspirait pas confiance, surtout que l'*Empress of Ireland* devait longer les côtes sous peu. Il était toujours nerveux lorsque ce type de paquebot naviguait à cette hauteur. D'autant plus que le capitaine Kendall serait livré à lui-même pour voguer sur cette partie du fleuve, puisque le pilote Bernier avait dû être transbordé sur le bateau-pilote *Eureka* pour être ramené à Pointe-au-Père. Selon lui, le marin d'expérience devrait demeurer plus longtemps sur les navires pour les guider. Le Saint-Laurent pouvait se montrer capricieux et traître, et davantage en cette période de l'année. La journée avait été chaude en ce 29 mai, alors que l'eau était près du point de congélation, une combinaison dangereuse.

Élisée maugréa dans sa barbe en jetant un regard sombre vers le brouillard qui devenait de plus en plus opaque. Même avec le faisceau du phare, les bateaux n'y verraient rien, rendant la navigation périlleuse. Plus que jamais, le gardien aurait souhaité avoir une corne de brume à sa disposition.

Tout au bout de la langue de terre de la Pointe-Métis, il se sentait isolé de tous. Lui-même n'arrivait plus à discerner les environs ni l'affleurement rocheux en contrebas.

— Nom d'une pipe ! grommela-t-il.

Il y avait des nuits à ne pas mettre un chien dehors, dont celle-ci. Sans crier gare, son second, affecté au télégraphe, se précipita à l'extérieur du poste et s'élança dans l'escalier en colimaçon qui menait tout en haut de la tour. Élisée sursauta lorsque ce dernier entra avec fracas dans l'espace clos. La respiration hachée, le jeune homme chercha à reprendre son souffle, plié en deux, une main appuyée sur son flanc droit. Élisée fronça les sourcils. Robert n'avait pas l'habitude de surgir à l'improviste de cette manière abrupte, et encore moins à deux heures du matin.

— Pardi ! Qu'est-ce qui se passe, Robert ?

Le second essuya son front en sueur en inspirant péniblement.

— C'est… l'*Empress… of Ireland*, parvint-il à dire d'une voix blanche. Il vient de couler…

— Quoi ? s'écria Élisée en se tendant. Qu'est-ce que tu racontes, mon garçon ? Tu délires !

— C'est vrai ! s'exclama le second d'une intonation presque aiguë. J'ai reçu un message radio. Le *Storstad* a embouti le paquebot. Les membres de l'équipage n'ont rien pu faire pour éviter la catastrophe…

— Seigneur Dieu ! lâcha Élisée en se frottant les tempes, les paupières fermées. Ont-ils réussi à sauver les passagers ? demanda-t-il en rouvrant les yeux.

L'expression de désespoir qui se peignit sur le visage du jeune homme lui donna l'impression de recevoir un direct dans l'estomac. Robert secoua la tête avec accablement.

— La majorité a péri…

Élisée se tourna lentement vers la mer. Il sentit un frisson le parcourir à la pensée de la terreur vécue par les malheureux. *Quelle horrible façon de mourir…*, songea-t-il avec tristesse. Tout en se signant, il recommanda l'âme des victimes au Dieu tout-puissant : *Puissent-ils reposer en paix.*

— Qu'est-il advenu des survivants ? s'informa-t-il en se retournant vers Robert au bout de quelques secondes.

— Ils sont ramenés à Rimouski. Le *Lady Evelyne* et l'*Eureka* les transportent à leur bord. Le *Storstad* les suit de loin.

— Le charbonnier n'a donc pas été détruit lors de la collision ?

— Non, c'est seulement sa proue qui s'est enfoncée dans la coque de l'*Empress of Ireland.*

Élisée secoua la tête. L'avant du cargo était renforcé pour fendre les glaces sur le fleuve, pas surprenant, dans ces conditions, qu'il ait perforé la coque de l'*Empress of Ireland.* Le gardien n'osait imaginer la brèche que cette collision avait dû provoquer dans le métal. L'eau s'était probablement engouffrée dans les cales avec une rapidité effarante, ne laissant aucune chance aux passagers d'en réchapper.

— Il va falloir avertir la population de cette catastrophe. Les rescapés auront besoin d'aide, déclara Élisée d'une voix lointaine.

— Je m'en charge, dit Robert en pressant l'avant-bras du gardien.

Tout comme Élisée, il était bouleversé par les événements. Il devait sortir de la tour. Pour l'une des rares fois, les vapeurs de pétrole qui se dégageaient de la lampe du phare lui soulevèrent le cœur. Sans un mot de plus, il partit en vitesse et dévala l'escalier avec tant de précipitation qu'il faillit trébucher et se rompre le cou.

Une fois à l'extérieur, il prit une profonde inspiration, saturant ses poumons de l'air vif du large. Le froid mordant de la nuit lui fit monter des larmes aux yeux, aidé par l'horreur de la tragédie. La gorge nouée, il s'en alla vers ses quartiers, qui étaient rattachés à la tour et situés dans le logis du gardien. Il devait s'habiller plus chaudement et se rendre au village pour avertir les autorités.

1

Comme chaque matin, Aimeline s'était levée à l'aube pour traire les vaches. Cette tâche aurait dû échoir à sa sœur aînée en temps normal, mais celle-ci refusait de l'exécuter. Et par malheur, leur mère acceptait ce caprice de la part de Violette, ainsi c'était elle qui héritait de la traite en plus de ses autres corvées. Révoltée, Aimeline avait demandé un jour à son père pourquoi il permettait une telle injustice, mais, comme à son habitude, Rosaire s'était contenté de hausser les épaules avec fatalisme en déclarant que sa femme devait avoir ses raisons. Aimeline aurait hurlé de frustration face à cette complaisance que cela n'aurait rien changé. Son père prenait toujours le parti de son épouse. Il ne contestait jamais ses décisions, même si cela créait une iniquité au sein de la famille. Sauf que ce n'était un secret pour personne que Pauline avait une forte préférence pour l'aînée de ses filles et tolérait avec difficulté la présence d'Aimeline.

Aimeline, qui avait dix-huit ans maintenant, avait donc passé l'âge de quémander l'affection maternelle. Malgré tout, ce constat l'atteignait encore autant. Elle s'était longtemps demandé ce qu'elle avait pu faire pour mériter ce ressentiment, en vain. Par chance, son père l'aimait pour deux, même s'il refusait de prendre son parti. De plus, Aimeline avait ses sœurs et son frère qui l'adoraient, à l'exception bien sûr de Violette. Mais ce n'était pas surprenant. L'aînée était égoïste, blessante et s'emportait pour des futilités. Lorsqu'une personne osait la contredire, elle boudait ou se montrait désobligeante, puis se tournait vers sa mère pour s'attirer ses faveurs. Étant donné que l'aînée trouvait toujours grâce auprès de Pauline, la fratrie Beaupré avait appris à éviter Violette le plus possible, y compris le plus jeune de la famille, Alfred. Du haut de ses six ans, il avait déjà saisi qu'il ne servait à rien de froisser Violette, et encore moins sa mère. Pauline Beaupré était une femme froide, qui ne faisait preuve de démonstration maternelle qu'envers Violette. Certes, elle portait une certaine attention au benjamin, mais seulement pour la forme.

Réfrénant un soupir lourd de non-dits, Aimeline s'installa sur son tabouret près de la vache laitière. Puis, par habitude, elle appuya légèrement sur le flanc de l'animal pour lui signaler sa présence. Alors qu'elle s'apprêtait à refermer les doigts autour des pis, le martèlement de plusieurs sabots retentit dans la cour. Sous la surprise, elle suspendit son geste, les sens aux aguets. Un hennissement lui parvint, puis une certaine agitation précéda l'écho de plusieurs voix à l'extérieur. Elle reconnut d'emblée l'intonation plus sourde de son père, mais ne réussit cependant pas à discerner de manière distincte les propos échangés. Curieuse, elle tendit l'oreille, négligeant le ruminant. N'appréciant pas cette entorse à sa routine, celui-ci commença à s'impatienter.

— Tout doux, Gertrude…, murmura Aimeline en tapotant le flanc de la vache recouvert de poils revêches.

La bête racla le sol de sa patte arrière droite pour démontrer son mécontentement, manquant renverser le seau par la même occasion.

— Gertrude, ça suffit ! lâcha Aimeline d'un ton plus sec.

Un meuglement de protestation suivit, mais l'animal se calma. Charlotte, la troisième de la fratrie, entra dans la grange sur ces entrefaites, un panier de paille tressé contenant des graines suspendu au bras. Il était impossible pour Aimeline de discerner les traits de sa cadette, qui se tenait à contre-jour devant la porte. Toutefois, sa présence sur les lieux était inhabituelle. À cette heure, Charlotte devait être en train de nourrir les poules, un coin de sa jupe retenu à sa taille pour ne pas en salir le rebord.

— Charlotte, qu'est-ce que tu fais ici? Maman va te gronder si tu n'effectues pas ta tâche correctement.

— C'est papa qui m'envoie…, prononça la jeune fille d'une voix chevrotante.

— Qu'y a-t-il? s'alarma Aimeline.

Contre toute attente, Charlotte demeura silencieuse. De plus en plus inquiète, Aimeline se releva d'un bond, laissant Gertrude à ses meuglements plaintifs, et rejoignit sa sœur.

— Que se passe-t-il?

Ce ne fut qu'une fois parvenue à la hauteur de la jeune fille qu'Aimeline remarqua son visage défait. Regardant pardessus l'épaule de sa cadette, elle aperçut dans la cour son père et quatre des frères McNeil. En avisant Darren parmi eux, elle sentit son cœur tressauter dans sa poitrine. Puis, ce court instant d'allégresse envolé, elle réalisa l'incongruité de la situation. Que faisaient les McNeil ici de si bon matin? Certes, leur ferme jouxtait la leur, mais cela n'expliquait pas cette visite impromptue.

Délaissant Charlotte, Aimeline se dirigea vers le petit attroupement d'une démarche précipitée. L'air sinistre de son père et des voisins ne la rassura guère, au contraire.

— Papa ?

Rosaire vint vers elle, les traits crispés.

— Vous allez accompagner les McNeil. Vous prendrez place à l'arrière de leur charrette avec Nora et les provisions que ta mère est en train de préparer.

Confuse, Aimeline tourna la tête sur sa droite et remarqua pour la première fois la sœur de Darren dans la carriole. Qu'est-ce qui se passait pour que même Malcom, l'aîné de la fratrie des McNeil, quitte la ferme familiale ?

— Papa, je n'y comprends rien…

— Il y a eu un grave accident, Aimeline, la coupa Darren. L'un des paquebots de la Canadian Pacific a coulé au fond du fleuve cette nuit. Les survivants du naufrage ont été transportés d'urgence au port de Rimouski.

Aimeline perdit de ses couleurs à l'annonce de cette nouvelle. Elle cligna des paupières, abasourdie.

— Ils sont dépassés par les événements à Rimouski, poursuivit Darren avec une intonation plus rauque. Plusieurs familles de Métis se sont mobilisées pour leur apporter du soutien.

— Ta mère rassemble tout ce qui pourrait leur être utile, renchérit Rosaire. Esther, Charlotte et toi irez aider ces malheureux.

À la mention du nom de sa jeune sœur, Aimeline se secoua.

— Papa, ce n'est pas une bonne idée d'emmener Esther. Il serait plus approprié que Violette nous accompagne.

— Esther a quinze ans, le temps est venu pour elle de faire face aux aléas de la vie. Quant à Violette, elle est indisposée.

Aimeline se rebella à ces paroles, surtout que son père, visiblement mal à l'aise, avait détourné la tête. Elle ne put se contenir davantage.

— Violette est-elle vraiment indisposée ou est-ce un autre de ses caprices ? osa-t-elle.

— Honte à toi ! claqua abruptement une voix dans son dos.

En percevant la colère de sa mère, Aimeline ravala son indignation, puis rougit, embarrassée de se faire rabrouer en présence des McNeil. Darren ne put demeurer insensible à la détresse de la jeune femme.

— Madame Beaupré, c'est très charitable de vous montrer aussi généreuse, s'interposa-t-il en désignant les couvertures et la nourriture disposée dans un panier qu'elle tenait dans ses mains.

Aimeline leva vers lui un regard brillant de larmes contenues avec peine. Darren sentit son cœur se serrer. Ce n'était pas la première fois qu'il était témoin de l'injustice qui régnait au sein de la famille Beaupré, ce qu'il ne comprenait pas d'ailleurs. Eux-mêmes étaient cinq chez lui, et jamais sa mère n'aurait songé à favoriser l'un de ses rejetons au détriment des autres. Elle les aimait tous de manière égale et sans condition, ainsi que les deux brus et les petits-enfants qui s'étaient ajoutés à leur clan au fil du temps. C'était d'autant plus incompréhensible pour lui qu'Aimeline était bienveillante, tout l'opposé de Violette, qui se révélait une véritable harpie. Il se secoua. Voilà qu'il s'égarait de nouveau. Un phénomène qui se produisait de plus en plus souvent depuis quelques mois en présence d'Aimeline Beaupré, ce qui commençait sérieusement à le rendre nerveux.

— Laissez-moi vous aider, proposa-t-il à Pauline Beaupré en s'ébrouant.

— C'est attentionné de ta part, Darren.

D'un signe de tête sec, Pauline le remercia, puis se tourna vers Aimeline, le regard dur.

— Tu devrais en prendre de la graine, ma fille, et te montrer plus respectueuse et serviable.

Aimeline fut sidérée par ces paroles vindicatives. Elle ravala avec difficulté la boule qui se formait dans sa gorge. Pour une raison qu'elle ignorait, sa mère était inflexible à son égard. Rosaire tressaillit sous ce jet de fiel.

— Allons, ma chérie, commença-t-il en déposant sa large paume dans le dos d'Aimeline. Ne faisons pas attendre les McNeil.

Aimeline fut parcourue d'un frisson, comme si elle sortait d'une transe. Ses traits défaits étreignirent le cœur de Rosaire. *Ça ne peut plus continuer comme ça*, se dit-il en fixant un regard attristé sur sa fille. Il devait faire quelque chose. Mais quoi ? Le problème, c'était qu'il avait gardé le silence trop longtemps, cautionnant les actes de sa femme par son mutisme. Aimeline ne méritait pas un tel châtiment ; elle était douce, serviable et attentionnée, tout le portrait de sa belle-sœur, Louisa. À cette pensée, il réfréna un soupir affligé. Aimeline devrait-elle payer toute sa vie pour les péchés de son père ? Il secoua la tête en fermant brièvement les yeux, las de cette rancœur qui ne semblait pas vouloir s'éteindre dans le cœur de son épouse.

— Viens, Aimeline, lui proposa Darren en désignant l'arrière de la carriole.

Elle s'obligea à redresser les épaules pour se donner une contenance, mais Darren vit son menton trembler lorsqu'elle passa devant lui. Il serra les poings et se retint de justesse de lancer un regard glacial en direction de Pauline Beaupré. Cette femme l'horripilait. Emboîtant le pas à sa voisine, il adressa un signe discret de la tête à Clyde pour qu'il aide Charlotte à monter à l'avant avec Malcom. Celui-ci s'empressa de s'exécuter, heureux d'avoir auprès de lui la jeune fille qu'il convoitait depuis peu.

Quand Darren et Aimeline parvinrent derrière la charrette, ils y trouvèrent Esther, les lèvres pincées. La petite était reconnue pour son caractère bien trempé au sein des Beaupré. De toute évidence, elle avait saisi les dernières paroles crachées au visage d'Aimeline et en était révoltée. Pressé de quitter les lieux, Darren prit Esther dans ses bras pour l'aider à embarquer. Le minois chiffonné, elle se retourna vers lui.

— Merci, Darren, lâcha-t-elle d'un ton où perçait une note de dureté.

— De rien, p'tite mère.

Pour toute réponse, elle releva un sourcil agacé. Darren la surnommait ainsi depuis toujours, mais apparemment, cela la contrariait désormais. Pour faire amende honorable, il souleva le devant de son chapeau en signe de respect. Esther le remercia d'un bref hochement, puis son expression se modifia alors qu'elle aperçut Aimeline, emmurée dans un silence affligeant, la nuque ployée vers l'avant. Dépassant la jeune femme d'une tête, Darren ne parvenait pas à déchiffrer son regard, mais ses épaules voûtées lui disaient tout ce qu'il avait besoin de savoir. Il sentit sa poitrine se serrer une nouvelle fois, mais il tenta d'occulter le phénomène.

Il avait des projets pour l'avenir, et s'éprendre de sa voisine n'en faisait pas partie. Il lui fallait être libre de toute attache pour parcourir le monde. S'unir à une fille du coin et fonder une famille était exclu. Cependant, faire abstraction des élans de son cœur devenait ardu. Pourtant, à vingt-cinq ans, il avait connu son lot de conquêtes ainsi que les étreintes de partenaires plus âgées enclines à réchauffer sa couche. Mais dès qu'il était question d'Aimeline Beaupré, il avait tendance à jeter aux orties toutes ces belles résolutions. Pressé de quitter les lieux chargés de tension et de se changer les idées, il empoigna Aimeline sans ambages et la souleva à son tour. Il comprit aussitôt qu'il commettait une erreur en percevant la chaleur de son corps. Ses mains se crispèrent sur la taille fine de la jeune femme, laquelle tressaillit. Aimeline rougit sous l'émotion, puis elle se sentit décoller du sol. À peine atterri sur le plancher instable de la carriole, Darren la relâcha brusquement, la privant de son support. Au même moment, le cheval eut une embardée, entraînant la voiture avec lui. Aimeline perdit l'équilibre et serait tombée si Darren ne l'avait pas rattrapée au vol.

Elle s'empourpra davantage en prenant soudain conscience de la position indécente dans laquelle elle se trouvait. Esther eut un hoquet choqué à ses côtés. Figée, Aimeline n'osa bouger de crainte d'empirer la situation. Dans sa précipitation à vouloir lui éviter une chute malencontreuse, Darren l'avait empoignée d'une main par la taille alors que l'autre s'était plaquée contre sa féminité. Le visage à la hauteur des cuisses de la jeune femme, Darren se racla la gorge, mal à l'aise, surtout qu'une certaine partie de son anatomie semblait s'emballer à ce contact. Il jura entre ses dents, incapable de réfléchir à autre chose que la forme en courbe qui se trouvait sous sa paume calleuse.

Heureusement, son frère Eliot vint à son secours. Il attrapa en vitesse Aimeline par le bras et la ramena dans le chariot. Soulagé de son poids, Darren relâcha prestement son étreinte et grimpa à son tour en évitant de croiser le regard d'Aimeline, qui, de son côté, était mortifiée. Par chance, Nora, du fond de la carriole, n'avait rien remarqué de la situation gênante, pas plus que Malcom, Clyde et Charlotte assis à l'avant. Ne restaient qu'Eliot et Esther. Sa sœur se garderait d'en faire mention par pudeur. Pour ce qui était d'Eliot, il était trop gentleman pour la mettre dans l'embarras. Quant à Darren, il suffisait de voir la manière dont il se dérobait pour comprendre qu'il n'y avait rien à craindre de sa part. Son honneur était donc sauf.

La charrette s'ébranla alors qu'un sentiment d'amertume remplaça l'inconfort d'Aimeline, qui jeta un second coup d'œil en direction de Darren. Elle n'était pas sans savoir qu'il cherchait à l'éviter depuis qu'elle avait eu ses dix-huit ans. C'était à croire qu'elle était tout à coup devenue une pestiférée ! Leur complicité d'antan avait disparu. Pourtant, Eliot et lui les avaient accompagnées à maintes occasions, Nora et elle, dans leurs escapades. Il faut dire que la benjamine de la famille McNeil faisait preuve d'une audace qui la soufflait parfois, ce qui expliquait sans doute la présence de Darren et d'Eliot à leurs côtés. Nora n'avait donc peur de rien, seulement elle était entourée de cinq frères tous plus protecteurs les uns que les autres. À l'inverse, Aimeline avait cinq sœurs et un jeune frère, et l'aînée, au lieu de la délester, la surchargeait. De plus, Nora avait la certitude que les siens seraient toujours là pour elle, contrairement à Aimeline. Ces deux réalités distinctes avaient forgé leur caractère respectif de manière différente. En fait, elles n'auraient pu être plus dissemblables, ce qui était particulier, puisqu'une solide amitié les liait depuis leur plus tendre enfance.

Aimeline poussa un soupir attristé. Elle aimait se trouver dans la demeure des McNeil, car elle s'y sentait bien. Fenella, la mère de Nora, se montrait d'une telle gentillesse qu'Aimeline avait pleuré en silence certains soirs, blottie dans son lit, au souvenir d'une parole affectueuse ou d'un doux sourire adressé à son intention.

Consciente que son esprit divaguait, Aimeline s'efforça de retrouver un semblant de sérénité et évita de regarder dans la direction de Darren. Celui-ci avait beaucoup changé au cours des trois dernières années. Comme Malcom et Gordon avant lui, il passait désormais ses hivers dans un camp de bûcherons plus au nord, ne revenant qu'à Noël pour fêter en famille. Ce travail exigeant avait façonné sa musculature, qui ne laissait pas Aimeline indifférente, loin de là. La facilité avec laquelle il l'avait soulevée, puis rattrapée tout à l'heure en témoignait. Une chaleur gênante prit naissance dans le bas de son ventre à ce souvenir. Embarrassée de nouveau, elle se mordit l'intérieur de la joue. Devrait-elle confier ce péché au curé lorsqu'elle se rendrait à l'église dimanche ? Elle eut un haut-le-cœur à cette pensée. Elle risquerait de s'attirer les foudres du religieux en plus de celles de sa mère, si cet incident venait à ses oreilles. Elle fut parcourue d'un frisson d'effroi en y songeant.

— Aimeline, ça va ? s'informa Darren avec une pointe d'inquiétude.

Elle eut un léger sursaut au son de la voix chaude du jeune homme. Non sans un certain malaise, elle releva les yeux vers lui et hocha brièvement la tête. Darren riva ses prunelles dans les siennes, comme s'il essayait de lire en elle. Aimeline en fut troublée. Depuis ses quinze ans, elle le considérait de manière différente, se gardant toutefois de lui dévoiler ses sentiments. Elle ne voulait pas perdre son amitié, même s'ils se côtoyaient peu désormais. Soucieuse de rompre le silence lourd qui s'était installé entre eux, elle chercha un sujet de conversation.

— Est-ce que tu retournes bientôt travailler sur les chantiers ? s'informa-t-elle avec une intonation trop aiguë à son goût.

Darren ne fut pas dupe. Il la connaissait et remarqua la fêlure dans sa voix. Aimeline tentait de dissimuler ses émotions aux regards extérieurs et elle y parvenait la plupart du temps, sauf en ce qui le concernait. Pour une raison qu'il ignorait, il était sensible à ses états d'âme. Peut-être était-ce parce qu'il n'aimait pas la voir malheureuse ni blessée de cette manière cruelle par sa mère. Frustré de ne pouvoir changer la situation, il expira bruyamment. Il ne pouvait pas se permettre d'être atteint de la sorte. Le chemin d'Aimeline et le sien s'étaient séparés depuis qu'il avait entrepris des études partielles en mécanique et qu'il avait été engagé par la Dominion Bridge Company pour travailler sur des chantiers de construction d'envergure. D'ailleurs, il devait quitter Métis au début de l'été pour s'affairer à l'entretien du pont Victoria à Montréal. Il s'agissait d'un contrat intéressant pour ses plans d'avenir.

Par la suite, à la fermeture des chantiers à l'automne, il était prévu qu'il rende visite à ses parents avant de rejoindre Clyde et Eliot au camp de bûcherons pour l'hiver. C'était un train de vie intense, mais il ne s'en plaignait pas. Il était vaillant et ces différents contrats lui permettaient de ramasser de l'argent pour ses projets. Ce qui était pas mal plus que ce qu'il aurait gagné en exploitant une parcelle de terre. Non qu'il reniât la tradition familiale ou la besogne de la ferme, mais il aspirait à quelque chose d'autre. De plus, le contraste entre l'agitation de la grande ville l'été et la tranquillité de Métis était marquant, ce qui lui convenait. Mais ce ne serait pas le cas d'Aimeline. Elle avait besoin de l'air pur et iodé du large, de communier avec la nature environnante. Elle serait seule et malheureuse à Montréal. Raison supplémentaire pour la tenir à distance et ne pas s'amouracher d'elle. Pourtant, au souvenir du bref contact qu'il y avait eu entre eux, Darren perdit le fil de la discussion. Il ne pouvait se mentir à lui-même. Il éprouvait un attachement plus profond envers Aimeline qu'envers toute autre femme. Ce n'était pas l'envie qui lui manquait de se permettre certaines libertés avec elle, mais son sens de l'honneur le lui interdisait. Aimeline était de celles que l'on respectait et chérissait durant une vie entière. Et même s'il s'avisait de l'oublier, sa mère ne manquerait pas de lui remettre les idées en place. Fenella McNeil appréciait la petite Beaupré et n'accepterait pas qu'un seul de ses garçons lui porte préjudice.

— Darren?

Il revint brusquement au moment présent. La cause de ses tourments le fixait d'une manière étrange. Il se souvint tout à coup qu'Aimeline lui avait posé une question, mais il était demeuré retranché dans ses pensées, gardant le regard rivé sur elle. Un rapide coup d'œil en direction d'Eliot lui révéla que lui non plus n'avait rien manqué de son absence momentanée. Darren dut faire un effort pour se remémorer ce que la jeune femme lui avait demandé. Il fronça les sourcils.

La perplexité d'Aimeline s'accentua. Se grattant la nuque, il réfléchit. Avec soulagement, il se rappela alors que la question portait sur son retour éventuel dans un chantier.

Dans un même temps, il prit conscience qu'elle-même ne lui avait pas répondu. Avait-elle omis de manière délibérée de lui dire si elle allait bien ? La connaissant, c'était fort probable. Avec les années, elle avait appris à taire ses sentiments, croyant à tort qu'ils n'avaient aucune importance aux yeux de son entourage. Furieux envers Pauline Beaupré pour son aigreur et Rosaire Beaupré pour son impuissance à protéger sa fille comme un père se devait de le faire, il serra la mâchoire.

— Qu'attends-tu pour quitter cette famille ingrate et voler de tes propres ailes ? lança-t-il avec férocité.

— Darren ! s'écrièrent en chœur Eliot et Nora.

Prise de court, Aimeline demeura interdite. De quel droit Darren se permettait-il de la juger et de lui parler de la sorte ? Ne se laissant pas déstabiliser facilement, Nora lança un regard sévère en direction de son frère. Le genre de regard qui rivalisait avec ceux que leur mère leur décochait pour les rappeler à l'ordre.

— Comment…, commença Nora.

— Il a raison ! l'interrompit Esther avec sa franchise habituelle.

Tous les regards convergèrent vers elle. Aimeline écarquilla les yeux en pâlissant, soufflée par l'audace de sa jeune sœur.

— Quoi ? s'emporta Esther. Ose dire le contraire ! Maman se montre injuste envers toi et papa ne fait rien pour redresser la situation.

— Esther, tais-toi ! s'indigna Aimeline en retrouvant l'usage de la parole. Ce n'est pas bien de remettre leur autorité en cause.

— Mais…

— C'est un sacrilège, insista Aimeline dans un filet de voix.

Esther croisa les bras sur sa poitrine en détournant la tête pour cacher les larmes qui montaient à ses yeux. Elle était blessée d'être rabrouée si durement alors qu'elle avait tout à fait raison de se révolter du traitement que subissait son aînée. Assise aux côtés d'Esther, Nora s'efforça de tempérer l'ambiance en déposant une main apaisante sur l'avant-bras de la jeune fille, tout en fusillant Darren du regard. De quel droit se permettait-il de juger leur amie de la sorte ? Puis, dépassée par la situation pour l'une des rares fois de sa vie, elle chercha de l'aide auprès d'Eliot. Celui-ci souleva les épaules en signe d'impuissance. D'une certaine manière, il comprenait la révolte d'Esther et la colère de Darren, mais il ne lui appartenait pas de porter un jugement. Malgré tout, ce n'était un mystère pour personne, au sein de la famille McNeil, qu'Aimeline était traitée injustement par Pauline Beaupré et, par ricochet, par son père. D'aussi loin qu'il puisse se rappeler, les McNeil avaient tous Violette en horreur. C'était pourquoi Aimeline jouissait d'un statut particulier parmi leur petit clan. Il était très facile de s'attacher à elle. De plus, Eliot avait l'intime conviction que sa mère nourrissait en secret le désir de voir la jeune femme s'unir un jour à Darren.

Aimeline, qui était revenue de son choc initial, leva un regard flamboyant vers Darren. Le jeune homme se montrait injuste envers elle, et cette attaque gratuite l'avait piquée au vif. Retrouvant son aplomb, elle se redressa avec fierté, ses joues reprenant des couleurs.

— Je ne permettrai pas que tu remettes en question l'intégrité de mes parents ni que tu critiques mes motivations.

Le tremblement dans sa voix arracha un soupir exaspéré à Darren, qui l'avait heurtée et s'en désolait. Ses paroles lui avaient échappé et il avait su avant de terminer sa phrase qu'il allait regretter son emportement.

— Je m'excuse, Aimeline, déclara-t-il gauchement. Je n'avais pas l'intention de te blesser.

Elle cligna des paupières pour retenir les larmes qui menaçaient de monter à ses yeux. Elle le croyait. Darren n'avait pas l'habitude de se montrer caustique, mais, à vrai dire, il était distant depuis quelque temps et elle peinait à le reconnaître.

— Changeons de sujet, souffla-t-elle.

— Aimeline…

— S'il te plaît, Darren…

S'il persistait dans cette voie, elle finirait par craquer devant lui et elle s'y refusait. Il lui restait quand même un peu de fierté.

— D'accord, consentit Darren à contrecœur.

S'il s'était écouté, il se serait assis auprès d'elle pour lui apporter un peu de réconfort, mais il suspectait qu'elle l'aurait mal pris. Aimeline était sensible et forte à la fois, un contraste des plus saisissants. Le bras appuyé sur l'un de ses genoux repliés, il la fixait en silence, mais pas une seule fois, elle n'osa croiser son regard ni lui adresser de nouveau la parole. La route risquerait d'être longue jusqu'à Rimouski.

Rimouski

Lorsque le petit groupe parvint au quai de Rimouski, Aimeline eut un coup au cœur. La gare avait été transformée en hôpital rudimentaire. D'instinct, elle emprisonna la main d'Esther dans la sienne dans une piètre tentative pour la protéger de l'horreur qui se déployait sous leurs yeux. Une vague de révolte la submergea. Sa sœur ne devrait pas être exposée à un tel désastre à son âge ; elle en aurait des cauchemars pendant des mois.

— Pardieu ! s'exclama Clyde d'une voix désincarnée.

Charlotte se signa en effectuant une courte prière pour les malheureux au regard hagard qui gisaient sur des couches de fortune. Elle aussi inquiète pour sa benjamine, elle reporta son attention sur Esther. Aimeline s'efforçait de la soustraire à cette scène affligeante, mais c'était peine perdue, il y avait des blessés partout. Aucune chance d'y échapper. Un sanglot étreignit sa gorge. Comme s'il avait deviné son désarroi, Clyde se rapprocha de Charlotte et frôla sa main de la sienne.

— Est-ce que ça va ? s'informa-t-il avec maladresse.

Pour toute réponse, elle leva des yeux brillants de larmes vers lui. Clyde grommela. Il détestait la voir dans cet état. Charlotte était beaucoup trop sensible pour son bien. Elle était si pâle qu'il craignit pendant un instant qu'elle ne s'effondre. Il lui offrit son bras, sur lequel elle prit appui. Malgré ses vingt et un ans, Clyde était solide comme un roc, à l'image de ses frères aînés. Un homme à part entière, sur qui Charlotte pouvait compter.

— Merci…, murmura-t-elle d'une voix étranglée.

— C'est naturel. Je serai toujours là pour toi, Charlotte, la rassura-t-il avec une ferveur qui atteignit la jeune fille en plein cœur.

Muette d'émotion, elle resserra ses doigts fins sur l'avant-bras du jeune homme. Malcom les rejoignit au même moment et empoigna l'épaule de son benjamin d'une étreinte ferme. Quand Clyde releva les yeux vers lui, Malcom hocha la tête avec gravité. Il connaissait les sentiments de Clyde pour Charlotte et approuvait les égards dont ce dernier entourait la jeune fille. Il aurait aimé qu'il en soit ainsi entre Darren et Aimeline. Mais de toute évidence, Darren refusait de s'engager dans une relation sérieuse, ce que déplorait Malcom. L'aîné des McNeil était plongé dans cette sombre réflexion lorsqu'une femme de la haute société s'avança vers le petit groupe en compagnie de sa fille unique. Il les reconnut d'emblée. Il s'agissait des Bennet, une noble famille de Métis qui possédait une imposante demeure de type victorien sur le bord de l'eau. Si sa mémoire était bonne, Aimeline travaillait pour eux quand ils venaient à Métis durant la saison estivale.

De son côté, Aimeline avait également remarqué les Bennet. Tout comme elle, ils semblaient bouleversés par la situation. Elle n'en était pas surprise, pas plus qu'elle ne l'était de leur présence sur les lieux. Les Bennet étaient des êtres à part, pourvus d'une âme généreuse, rien à voir avec certains visiteurs qui affluaient dans la région durant la belle saison. Ce qu'Aimeline appréciait des membres de cette famille, c'était que, malgré leur richesse incommensurable, ils demeuraient humains et sensibles au sort d'autrui. D'ailleurs, Mme Bennet œuvrait dans différentes organisations caritatives et incitait sa fille, Elisabeth, à en faire autant.

Depuis l'âge de onze ans, Aimeline était engagée par les Bennet pour tenir compagnie à Elisabeth. Ce qui lui permettait de bénéficier de la même formation scolaire que son amie en plus d'être traitée avec beaucoup d'égards. Une réelle amitié s'était tissée au fil du temps entre les deux filles et, chaque printemps, Aimeline attendait avec impatience l'arrivée d'Elisabeth au début du mois de mai. Elles passaient ensuite une bonne partie de la saison estivale ensemble, et c'était le cœur gros qu'elles se séparaient l'automne venu.

Curieuse et vive d'esprit, Aimeline avait beaucoup appris auprès de cette famille, ce qui rendait parfois sa mère de mauvaise humeur. Pauline Beaupré n'appréciait pas de voir sa fille se farcir la tête d'idées de grandeur et ne manquait pas de la rabaisser quand elle l'entendait s'exprimer dans un langage plus sophistiqué. La jeune femme en avait d'abord été blessée, puis un jour, elle avait compris que sa mère ne supportait juste pas qu'elle profite de la largesse des Bennet à la place de Violette. D'ailleurs, Pauline avait tenté d'imposer son aînée à ces derniers à une certaine époque, mais ils s'y étaient opposés catégoriquement, préférant la compagnie d'Aimeline pour leur fille. Ils connaissaient les travers de Violette et ne souhaitaient pas que l'aînée des Beaupré déteigne sur Elisabeth. Furieuse, Pauline avait dès lors voulu interdire à Aimeline de continuer de fréquenter les Bennet, mais, pour une fois, Rosaire Beaupré s'était interposé, contrariant les plans de son épouse. Depuis ce jour, Aimeline ne recevait que du ressentiment de la part de sa mère, qui se montrait toujours plus cinglante à son endroit.

— Mon petit, l'interpella Mme Bennet en arrivant à la hauteur du groupe, la sortant abruptement de ses réflexions. Mais que fait votre jeune sœur ici? s'enquit-elle en apercevant Esther. Ce n'est pas un endroit approprié pour elle.

— Mère a insisté pour que je prenne la place de Violette pour venir en aide aux naufragés, répondit Esther avec aplomb.

Son interlocutrice pinça les lèvres en signe de réprobation. Quant à Aimeline, elle rougit d'embarras. Même si c'était la vérité, Esther n'aurait pas dû s'exprimer avec autant de franchise. L'indignation de Mme Bennet était visible. Non pas parce que la dame avait trouvé la répartie d'Esther inconvenante, quoiqu'elle eût été en droit de le faire, mais bien parce que cette situation renforçait l'opinion défavorable qu'elle avait de Pauline Beaupré et de Violette. Toutefois, la bienséance exigeait qu'elle garde pour elle le fond de sa pensée. Mal à l'aise, Aimeline ne savait que dire, d'autant plus que la présence silencieuse de Darren dans son dos la perturbait. Le jeune homme n'avait émis aucun commentaire durant cet échange, mais elle le connaissait assez pour deviner qu'il devait se retenir avec peine de renchérir.

Jugeant qu'il était sans doute préférable de changer de sujet, Mme Bennet lança une dernière recommandation à Esther :

— Si la situation devenait difficile à supporter pour vous, n'hésitez pas à m'en informer. Je vous ferai alors reconduire dans un endroit plus approprié pour vous.

— Merci, madame, la remercia Esther en effectuant une légère courbette. C'est gentil à vous.

Eliot, qui avait assisté à la scène, s'avança à la hauteur de la jeune Beaupré.

— Soyez assurée que je veillerai à l'escorter en personne si le cas se présentait, madame Bennet.

— C'est tout à votre honneur, monsieur McNeil, renchérit la lady. Bien, maintenant que ce point est clair, sachez que toute aide sera la bienvenue.

Dirigeant son regard vers les McNeil, elle s'adressa à l'aîné de la fratrie :

— Mon époux se trouve auprès du coroner Jolicœur et de M. Moisan. Ils tentent d'identifier les malheureux qui ont été repêchés…

Elle se tut, gagnée par l'émotion. Toutefois, elle se reprit rapidement :

— … ils ont besoin du soutien de jeunes hommes robustes pour ce travail.

— Nous nous y rendons de ce pas, réagit Malcom en signalant à ses frères de le suivre.

Alors qu'il s'apprêtait à partir, Darren vint se poster à la droite d'Aimeline.

— Est-ce que ça ira ? s'informa-t-il avec une douceur inhabituelle.

Aimeline tourna la tête pour lever les yeux vers lui. Elle était surprise par sa sollicitude et comprit à son regard qu'il s'inquiétait réellement pour elle. Sans doute songeait-il encore à l'affrontement qu'elle avait eu avec sa mère avant le départ. Elle en fut touchée, mais se garda de le montrer.

— Merci, Darren, répondit-elle le souffle un peu court. Nous nous en sortirons.

Le faible sourire qu'elle lui adressa lui étreignit le cœur. Darren détestait la voir dans cet état. Mais il se morigéna aussitôt. Il n'avait aucun droit sur elle, alors il s'inclina avec raideur pour prendre congé.

Dès que Darren fut hors de portée, Elisabeth pressa le bras d'Aimeline. Elle était intimidée par le jeune homme et ignorait comment son amie faisait pour être à l'aise à ce point en sa présence. Elle se secoua, ce n'était ni le lieu ni le moment de se prêter à des pensées futiles. De pauvres âmes avaient besoin d'être secourues de toute urgence.

— C'est affreux ! confia-t-elle à son amie d'une voix étranglée. Ils sont si nombreux…

Aimeline releva un regard incertain vers Mme Bennet.

— Est-ce si horrible ? s'enquit-elle avec appréhension.

— Hélas, oui, mon petit. Ce que ces passagers ont vécu est un véritable cauchemar. Très peu ont eu la chance de s'extraire du paquebot en perdition, et l'eau est glaciale en cette période… Il y avait des femmes et des enfants à bord…

— Doux Jésus ! souffla Aimeline en frissonnant. Combien ont péri ?

— Beaucoup trop… Mais l'heure n'est pas au recueillement pour le repos de ces âmes tourmentées, nous devons nous occuper des gens qui ont survécu et qui nécessitent notre aide.

Aimeline acquiesça en silence, prête à fournir tous les efforts que la situation exigeait.

— Bien, en premier lieu, il nous faut apporter d'autres couvertures et boissons chaudes aux rescapés. Plusieurs ont souffert d'hypothermie, sans mentionner que la majorité d'entre eux sont encore en état de choc.

— Nous sommes à votre disposition, madame, déclara Nora en se manifestant pour la première fois.

— Au travail, mesdemoiselles. Charlotte et Esther, vous m'assisterez auprès des enfants. Votre présence les réconfortera. Les pauvres ont tout perdu et la plupart sont désormais seuls au monde.

— Sainte Mère de Dieu ! s'exclama Charlotte en portant une main à sa gorge.

— Je sais, c'est affreux, reconnut Mme Bennet, mais ces petits ont besoin de votre force et de votre douceur en ce moment, pas de votre désarroi. Si vous ne croyez pas avoir le courage d'affronter cette situation, mieux vaudrait alors que vous ne m'accompagniez pas.

— Non, s'insurgea aussitôt Charlotte. Je souhaite venir en aide à ces enfants. Je saurai me contrôler.

Mme Bennet hocha la tête en signe d'assentiment. Elle connaissait la délicatesse de Charlotte et ne doutait pas un seul instant que la jeune fille serait d'un grand réconfort auprès des bambins. Quant à Esther, elle saurait leur insuffler un peu d'espoir avec sa joie de vivre. Ne restaient plus que les trois jeunes filles qui la fixaient en silence et avec gravité, elles aussi devraient surmonter l'épreuve à venir.

— Elisabeth, Aimeline et Mlle McNeil, rendez-vous à l'endroit où se trouvent les femmes. Recouvrez-les de manière décente pour qu'elles puissent se réchauffer. Si la santé de l'une d'elles vous inquiète, n'hésitez pas à vous référer au Dr James de l'*Empress of Ireland* ou à l'un de ses confrères.

— D'accord, mère, obtempéra Elisabeth.

Aimeline se rapprocha de son amie. Elle était rassurée que Mme Bennet prenne les commandes et savait que, dans les circonstances, ses sœurs seraient sous bonne garde. Soucieuse d'apporter un peu de soulagement aux rescapées, elle attrapa la pile de couvertures que leur mère leur avait confiée avant de partir. Nora en fit autant avec celles offertes par ses parents, alors qu'Elisabeth s'emparait du panier contenant des tasses ainsi que du café fraîchement moulu. Puis, carrant les épaules, elles s'engouffrèrent toutes trois dans la gare qui servait d'hôpital. Un peu plus loin sur le quai, Aimeline constata qu'une certaine agitation régnait autour du hangar vingt-sept. Mais en apercevant deux hommes qui y transportaient un sac semblant contenir un cadavre, elle détourna la tête avec précipitation, le cœur au bord des lèvres.

2

Darren fit rouler ses épaules pour chercher à les soulager de la tension qui les raidissait. De toute sa vie, il n'avait jamais été aussi dépassé par les événements qu'en cet instant. Il se frotta les yeux pour tenter d'effacer les images d'horreur dont il avait été témoin, mais elles demeuraient imprégnées dans son esprit. Il crispa la mâchoire pour réfréner un haut-le-cœur. Eliot, qui se tenait à ses côtés, ne valait guère mieux. Quant à Clyde, il était blanc comme un mort. À cette analogie, Darren ravala le filet de bile qui remontait dans son œsophage.

Il y avait tant de cadavres qui s'accumulaient dans le hangar à charbon qu'il avait fallu en empiler certains par manque d'espace. C'était révoltant, mais les autorités n'avaient pas eu le choix de donner cette directive aux hommes venus prêter main-forte. Ils devraient attendre qu'une cargaison de cercueils arrive par le train avant de fournir une sépulture décente aux dépouilles. Le pire, c'était que le nombre de victimes augmentait, car des marins ne cessaient de ramener de nouveaux corps repêchés. Darren et ses frères avaient dû s'astreindre à fouiller plusieurs morts à la recherche d'un indice pouvant les identifier, ce qui s'était révélé souvent inutile. Le naufrage avait eu lieu en pleine nuit, plusieurs passagers se trouvaient donc en pyjama au moment de l'impact et n'avaient pas pu s'emparer de leurs effets personnels.

Quatorze minutes, songea Darren avec fatalisme. C'était le temps écoulé entre la perforation de la coque de l'*Empress of Ireland* par le *Storstad* et l'instant où le navire avait sombré. Un frisson glacial remonta le long de sa colonne vertébrale. Les passagers n'avaient eu aucune chance de s'en sortir, d'autant plus que le paquebot avait roulé sur le flanc, rendant toute tentative de fuite presque impossible.

Il eut une pensée attristée pour l'une des dépouilles qu'il avait reconnue. Il s'agissait d'O'Brian, un Irlandais de Québec qui travaillait avec lui sur des chantiers. Comme plusieurs de ses compatriotes, il devait se trouver en troisième classe. Il avait sans doute été surpris par la montée de l'eau dans sa cabine et avait probablement vécu un véritable enfer au moment de mourir. Submergé de nouveau par l'émotion, Darren se pencha vers l'avant, les mains sur les cuisses. Malcom, qui se trouvait à ses côtés, lui enserra la nuque dans une étreinte fraternelle afin de lui apporter un soutien silencieux. Quant à Clyde, incapable de se contenir, il plia en deux et rendit tripes et boyaux. Le voyant vaciller sur ses jambes, Malcom s'empressa de le rejoindre.

— Hé, le jeunot, respire, lui conseilla-t-il avec sollicitude.

Ce faisant, il lui tendit le mouchoir qu'il gardait dans l'une de ses poches arrière. Clyde prit appui sur le bras de son aîné avant de s'emparer du carré de tissu blanc.

— Inspire profondément. Chasse toute cette horreur de ton esprit.

— Je n'y arrive pas, geignit Clyde d'un ton misérable. Tous ces pauvres…

La voix de Clyde se cassa. Malcom obligea son frère à se redresser et l'étreignit avec force.

— Je sais… Mais tu dois te reprendre, eut-il pour toute réponse en ébouriffant les cheveux de son cadet.

Leur père posait souvent ce geste pour réconforter ses enfants et c'était par réflexe que Malcom le reproduisait.

— Nous partons, annonça-t-il en avisant les traits tirés de ses deux autres frères. Nous en avons assez fait…

Darren acquiesça en silence. Ce qu'ils venaient de vivre tous les quatre les marquerait à vie. Il espérait que l'épreuve se soit révélée moins affligeante pour les filles. La pensée qu'Aimeline ait assisté à un tel déploiement morbide fouetta son instinct protecteur. Il devait s'assurer qu'elle allait bien, tout comme Nora, Charlotte et Esther.

Il tenta de les repérer au cœur de l'agitation qui régnait au port. Malcom devait avoir les mêmes craintes les concernant, car, comme son frère, il scrutait les environs d'un regard soucieux. Sa mine sombre fit grimper d'un cran l'appréhension de Darren.

— Clyde, tu es en état de rejoindre les autres ? s'informa Malcom d'une voix tendue.

Son frère se crispa entre ses bras. Il ne pouvait se permettre de défaillir de la sorte, et encore moins de s'effondrer devant Charlotte. Reculant d'un pas, il s'efforça de se composer une attitude neutre.

— Ça va aller, déclara-t-il d'un ton plus ferme.

Malcom hocha la tête, rassuré sur le sort de son frère. Comme tout bon McNeil, Clyde avait sa fierté, et faire preuve de faiblesse en présence de la jeune femme qu'il convoitait était inacceptable.

— D'accord, dans ce cas, ne tardons plus. J'avoue m'inquiéter pour Nora et le reste du groupe.

Sur un signe de Darren, les McNeil se dirigèrent vers l'hôpital improvisé à la recherche d'un visage familier.

Aimeline repoussa d'une main lasse la mèche humide qui barrait son front. Tout comme Nora et Elisabeth, elle n'avait pas ménagé sa peine au cours des dernières heures. Elle était harassée et n'en menait pas large. Il lui avait semblé ne pas avoir eu assez de ses deux bras pour apporter son soutien aux rescapées. Les blessures dont plusieurs d'entre elles souffraient étaient importantes. Il était facile de s'imaginer l'ampleur de la violence engendrée par le naufrage. Pas surprenant que certaines aient éprouvé le besoin d'exorciser cette tragédie en s'épanchant en sa présence. Aimeline leur avait prêté une oreille attentive et, au fil des confidences, elle avait été en mesure de reconstituer le fil des événements.

Au regard de ces informations, elle avait vite compris la raison pour laquelle il y avait eu si peu de survivantes. L'énergie que les naufragés avaient dû déployer pour s'extraire des entrailles du paquebot en perdition et ensuite s'accrocher à la rambarde lorsque l'*Empress of Ireland* avait roulé sur le flanc relevait de l'exploit. Elle-même se demandait si elle aurait eu la force d'y parvenir. Les larmes qu'elle avait retenues depuis son arrivée lui piquaient les yeux. Elle cligna plusieurs fois des paupières pour les refouler. Cette journée s'était révélée éprouvante à plus d'un égard et ses nerfs n'étaient pas loin de flancher.

Aimeline jeta un regard en biais à Nora. La pétillante rousse avait perdu son éclat et son éternelle joie de vivre. Un pli marquait son front et une ombre voilait ses prunelles rieuses en temps normal. L'épuisement la faisait paraître plus vieille que ses dix-neuf ans. Quant à Elisabeth, elle n'avait plus sa fraîcheur habituelle, même sa robe était froissée et maculée à certains endroits. Aimeline constata avec accablement qu'elle ne valait guère mieux. Tout en prenant appui sur l'un des murs de briques, elle leva les yeux vers le ciel, à la recherche d'un peu de réconfort.

Les quatre frères McNeil arrivèrent sur ces entrefaites. Darren eut un coup au cœur à la vue des traits tirés d'Aimeline. Trop fatigué pour combattre les sentiments qu'il éprouvait, il se dirigea vers la jeune femme d'un pas lourd, laissant en plan Malcom, Eliot et Clyde.

— Aimeline, souffla-t-il avec tendresse en avançant à sa hauteur.

D'instinct, il releva le bras et enveloppa le visage de la jeune femme de l'une de ses mains. Avide de chaleur humaine, Aimeline pressa sa joue contre cette paume calleuse. Ils demeurèrent dans cette position pendant quelques secondes avant qu'un raclement de gorge discret ne se fasse entendre derrière eux. Darren retira prestement sa main et recula avec une expression renfrognée, prenant Aimeline au dépourvu. Pendant un bref instant, elle avait eu l'impression d'être isolée de tous et de vivre enfin ce à quoi son cœur aspirait tant. Le dur retour à la réalité fut pénible.

De son côté, Darren s'en voulut de cet instant de faiblesse. Si Malcom ne s'était pas interposé, Dieu seul sait quelle bêtise il aurait commise. Les mœurs de la société ne permettaient pas une telle familiarité entre deux jeunes gens, à plus forte raison s'ils n'étaient pas mariés ou fiancés. Il se retourna vers son aîné, qui fut peiné de voir Darren rendosser ce masque impassible qu'il affichait en présence d'Aimeline. Un jour ou l'autre, cet idiot allait devoir prendre conscience du trésor qu'elle représentait. Et de préférence, avant qu'un autre prétendant la lui ravisse sous le nez. Aimeline avait dix-huit ans, elle ne tarderait plus à convoler et à fonder sa propre famille.

Malcom se frotta le menton avec agacement. Le temps était venu pour lui de tenter de faire entendre raison à son borné de frère. Mais l'instant était mal choisi, mieux valait attendre le moment propice.

— Rentrons, se contenta-t-il de dire avant de ramener son attention sur Aimeline.

Elle avait le teint pâle et les yeux éteints, ce qui ne laissait rien présager de bon. De toute évidence, les dernières heures avaient été éprouvantes pour les filles. Comme Malcom se faisait cette réflexion, Nora émergea de la gare. Il eut un claquement de langue réprobateur en apercevant le visage défait de sa sœur.

Il voulut s'approcher de sa sœur pour la prendre dans ses bras, mais celle-ci se raidit en durcissant le regard. Malcom savait qu'elle déployait un effort considérable pour ne pas s'effondrer devant eux. Le moindre signe de sollicitude risquait de faire voler en éclats les barrières fragiles qu'elle était parvenue à ériger pour se protéger. Il hocha la tête dans sa direction pour lui signifier qu'il avait compris, et qu'il serait là si elle avait besoin de lui. Nora sentit sa lèvre inférieure trembler légèrement quand elle acquiesça en silence. Puis, elle se retourna vers Aimeline.

— Elisabeth est partie retrouver sa mère, qui devrait nous rejoindre sous peu.

Sa voix n'avait pas flanché, mais elle n'était pas aussi assurée qu'en temps normal. Darren échangea un regard entendu avec Malcom. Ce n'était pas l'envie qui lui manquait de prendre Aimeline dans ses bras, et il devait se faire violence pour résister à cette pulsion primitive. Il se racla la gorge pour se donner une contenance, mais faillit perdre ce combat en apercevant Nora étreindre la main d'Aimeline avec force. Toutes deux semblaient désemparées. C'était un véritable crève-cœur.

Par chance, Mme Bennet venait vers eux en compagnie de sa fille, de Charlotte et d'Esther. Darren coula un coup d'œil en direction de Clyde et nota que son frère s'était ressaisi, ne laissant rien transparaître de son instant de faiblesse précédent. D'ailleurs, il le vit s'avancer vers Charlotte pour la supporter. Ce fut à ce moment-là que Darren prit conscience du silence d'Esther, ce qui était inhabituel de sa part. Il prit une profonde inspiration et expira brusquement. Certes, ils avaient tous contribué à une juste cause, mais les répercussions sur chacun d'eux risquaient de se faire ressentir de manière durable.

Alors qu'elles revenaient vers le chariot, Aimeline entoura Esther par les épaules en la serrant contre son flanc. La petite n'opposa aucune résistance, signe qu'elle était troublée. Malcom s'empressa de harnacher leur cheval pendant que les autres grimpaient à bord. Darren aida Nora et Esther à monter, mais, lorsqu'il se retourna vers Aimeline, il constata avec une pointe de contrariété qu'elle s'était débrouillée seule et l'avait ignoré. Il eut un soupir agacé.

Une fois assis à son tour, il chercha à croiser le regard d'Aimeline, mais celle-ci l'évitait, se concentrant plutôt sur Esther. À la vérité, Aimeline s'inquiétait du mutisme dans lequel était plongée sa sœur, qui était volubile en temps normal, mais elle devait aussi avouer que Darren la laissait perplexe. Il se montrait tantôt froid et réservé, tantôt attentionné et avenant. Aimeline sentit sa poitrine se comprimer au souvenir de la dernière volte-face du jeune homme. Darren l'avait réconfortée en posant sa paume contre sa joue, lui faisant entrevoir un coin de paradis. Puis, il s'était reculé de manière abrupte. Il était redevenu distant et glacial, et elle en avait eu le souffle coupé. Ce rejet inexplicable s'ajoutait à ceux survenus au cours de la dernière année, effritant peu à peu ses espoirs de jeunesse.

Darren ne cachait pas qu'il prenait plaisir à voyager et à travailler sur des chantiers d'envergure, faisant fi de tout projet familial. Il ne lui avait pas fait de promesse ni déclaré le moindre sentiment. Pourtant, elle avait cru qu'il tenait à elle et la considérait d'un regard différent. Mais elle devait s'être bercée d'illusions, prenant ses rêves pour la réalité et voyant des rapprochements là où il n'y en avait pas.

Elle pressa Esther contre elle et frotta son dos en guise de réconfort. De toute façon, rien ne servait de tenter d'y voir clair pour l'heure. Ils étaient tous bouleversés par les événements et n'arrivaient pas à réfléchir de manière cohérente. Malgré elle, son esprit la ramena aux paroles de l'une des femmes qu'elle avait essayé d'apaiser. Au souvenir de l'épreuve que cette rescapée avait vécue, la gorge d'Aimeline se serra. Puis, des larmes emplirent ses yeux. Perdue dans ses réflexions, la jeune femme ne chercha pas à les dissimuler.

Henrietta Westwood, une immigrante installée à Toronto depuis neuf ans, avait tout ce qu'il fallait pour être heureuse : un mari aimant qui exerçait un métier honorable et qui était en plus membre de la fanfare de l'Armée du Salut. Elle profitait des différents concerts auxquels son époux, Frank Percy Brooks, participait pour rendre visite à leurs familles en

Angleterre. Ils se trouvaient tous deux à bord de l'*Empress of Ireland* en compagnie de leur petite fille de neuf ans, Dorothy. La nuit du naufrage, Frank logeait en deuxième classe et partageait sa chambre avec un collègue, alors qu'Henrietta et Dorothy occupaient une cabine en troisième classe. La pauvre femme fut donc abandonnée à son triste sort avec son enfant au moment de l'impact.

Un frisson parcourut Aimeline à cette pensée. Elle n'osait imaginer la terreur et le désespoir éprouvés par la jeune mère à l'instant fatidique. Elle eut un sanglot étranglé qu'elle contint avec peine. Henrietta Westwood avait réussi à s'extraire du bateau en perdition avec Dorothy en déployant une énergie et une volonté hors du commun. Tout ce temps, elle avait tenu le bras de sa fille, s'y accrochant de toutes ses forces. Puis, lorsqu'elle s'était retrouvée à l'eau, l'horreur avait saisi Henrietta. Dorothy avait disparu, engloutie par les flots glacials.

Aimeline pressa ses lèvres pour étouffer un cri de désarroi. Toutes ces morts auraient pu être évitées. C'était affreux ! Des histoires comme celle d'Henrietta Westwood, il y en avait des dizaines. Comment rester insensible à ce drame ? C'était impossible. Elle plaqua une main sur son ventre en se remémorant le récit d'une autre rescapée.

L'émotion l'avait submergée quand la femme lui avait décrit le sort funeste qu'avait connu l'une de ses compatriotes, Mary Parker. Celle-ci se rendait en Angleterre pour rendre visite à sa famille. Elle voyageait avec sa fille Reta, âgée de vingt-deux mois, une enfant adorable et pétillante de vie. Toutes les deux avaient péri dans le naufrage, leurs corps demeurant prisonniers du paquebot. Plus cruel encore, la jeune mère était enceinte. Quelle tragédie pour l'époux de Mary Parker lorsqu'il ferait la macabre découverte ! Tant d'existences marquées à tout jamais, de pertes déchirantes… De nouvelles larmes traîtresses roulèrent sur les joues d'Aimeline, qui étouffait. Il fallait qu'elle descende de la voiture.

— Malcom, arrête-toi ! cria-t-elle d'une voix aiguë.

L'aîné des McNeil lui lança un coup d'œil par-dessus son épaule et jura à la vue de son visage défait. D'emblée, il tira sur les brides. Le cheval freina net. Aimeline, qui s'était redressée à demi, serait tombée par-dessus bord si Darren ne s'était pas retrouvé à ses côtés pour la rattraper.

— Sapristi ! Qu'est-ce qui te prend ? s'emporta-t-il.

Il en avait été quitte pour une bonne frayeur. Furieux, il s'apprêtait à la houspiller, mais s'immobilisa d'un coup lorsqu'elle se tourna vers lui et qu'il aperçut sa mine ravagée.

— Aimeline…, murmura-t-il, saisi.

Il voulut la ramener près de lui, mais elle dégagea son bras d'un geste sec et sauta en bas de la carriole. Elle n'avait pas vu le paysage défiler sous ses yeux en cours de route, mais elle reconnut rapidement au loin l'église en bordure de la baie sablonneuse de Sainte-Luce, un petit village situé entre Rimouski et Métis. C'était à cette hauteur que l'*Empress of Ireland* avait coulé, au large des côtes. Incapable de se contenir, Aimeline s'éloigna en courant sans un mot d'explication. Soucieux, Darren enjamba le rebord du chariot en vitesse.

— Laissez-moi lui parler ! s'adressa-t-il aux autres lorsque Nora et Charlotte se levèrent.

La détermination qu'il affichait fit rasseoir les deux jeunes filles.

— Darren, elle est bouleversée, crut bon de spécifier Eliot.

— J'en suis conscient. C'est pourquoi je préfère l'aborder seul.

Darren eut un rictus amer en notant l'expression sceptique de son frère. De toute évidence, Eliot avait des réserves en ce qui le concernait. Mais il avait tort. Nora était chamboulée et ne pouvait être d'une quelconque aide. Quant à Charlotte et à Esther, elles n'avaient pas l'âge de comprendre certaines choses de la vie. Pour sa part, il connaissait suffisamment Aimeline pour deviner la cause de sa détresse.

— Restez ici ! insista-t-il. Je m'occupe d'elle !

Sur ces paroles catégoriques, il s'éloigna à grandes enjambées. À vrai dire, il ne voulait pas songer à la raison qui le poussait à agir de la sorte. C'était préférable, surtout dans son état d'esprit actuel. La journée s'était révélée assez éprouvante comme cela.

Il eut tôt fait de rejoindre la jeune femme, laquelle se tenait debout, face à la mer, les bras enroulés autour de la taille. Elle semblait perdue et vulnérable, ce qui le déstabilisa l'espace de quelques secondes. Puis, se reprenant, il s'avança vers elle à pas mesurés. Maintenant qu'il se trouvait près d'Aimeline, il ne savait plus de quelle manière l'aborder. En levant la main, il frôla son épaule avec délicatesse, de crainte de l'effaroucher.

Elle ne broncha pas, le regard rivé sur le large. Darren se rapprocha davantage. Ils étaient seuls sur la plage et le soleil commençait à descendre à l'horizon. Ils ne pouvaient s'attarder sur les lieux, sinon ils seraient surpris par la noirceur en cours de route, ce que Malcom souhaitait éviter. Toutefois, deux ou trois petites minutes de sursis seraient bénéfiques à Aimeline. D'autant plus qu'il la sentait trembler sous sa paume.

Par réflexe, il la tira à lui pour qu'elle puisse profiter de sa chaleur et retint un soupir las pour ne pas la perturber outre mesure. Les vagues venaient mourir à leurs pieds avec de plus en plus de force, comme si la mer cherchait à se déchaîner. La marée montante avait rapporté avec elle des débris qui s'étaient échoués sur le sable. S'agissait-il de morceaux provenant de l'*Empress of Ireland*? C'était fort possible. Darren pria pour que d'autres corps ne soient pas rejetés sur la grève dans les prochains jours afin d'éviter de traumatiser d'éventuels promeneurs.

— Tu crois que c'est une chaise longue du paquebot? demanda Aimeline d'une voix désincarnée en désignant du menton l'objet en question.

Surpris, Darren regarda en direction de l'objet. Il ne put retenir son soupir cette fois-ci. Il reconnut une chaise de pont qui était utilisée sur les bateaux luxueux et, derrière, il vit une moitié de chaloupe qui gisait également sur la berge, retournée sur le flanc. Nul besoin de s'approcher pour déchiffrer les lettres inscrites sur la coque. Il était certain qu'il s'agissait de vestiges provenant de l'*Empress of Ireland*. Malgré tout, il préféra se montrer circonspect dans sa réponse.

— C'est possible…

Aimeline fut parcourue d'un frisson.

— Ce qu'ils ont vécu est terrifiant, parvint-elle à prononcer.

Darren étreignit la jeune femme avec sollicitude.

— Je sais…

Le hoquet étouffé que laissa échapper Aimeline lui chavira le cœur. Au même moment, un gilet de sauvetage vint choir contre les chevilles délicates de la jeune femme, qui baissa les yeux vers l'objet, les joues ruisselantes de larmes.

— La petite Dorothy n'a eu aucune chance d'en réchapper. Sa mère n'a pas pu lui enfiler une veste..., se désola Aimeline, sa voix se cassant sur ces dernières paroles.

Darren la retourna et la serra contre lui. À l'abri entre ses bras, elle laissa libre cours à son chagrin, les épaules secouées par de profonds sanglots. Il raffermit son étreinte et glissa une main apaisante sur sa nuque. D'eux-mêmes, ses doigts s'insérèrent dans les boucles soyeuses d'Aimeline, puis, dépassé par les événements, Darren déposa un baiser empreint de tendresse sur le sommet de sa tête. Tout en la berçant, il lui murmura des mots de réconfort.

Aimeline était désemparée et n'arrivait plus à contrôler ses nerfs. Il y avait eu cette boule restée coincée dans sa gorge toute la journée, alors que son cœur demeurait comprimé dans un étau. Puis, Darren l'avait entourée d'un geste protecteur, faisant voler en éclats ses dernières réserves. Elle pleurait désormais tout son soûl, songeant à la mort de tous ces malheureux, à l'horreur vécue par les survivants et à la douleur que lui infligeait la haine de sa mère.

C'était comme si la digue qui retenait ses larmes et sa souffrance se rompait d'un coup. Elle se sentait misérable et s'accrochait à Darren comme à une bouée de sauvetage. Il représentait son unique point d'ancrage dans cette tourmente, une force tranquille et immuable.

Lorsque Aimeline vacilla, Darren enroula son bras musclé autour de sa taille. Submergée par l'émotion, elle demeura le visage enfoui contre son torse. Soucieux, le jeune homme lui releva la tête avec douceur en glissant un doigt sous son menton. Quand son regard croisa celui de Darren, Aimeline tressaillit. C'était la première fois qu'elle voyait luire une telle intensité dans ses prunelles. Puis, avant qu'elle ne puisse s'interroger davantage, Darren captura ses lèvres avec une infinie douceur. Ignorant comment elle devait réagir, elle resta interdite quelques secondes, puis lui répondit avec une timidité émouvante.

Darren était incapable de résister à cette étreinte. Tout son être la réclamait. À peine eut-il amorcé cette réflexion qu'il recula d'un pas. Il n'aurait pas dû provoquer ce baiser, ce n'était pas loyal envers Aimeline, qui méritait plus qu'une incartade d'un soir. Il passa une main lourde sur son visage pour tenter de reprendre ses esprits. Le problème, c'était que son cœur semblait vouloir refuser d'écouter la voix de la raison.

— Je suis désolé, commença-t-il, piteux. C'est inacceptable de ma part. Je n'avais aucun droit de me permettre de telles privautés avec toi.

Aimeline hocha faiblement la tête tout en frôlant ses lèvres du bout des doigts. Elle était complètement perdue. C'était la première fois qu'un garçon échangeait un baiser avec elle. Même si elle savait que l'Église réprouvait ce genre de liberté entre jeunes gens, elle avait aimé l'expérience. Est-ce que cela faisait d'elle une dévergondée ? Elle ne pouvait le croire.

Un silence lourd s'installa entre eux, la rendant nerveuse, surtout que Darren la fixait d'une étrange manière. Attendait-il une réponse d'elle ? Elle chercha une répartie judicieuse à lui offrir, mais n'en trouva aucune. En fait, elle était perturbée et n'arrivait pas à réfléchir de façon intelligente. Darren avait laissé sous-entendre que ce qui venait de se produire était mal, pourtant elle se sentait légère, comme s'il lui poussait des ailes dans le dos.

— Aimeline…, l'appela Darren, incertain. Dis quelque chose.

— Je… Je…, bredouilla-t-elle, confuse.

Inapte à retrouver le fil de ses pensées, elle baissa la tête.

— Aimeline, répéta Darren d'une voix plus rauque.

Elle sentit le souffle chaud du jeune homme glisser sur sa peau et ses doigts suivre le même chemin. Cette caresse fut si douce qu'elle crut l'avoir rêvée. Remué jusqu'au plus profond de son être, Darren dessina l'arrondi de la joue satinée de sa compagne avant de descendre sur ses lèvres pleines. C'était plus fort que lui. Aimeline le troublait comme nulle autre femme. Il aurait dû retourner avec elle à la carriole séance tenante, mais c'était impossible. Tout ce qu'il désirait, c'était goûter une nouvelle fois à la saveur fruitée de la bouche de la jeune femme. Il y avait si longtemps qu'il y aspirait.

Il prit le visage d'Aimeline en coupe pour lui ravir un second baiser, sachant d'entrée de jeu que c'était une grave erreur. Mais incapable de réfréner son élan, il l'incita à entrouvrir les lèvres. Un grognement rauque remonta dans sa poitrine lorsqu'il les frôla de sa langue. Elle eut un léger sursaut avant d'émettre un gémissement exquis. Perdant tout contrôle, Darren laissa ses mains descendre le long du dos d'Aimeline, puis il enserra ses hanches d'une étreinte possessive pour les plaquer contre lui. Une décharge électrique le parcourut au contact des courbes délicates de sa compagne.

— Bonté divine ! grommela-t-il en s'arrachant à la jeune femme.

Perturbé, il fourragea dans sa chevelure, l'ébouriffant davantage. Chancelante sur ses jambes, Aimeline peinait à se reprendre, soufflée par ce baiser enfiévré. Retrouvant ses esprits, Darren l'attrapa par le poignet et l'entraîna derrière lui sans mot dire. Il devait retourner à la charrette, et vite, avant qu'il ne perde le peu de raison qu'il lui restait. Cette étreinte avait eu le goût du péché, et le pire, c'était qu'il en redemandait.

Les foulées de Darren étaient si grandes qu'Aimeline éprouvait de la difficulté à suivre le rythme. Ce fut tout juste s'il ralentit la cadence lorsqu'elle trébucha sur une pierre. Quand ils arrivèrent en vue du petit groupe, Darren poussa pratiquement Aimeline dans la voiture avant d'y grimper à son tour.

— Accroche-toi, lâcha-t-il dans un grognement, avant de s'asseoir et d'ordonner à Malcom de repartir.

Son frère lui jeta un drôle de regard, puis fronça les sourcils en voyant les lèvres gonflées d'Aimeline. Il s'apprêtait à dire quelque chose, mais se ravisa à la vue de l'expression féroce de Darren. Un événement de taille était survenu entre son frère et la jeune Beaupré. Un élément qui lui échappait pour l'instant, mais il avait l'intention de découvrir de quoi il retournait.

Gardant les yeux rivés sur ses bottes, Darren s'en voulait de son égarement passager. Il était stupide de s'être autorisé une telle familiarité avec Aimeline et il suspectait qu'il s'en mordrait les doigts dans les jours à venir. *Crénom de Dieu !* Qu'est-ce qui lui avait pris ? Pourquoi avait-il fallu qu'il se laisse aller ainsi, avec sa voisine de surcroît ? Nul doute que

Rosaire Beaupré ne se gênerait pas pour lui faire passer un mauvais quart d'heure s'il l'apprenait. Darren tenta de mettre de l'ordre dans son esprit. Il ne lui restait que quelques jours avant son départ pour Montréal, ce n'était pas le temps de faire l'idiot.

Un avenir prometteur l'attendait, et il ne lui restait que trois cours à terminer avant d'être diplômé en mécanique. Par chance, il aurait accès à la bibliothèque située à Atwater durant son séjour dans la grande ville afin de parfaire ses connaissances dans les livres techniques qui garnissaient la section de la Mechanics' Institute. Le parfait moyen pour prendre de l'avance et se perfectionner. Il pouvait remercier sa mère de lui avoir enseigné l'anglais en même temps que le français et de l'avoir poussé à se scolariser, alors que les enfants des familles de Métis quittaient souvent l'école après la troisième année pour travailler à la ferme. Ses frères, Nora et lui étaient tous redevables à leurs parents, car, ainsi, chacun pouvait prétendre à la vie qu'il désirait. Une chance unique que Darren ne pouvait pas se permettre de foutre en l'air.

Renforcé dans sa détermination, il jeta un coup d'œil rapide en direction de sa compagne. Aimeline s'était parée d'un calme olympien qui forçait son admiration, mais qui l'agaçait à la fois. Qu'est-ce qui lui arrivait ? Il aurait dû être soulagé, au contraire, que la jeune femme parvienne à contrôler ses nerfs. Il tiqua. Il n'était plus capable de considérer Aimeline comme une simple amie d'enfance désormais, à cause de ce maudit baiser. Il grommela dans sa barbe. Il était mal barré…

Aimeline eut une exclamation étouffée en apercevant l'expression sombre de Darren. À croire qu'il en avait après le monde entier ou qu'il lui reprochait leur brève incartade sur la plage, ce qui n'avait aucun sens. Après tout, c'était lui qui avait amorcé ce rapprochement intime entre eux.

À ce souvenir, elle eut soudain chaud. À la vérité, si elle se montrait honnête avec elle-même, force était de reconnaître que Darren ne l'avait pas bousculée ni forcée. Non seulement elle avait répondu à ce baiser, mais elle avait souhaité qu'il aille plus loin. Ses joues s'empourprèrent à la seule pensée d'avoir désiré que les mains robustes de Darren s'aventurent sur certaines parties de son anatomie. Elle frémit et dut se mordre la lèvre inférieure pour réfréner un gémissement.

Mal à l'aise, elle détourna les yeux et préféra contempler le paysage environnant. La réaction brusque de Darren après leur étreinte aurait dû la refroidir, mais son cœur ne semblait pas vouloir le comprendre. Elle se tordit les doigts en raidissant l'échine, puis laissa fuser un soupir tremblotant. Qu'espérait-elle au juste ? Darren menait sa vie comme il l'entendait. Il n'y avait aucune place pour elle dans ses projets. Tout chez lui le proclamait. Aimeline sentit ses poumons se comprimer. Elle devait regarder la vérité en face : le temps était venu d'oublier une bonne fois pour toutes ses rêves insensés concernant Darren McNeil. Le baiser qu'ils avaient échangé ne représentait rien pour lui. Son estomac se retourna. Vivement qu'elle arrive à destination ! Elle avait eu son lot d'épreuves pour la journée. Elle tressaillit en repensant aux événements survenus à Rimouski. Lorsque sa gorge se serra de nouveau, elle se raidit. *Non !* se raisonna-t-elle. Hors de question de permettre à son esprit d'aller dans cette direction. Elle était beaucoup trop à fleur de peau pour s'y risquer. Les muscles de sa nuque se contractèrent sous l'effort fourni pour demeurer en contrôle de ses émotions. Elle prit une profonde inspiration, puis la retint quelques secondes avant de l'expirer.

Darren, qui l'observait entre ses yeux mi-clos, crispa la mâchoire. Il la sentait sur des charbons ardents. La courtoisie aurait recommandé qu'il s'excuse auprès d'elle pour son écart de conduite, mais il n'en avait pas le courage. Il grinça des dents devant ce constat pitoyable. Sa mère aurait honte de lui, et, pour cause, il agissait comme un couard. Ce qui l'irrita d'autant plus. Il chercha d'emblée une meilleure position sur le plancher inconfortable de la charrette tout en grommelant contre les cahots de la route qui le malmenaient. Selon toute vraisemblance, Malcom était pressé d'arriver, et Darren ne pouvait lui en vouloir. Plus vite il tiendrait Aimeline à distance, mieux il s'en porterait.

N'ayant aucune envie de s'attarder sur l'amalgame d'émotions qui l'assaillaient, il s'efforça de réorienter le cours de ses réflexions vers ce qui s'était produit à Rimouski. Déplacer tous ces corps sans vie avait été éprouvant à plus d'un égard. Mais le plus dur avait été de contenir ses émotions lorsque des naufragés, visiblement à bout de forces, avaient dû se présenter au hangar pour venir y identifier leurs proches. Voir ces hommes s'effondrer les uns après les autres en découvrant la dépouille d'une épouse parmi les cadavres ou celle d'un enfant chéri avait ébranlé Darren. Il se pinça l'arête du nez à ce souvenir et déglutit avec peine. Pour rien au monde, il ne désirait revivre un tel cauchemar. Et que dire des marins qui sillonnaient le fleuve à la recherche de victimes oubliées ? Ces individus faisaient preuve d'un altruisme digne de mention. Lui-même ignorait s'il aurait eu le courage de repêcher tous ces cadavres pour les transporter à Rimouski.

Il secoua la tête avec affliction. Tout s'était déroulé si vite que la plupart des passagers étaient demeurés captifs du navire au moment du naufrage, l'équipage ayant à peine eu le temps de mettre des chaloupes à la mer avant d'abandonner les voyageurs à leur triste sort. Comment une telle tragédie était-elle possible ? Assurément, il y aurait une investigation pour découvrir les circonstances ayant conduit à cette catastrophe. D'ailleurs, le coroner du district de Rimouski était déjà à l'œuvre. Darren l'avait croisé quelques fois durant la journée. Le juge d'instruction recueillait les témoignages des survivants, du personnel et du commandant de l'*Empress of Ireland*, Henry George Kendall. Darren l'avait même aperçu en train de prendre des notes en compagnie de Jean-Baptiste Pouliot, le capitaine du *Lady Evelyn*, l'un des premiers navires à arriver sur les lieux après qu'un signal de détresse eut été lancé.

Devant l'ampleur du désastre, le coroner n'aurait pas le choix d'ouvrir une enquête publique. C'était du moins ce que Darren ferait à sa place. Cet homme aurait besoin d'experts de la navigation, d'ingénieurs maritimes, d'avocats et de plusieurs autres personnes pour venir à bout d'analyser tous les éléments rassemblés. De mémoire, Darren ne se souvenait pas d'avoir entendu parler d'une tragédie aussi catastrophique, mis à part le naufrage du *Titanic*, survenu deux ans plus tôt. Nul doute que les survivants et les familles des victimes demanderaient des comptes au Canadian Pacific. La compagnie risquait de souffrir des suites de cet accident, à moins que le *Storstad* ne récolte tous les blâmes. Dans un cas comme dans l'autre, les répercussions seraient désastreuses.

En tant que mécanicien, Darren n'aimerait pas se retrouver à la place des professionnels qui allaient devoir s'expliquer devant une commission d'enquête de cette envergure, sans parler de la confusion générale qui accompagnerait les dépositions des rescapés. Personne ne ressortait intact d'une telle épreuve. De plus, il était à prévoir que des journalistes afflueraient de partout pour recueillir les témoignages les plus marquants afin de faire mousser les ventes de leurs publications. La petite ville de Rimouski serait assaillie et deviendrait le centre d'attraction du monde pour un bref instant. Tous les regards seraient tournés vers ses habitants. Il était certain que la nouvelle du naufrage ferait la une de tous les quotidiens dès le lendemain matin, avec son lot de spéculations et de détails lugubres. Darren grimaça. Il n'avait jamais été fervent de la presse à scandale, même lorsqu'il résidait à Montréal durant la période des chantiers.

L'esprit à la dérive, il laissa son regard errer sur le paysage qui défilait devant lui. Et par un détour macabre de son cerveau, ses pensées prirent une direction tordue. Sans crier gare, le visage d'Aimeline se superposa à celui sans vie de victimes qu'il avait vues entassées dans le hangar vingt-sept. Son souffle se bloqua dans sa gorge, puis une sueur froide glissa dans son dos. Aimeline était délicate et frêle, elle n'aurait pas eu la force de sortir vivante des entrailles du paquebot qui sombrait. Il eut l'impression de recevoir un coup de massue derrière la tête et dut s'accorder quelques secondes afin de permettre aux battements précipités de son cœur de ralentir. Il crispa les doigts sur le rebord en bois de la carriole. Il n'améliorerait pas sa situation avec des réflexions de ce genre.

Il plissa les yeux et reporta son attention sur la jeune femme. Aimeline demeurait impassible, ne laissant rien transparaître de ses émotions. Darren devinait que la journée avait été rude pour elle, sans mentionner l'altercation survenue avec sa mère avant leur départ de la ferme. Au regard des derniers événements, il se maudit pour les paroles blessantes qu'il avait prononcées plus tôt. Elle n'avait certainement pas besoin qu'il la brusque et ajoute à son désarroi. Il lui devait des excuses ; pour ça et pour ce qui s'était passé sur la plage.

— Aimeline, se risqua-t-il d'une voix basse.

— Nous sommes arrivés! le coupa Malcom en tirant sur les brides pour faire ralentir le cheval.

Ils furent tous secoués lorsque la charrette s'immobilisa. Darren ravala un juron de dépit et se sentit coupable en voyant qu'Aimeline tenait Esther contre elle. La petite n'avait pas émis le moindre commentaire depuis leur départ, ce qui ne lui ressemblait pas. S'il avait été plus attentif, il aurait remarqué son minois chiffonné.

— Est-ce que ça va aller, p'tite mère? s'informa-t-il, soucieux.

Esther haussa les épaules avant de sauter en bas de la carriole et de s'éloigner. Darren s'empressa de débarquer pour aider Aimeline, mais elle ignora la main qu'il lui tendit et rejoignit sa sœur sans même lui jeter un regard. Pris au dépourvu, il demeura figé. Il n'eut pas connaissance que Clyde assistait Charlotte pour descendre ni que Rosaire Beaupré venait vers eux pour les accueillir. Ce ne fut que lorsque Malcom donna le signal du départ que Darren se secoua. Il bondit à bord avec une expression rembrunie. Après avoir adressé un bref salut à Rosaire Beaupré, Malcom s'engagea de nouveau sur la route de terre. Le soleil était sur le point de céder sa place à la noirceur de la nuit. Il était plus que temps que la famille McNeil regagne sa ferme. Darren vit Aimeline disparaître au détour du chemin, et les muscles de son visage se durcirent. Il n'aimait pas l'idée de l'abandonner ainsi…

Quant à la jeune femme, elle frissonna sous la brise fraîche du crépuscule et resserra les pans de sa veste autour de ses épaules en raidissant la nuque. Elle était résolue à ignorer

Darren, même si agir de la sorte lui écorchait le cœur. Sensible à l'humeur de sa sœur, Charlotte lança un regard en biais vers elle, mais préféra s'abstenir de tout commentaire à la vue de son visage crispé.

3

Aimeline descendit les marches du perron, le bois craquant sous ses pieds. Elle n'y prêta pas attention, habituée aux bruits saugrenus de la vieille demeure. La maison appartenait à sa famille depuis plusieurs générations et s'était transmise de père en fils au fil du temps, tout comme la ferme et les champs environnants. À l'instar de ses ancêtres, son père s'était attaché à cette terre nourricière. Pour Aimeline, il en allait de même. Les traditions familiales revêtaient une importance capitale à ses yeux et devaient être respectées. Elle ne se voyait pas faire sa vie autre part qu'à Métis.

Elle prit une profonde inspiration, appréciant l'air salin qui provenait du large et l'odeur d'épinettes qui se dégageait du boisé sur sa gauche. Un sourire fleurit sur ses lèvres lorsqu'elle chassa tous ses soucis de son esprit. Un soleil éblouissant se détachait du ciel d'un bleu limpide, une journée idéale pour faire un pique-nique. Autant profiter du climat anormalement doux en cette saison, surtout que le temps pouvait se montrer capricieux et changeant près du fleuve.

Elle survola les champs du regard. Le moment était venu de creuser les sillons et d'ensemencer la terre. Un travail éreintant pour son père qui cumulait des années de dur labeur. S'il avait eu des fils en âge de le seconder, le poids de la besogne aurait pesé moins lourd sur ses épaules. Par malheur pour lui, il n'avait d'abord eu que des filles, et l'unique garçon né ensuite était encore beaucoup trop petit pour l'assister. Aimeline avait espéré s'unir à Darren et le voir prendre la relève de la ferme, mais ce rêve s'était révélé illusoire. Par bonheur, son père avait trouvé un nouvel apprenti. Un certain Léopold Gauthier s'était présenté à la maison, deux jours plus tôt, pour s'entretenir avec lui. Aimeline l'avait entrevu et le peu qu'elle avait eu la possibilité de noter lui semblait prometteur. L'homme était jeune, paraissait solide et s'était montré fort courtois en la croisant. Elle en avait appris plus sur lui par la suite, lorsqu'elle avait surpris une conversation privée entre ses parents.

Léopold Gauthier était à bord de l'*Empress of Ireland* au moment de la tragédie. Il était en route pour le Vieux Continent et accompagnait sa sœur aînée qui désirait y retrouver la famille de son défunt époux. Malencontreusement, elle avait péri au moment du naufrage, plongeant son frère dans un profond chagrin. Lui-même avait réussi de justesse à s'extraire du paquebot avant le naufrage. Un couple de Rimouski l'avait recueilli, puis lui avait apporté le soutien nécessaire pour lui permettre de passer à travers cette épreuve. Il leur en serait éternellement reconnaissant. N'ayant plus rien qui le rattachait à l'Europe, il avait décidé de s'établir dans le coin. C'était lors d'une conversation avec ses bienfaiteurs qu'il avait appris que Rosaire Beaupré cherchait quelqu'un pour l'aider avec la ferme.

C'était une bonne chose pour son père, selon Aimeline. Il trimait tellement dur qu'il s'échinait à la tâche. Les champs le long du fleuve étaient fertiles, favorisant la culture de l'orge, mais c'était un travail harassant. Cependant, c'était cette même terre riche qui avait attiré l'attention de John Molson à une certaine époque. Lorsqu'il était arrivé d'Angleterre, il avait découvert le potentiel de la région et n'avait pas hésité à distribuer des semences provenant d'Europe aux agriculteurs locaux. Le grand-père d'Aimeline faisait partie de ceux qui avaient accepté de se convertir. Au lieu de faire pousser le blé traditionnel, il s'était lancé dans la culture de l'orge afin de pouvoir approvisionner la brasserie Molson en matière première pour la création de sa bière. Une malterie avait ouvert à Montréal et, dès lors, toutes les céréales utilisées à la préparation du malt avaient été engrangées dans les silos de la compagnie. D'entrée de jeu, un lien étroit s'était tissé entre Molson et les fermiers qui exploitaient leurs terres agricoles pour son compte. Le père d'Aimeline mettait un point d'honneur à lui fournir la meilleure qualité en s'assurant de respecter toutes les exigences requises.

La priorité de Rosaire Beaupré avait toujours été de nourrir sa famille et il y parvenait très bien. Avec les surplus qu'il faisait, il lui était même possible de se procurer des biens plus luxueux, comme la machine à laver qu'il venait d'acheter et qui allégerait la tâche des filles. Aimeline eut un sourire entendu. Depuis cette acquisition, ses sœurs et elle se chamaillaient pour déterminer qui aurait le privilège d'utiliser l'appareil moderne, mis à part Violette, évidemment, qui ne voulait rien savoir de cette tâche ingrate. Refusant de s'appesantir sur les travers de son aînée, Aimeline reporta son attention sur la charrette stationnée devant la maison. Rosaire avait décidé d'emmener sa famille à un pique-nique organisé par des habitants du coin, près du chemin Kempt dans les collines. C'était l'endroit idéal pour s'installer, parmi les coquelicots, les myosotis et les boutons d'or.

En quelques pas, Aimeline rejoignit son père qui patientait près du cheval. Il caressait l'encolure de la bête pour l'inciter à demeurer calme.

— Mère et Violette ne devraient plus tarder.

Rosaire acquiesça en silence en lui adressant un faible sourire. Il connaissait suffisamment la coquetterie de son aînée pour savoir à quoi s'attendre. Du menton, il désigna l'arrière de la charrette pour inviter Aimeline à y prendre place en compagnie de son frère et de ses sœurs cadettes. Comme à son habitude, Violette s'installerait à l'avant aux côtés de leurs parents. Aimeline réfréna un soupir désabusé, préférant s'abstenir de rajouter au fardeau de son père. De toute façon, elle s'était promis de profiter au maximum de cette journée, surtout que Nora lui avait confirmé que toute la famille McNeil serait présente, y compris Darren. Aimeline ne l'avait pas revu depuis l'incident survenu sur la plage. Elle en était soulagée, d'une certaine façon, mais le regrettait tout à la fois. Agacée par sa propre faiblesse, elle s'empressa de s'asseoir en se secouant. Après tout, c'était dimanche, jour de repos, autant savourer ce moment de liberté et s'amuser un peu.

Prenant soin de ne pas froisser sa toilette, elle s'installa à la droite de Charlotte. C'était l'unique robe de bon goût qu'elle possédait, contrairement à sa sœur aînée, qui cumulait une quantité de vêtements des plus frivoles. Violette travaillait au Boule Rock, un hôtel luxueux de la région. Elle y gagnait un salaire décent comme femme de chambre, plus qu'Aimeline pouvait en faire chez la famille Bennet. Malgré tout, cela n'empêchait pas Violette de garder tout son argent pour elle, tandis que le reste de la fratrie remettait à leur père chaque pièce reçue. Aimeline défroissa le tissu de sa jupe de la paume. Elle aurait également aimé s'acheter de belles tenues, mais elle refusait de se montrer aussi égocentrique que son aînée.

— Tu es jolie, Aimeline, la complimenta Charlotte en déchiffrant son expression. Plus d'un garçon se retournera sur ton passage.

— Sauf un, répliqua Aimeline malgré elle.

— Je suis désolée pour toi, compatit Charlotte avec tristesse en recouvrant d'une main celle de sa sœur.

Aimeline secoua la tête en affichant une mine contrite.

— Ne fais pas attention à mon humeur. Il y a un moment que je me suis fait une raison concernant Darren McNeil.

Le trémolo dans sa voix chagrina Charlotte, qui aurait tant souhaité que sa sœur connaisse le même bonheur qu'elle vivait avec Clyde. Si quelqu'un le méritait, c'était Aimeline.

— Si ce n'est pas lui qui t'est destiné, c'est qu'un autre attend ta venue quelque part, tenta-t-elle de l'encourager.

— Il serait temps qu'il se manifeste dans ce cas, si je ne veux pas finir aigrie et vieille fille, ironisa Aimeline.

Charlotte lui adressa un sourire confiant.

— Tu es trop merveilleuse pour terminer de cette manière. Que penses-tu du nouveau venu ? demanda-t-elle de but en blanc, prise d'une soudaine inspiration.

— M. Gauthier ? s'exclama Aimeline en écarquillant les yeux de surprise.

Charlotte eut un éclat de rire joyeux, pendant que sa sœur coulait un regard vers leur père afin de s'assurer qu'il n'avait rien entendu de leur conversation.

— Pourquoi pas ? insista Charlotte en baissant la voix d'une octave. Il est plutôt bel homme ! Et ne me dis pas que tu ne l'as pas remarqué ! Je t'ai vue écouter en cachette la discussion entre les parents à son sujet.

Les prunelles d'Aimeline s'animèrent. Il était vrai que, poussée par la curiosité, la jeune femme avait osé tendre l'oreille dans le but de capter les propos échangés entre son père et sa mère. Toutefois, cela ne signifiait pas pour autant qu'elle s'intéressait à Léopold Gauthier.

— C'est tout juste si je l'ai remarqué lorsque je l'ai croisé, protesta-t-elle pour la forme.

— À d'autres qu'à moi ! Tu t'es retournée sur son passage.

— Évidemment que je me suis interrogée ! Un étranger s'est présenté à notre porte. Tu aurais fait pareil.

Alors que sa sœur s'apprêtait à la taquiner de plus belle, Aimeline plissa les yeux.

— Attends une minute ! Comment sais-tu ce que j'ai fait ? J'étais seule dans la cour au moment de sa venue, argua-t-elle.

— Je t'ai aperçue par la fenêtre de notre chambre. Tu avais le regard rivé sur lui.

— C'est faux, se défendit la jeune femme. Je l'ai à peine remarqué.

— Tu m'en diras tant…, insista Charlotte. Mais avoue qu'il est bien fait de sa personne.

— Je te le concède, et il m'a paru charmant de surcroît. Mais on ne peut pas se forger une opinion sur si peu.

— Peut-être… mais c'est un bon départ.

Aimeline éclata de rire à son tour. Même si Charlotte était amoureuse de Clyde McNeil, cela ne l'empêchait pas d'évaluer les messieurs qui gravitaient dans l'entourage de sa sœur. Aimeline lui sut gré d'être si prévenante à son égard. Ce n'était pas surprenant au demeurant. Charlotte possédait un cœur d'or. Aimeline ne connaissait pas âme plus généreuse et sensible que celle de sa cadette.

— Merci, chuchota-t-elle à son oreille en se penchant vers elle.

Charlotte appuya sa tête contre la sienne en enserrant ses doigts avec bienveillance.

— N'empêche... Si papa l'engage, tu le verras tous les jours. Tu pourras donc te montrer attentionnée envers lui.

— Charlotte !

— Quoi ? L'homme a traversé une rude épreuve et il est désormais seul au monde. Un peu de compassion lui serait salutaire.

— C'est possible, mais il n'en demeure pas moins que c'est un étranger. Nous ignorons tout de lui.

— C'est vrai, mais le peu que nous en savons est prometteur. Allez, jure-moi que tu feras un effort pour apprendre à le connaître !

L'expression résolue de sa sœur força Aimeline à réfléchir plus sérieusement à la question. Pourquoi pas, en effet ? Ce n'était pas comme si elle était liée à un autre. Alors, pour quelle raison son cœur se rebellait-il à cette idée ? Elle eut une moue significative qui fit tiquer Charlotte.

— Je t'interdis de soupirer pour cet idiot d'Écossais ! ordonna-t-elle avec une pointe de rudesse.

Aimeline la regarda, bouche bée. C'était la première fois qu'elle voyait sa cadette durcir le ton. Elle qui était douce et posée en temps normal. Il fallait vraiment que Charlotte soit exaspérée par le comportement de Darren McNeil pour s'emporter de la sorte.

— Je sais que tu dis vrai, mais…

— Il n'y a pas de « mais » qui tienne, la coupa Charlotte en fronçant ses jolis sourcils.

— Elle a raison, Aimie, renchérit Esther en se mêlant à la discussion. Tu peux très bien tracer ton propre chemin. Tu n'as pas besoin d'un homme pour y parvenir.

Le reniflement de dédain qui suivit cette tirade arracha un hochement de tête approbateur à Florentine, qui était demeurée silencieuse jusque-là. À vrai dire, la petite, d'abord absorbée par le vol d'un papillon, venait tout juste de prêter attention à la conversation de ses sœurs.

— Florentine Beaupré, tu n'as que huit ans. Que connais-tu de ces choses-là ? s'insurgea Aimeline.

Florentine fourragea dans sa chevelure indisciplinée en dévisageant son aînée.

— Je travaille dans une ferme, répondit-elle d'un ton qui sous-entendait que cela tombait sous le sens.

Margaret eut une expression dégoûtée pendant qu'Esther tenta de cacher son amusement derrière un toussotement. Quant à Alfred, il les observait avec incompréhension, dépassé par la teneur de leurs échanges.

— Bon, il serait préférable que nous changions de sujet, déclara Charlotte avec tact en se raclant la gorge.

Aimeline lui lança un regard contrarié en retour. De toute évidence, tous les membres de sa famille s'intéressaient à sa vie amoureuse, enfin presque, nota-t-elle en voyant sa mère et Violette sortirent de la maison. À vrai dire, elle était soulagée que cette conversation n'ait pas eu lieu en présence des deux femmes. Dans le cas contraire, sa mère l'aurait dévisagée à coup sûr avec condescendance et Violette n'aurait pas manqué l'occasion de tourner en dérision leurs propos.

— Pas un mot de toute cette histoire à mère, avertit-elle ses frangines.

Charlotte acquiesça en silence. Quant à Esther, elle émit un «pff» offusqué, insultée que sa sœur juge utile de le spécifier. Comme si elle irait fanfaronner sur un sujet délicat comme celui-là! Aimeline lui adressa un sourire reconnaissant pour faire la paix. Esther haussa les épaules avant de pivoter vers les plus jeunes. Margaret eut une expression dubitative. Elle n'avait que dix ans, mais elle n'était pas aveugle pour autant. Elle voyait que leur mère se montrait plus dure envers Aimeline, ce qu'elle n'arrivait pas à comprendre. Elle n'allait certainement pas fournir une occasion de plus à celle-ci pour rabrouer sa sœur; Violette s'en chargeait déjà elle-même. En constatant que Florentine n'avait pas obtempéré, Margaret lui tira une couette de cheveux.

— Aïe! cria la benjamine.

— Tu ne dois rien dire, lui ordonna Margaret. Aimie pourrait être punie pour avoir tenu de tels propos avec Charlotte en notre présence.

L'expression grave de Margaret noua la gorge d'Aimeline, qui ne croyait pas que les fillettes étaient conscientes de l'injustice qu'elle vivait au sein de la famille.

— Croix de bois, croix de fer, si je mens, je vais en enfer ! promit Florentine avec solennité.

— C'est correct, Aimie, déclara Margaret avant de déposer un baiser sur la joue de son aînée.

Aimeline enserra Margaret dans ses bras, puis la pressa contre son cœur. Au même moment, la carriole tangua, ce qui indiqua à ses occupants que les deux retardataires venaient de grimper à bord, sans adresser la parole à personne.

Les membres de la famille Beaupré s'ébranlaient tout juste lorsque des cris d'enfants leur parvinrent de l'avant. Aimeline étira le cou pour tenter de voir ce qui se passait. Une voiture approchait, suivie d'une ribambelle de gamins excités. *Il s'agit sans doute des Reford d'Estevan Lodge*, songea-t-elle. Eux seuls possédaient une automobile aussi luxueuse à Métis. Alfred se posta aux côtés de sa sœur, curieux. Ils virent d'abord l'emblématique statuette de la Rolls-Royce sur le devant d'un capot, puis le chauffeur dans son uniforme bleu marine, une livrée qui le distinguait du reste des domestiques de la maisonnée des Reford.

Elsie Reford, qui se trouvait sur le banc arrière du véhicule, salua le père d'Aimeline au passage, puis adressa un sourire à la fratrie agglutinée du même côté de la charrette. Rosaire retira son chapeau par respect avant de reprendre le contrôle des brides lorsque sa jument renâcla. La bête eut un soubresaut quand la ribambelle d'enfants les dépassa avec fracas.

Aimeline s'esclaffa. Il était de notoriété publique que les gamins vouaient une admiration sans bornes à cette dame, impressionnés autant par ses exploits de cavalière que par ses chevaux racés. Plus d'un l'avait vue sauter avec aisance par-dessus des clôtures de bois, ne faisant qu'un avec sa monture. Comme bon nombre de familles aisées, les Reford s'installaient à Métis une fois la belle saison arrivée afin d'y passer l'été pour profiter de l'air vivifiant de la mer. Plusieurs domestiques travaillaient chez eux. Certains provenaient de leur maison de Montréal ; d'autres, des environs, ce qui contribuait à arrondir la fin de mois de plusieurs fermiers du coin. Même si elle appartenait à la haute bourgeoisie anglophone, Elsie Reford se montrait bienveillante envers les plus démunis. Elle organisait de nombreux bals de charité et s'inquiétait des conditions de vie des familles ouvrières résidant dans les grandes villes de l'ampleur de Montréal. Elle avait entrepris de fonder un organisme d'entraide dans le but d'enrayer la misère qui y sévissait. Aimeline avait appris, par l'entremise des Bennet, qui appuyaient cette cause, que cette grande dame s'attaquait à l'état des logements désastreux ainsi qu'à la pénurie de soins prodigués aux enfants et à la pauvreté de l'éducation qui leur était dispensée. Elle travaillait de concert avec des médecins et des dirigeants de l'Église. Elle n'hésitait pas non plus à talonner les autorités politiques en place pour améliorer l'aménagement des villes et les conditions d'hygiène, allant jusqu'à discuter certaines lois désuètes.

Aimeline ne l'en admirait que davantage, étant à la fois consciente de la chance qu'elle-même avait d'habiter une ferme à Métis. Au moins, ici, les gens pouvaient vivre des bienfaits de la terre, contrairement aux citoyens des localités surpeuplées. De plus, pour l'avoir déjà rencontrée chez les Bennet, Aimeline savait qu'Elsie Reford demeurait une personne simple bien qu'elle fréquentât l'aristocratie. En dépit du fait que son époux n'était présent que quelques semaines durant les vacances, les gens de Métis la voyaient partout. C'était une femme active qui prenait plaisir autant à pêcher qu'à chevaucher. Dès la fin de l'année scolaire, ses enfants venaient la rejoindre à Estevan Lodge en bateau, arrivant directement d'un collège en Angleterre.

Aimeline plongea dans ses rêveries. *Qu'est-ce que ça fait de parcourir le monde, de traverser l'océan en paquebot?* se demanda-t-elle. Pour sa part, le plus loin qu'elle était allée était Rimouski, et cela, en de très rares occasions. Elle n'avait rien de commun avec les Bennet, les Reford ou les autres familles issues de la riche société qui habitaient dans leurs immenses demeures de style victorien, à l'abri des curieux derrière les haies bordant leurs façades. Cette partie de la rive du fleuve avait attiré des gens d'affaires fortunés comme les Molson et les Birks, des politiciens ainsi que de grandes familles de la bonne société. Tous aspiraient en ces lieux champêtres à la détente, au dépaysement et à la pratique d'activités de plein air. C'était ce qui avait provoqué l'émergence de nombreux hôtels luxueux, du terrain de tennis et du golf, entre autres.

Aimeline soupira, s'attirant un regard intrigué de la part de Charlotte. Métis présentait un visage si différent durant la période estivale que c'en était parfois déstabilisant. Tous ces gens de la haute habitaient des châteaux à ses yeux, alors qu'il ne s'agissait que de maisons secondaires pour eux. L'intérieur de ces demeures était douillet et pourvu des dernières commodités, en plus de posséder des jardins luxuriants aménagés avec soin pour prendre le thé. Rien à voir avec le petit potager familial et la chambre exiguë qu'elle partageait avec Charlotte. Dire que son père devait se montrer économe pour pouvoir acheter des appareils haut de gamme, comme un réfrigérateur. Un luxe qu'il n'avait pas réussi à se payer encore, même si cela ne saurait tarder, selon ses dires. Aimeline imaginait le bonheur que ce serait de pouvoir garder les aliments frais en tout temps et de ne plus avoir à aller les quérir dans la cave sombre et lugubre.

Elle eut un rire dérisoire. Il s'agissait d'une broutille en comparaison du mobilier dont étaient pourvues les villas qui bordaient le fleuve. L'autre jour, Elisabeth lui avait montré une photo en noir et blanc des membres de la famille Molson dans le journal local. Ceux-ci posaient fièrement devant la longue galerie qui occupait la façade de leur maison à Métis, entourés de tous leurs domestiques habillés de noir. Aimeline en était restée bouche bée et avait éprouvé un désagréable pincement au cœur. Après tout, son père faisait partie des fermiers qui cultivaient l'orge servant à la fabrication de la bière et qui contribuaient à enrichir cette famille.

Elle se reprit aussitôt, s'en voulant pour cette pensée peu charitable. Il ne tenait qu'à elle de travailler dur pour s'élever au-dessus de sa condition. Par bonheur, elle avait eu le privilège de bénéficier d'une éducation plus poussée aux côtés d'Elisabeth, un atout de taille. Il lui suffisait d'utiliser son plein potentiel pour aller de l'avant. De toute façon, elle ne pouvait compter que sur elle-même, son père ne pourrait pas l'aider à s'établir le moment venu. Elle ne se faisait aucune illusion à ce sujet. Non qu'elle lui en voulût. Rosaire Beaupré se dévouait corps et âme aux siens pour leur procurer l'essentiel. Et bien qu'ils soient plusieurs bouches à nourrir, ils mangeaient tous à leur faim, habitaient dans une demeure propre et étaient habillés de manière convenable. Aimeline savait que son père avait tout sacrifié pour eux. Il choyait aussi son épouse de son mieux. La laveuse en était un parfait exemple, tout comme le réfrigérateur à venir, sans mentionner la pièce de couture réservée uniquement à son usage, ce qui obligeait Aimeline et Charlotte à partager la même chambre, en dépit de leur âge. Peu de femmes jouissaient de luxe dans les fermes avoisinantes. Aimeline était certaine de l'amour de son père pour ses enfants, mais elle était réaliste : sa mère rechignerait à dépenser le moindre sou pour les aider à s'installer.

Pourtant, plus jeune, elle s'était efforcée de lui rendre nombre de services par affection afin d'alléger son fardeau, sans résultat. Pauline Beaupré demeurait froide et âpre envers elle, sans raison apparente. Savoir se taire et se tenir à l'écart était devenu une seconde nature pour Aimeline, lui épargnant ainsi bien des ennuis. Son père se résignait en dernier recours à donner des fessées et, par chance, peu d'entre eux avaient subi ce châtiment. La seule idée de provoquer la colère de leurs parents suffisait souvent à calmer l'ardeur des plus petits. En ce qui concernait Charlotte, elle était d'un tempérament trop doux pour irriter quiconque. Aimeline avait pour sa part appris rapidement à se faire discrète pour éviter la réprobation de sa mère. Tout le contraire de Violette, qui s'était montrée une fois si insolente que Rosaire avait dû se résoudre à la corriger. Un écart que sa femme ne lui avait pas pardonné à l'époque. D'ailleurs, une violente dispute s'en était suivie. Aimeline se rappelait avoir enfoui sa tête sous l'oreiller pour ne plus entendre les vociférations de sa mère, qui l'avaient écorchée, tout comme le regard malheureux de son père le lendemain de l'incident. Pauline Beaupré refusait que quiconque porte préjudice à sa précieuse Violette. Toute personne s'y risquant subissait ses foudres, même s'il s'agissait d'une punition justifiée. À partir de cet instant, Rosaire Beaupré s'était abstenu de commenter les agissements de Violette et d'intervenir auprès d'elle, se contentant de quitter les lieux lorsque la tension devenait insupportable.

Cette lâcheté avait contribué à désillusionner Aimeline au sujet de ce que devait représenter une figure paternelle.

Malgré toutes ces déceptions, la jeune femme se raccrochait quand même à l'espoir qu'elle fonderait un jour sa propre famille. Elle se promettait cependant de traiter ses enfants de manière équitable et de les aimer sans condition. Mais pour cela, il lui fallait d'abord trouver un compagnon de vie. En attendant, elle offrait l'image de la parfaite jeune femme travaillante et avenante, à l'apparence soignée et au langage recherché. Toutefois, à l'intérieur, elle bouillonnait tel un volcan sur le point d'exploser. Pour un peu, elle aurait hurlé haut et fort sa révolte, mais elle se contenait, continuant de dégager cette sérénité de façade.

— Ne pourrions-nous pas presser l'allure ! s'écria Violette.

Aimeline tiqua en revenant au moment présent. Tout comme elle, le reste de la fratrie grimaça. Il faut dire que Violette usait d'un ton de voix criard qui avait la fâcheuse tendance à leur écorcher les oreilles.

Habitué aux humeurs changeantes et aux caprices de son aînée, Rosaire demeura impassible. De toute façon, il n'allait pas risquer de basculer sur le côté pour complaire à sa fille, la route était cahoteuse alors ce n'était pas le temps de lancer le cheval au galop. N'appréciant pas d'être ignorée, Violette se montra volontairement de mauvaise foi.

— J'espère que vous ne déciderez pas de rentrer tôt à cause d'Alfred et de Florentine, cher père. J'ai l'intention de m'amuser à ce premier pique-nique de l'année.

Comme à son habitude, elle était égoïste, ne pensant qu'à sa petite personne, sans se soucier du fait qu'étant donné leur jeune âge, Alfred et Florentine se fatigueraient plus vite au grand air. Surtout Alfred avec sa constitution fragile. Aimeline se mordit la langue pour se retenir d'émettre le moindre commentaire. Si son père demeurait stoïque, elle se devait de l'être également. Néanmoins, elle tourna la tête vers Alfred et lui adressa un sourire encourageant. Son frère était le plus vulnérable de la fratrie Beaupré et peinait à se défendre contre les attaques de Violette. Aimeline avait espéré qu'en tant que fils unique, Alfred serait préservé des mesquineries de Violette et que leur mère se montrerait plus protectrice à son endroit, mais malheureusement, ce détail ne semblait pas digne de considération.

Aimeline retint un mouvement d'humeur. Violette prenait ses désirs pour la réalité. C'était à croire que ses sœurs n'existaient que pour être à son service et exécuter ses tâches à sa place. Charlotte passait son temps à ramasser ses vêtements derrière elle, allant jusqu'à les laver et à les étendre pour les faire sécher. Le pire, c'était que Violette se permettait de la houspiller si elle oubliait de nettoyer l'une de ses paires de bas. Charlotte avait écopé d'une gifle un soir que Violette avait décidé de sortir alors que ses bas préférés n'étaient pas propres. Aimeline se rappelait le bruit retentissant de la main sur la joue de sa cadette ainsi que l'empreinte de doigts imprégnés sur sa peau. Elle eut un claquement de langue irrité à ce souvenir. Aimeline n'était pas épargnée non plus : elle se voyait refiler le rapiéçage des toilettes de Violette. Le nombre de boutons qu'elle avait dû recoudre ou la quantité de vêtements qu'elle avait eu à repriser parce que son aînée se déshabillait sans faire attention ! Sans mentionner les tâches supplémentaires qu'elle devait effectuer sur la ferme avant d'entamer sa journée.

N'eût été la présence de Violette, une meilleure harmonie aurait régné au sein de la famille et leur mère se serait peut-être montrée plus maternelle envers sa marmaille.

Aimeline jeta un regard attendri sur les plus jeunes. Elle s'efforçait de les protéger du mieux qu'elle le pouvait, car Violette cherchait sans arrêt à leur nuire ou à les faire accuser à sa place pour ses méfaits. Étant trop petits pour se défendre, ils avaient besoin de la protection d'Aimeline, ainsi que de celle de Charlotte et d'Esther. Cette dernière ne s'en laissait pas imposer malgré ses quinze ans. C'était abominable, mais Alfred, Florentine et Margaret avaient appris rapidement à se tourner vers elles trois au lieu de leur mère ou de leur père. Aimeline le déplorait et appréhendait d'une certaine manière le jour où elle quitterait le nid familial. Tout ce qu'elle pouvait souhaiter, c'était que Violette déménage avant elle.

Le pire, c'était qu'elle suspectait son aînée de colporter des calomnies à son sujet, encouragée en cela par l'attitude désolante de leur mère. De crainte de la voir colporter des ragots la concernant, Aimeline était toujours sur le qui-vive et dissimulait ses émotions ainsi que ses espérances en sa présence. Une règle de conduite éreintante, mais elle ne voulait surtout pas que ses sentiments et ses pensées se retrouvent ridiculisés ou encore que ses projets soient anéantis avant même qu'elle ne puisse les mettre à exécution.

— J'ai faim, dit Alfred d'une voix un peu fluette en se tournant vers elle.

— Maman, Aimie et Charlotte nous ont concocté un festin de roi, déclara Florentine avec gourmandise.

— Est-ce qu'il y aura du pain rôti ? s'informa Alfred, les yeux pétillants.

Aimeline éclata d'un rire joyeux. Depuis que son père avait acheté un grille-pain, Alfred demandait régulièrement du pain tranché nappé de confiture à la fraise qu'il leur restait des conserves de l'année précédente.

— C'est possible, le taquina-t-elle avec bonne humeur. Et j'ai quelques sucres d'orge avec moi.

Un sourire ravi étira les lèvres du garçonnet jusqu'aux oreilles.

— J'espère que Violette ne prendra pas les meilleurs morceaux de jambon que mère a préparés, décréta Esther en fronçant les sourcils.

Aimeline fut remuée par la mine renfrognée de sa sœur.

— Je m'arrangerai pour chaparder quelques bouts de choix pour toi en installant le pique-nique sur la couverture, répondit Aimeline en lui adressant un clin d'œil complice pour la dérider.

Esther émit une expression étouffée peu convaincante qui lui valut un baiser sonore sur la joue de la part de Charlotte.

— Voilà la boiteuse ! notifia abruptement Violette depuis l'avant de la charrette.

Toute légèreté déserta Aimeline en apercevant sur le bas-côté Flora, une jeune fille de son âge marquée par un handicap depuis la naissance. La pauvre avait une jambe plus courte, ce qui l'amenait à clopiner lorsqu'elle se déplaçait. Aimeline fut désolée pour elle en avisant sa pâleur. Violette avait parlé assez fort pour être entendue par tous ceux qui se trouvaient dans les parages. Elle l'avait fait exprès, prenant un malin plaisir à insulter la jeune fille. Violette avait été bien pourvue par la nature, mais, au lieu de se montrer humble, elle ne manquait pas une occasion de rabaisser les autres. Aimeline grinçait des dents quand sa sœur s'attaquait ainsi à Flora, qui ne méritait pas d'être la cible d'une telle mesquinerie. De vivre au jour le jour avec son handicap était un fardeau suffisamment lourd à porter, surtout qu'il s'accompagnait de maux de dos chroniques à cause d'une déformation de la colonne. Nul besoin d'aviver la souffrance de la jeune fille.

Charlotte salua avec chaleur Flora au passage. Elle déplorait le comportement déplacé et peu charitable de Violette. Elle eut un hochement de tête affligé, c'était pire lorsque Violette se permettait d'imiter de manière exagérée l'infirmité de Flora devant ses compères. Par chance, la plupart des habitants de Métis n'appréciaient pas cet humour de mauvais goût. Toutefois, certains résidents estivaux le trouvaient divertissant. Ce qui était injuste, car Flora avait le cœur sur la main. Charlotte s'estimait privilégiée de l'avoir pour amie.

— Nous arriverons sous peu. J'espère que vous vous tiendrez et que vous ne chercherez pas à faire les intéressants, les avertit leur mère en se tournant vers ses enfants, le visage sévère. Une bonne partie des villageois seront présents, alors ne vous faites pas remarquer.

Aimeline entendit son père grommeler dans sa barbe, mais il se tut dès que son épouse le fusilla du regard.

— Tu devrais te surveiller également, Rosaire, l'attaqua Pauline avec froideur. Évite l'alcool de fortune de Marcel Poulin. Tu sais quel désastre tu as causé par ton attitude scandaleuse la dernière fois que tu t'es enivré, renchérit-elle d'un ton cinglant.

Aimeline fut attristée lorsque son père rentra la tête dans les épaules et courba l'échine. Ce n'était pas la première fois que sa mère faisait ce commentaire. Pourtant, Aimeline ne se souvenait pas d'avoir vu son père en état d'ébriété. Elle n'y comprenait rien. Elle savait que l'Église interdisait la consommation d'alcool, mais le curé permettait quand même que les hommes se rafraîchissent le gosier le vendredi soir après une dure semaine de labeur. La conversation allait souvent bon train autour d'un pichet rempli de bière froide. Certes, certains en profitaient pour prendre un coup solide, mais Aimeline ne croyait pas que ce fut le cas de leur père. Il faisait preuve de beaucoup trop de retenue pour cela. Par conséquent, pour quelle raison leur mère continuait-elle de s'acharner sur lui de la sorte ?

Cette dernière intervention ayant causé un malaise au sein de la petite famille, tous apprécièrent d'arriver à destination. Dès que la voiturette fut immobilisée, la fratrie s'empressa de sauter en bas, les plus vieilles aidant les plus jeunes à descendre.

Alors qu'elle se retournait vers l'avant de la charrette, Aimeline aperçut un homme distingué s'approcher de la carriole. Parvenu à la hauteur de Violette, il souleva son chapeau pour la saluer. Surprise, Aimeline le détailla avec plus d'attention. L'individu portait un costume trois-pièces taillé dans un tissu de qualité et des chaussures cirées. Il arborait une coupe de cheveux en vogue et un sourire condescendant sous ses dehors raffinés. Il devait loger dans l'un des hôtels luxueux du coin, car elle ne l'avait jamais vu auparavant. Étonnamment, Violette semblait le connaître. Elle venait d'ailleurs de le présenter à leur mère, tout en ignorant ostensiblement leur père, qui était affairé à retirer le harnais du cou du cheval pour lui permettre de brouter sans contrainte.

Un pli soucieux barra le front d'Aimeline. Violette ne manquait pas de courtisans qui butinaient autour d'elle, telles des abeilles attirées par le miel. Cependant, il s'agissait de garçons du village, bien élevés et enclins à respecter les principes de l'Église. En ce qui concernait cet étranger, Aimeline n'était pas rassurée. L'homme affichait une arrogance propre aux gens de la haute société et il reluquait sa sœur avec beaucoup trop d'insistance pour être innocent. Avait-il une idée derrière la tête ? Fort probablement, et c'était ce qui inquiétait Aimeline. Violette recherchait de manière ouverte l'attention de la gent masculine, ce qui faisait d'elle une proie de choix.

Aimeline se mordit la lèvre inférieure en observant une nouvelle fois l'inconnu entre ses cils mi-clos. Violette faisait la coquette et riait à gorge déployée, attirant les regards des passants. Certains, en outre, ne se gênaient pas pour exprimer leur désapprobation. *Seigneur ! Violette se donne en spectacle et risque d'être l'opprobre de la famille.* Aimeline pouvait voir que son père n'était pas d'accord avec le comportement de son aînée, d'autant plus que Violette venait d'agripper l'individu par le bras et l'aguichait sans pudeur, telle une chatte en chaleur. Mais à son habitude, Rosaire n'émit aucun commentaire préférant que sa femme gère la situation. Visiblement sous le charme de l'étranger, cette dernière souriait d'ailleurs pour l'une des rares fois.

Découragée, Aimeline entraîna ses sœurs et son frère à sa suite, laissant le trio à sa discussion. Mieux valait éloigner les plus jeunes. Quant à Charlotte, elle était sous le choc et demeurait le regard rivé sur la main masculine qui glissait jusqu'aux reins de Violette de manière cavalière. Elle eut un hoquet de stupeur. Jamais elle n'aurait permis une telle familiarité à Clyde, même s'ils étaient presque fiancés. Elle tourna de grands yeux écarquillés vers Aimeline, qui se contenta de soulever les épaules avec impuissance.

— Pourquoi père n'intervient-il pas? se formalisa Charlotte d'une voix sourde.

— Je n'en sais rien, répondit Aimeline avec fatalisme. Sans doute n'ose-t-il pas contrarier mère, qui semble aux anges.

— Sainte Mère de Dieu! lâcha Charlotte en blêmissant.

L'individu venait d'empoigner la partie charnue de la croupe de Violette. Aimeline faillit s'étrangler à son tour et s'assura, d'un rapide coup d'œil, que personne n'avait été témoin de la scène. Même sa mère n'avait rien vu, subjuguée qu'elle était par l'élocution distinguée du gentleman.

— Tu dois faire quelque chose, s'insurgea Charlotte. Si jamais le curé les surprend, il fera une attaque, c'est certain.

— Que veux-tu que je fasse? répliqua Aimeline avec impatience. Mère m'écharpera vive si j'interviens.

— Dieu du ciel! Nous serons pointés du doigt si quelqu'un les aperçoit. Et les gens chuchoteront dans notre dos.

Charlotte était au bord de la panique et s'oubliait, ce qui bouleversa davantage Aimeline. Le ventre noué, elle prit une brève inspiration avant d'agripper le bras de sa cadette. Elles ne pouvaient rien changer à la situation. Ne restait qu'à espérer que personne ne serait témoin de l'indécence de Violette. Désireuse de les sortir de cette impasse, Aimeline mandata les plus jeunes pour porter le nécessaire à pique-nique. Contre toute attente, Rosaire se joignit à eux sans même attendre son épouse.

— Allons nous installer, maugréa-t-il entre ses dents sans jeter un seul regard derrière lui.

La mine sombre, il riva ses yeux sur Charlotte et Aimeline qui marchaient devant lui. À coup sûr, le Seigneur le punissait pour ses péchés en lui infligeant une fille aussi inconvenante et malintentionnée que Violette. Il ne pouvait en vouloir à personne sauf à lui-même, mais il aurait souhaité que la faute qu'il avait commise ne rejaillisse pas sur la tête de ses autres enfants, en particulier sur celle d'Aimeline. Ses poumons se contractèrent et son souffle se bloqua dans sa gorge. Il ne regrettait pas ce qui s'était produit dix-neuf ans plus tôt, même si, depuis, sa femme lui faisait payer chèrement son écart de conduite chaque jour que Dieu faisait.

Reportant son attention sur Aimeline, il éprouva un doux sentiment de nostalgie…

4

Aimeline se tenait en retrait de sa famille, perdue dans ses pensées. Assise sur un gros rocher, elle observait le jeu des rayons du soleil entre les branches bourgeonnantes. Sous peu, les fleurs et les feuilles exploseraient dans une myriade de couleurs et d'odeurs. Pour l'heure, seuls les conifères se paraient d'une multitude de nuances de vert. À tout le moins, la neige avait fondu, le sol s'était asséché et un tapis de mousse commençait à parsemer le sous-bois. En harmonie avec la nature, Aimeline n'entendit pas les pas qui se rapprochaient d'elle.

— Que fais-tu, isolée dans ton coin ? lui demanda une voix aux intonations familières.

Elle eut un soubresaut à peine perceptible. Comment osait-il s'imposer à elle de cette manière ? Prise de court, elle eut besoin de quelques secondes pour se composer un masque impassible avant de tourner la tête vers Darren. Néanmoins, elle faillit perdre contenance en croisant son regard empreint de chaleur. Troublée par la présence du jeune homme, elle chercha ses mots.

— Te serais-tu égaré en chemin ? parvint-elle à dire au prix d'un effort considérable.

Darren éclata d'un rire tonitruant. La jeune femme montrait autant de piquants qu'un hérisson, ce qui avait tendance à éveiller son instinct de chasseur.

Aimeline ressentit une douleur vive dans la poitrine, puis raidit les épaules.

— Que veux-tu ?

Ces paroles prononcées sur un ton mordant firent tiquer Darren. Il passa une main lourde dans ses cheveux, les ébouriffant au passage. Il se retint de justesse de relever Aimeline d'un mouvement preste pour s'emparer de ses lèvres. Il s'ébroua aussitôt. Ce n'était pas pour cette raison qu'il l'avait cherchée. Au bout d'un moment, en ne la voyant pas revenir après qu'elle eut pénétré dans les bois, il s'était stupidement inquiété pour elle. À cette période de l'année, des prédateurs dangereux comme des ours noirs pouvaient s'éloigner de leur territoire en quête de nourriture. Toutefois, Darren ne serait pas assez inconscient pour le lui avouer, ce serait imprudent de sa part. Mieux valait réorienter la discussion vers un sujet plus terre à terre.

— Deux chaloupes repliables de l'*Empress of Ireland* ont été retrouvées sur la plage, commença-t-il d'un ton neutre. Est-ce que tu le savais ?

Aimeline plissa les yeux, déstabilisée par cette entrée en matière peu orthodoxe. Que cherchait Darren au juste ? Ne la voyant pas réagir, il poursuivit sur sa lancée :

— Des chaises de pont ont également échoué à Métis, ainsi que des vestes de flottaison. Pourtant, nous sommes à bonne distance du lieu du naufrage.

De plus en plus perplexe, Aimeline resta immobile, les mains enfouies dans sa jupe. Darren demeurait debout devant elle, la forçant à ployer la nuque vers l'arrière dans une position inconfortable. Il la scruta avec une insistance soutenue qui la mit mal à l'aise. Il était conscient de se montrer irrationnel, mais il ne savait pas de quelle manière se sortir de cette impasse, surtout que son interlocutrice ne lui simplifiait pas la tâche en s'enfermant dans un mutisme malaisant.

— Le *Lady Grey*, qui contenait les cercueils, est parvenu à bon port à Québec. Des centaines de personnes attendaient son arrivée. Les matelots du navire canadien ont procédé au débarquement des défunts avec un respect révérencieux, ce qui fut apprécié par les rescapés présents. Quant au *Storstad*, il a repris lentement sa route vers Montréal.

En ne voyant pas la jeune femme réagir, il jugea opportun de se justifier :

— Je me suis dit que tu aimerais en être informée après l'épisode de Rimouski.

Au plus grand dam de Darren, Aimeline n'émit aucun commentaire et ne cilla pas d'un pouce. Ignorant comment il devait interpréter ce silence, il poursuivit :

— La foule s'est montrée des plus hostiles à l'égard de l'équipage et du capitaine du *Storstad*. À croire que le coupable de cette catastrophe a déjà été désigné ! Les policiers ont dû intervenir pour repousser tous ces gens en colère et ceux qui se risquaient à grimper sur la coque endommagée pour y récolter des morceaux de l'*Empress of Ireland* qui y étaient coincés. Une véritable folie !

Aimeline eut un battement de cils à ces paroles. Cette tragédie était déjà assez horrible sans que l'on s'en mêle et tourne le tout en cirque. Les rescapés avaient un deuil à vivre, des souvenirs cauchemardesques à refouler au plus profond de leurs mémoires. Accablée, elle secoua la tête avec tristesse et porta son regard au loin. Darren ne sut que faire en la voyant se perdre dans ses pensées. Il n'avait pas voulu replonger Aimeline dans ces événements terribles.

— Des cérémonies funèbres sont organisées un peu partout. Si tu le souhaites, je peux te conduire à Rimouski pour assister à l'une d'elles. Malcom et Nora pourraient nous y accompagner.

Dès que ces paroles furent prononcées, il comprit qu'il avait commis un impair. Déstabilisé par le chagrin qu'il avait lu dans les prunelles de la jeune femme, il avait lancé la première idée qui lui était venue à l'esprit. Mais il réalisait après coup que sa proposition pouvait sonner inappropriée aux oreilles d'Aimeline. Il aurait dû s'expliquer, mais il préféra se taire pour ne pas s'embourber davantage.

La jeune femme affichait une mine préoccupée qui révélait tout des émotions contradictoires qui se bousculaient en elle. Darren s'abstint de jurer pour ne pas la perturber plus qu'elle ne l'était. Néanmoins, il devait l'avertir d'un point important afin qu'elle puisse se préparer.

— Il se peut que tu sois appelée à témoigner par le commissaire de l'enquête étant donné que tu t'es retrouvée en présence des naufragés au lendemain de la catastrophe. Il voudra recueillir ce que tu as entendu.

Aimeline commença à s'agiter, mal à l'aise à cette idée. Dévoiler le contenu des confidences que les femmes lui avaient faites sous le coup de l'émotion était contre ses principes. Darren se renfrogna en prenant conscience du malaise qu'il venait de créer.

— Est-ce que ça ira ? Je sais que l'expérience que tu as vécue à Rimouski t'a marquée. Tu peux m'en parler si tu veux…

Aimeline se crispa d'emblée. À quoi jouait-il ? Pour quelle raison se montrait-il aussi attentionné à son égard alors qu'il lui avait affirmé ne pas vouloir s'engager ?

— Merci pour ta sollicitude, glissa-t-elle d'une voix chevrotante, mais je me débrouillerai sans toi.

Le ton catégorique qu'elle employa fit grincer Darren des dents. Il était plus que conscient de s'être mal comporté avec elle sur la plage.

— Aimeline… Je suis désolé. Je n'avais pas l'intention de t'embrasser…

— Ça suffit ! le coupa-t-elle durement en se redressant.

Le corps tremblant, elle le foudroya du regard.

— Tu as été très clair en ce qui me concerne. Quant à cette étreinte, il ne s'agit que d'un égarement passager. Je ne suis pas idiote. Nul besoin de revenir sur cet épisode déplaisant. C'est inconvenant et gênant…

Là-dessus, elle le laissa en plan et se dirigea d'une démarche raide vers l'emplacement du pique-nique. Estomaqué par cette tirade, Darren demeura figé, les bras ballants le long de ses flancs.

— Bon Dieu de bois ! grommela-t-il pour lui-même.

Il avait voulu s'assurer qu'elle allait bien, et voilà qu'il la perturbait par sa maladresse.

— Bâtard! maugréa-t-il de plus belle en se massant le front.

Il devait s'éloigner de Métis sans plus tarder, c'était même devenu une urgence.

~

Obnubilée par son échange avec Darren, Aimeline demeurait retranchée dans ses pensées. L'outrecuidance du jeune homme l'exaspérait et la blessait à la fois. Elle en avait assez d'avoir le cœur écorché à vif. Ce qui venait de se dérouler n'avait aucun sens. Darren n'aurait pas dû lui tenir un tel discours, et encore moins venir la rejoindre dans les bois. Énervée, elle fonça droit devant sans regarder où elle allait et faillit percuter Violette qui lui bloquait la route.

— Tiens, tiens! déclara Violette avec mépris en affichant une expression narquoise.

Aimeline émit un léger cri de surprise en s'arrêtant abruptement et fut prise d'un mauvais pressentiment en voyant la tenue débraillée de sa sœur, ainsi que l'homme qui s'éloignait en catimini. Un doute insidieux s'insinua en elle.

— Au nom du ciel! Qu'as-tu fait, Violette? s'affola-t-elle.

— Nul besoin de monter sur tes grands chevaux, petite sœur, argua l'aînée en appuyant avec cynisme sur les deux derniers mots. Tu ne vaux pas mieux que moi sous tes airs de sainte-nitouche.

— Comment oses-tu? s'indigna Aimeline en pâlissant.

— À d'autres qu'à moi ! J'ai aperçu Darren McNeil qui te rejoignait alors que tu étais seule. Mais à constater ta mine défaite, j'en conclus que ton escapade ne s'est pas aussi bien déroulée que la mienne, la nargua-t-elle avec mépris. Ce qui n'est pas surprenant…

Estomaquée, Aimeline demeura coite.

— Avoue que tu es verte de jalousie ! poursuivit Violette en éclatant de rire. J'ai un amoureux, un vrai, de ceux qui savent parler aux dames. C'est un monsieur de la haute, rien à voir avec cet ignare de McNeil. Tu feras moins la fière lorsque je me promènerai au bras de mon riche époux, pendant que, toi, tu ramasseras les miettes dans mon sillage.

Aimeline recula d'un pas sous l'effet de sa hargne, le cœur meurtri. Que croyait sa sœur ? Violette avait beau déverser son fiel sur elle, cet étranger n'accepterait pas de marier une mégère issue d'une famille de fermiers. Tout au plus chercherait-il à en faire sa maîtresse, du moins jusqu'à ce qu'il se lasse d'elle. Avec horreur, Aimeline se demanda si l'homme avait atteint son but.

— Dis-moi que tu n'as pas commis de folie, Violette ! Que tu n'as pas compromis ta vertu avec cet homme, que tu n'es pas tombée aussi bas, s'inquiéta Aimeline.

Pour toute réponse, sa sœur la gifla à toute volée. La claque retentit avec fracas. Aimeline porta une main tremblante à sa joue brûlante.

— Tu n'es qu'une moins que rien, Aimeline Beaupré. Personne ne veut de toi, pas même mère. C'est moi que Christopher a choisie, pas toi, cracha-t-elle, une lueur mauvaise dans les prunelles.

Des larmes montèrent aux yeux d'Aimeline. Violette ne s'était jamais montrée si impitoyable ; plus rien ne semblait la retenir désormais.

— Pas un mot à père de tout ceci, sinon je n'hésiterai pas à raconter à tout le monde que tu batifolais avec Darren McNeil dans les bois. Qui mère croira-t-elle, selon toi ?

Violette émit un ricanement cruel et guttural. Certaine de son ascendant sur sa cadette, elle lui tourna le dos avec dédain et disparut en balançant les hanches, un sourire satisfait sur les lèvres. C'est alors qu'une présence se manifesta derrière la jeune femme.

— Aimeline, murmura une voix masculine.

Avant qu'elle ne puisse réagir, deux mains solides la prirent par les épaules et la firent pivoter, puis elle fut étreinte par des bras musclés.

— Je suis désolé…, glissa Darren à son oreille.

Il était bouleversé par la scène à laquelle il venait d'assister malgré lui. Il aurait voulu intervenir pour empêcher Violette de cracher son venin, mais il avait compris qu'en agissant de la sorte, il aurait aggravé la situation. Cependant, ce n'était pas l'envie qui lui manquait de rattraper cette vipère et d'enrouler ses doigts autour de sa gorge. Ce serait même un service à rendre aux habitants de Métis. Les traits durcis par la colère, il tenta de reprendre le contrôle de ses émotions. Aimeline demeura le visage enfoui contre sa poitrine, nullement consciente de l'état d'esprit dans lequel le jeune homme était. Ses frêles épaules étaient secouées par des sanglots étouffés. Ravalant sa fureur, Darren s'efforça de s'éclaircir les idées.

Il persistait à croire qu'il serait préférable pour Aimeline qu'elle quitte le nid familial pour se refaire une vie. Cet endroit ne lui réservait rien de positif.

— Tu devrais partir d'ici, lui suggéra-t-il avec douceur en caressant sa nuque.

Dès ces paroles prononcées, Aimeline se crispa contre lui. Il la relâcha d'emblée. Il n'avait pas voulu la heurter, mais, lorsqu'il aperçut sa joue en feu, il ignora toutes ses bonnes résolutions. Avec lenteur, il frôla son doux visage tuméfié du bout des doigts. Cet effleurement suffit à électriser Aimeline. Piquée au vif, elle recula de plusieurs pas. Darren laissa retomber son bras avec lourdeur. Elle nota son regard égaré, ses narines dilatées et sa posture rigide. Elle avait le sentiment d'être si seule tout à coup qu'elle ne put retenir un frisson.

Soucieux, Darren s'avança dans sa direction, mais elle leva la main et secoua la tête pour lui signaler de ne pas s'approcher. Elle se sentait fragile et n'était pas en mesure d'entamer une discussion avec lui, bien que les menaces proférées par Violette le concernaient également. Elle avait besoin de prendre du recul pour y voir plus clair. Cependant, elle savait qu'elle ne donnerait aucune occasion à Violette de colporter des mensonges à leur sujet, même si cela l'obligeait à se taire sur les agissements de son aînée.

— Tu n'as pas à craindre de fausses rumeurs qui pourraient compromettre de quelque façon que ce soit tes plans d'avenir, crut-elle important de spécifier.

Elle ne pouvait pas laisser Darren partir avec cette épée de Damoclès suspendue au-dessus de la tête. Il finit par saisir le sens réel des paroles d'Aimeline et un sentiment de rage le gagna. Pas envers Aimeline, mais envers Violette. Cette garce serait capable de raconter n'importe quoi au curé pour se couvrir. À cette pensée, il sentit un nœud coulant se resserrer autour de sa gorge. Perdre sa liberté précieuse ne l'intéressait guère, surtout pas sous la contrainte. Mais si cela devait se produire, Aimeline serait sans aucun doute le meilleur choix pour lui. Se méprenant sur la raison de la fureur de Darren, la jeune femme eut l'impression d'être jetée dans un précipice. De toute évidence, il avait en horreur l'idée même d'être lié à elle. Blessée jusqu'au plus profond de son être, elle pivota sur ses talons et s'éloigna en courant. Darren se retint de la suivre, conscient que cette poursuite à travers le sous-bois aurait fini par attirer l'attention sur eux.

~

Rosaire darda un regard animé sur son compère, un fermier dont la famille habitait tout comme lui la région depuis des générations. Il discutait depuis une heure avec un groupe d'amis sur la pertinence d'une gare à Métis, ce qu'il voyait d'un bon œil pour sa part. Mais contrairement à lui, Alphonse Gagnon ne l'entendait pas de cette oreille.

— Nous avons un port à Métis. Pourquoi, dans ces conditions, encouragerions-nous le passage d'un chemin de fer ? C'est ridicule !

— Un jour ou l'autre, les goélettes deviendront désuètes. C'est le progrès qui le veut, insista Rosaire.

Quelques-uns de ses interlocuteurs hochèrent la tête en signe d'assentiment, alors que d'autres campaient sur leurs positions.

— Le va-et-vient autour du quai est lucratif et nous assure un transport fiable entre les deux rives pour les denrées durant la saison estivale, argua Réginald, un autre fermier du coin.

— Le train, c'est mieux, puisqu'il nous relie à Québec, à Halifax et à Montréal sans le danger que représentent parfois les eaux du fleuve, ce qui n'est pas négligeable, renchérit Rosaire.

Réginald maugréa dans sa barbe, conscient que Rosaire marquait un point. Il n'y avait qu'à penser à la récente tragédie survenue à la hauteur de Sainte-Luce avec l'*Empress of Ireland*.

— Ces rails de fer sont une invasion dans le paysage environnant, sans parler du bruit infernal causé par le sifflement de la locomotive et de la boucane noire qui empoisonne notre air, soutint Alphonse, qui ne démordait pas de son opinion.

— Que ça fasse votre affaire ou non, le train est là pour demeurer. Autant vous y faire ! clama Rosaire avec une pointe d'agacement. Critiquer les promoteurs n'y changera rien.

— C'est un mal nécessaire, selon moi, l'appuya Maurice, l'un des marchands du coin. Au bout du compte, nous en récolterons beaucoup plus d'avantages que d'inconvénients.

Réginald se tourna vers lui en secouant un doigt sous son nez.

— On sait que t'as acheté des parts dans la Canadian Pacific, l'accusa-t-il en affichant une expression contrariée.

— Et vous devriez le faire également ! se défendit Maurice.

— J'y songe…, avoua Rosaire. Mais pour l'instant, j'ai promis un réfrigérateur à ma femme.

Alphonse poussa un long sifflement.

— Tu te lances dans les grandes dépenses, mon bonhomme ! s'exclama-t-il avec une pointe d'envie. T'as reçu un héritage ou quoi ?

— Pas du tout ! répondit Rosaire. Je parviens à mettre un peu d'argent de côté à la fin de chaque récolte. C'est suffisant.

— Qu'est-ce que nous ne ferions pas pour nos épouses ? répliqua Maurice en donnant une claque amicale sur l'épaule de Rosaire.

Cette fois-ci, tous les hommes présents acquiescèrent. Ils étaient mariés depuis assez longtemps pour avoir compris l'importance d'un ménage heureux dans un foyer. Ils rigolèrent de bon cœur. Ils se connaissaient depuis leur enfance et s'acceptaient malgré leurs divergences d'opinions. Il arrivait qu'il y ait de la discorde au sein du groupe, mais les disputes ne duraient pas. La vie étant rude à la campagne, ils devaient pouvoir compter les uns sur les autres en cas de coups durs.

Les branches les plus hautes des épinettes amassées autour d'eux commencèrent à ondoyer sous la brise qui venait de se lever, attirant leur attention.

— Selon toute vraisemblance, dame Nature va de nouveau se montrer capricieuse, présagea Alphonse en regardant dans les airs. Des nuages s'accumulent à l'horizon.

Rosaire huma l'air qui se chargeait peu à peu d'humidité. En l'espace de quelques secondes, le vent souffla avec davantage de force et le ciel s'assombrit. Alphonse avait raison. L'orage n'était pas loin. Avec un peu de chance, ils parviendraient à la maison pour s'y mettre à l'abri avant que le déluge ne les rattrape. D'un mouvement de la tête, Rosaire salua ses compères, puis se dirigea à grandes enjambées vers sa famille. Les petits semblaient passer un agréable moment en compagnie des autres gamins. Leurs prunelles pétillantes et leurs larges sourires étaient des plus expressifs. Quant à Pauline, elle devait avoir perçu les signes précurseurs de la tempête, car elle avait déjà entrepris de ramasser les restes du pique-nique.

Rosaire observa ses enfants avec attendrissement. Alfred venait de terminer une course dans un sac de jute avec ses amis, alors que les fillettes pliaient leur corde à sauter. Charlotte, elle, se trouvait avec les McNeil, en grande conversation avec Clyde, qui ne la quittait pas des yeux. Rosaire afficha une mine réjouie à cette vision. Il faudrait marier ces deux-là sous peu, car il était évident qu'ils s'accordaient à la perfection. Ce qui lui réchauffait le cœur. Clyde était un bon garçon, travaillant de surcroît. Il ferait un excellent parti pour sa fille. Il chercha Aimeline parmi la foule. Il ne l'aperçut nulle part, pas plus que Nora. Toutes deux étaient inséparables. Elles s'étaient sans doute réfugiées dans un coin à l'ombre, en retrait de l'agitation, pour papoter en toute liberté. Ne voyant pas Darren non plus, Rosaire en déduisit que le jeune McNeil devait être parti pour les retrouver. Quant à Violette, elle venait d'émerger du sous-bois. Il fronça les sourcils. Que faisait-elle seule à l'écart des autres ? Avait-elle éprouvé le besoin de se soulager ? Non sans un malaise, il se dit que c'était peut-être le cas. Du moins, il aimait à le croire et lui accorda le bénéfice du doute. Cependant, la disparition du jeune homme qui les avait rejoints à leur arrivée l'indisposait. Violette s'était-elle absentée longtemps ? Même si cette question le taraudait, il préféra rester dans l'ignorance plutôt que d'interroger son épouse à ce sujet et risquer de provoquer un nouveau froid entre eux.

— Tout le monde est prêt à partir ? demanda-t-il en parvenant à la hauteur de sa femme.

Pauline opina de la tête après avoir jeté un dernier regard à la ronde. Les petits prirent place dans la charrette dans le brouhaha le plus complet. Rosaire en profita pour aller chercher le cheval et le harnacher. Violette venait dans sa direction et le dépassa, le nez retroussé. Depuis quelques jours, son aînée se donnait de grands airs qui ne seyaient pas à sa condition de fille de la ferme. Ce changement était-il dû à la présence du gentleman qui semblait s'intéresser à elle ou à une autre de ses lubies ? Dans tous les cas, Rosaire n'avait pas apprécié que l'étranger ne daigne pas se présenter à lui tout à l'heure. C'était un manque de respect et de savoir-vivre indéniable. Il eut un claquement de langue contrarié.

— Où sont tes deux sœurs ? demanda-t-il à Violette au passage.

— Lesquelles, il y en a une panoplie dans cette famille ? Une véritable plaie !

— Surveille tes paroles, ma fille ! l'avertit Rosaire d'un ton irrité.

Comprenant qu'elle avait dépassé les bornes, Violette se retint d'aggraver son cas.

— Les plus jeunes sont dans la charrette. Quant à Charlotte et Aimeline, elles traînent avec les McNeil.

Le reniflement dédaigneux qui accompagna la réplique de Violette arracha un sourcillement à Rosaire.

— Les McNeil les prendront avec eux, je ne suis pas inquiète pour elles, s'empressa-t-elle d'ajouter.

Ce qu'elle ne dit pas par contre, c'était qu'elle n'avait pas revu Aimeline depuis leur prise de bec. En revanche, Darren était revenu vers les siens en compagnie de Nora, un détail qu'elle omit aussi de transmettre à son père. Après tout, elle n'était pas la gardienne de sa sœur. De plus, elle refusait d'essuyer un orage à cause de sa cadette. Elle ne voulait pas attraper froid ni risquer d'abîmer sa jolie robe.

Tout en humant le parfum du trèfle qui poussait en abondance dans cette partie de la colline, Aimeline remontait d'un pas traînant le sentier tortueux qui menait à la clairière où se tenait le pique-nique. Elle n'était pas pressée de rejoindre les autres, mais la fraîcheur qui s'installa soudain la convainquit de ne plus tarder. Elle resserra les pans de sa veste autour d'elle en frissonnant. Ses bras se couvrirent de chair de poule, mais le gazouillis d'un jaseur détourna son attention. Elle s'arrêta et leva le regard, intriguée. À peine eut-elle le temps d'apercevoir la tête ornée d'une huppe, ainsi que la bande noire qui partait du bec et entourait les yeux, que l'importun s'envola. Elle aimait cet oiseau et le trouvait magnifique avec son ventre jaunâtre, son dos brun et la mince ligne rouge sur ses ailes. Son chant était strident par moments et peu harmonieux, mais sa flamboyance compensait amplement cette lacune. Elle porta une main à son front pour tenter de découvrir s'il y avait un nid dans les environs, sans succès.

Elle s'apprêtait à poursuivre ses recherches lorsqu'un courant frisquet s'engouffra sous sa veste. Elle repartit aussitôt en se dépêchant, consciente du changement qui s'opérait dans l'air ambiant. En débouchant sur la clairière, Aimeline figea net. L'endroit était désert. Qu'est-ce que cela signifiait? Elle était pourtant au bon endroit. Les traces de roues laissées par les chariots étaient visibles dans l'herbe. Elle tourna sur elle-même, puis s'avança de quelques pas incertains. Elle laissa échapper un éclat de rire dérisoire. Sa famille l'avait oubliée, l'abandonnant à son triste sort. Elle était à des lieues du village, sans moyen de transport autre que ses jambes. Elle en aurait pour des heures à marcher. Sa gorge se noua. Cette journée était un véritable fiasco. Que personne n'ait remarqué son absence n'avait aucun sens !

Aimeline ploya la nuque. Elle éprouvait l'envie folle de se laisser glisser sur le sol et de se recroqueviller contre un arbre. Malheureusement, le vent soufflait avec de plus en plus de force, le fond de l'air se refroidissait et des nuages menaçants s'amoncelaient dans le ciel. Que faire dans ces conditions ? Une fois revenue à la maison, sa famille finirait-elle par remarquer qu'elle manquait à l'appel ? D'ici là, devait-elle attendre ou se mettre en route ?

Un coup de tonnerre retentit au même moment, la faisant sursauter, puis une goutte s'écrasa sur son nez. Nullement rassurée, Aimeline jeta un regard affligé vers le chemin de terre un peu plus loin. Si elle restait sur place, elle serait vite transie de froid. Et que lui arriverait-il si ses parents ne s'apercevaient de son absence qu'à la nuit tombée ? Elle ne pouvait se permettre de perdre ce temps précieux. Submergée par le désespoir, elle se dirigea vers la route de campagne.

Lorsqu'elle était au chaud dans la demeure familiale, elle aimait s'asseoir devant une fenêtre pour regarder l'orage passer, fascinée par les éléments qui se déchaînaient. Toutefois, en ce moment, elle le redoutait. Le visage défait, elle s'efforça d'occuper son esprit pour ne pas prendre peur, mais elle sursautait et poussait un cri d'effroi à chaque coup de tonnerre assourdissant. Quand un éclair zébra le ciel de nouveau, Aimeline se boucha les oreilles à l'aide de ses mains, le corps tendu comme un arc. Le grondement vint beaucoup plus rapidement cette fois-ci. La tempête s'abattrait bientôt sur elle.

Quelques minutes plus tard, les nuages s'ouvrirent pour déverser des trombes d'eau glacées.

La famille Beaupré, suivie de près par les McNeil, s'engageait dans l'allée menant à sa ferme lorsque les premières gouttes commencèrent à tomber. Effrayés par l'orage, les petits eurent tôt fait de sauter en bas de la charrette pour s'engouffrer dans la maison. Quand Douglas McNeil immobilisa sa carriole à son tour pour permettre à son fils Clyde d'aider Charlotte à descendre, Darren, qui était juché sur son étalon, jeta un regard vers les Beaupré. Un rapide survol lui fit remarquer l'absence d'Aimeline. Dès lors, il fut envahi par un mauvais pressentiment. D'un claquement de langue, il fit avancer son cheval à la hauteur du père de la jeune femme.

— Où est Aimeline ? demanda-t-il sans ambages.

Rosaire se retourna d'un bloc, l'une de ses mains figées dans les airs. En proie à l'inquiétude à son tour, il alla vers la carriole des McNeil.

— Aimeline n'est pas avec vous ? les questionna-t-il avec confusion. J'avais cru comprendre qu'elle se trouvait avec Charlotte et Nora.

Fenella se pencha vers lui, les sourcils froncés.

— Qui vous a laissé entendre une telle chose ? C'est à peine si nous avons vu Aimeline aujourd'hui.

Pour toute réponse, Rosaire fixa Violette avec incertitude. Fenella suivit la direction de son regard et ne fut pas surprise de constater que l'aînée des Beaupré était responsable de cet imbroglio. Cette fille était de la mauvaise graine.

Darren, qui devenait de plus en plus nerveux, serra les poings autour de la bride de son cheval. Sentant la tension de son cavalier, la bête poussa un hennissement en se décalant brusquement sur la gauche.

— Oh… Tout doux…

Torturé par le doute, il baissa un visage crispé vers Rosaire.

— Ne me dites pas qu'elle est restée derrière, que vous l'avez laissée sur la colline !

La dureté du ton frappa Rosaire.

— Je… J'ai cru qu'elle se trouvait avec vous…

— Et vous n'avez pas jugé utile de vérifier que c'était le cas avant de quitter les lieux ! rugit Darren.

Son accusation claqua dans l'air comme un coup de semonce. Les narines dilatées par la colère, Darren fit faire demi-tour à sa monture.

— Je vais la chercher ! cria-t-il en s'élançant au galop.

Rosaire demeura figé sur place. Le regard qu'il leva vers Douglas et Fenella était empli d'angoisse, mais ses voisins n'éprouvaient aucune pitié pour lui. Tous deux se faisaient trop de mauvais sang pour la petite.

— Vous allez devoir faire quelque chose avec elle, déclara Fenella avec dureté en désignant Violette du menton. Elle va trop loin ! Qu'attendez-vous pour réagir ?

Cette deuxième accusation de la part d'un McNeil saisit Rosaire, qui ne croyait pas susciter un tel mépris chez ses voisins. Le pire, c'était qu'ils avaient raison de remettre son intégrité en cause. Il avait acheté la paix dans sa demeure, mais à quel prix? Violette était manipulatrice, capricieuse et foncièrement mauvaise. Elle racontait ce qu'elle voulait pour servir ses desseins et n'en éprouvait aucune honte. La preuve en était qu'elle venait d'afficher un rictus satisfait en entrant dans la maison. Elle avait en connaissance de cause placé sa sœur dans cette situation par égoïsme. Il n'y en avait toujours que pour elle. Le plus effroyable, c'était que Pauline excusait tous les travers de Violette. Combien de fois s'était-il laissé berner par les euphémismes trompeurs de son aînée? Il allait devoir freiner cette escalade avant que la situation ne dégénère davantage. À partir de ce jour, il ne croirait plus une seule parole qui sortirait de la bouche de Violette et ne tolérerait plus aucune excuse justifiant sa paresse. Violette exécuterait ses tâches comme tout un chacun dans cette demeure et n'aurait plus droit à ses petits privilèges. Il était temps qu'il remette de l'ordre dans cette maison et qu'il montre qui était le véritable chef dans cette famille.

Irritée par le silence soutenu de son voisin, Fenella pinça les lèvres. Elle n'était pas loin d'admonester Rosaire Beaupré pour son aveuglement et sa négligence. À la vérité, il y avait belle lurette qu'elle aurait recueilli Aimeline, mais elle savait que la jeune fille refuserait d'abandonner son frère et ses sœurs à la méchanceté de Violette. Ce qui était tout à son honneur. Pour la énième fois, Fenella se demanda ce qui ne tournait pas rond chez Pauline Beaupré. Pour quelle raison cette femme se montrait-elle une mère aussi indigne? Seule Violette trouvait grâce à ses yeux. Fenella grinça des dents, ce qui lui valut un coup d'œil de son mari. Douglas connaissait les sentiments que son épouse nourrissait envers le couple

Beaupré. Lui-même, en tant que chef de famille, ne comprenait pas qu'un homme puisse être faible à ce point. Un père se devait de protéger ses enfants. Quant à leur voisine, il l'avait en aversion, une vraie mégère selon lui, tout le contraire de sa tendre Fenella. Même si, en ce moment, son épouse ressemblait plus à une louve sur le point de sauter à la gorge d'un charognard. Par prudence, il posa sa large paume sur l'un des genoux de sa femme, surtout que Pauline Beaupré venait dans leur direction.

— Il était temps, grommela Fenella.

En surprenant ces propos, Rosaire durcit le regard. Tout comme Fenella McNeil, il reprochait à son épouse son insouciance dans les circonstances.

— Aimeline est restée sur la colline, annonça-t-il avec rudesse. Nous l'avons laissée derrière !

Pauline eut un léger tressaillement à cette nouvelle. En ce qui la concernait, cette enfant pouvait mourir de froid, elle n'en avait cure. Au contraire, elle serait enfin débarrassée de sa présence, un rappel constant de son malheur et de ses espoirs brisés.

— Une marche ne la tuera pas, déclara-t-elle avec indifférence. Il ne tenait qu'à elle de ne pas traîner dans les bois au moment de notre départ.

Sidéré, Rosaire demeura coi. Pour Fenella, c'en était trop.

— Quelle sorte de mère peut prononcer des paroles aussi horribles ! se formalisa-t-elle.

Son courroux était évident, tout comme sa répulsion. Pauline leva un regard flamboyant vers sa voisine.

— Encore faudrait-il qu'elle soit…

— Ça suffit, femme ! la coupa Rosaire dans un rugissement.

Pauline le dévisagea avec surprise. Depuis quand son mari se permettait-il de hausser le ton en s'adressant à elle ? Il faut dire qu'elle avait été tout près de révéler son honteux secret. Sur le point de répliquer, elle ravala ses paroles et perdit de sa hargne sous les yeux implacables de son mari. Une colère sourde suintait par tous les pores de la peau de Rosaire. Pour la première fois, Pauline perdait de son ascendant sur lui.

— Rentre à l'intérieur t'occuper des plus jeunes, comme une mère bienveillante se doit de le faire, lui ordonna son mari.

Elle eut un hoquet de stupeur face à la férocité qui émanait de la voix de son époux. Juchée sur sa carriole, Fenella échangea un regard stupéfait avec son mari. Douglas secoua la tête avec incompréhension.

— Qu'attends-tu, femme ? rugit Rosaire.

Pauline raidit la nuque, mais elle n'était pas stupide. Rosaire était hors de lui, ce n'était pas le moment de s'insurger. Elle s'apprêtait à tourner les talons lorsqu'il l'attrapa avec rudesse par le bras.

— Mieux vaudrait pour Violette qu'il n'arrive rien de grave à sa sœur… Dans le cas contraire, elle en subira les conséquences.

Pauline eut un haut-le-cœur en réaction à cette condamnation sans appel et à cette menace à peine voilée. Elle refusait que sa fille chérie soit châtiée pour une raison insignifiante.

— Ne me pousse pas à bout, Pauline, l'avertit-il en déchiffrant son expression. Que Violette aille se changer. Elle a des tâches à accomplir en plus de celles d'Aimeline.

— Quoi? s'écria Pauline, outragée.

Rosaire plissa les yeux et resserra sa prise autour du bras de sa femme.

— Prends garde, siffla-t-il entre ses dents. Je pourrais me montrer moins clément envers Violette.

Par prudence, Pauline décida de battre en retraite. Elle laisserait l'orage passer avant de revenir à la charge et de dire à son cher mari ce qu'elle pensait de son comportement inacceptable.

Rosaire attendit qu'elle se soit éloignée avant de ramener son attention sur les McNeil. Douglas lui adressa un signe de tête approbateur. Quant à Fenella, elle semblait réserver son jugement pour plus tard. Rosaire ne pouvait lui en vouloir. Il s'était révélé faible et couard. À cause de lui, le reste de sa famille souffrait des persécutions de Violette. Mais le pire, c'était le manque d'amour maternel dont les petits étaient privés. Le cœur de sa femme s'était asséché par sa faute, mais il était temps que Pauline fasse table rase des événements survenus jadis. Dix-neuf ans s'étaient écoulés depuis le jour fatidique où il s'était oublié entre les bras de Louisa, la sœur cadette de Pauline… il avait suffisamment payé pour son erreur.

5

Darren menait son cheval à bride abattue malgré le rideau de pluie qui masquait en partie sa vision. Par chance, il avait parcouru cette route tant de fois qu'il en connaissait par cœur chaque crevasse, dénivellation et courbe. À vrai dire, il était préoccupé par le sort d'Aimeline et il fonçait sans réfléchir. À Métis, le temps pouvait se révéler traître, surtout en cette période de l'année. Comme en ce moment, où un vent déchaîné s'engouffrait sous les vêtements et frigorifiait quiconque s'aventurait dehors. Et maintenant que le ciel déversait des trombes d'eau, c'était pire. Darren était habitué aux intempéries lorsqu'il bûchait dans les bois, mais pas Aimeline. Elle serait à coup sûr détrempée et gelée. Il n'avait rien avec lui pour la réchauffer, mis à part son manteau imbibé d'eau. Pour l'instant, son chapeau à large bord protégeait ses yeux de la pluie, mais ce n'était qu'une question de temps avant que lui-même ne soit complètement mouillé. Il frissonna quand des gouttes se frayèrent un chemin sous le col de sa chemise. Il poussa une série de jurons qui aurait fait tiquer son frère aîné. Darren n'avait pas d'enfants, mais il osait espérer que, si son tour venait un jour, il saurait les aimer d'une meilleure façon que Rosaire Beaupré le faisait avec les siens.

Un éclair zébra une nouvelle fois le ciel, à travers les nuages, arrachant un hennissement d'effroi à l'étalon. Par réflexe, Darren se pencha plus en avant sur son encolure. Le ciel obscurci rendait les lieux sinistres, voire inhospitaliers. Le jeune homme arrivait à l'endroit où s'était déroulé le pique-nique. Que ferait-il si Aimeline n'était plus là ? Parviendrait-il à la retrouver si elle s'était abritée dans la forêt ? Avec l'orage qui se déchaînait, il craignait qu'elle ne puisse l'entendre s'il l'appelait. Il serra les dents. Il ne lui servait à rien de s'imaginer le pire, il ne ferait que miner ses forces.

Au détour d'une courbe, il tira sur les brides de son cheval en jurant. Une silhouette diffuse se tenait debout au milieu du chemin. La bête secoua la tête en exerçant une traction sur ses mors, forçant Darren à bander les muscles de ses avant-bras au maximum. Sitôt immobilisé, il sauta à terre avec précipitation.

— Aimeline ! cria-t-il en s'élançant vers elle.

Elle s'était arrêtée net en voyant l'animal surgir au détour de la route. De plus, elle était épuisée, transie et n'arrivait plus à aligner ses pensées de manière cohérente. Pour un peu, elle aurait pu croire que son esprit lui jouait des tours. De nouveaux éclairs déchirèrent le ciel, saturant l'air d'électricité. Une bourrasque souleva pratiquement Aimeline du sol, la malmenant. Elle tressaillit lorsqu'un coup de tonnerre fracassant retentit non loin d'elle. Puis, elle perçut en sourdine l'appel pressant de Darren, mais elle était trop choquée pour répondre.

Darren éprouva une peur irraisonnée en parvenant à la hauteur d'Aimeline, qui dégoulinait, sa robe collée contre son corps frêle. La jeune femme était dans un état lamentable et grelottait de froid. Ses lèvres étaient bleutées, ses cheveux plaqués sur la tête et son regard hagard.

— Pardieu ! souffla-t-il en la serrant contre lui.

Dès que des bras l'étreignirent, elle vacilla. Darren la soutint en lâchant une nouvelle bordée de jurons. Aimeline eut tout juste un cillement.

— Je te ramène à la maison, *mo chridhe*[1].

Là-dessus, il se départit de son manteau pour lui couvrir les épaules. La pluie glacée ne tarda pas à détremper sa chemise. En grommelant, il souleva sa compagne et la porta jusqu'à sa monture. Il ne désirait pas s'appesantir sur les émotions qui lui comprimaient la poitrine. Seul l'état d'Aimeline lui importait. Il devait la reconduire rapidement chez elle afin qu'elle puisse se mettre au sec et se réchauffer auprès d'une bonne flambée. Sans perdre une minute de plus, il la jucha sur son étalon et grimpa derrière elle. L'animal regimba, mais Darren eut tôt fait de le maîtriser. Par bonheur, la bête était assez puissante pour les porter tous deux. D'un geste sûr, il installa Aimeline en travers de ses cuisses et la cala contre son épaule. Puis, il s'empara des rênes d'une main et enroula d'un bras ferme la jeune femme par la taille pour la maintenir en selle.

— Tiens bon, *mo chridhe*.

Aimeline poussa un faible gémissement en guise de réponse. Elle était transie de froid, elle grelottait et claquait des dents. De plus, ses doigts étaient gourds et elle ne parvenait pas à s'agripper à son sauveur. Une partie de son cerveau avait reconnu l'odeur et la voix de Darren, mais c'était comme si le reste de son corps ne réagissait plus. Par réflexe, elle tenta de

1. *Mo chridhe* signifie « mon cœur » en gaélique écossais.

glisser ses mains sous la chemise de son compagnon pour les réchauffer contre sa peau, mais le tissu adhérait à son torse à cause de la pluie.

Lorsque l'étalon s'élança sur la route, Aimeline lâcha un petit cri étouffé. N'eût été le bras qui la retenait, elle aurait basculé la tête la première. Elle se pressa davantage contre le corps de Darren. Elle entendait les battements précipités de son cœur contre son oreille, et ce son la rassura dans la tourmente. On ne l'avait pas abandonnée à son triste sort. Quelqu'un était venu la chercher.

Garder son sang-froid relevait de l'exploit pour Darren, qui fulminait de voir Aimeline dans cet état. *Tout ça, à cause de cette garce de Violette!* songea-t-il avec rage. Il inspira brusquement. Le nœud qui s'était formé dans son estomac refusait de se dénouer. Darren était tendu et il peinait à contrôler son cheval. De plus, il sentait le corps d'Aimeline contre sa poitrine avec une acuité éprouvante. La mine sombre, il talonna sa monture.

Un nouvel éclair zébra le ciel, suivi d'un deuxième plus éblouissant encore qui l'aveugla momentanément. Puis, un coup de tonnerre fracassant fit vibrer l'air. Un frisson parcourut la robe humide de l'étalon, qui secoua sa crinière, nerveux, et tenta de fuir. Darren s'échina à le ramener à l'ordre et à le maintenir sur le chemin cahoteux. Mais lorsqu'une immense épinette fut foudroyée devant lui, l'animal se cabra en roulant des yeux affolés, manquant de peu de désarçonner son cavalier. Par réflexe, Aimeline s'agrippa à son compagnon du mieux qu'elle put en pâlissant davantage, puis elle sentit le bras lui encerclant la taille se resserrer avec vigueur. Darren exerça une traction sur les brides et son cheval tira sur les mors en hennissant.

C'est alors que le milieu d'un arbre explosa dans un bruit assourdissant, faisant dresser les cheveux sur la nuque d'Aimeline. Le tronc se brisa en deux dans un craquement sinistre et l'un des côtés tomba en travers du chemin, causant des ravages considérables sur la végétation en bordure. Des morceaux d'écorce furent projetés en tous sens et l'une des branches s'embrasa. Darren sentit Aimeline se raidir de tout son être; il fit alors pivoter sa monture d'un mouvement brusque pour protéger leurs visages des éclats. En temps ordinaire, il se targuait de posséder des nerfs d'acier, mais, là, il avait eu tellement peur que ses mains tremblaient et que son cœur cognait contre sa poitrine. L'étalon ruait sous lui, cherchant à échapper à sa prise pour s'enfuir, mais Darren garda une emprise ferme autour des rênes. L'animal donna des coups de tête et tourna sur lui-même avant de se calmer. Puis, un étrange sifflement retentit quand les flammes furent étouffées par la pluie. Darren jeta un regard par-dessus son épaule. Les branches de l'épinette étaient encore secouées après la rudesse de l'impact sur le sol. Aimeline et lui auraient pu être foudroyés ou même broyés sous l'arbre s'ils étaient arrivés sur place quelques secondes plus tard.

Avec prudence, il fit faire demi-tour à sa monture et jura de plus belle en constatant l'étendue des dégâts. Le chemin était désormais bloqué. Impossible pour le cheval de sauter par-dessus l'obstacle ou de le contourner. Il risquerait de se blesser aux pattes.

— Nous allons devoir mettre pied à terre, déclara Darren d'un ton lugubre après avoir évalué ses options. Je vais abattre une partie du tronc pour dégager un passage.

Par bonheur, il ne partait jamais sans du matériel de survie accroché à sa selle. Il avait appris dans les camps de bûcherons qu'il fallait être prévenant pour rester en vie. C'était pour cette raison qu'il traînait aussi dans son sac une hache affûtée. Aimeline n'eut aucune réaction. Darren souleva son menton du bout des doigts et tenta de la rassurer:

— Tout ira bien. Je n'en ai que pour quelques minutes.

Elle se perdit dans son regard. L'image qu'elle offrait était touchante et Darren en fut remué. Malgré lui, il pencha son visage vers le sien, puis il captura ses lèvres glacées avec douceur pour les réchauffer. Aimeline frissonna de froid et d'anticipation. Plus rien n'existait, mis à part le souffle de Darren contre sa peau gelée, son étreinte autour de son corps tremblant et cette bouche qui la cherchait avec de plus en plus d'ardeur.

Elle poussa un faible gémissement, ramenant Darren à la raison. Il la relâcha si abruptement qu'elle faillit tomber du cheval. Il grommela des propos incompréhensibles en la rattrapant. Qu'avait-il fait? Il ne devait pas entretenir de faux espoirs chez elle, mais lui résister se révélait de plus en plus ardu. La preuve en était qu'il s'était élancé comme un fou sous la pluie pour la retrouver. Puis, il avait appréhendé le pire quand la foudre s'était abattue sur l'épinette, car c'était pour Aimeline qu'il s'était inquiété dans un premier temps. Il leva les yeux au ciel avec accablement en fermant les paupières. Aimeline vit sa pomme d'Adam monter, puis descendre lorsqu'il déglutit. Elle avait atteint un point où ses pensées devenaient confuses. Voilà pourquoi elle avait répondu au baiser de Darren et qu'elle s'était pressée contre lui, au lieu de s'en tenir à ses résolutions le concernant.

— Ça ne peut plus continuer, souffla-t-elle d'une voix misérable, le cœur en miettes.

Darren baissa les yeux vers elle, le visage défait. Elle avait raison. Il était le plus expérimenté des deux et le plus âgé, c'était à lui de combattre cette attirance, de lutter contre la tentation.

— Je pars dans deux jours, lui annonça-t-il. Tu n'auras plus à croiser ma route.

Aimeline laissa tomber sa tête avec lourdeur contre le torse de Darren, qui se permit de la serrer dans ses bras une dernière fois avant de la quitter pour toujours. À la lumière des récents événements, il décida par précaution de ne pas repasser par le village à son retour du chantier à l'automne. Il monterait directement au camp de bûcherons. Il évaluerait ensuite la situation une fois rendu là-bas. Qui sait, d'ici un an, Aimeline aurait peut-être guéri de cette amourette de jeunesse et offert son cœur à un homme plus digne d'elle. C'était ce qu'il espérait. Du moins le croyait-il. Mais pourquoi, dans ce cas, avait-il un trou béant dans la poitrine ? L'âme en peine, il embrassa Aimeline sur la tête, puis l'écarta avec douceur.

— Je dois nous frayer un chemin avant la tombée de la nuit.

Elle acquiesça en silence. À sa façon, Darren venait de lui faire ses adieux. Il tenait à elle, il le lui avait prouvé en la secourant, mais ce n'était pas suffisant. Même s'il souffrirait de cette séparation, il accordait davantage d'importance à sa liberté. Aimeline devait le laisser partir, pour leur sauvegarde à tous deux.

Résignée, elle se détacha de lui et glissa le long du flanc de l'étalon. Dès qu'elle quitta le couvert protecteur des bras de Darren, elle fut de nouveau frigorifiée. Elle chancela sur ses jambes qui la soutenaient avec peine. Elle tenta de refouler ses émotions. Darren sauta par terre du côté opposé de sa monture et fourragea dans son sac. Après avoir trouvé ce qu'il y cherchait, il se dirigea vers la cime de l'épinette. Aimeline l'observa en se mordant la lèvre inférieure pour l'empêcher de trembler. Ce n'était pas l'envie qui lui manquait de se laisser tomber à genoux sur le sol boueux et de pleurer toutes les larmes de son corps. Toutefois, par respect pour l'honnêteté de Darren, elle raidit l'échine et carra les épaules pour faire bonne figure.

Un son sourd retentit dans l'air lorsque la lame affûtée de Darren s'abattit sur le tronc. La pluie continuait de tomber dru, mais le bruit du tonnerre commençait à s'estomper, signe que l'orage s'éloignait. Un mince panache de fumée s'élevait de la branche qui s'était embrasée. Aimeline essuya son visage avec la manche du manteau de Darren. Elle survola les lieux du regard, avant de poser à nouveau les yeux sur son compagnon. Il avait enlevé sa chemise mouillée pour ne pas être entravé dans ses mouvements. Elle était roulée en boule et reposait sur les ramures du conifère.

Incapable de détourner les yeux de lui, Aimeline observait Darren frapper l'arbre avec sa hache à un rythme puissant et régulier. Il était évident qu'il était rompu à cet exercice. Créer un passage ne serait pas long dans ces conditions. Non sans un malaise, elle se délectait du jeu des muscles du jeune homme gonflés par l'effort. La silhouette découpée de Darren la troublait, à son plus grand regret. Pourquoi fallait-il qu'elle tombe sous le charme du seul garçon du village qui refusait de s'engager ? Lutter de toutes ses forces contre l'attrait qu'il représentait l'épuisait et lui enlevait toute joie de vivre. Pour la première fois, elle envisageait avec soulagement l'idée qu'il parte. Dès qu'il serait loin, elle parviendrait à se résigner à son sort et à se bâtir une nouvelle vie avec un autre homme…

Désabusée, Aimeline s'efforça de détacher les yeux du dos de Darren et se perdit dans la contemplation de la tempête. Elle frissonna et pria pour que cette épreuve se termine bientôt. Un craquement sec la fit sursauter, l'extirpant de ses pensées. La cime de l'arbre venait de céder et Darren s'activait à la déplacer pour libérer un passage. Aimeline resserra les pans du manteau autour de son corps pour se protéger de la froideur ambiante et de la souffrance qui l'assaillait. Mais rien ne pouvait la soulager de la douleur associée à la désertion de Darren. Elle se retrouverait bel et bien seule avec son désespoir et son cœur brisé. Elle eut un soupir tremblotant, que Darren perçut alors qu'il revenait vers elle en remettant sa chemise tant bien que mal.

Il l'enveloppa d'un regard grave. Il luttait âprement pour conserver son aplomb, mais la situation devenait insoutenable. Avant de dire quoi que ce soit qu'il pourrait regretter, il s'empressa de serrer sa hache dans son sac et d'enfourcher sa monture. Puis, il aida Aimeline à grimper en selle en lui tendant une main. Elle eut le souffle coupé lorsqu'il la souleva sans effort apparent et la ceintura avec plus de force que nécessaire. Mais elle n'osa pas émettre la moindre protestation de peur de briser le fragile équilibre qui subsistait entre eux. Les traits figés, Darren dirigea son étalon vers la brèche, puis aussitôt l'obstacle passé, il s'élança sur la route, pressé de se débarrasser de la présence perturbante de la jeune femme.

Sans doute Rosaire Beaupré surveillait-il le retour du jeune McNeil par l'une des fenêtres, car, dès que le cheval s'engagea dans l'allée, il sortit en trombe de la maison.

— Aimeline ! cria-t-il d'une voix étouffée par l'inquiétude.

L'étalon s'immobilisa à sa hauteur en renâclant.

— Elle est glacée, l'avertit Darren d'un ton dur. Assurez-vous de la mettre vite au chaud.

Rosaire hocha la tête en tendant les bras vers sa fille. Il eut un tressaillement en avisant son état pitoyable. Pour la énième fois, il se maudit de son aveuglement. Aimeline risquait d'avoir attrapé un coup de froid par sa faute, sans mentionner le désarroi qu'elle avait dû ressentir en se rendant compte qu'elle avait été laissée derrière. Il la saisit avec d'infinies précautions. Son inquiétude grimpa d'un cran en constatant de près l'extrême pâleur de sa fille. Le dégoût qu'il éprouvait envers lui-même pour sa couardise déforma ses traits, lui donnant un air vieux et usé.

Un muscle tressauta sur la mâchoire de Darren lorsqu'il abandonna son précieux fardeau à Rosaire. Puis, ne désirant pas voir s'éterniser cette séparation, il fit faire demi-tour à sa monture et s'éloigna sans autre forme de procès. Concentré sur sa fille, Rosaire ne s'en formalisa pas, empressé qu'il était de regagner la protection de la maison. Pour Aimeline, il en fut autrement. Elle vit Darren lui tourner le dos avant de disparaître au détour du chemin. Des larmes traîtresses roulèrent sur ses joues, se mêlant à la pluie qui mouillait déjà son visage.

Elle se crispa contre son père. Quelle que soit la profondeur de son chagrin, elle ne devait rien laisser transparaître. Résignée, elle referma la bouche sur le cri qui ne demandait qu'à surgir de sa poitrine. Sitôt le seuil passé, Rosaire la déposa au sol avec délicatesse, une lueur honteuse dans le regard. Puis, il pressa le bras d'Aimeline avec tendresse avant de reporter son attention sur Charlotte, qui se tenait près du foyer.

— Aide ta sœur à se débarrasser de sa robe détrempée et à enfiler des vêtements secs. Je vais aller chercher d'autres couvertures.

Aimeline, désorientée, le vit gagner l'arrière de la maison. Son père paraissait au supplice, comme s'il portait tout le poids du monde sur ses épaules. Elle balaya la pièce du regard, surprise que sa mère ne soit pas présente pour la houspiller d'être la cause de tout ce remue-ménage. Charlotte dut deviner ses pensées, car elle eut une étrange expression, avant de prendre la parole :

— Les plus jeunes sont dans leurs chambres sous la supervision d'Esther. Quant à Violette, elle est dans la sienne, supposément épuisée d'avoir dû exécuter les corvées que père lui a imposées.

Aimeline écarquilla les yeux, effarée. Que s'était-il passé ? C'était la première fois que son père réagissait de la sorte, lui qui s'effaçait toujours devant la volonté de fer de son épouse. Un silence lourd s'installa pendant que Charlotte s'efforçait de retirer à son aînée sa robe imbibée d'eau. Aimeline avait l'impression d'être délestée d'un poids à chaque morceau qui tombait sur le sol. Une flaque s'était formée à ses pieds et s'agrandissait. Les doigts encore raides, elle ne fut d'aucune aide pour Charlotte.

— Où est mère ? s'informa-t-elle au bout de quelques minutes.

Charlotte lui lança un regard dubitatif avant de s'activer à éponger sa longue chevelure dégoulinante.

— J'ignore ce qui s'est passé avec les McNeil à notre retour du pique-nique, mais lorsque père est rentré, il affichait un air sombre et mère paraissait sur le point d'exploser.

L'expression perplexe de Charlotte reflétait celle d'Aimeline, dont un pli barra le front, signe de son incompréhension.

— Je suis dépassée par la situation comme toi, déclara Charlotte en haussant les épaules. Quand elle a voulu s'en prendre à lui, père a ordonné à mère de se taire d'un ton rude. Les murs tremblaient presque sous sa colère.

— Tu te moques de moi…

— Pas du tout ! Mère était tellement furieuse contre lui qu'elle s'est enfermée dans leur chambre. Je crois que père va devoir dormir dans la grange ce soir.

Aimeline eut un hoquet étranglé. Toute cette histoire n'avait aucun sens. Depuis quand Rosaire Beaupré osait-il tenir tête à sa femme ? Elle arqua un sourcil, incrédule. Si Charlotte disait vrai, il allait payer très cher cet affront, et Aimeline en aurait pour des semaines à subir le courroux de sa mère. L'esprit préoccupé, elle enfila la jaquette de nuit que Charlotte venait de lui donner. Le froid de l'air ambiant fit remonter un frisson le long de sa colonne vertébrale. Pour un peu, elle se serait remise à claquer des dents. Par chance, les flammes du foyer étaient hautes et ne tarderaient pas à la réchauffer.

Charlotte se pencha pour saisir les vêtements mouillés et boueux qui jonchaient le sol. Elle examina l'état de l'étoffe en affichant une mine attristée.

— Ta plus belle robe…, se désola-t-elle. J'ignore si nous serons capables de la récupérer.

Pour l'heure, c'était le dernier souci d'Aimeline, qui s'inquiétait davantage de la réaction de sa mère retranchée derrière une porte close. Son père arriva sur ces entrefaites, les traits du visage adoucis.

— Tiens, enroule-toi dans ces couvertures et installe-toi près du feu. Charlotte va aller te préparer une boisson chaude.

Du menton, il indiqua la cuisine à la cadette, qui s'exécuta visiblement à contrecœur, ne désirant pas abandonner sa sœur à son triste sort. Rosaire perçut son hésitation et s'en désola. La pente serait ardue à remonter avant qu'il puisse regagner la confiance des siens.

— Va, Charlotte, lui signifia-t-il à nouveau.

Une boule se forma dans sa gorge. Il déglutit avec difficulté. Il y avait longtemps qu'il avait laissé tomber ses enfants, et c'était pire en ce qui concernait Aimeline. Elle, plus que quiconque, aurait eu besoin de sa protection. Plus jeune, il y avait eu de rares moments mémorables qu'il chérissait : une promenade dans les bois, quelques fois où il l'avait bercée sur ses genoux quand elle était petite et malade. À cette époque, elle riait aux éclats et se jetait dans ses bras à son retour d'une dure journée de labeur. Elle criait « papa » avec exubérance, puis l'embrassait sur la joue avant de se blottir contre sa poitrine. Elle était spontanée à cet âge-là, un trait de caractère qui s'était effiloché au fil des années sous la férule de Pauline. Que n'aurait-il pas donné pour rattraper le temps perdu, lui raconter des histoires la nuit venue, la rassurer lorsqu'elle était terrifiée ? Submergé par l'émotion, il se racla la gorge. Peut-être pourrait-il maintenant faire les choses correctement.

— Assieds-toi, Aimeline.

Elle s'exécuta avec hésitation, percevant la tension qui habitait son père. Mal à l'aise, elle se trémoussa sur son siège en jetant des coups d'œil furtifs vers la chambre de ses parents.

— Elle ne viendra pas, tu peux te détendre, la mit à l'aise Rosaire en interceptant son regard.

Aimeline tiqua, gênée d'avoir été prise en flagrant délit. Elle peinait à remettre de l'ordre dans ses idées et grelottait encore de froid malgré les épaisseurs qui la recouvraient. De plus, la journée avait été éprouvante à plus d'un égard. Elle retint de justesse un bâillement, puis ne sachant que faire, elle tendit ses mains vers les flammes bienfaisantes pour s'occuper l'esprit. La chaleur se répandit en elle, provoquant des picotements dans ses doigts.

Son père continuait de la fixer en silence. Leurs rapports s'étaient compliqués au fil des années, mais c'était sa faute, il avait laissé l'ambiance générale se désagréger au point d'atteindre un seuil critique. Il ne regrettait pas ses actions dix-neuf ans plus tôt et ne le ferait jamais. C'était sans doute ce qui avait le plus meurtri sa femme lorsqu'elle l'avait compris. Et si Louisa avait survécu aux événements, Dieu seul sait la tournure qu'aurait prise leur existence. Il aurait voulu raconter son secret à sa fille, mais il n'en avait pas le courage, pas dans l'immédiat du moins. Il commençait tout juste à se pardonner et à trouver la force de reprendre sa vie en main.

Il leva les yeux vers Aimeline. Sa fille n'osait souffler mot et paraissait si confuse qu'il en fut bouleversé.

— Les choses vont changer, lui annonça-t-il en pondérant ses paroles ainsi que le ton de sa voix pour ne pas la brusquer.

Elle croisa son regard, de plus en plus perdue. Un élément clochait, mais Aimeline n'arrivait pas à mettre le doigt dessus. Elle aurait souhaité pouvoir masquer son trouble. Elle avait les nerfs à vif et n'était pas loin de s'effondrer. Mieux valait regagner son lit et s'y pelotonner. Demain serait un autre jour. Elle eut un second bâillement qu'elle ne put réprimer.

— Tu es épuisée, nota Rosaire. Va avaler un peu de bouillon que ta sœur a eu la gentillesse de préparer pour toi et monte te coucher. Tu as besoin de récupérer de ta mésaventure.

Heureuse de pouvoir échapper au regard scrutateur de son père, elle se releva avec raideur. Alors qu'elle s'apprêtait à aller à la cuisine, Rosaire s'adressa de nouveau à elle :

— Accorde-toi un peu de repos en matinée, Violette s'occupera de tes tâches en plus des siennes.

— Quoi ? s'exclama Aimeline en se retournant d'un bloc.

Mais déjà Rosaire s'était détourné pour regagner sa chambre.

Blottie contre le dos de sa sœur, bien au chaud dans son lit, Aimeline tardait à s'endormir. Charlotte n'avait pas dit un mot lorsqu'elles s'étaient couchées, se contentant de l'étreindre. Aimeline lui en était reconnaissante, ne désirant pas parler des derniers instants qu'elle avait vécus en compagnie de Darren. Ce seul souvenir ravivait un écho douloureux dans sa poitrine. Se remémorant leur baiser d'adieu, elle enfonça un poing dans sa bouche pour étouffer un gémissement. Elle n'arrivait pas à s'endormir tant elle était agitée, mais les nuits demeuraient fraîches à cette période de l'année, ce qui l'incita à rester pelotonnée sous les couvertures. Elle roula sur le ventre et enfouit son visage dans l'oreiller pour atténuer le bruit de ses sanglots.

Darren lui avait arraché le cœur en la rejetant, aussi sûrement que l'auraient fait les griffes acérées d'une ourse protégeant ses petits. Il lui faudrait pourtant surmonter le chagrin qui la consumait. Elle connaissait Darren et savait qu'il ne reviendrait pas sur sa décision. Elle en était là dans ses réflexions lorsque des voix lui parvinrent en sourdine. Elle tendit l'oreille, soucieuse de s'expliquer ce qui se passait au rez-de-chaussée entre ses parents. Se disputaient-ils à cause d'elle ? Son père allait-il, comme à son habitude, courber l'échine et se soumettre à la volonté de sa femme ? Sa mère monterait-elle à l'étage pour lui infliger une punition de son cru ? Aimeline coula un coup d'œil incertain vers le battant de sa chambre, appréhendant d'y voir apparaître sa mère en furie.

Les minutes s'égrenaient avec une lenteur insupportable. À ses côtés, Charlotte n'avait pas bronché, inconsciente du drame qui se déroulait en contrebas. Une porte claqua soudain, faisant sursauter Aimeline. Les voix devinrent tout à coup perceptibles. Sa mère hurlait de colère, déversant sa mauvaise humeur sur son mari. Aimeline entendit le nom de sa tante défunte, Louisa. Aussitôt, les rugissements de son père résonnèrent dans la maison, réveillant Charlotte.

La jeune fille tourna un regard interrogateur et ensommeillé vers Aimeline, qui secoua la tête en signe d'incompréhension. Le battant s'ouvrit sur ces entrefaites, et des petits pas précipités retentirent sur le plancher avant qu'un corps frêle ne se glisse sous les couvertures pour venir se blottir entre les bras d'Aimeline. Margaret pressa ses pieds gelés sur les jambes de son aînée tout en plaquant son visage chiffonné contre sa poitrine. Aimeline l'enserra avec tendresse, désireuse de la rassurer.

Des voix éclatèrent de plus belle avec davantage d'intensité, de la vaisselle fut projetée contre un mur et des meubles furent bousculés avec violence. Leur mère criait comme une possédée et Violette vint s'en mêler. Un ordre brusque tomba, sommant l'aînée de regagner sa chambre immédiatement, suivie de la menace d'être châtiée si elle n'obéissait pas. Aimeline entendit les pas rapides de Violette dans l'escalier, puis le claquement d'une porte refermée d'un coup de pied.

Florentine se précipita à son tour dans la chambre de Charlotte et d'Aimeline, talonnée par Esther, qui portait Alfred dans ses bras. Le petit avait la tête appuyée sur l'épaule de sa sœur, un pouce enfoncé dans la bouche. Aimeline se décala en soulevant les couvertures pour inciter le reste de la fratrie à se réfugier dans le lit. Charlotte prit Florentine et la serra contre elle, puis commença à caresser sa chevelure indisciplinée pour la réconforter. Personne n'osait prononcer le moindre mot ni faire de bruit. Certaines paroles leur parvenaient : « péché », « tromperie », « sacrilège », « sœur », « beuverie », « mensonge ». Mais il leur était impossible de comprendre le sens exact de la discussion. Les cris perçants de Pauline Beaupré étaient perceptibles, tout comme les éclats de son époux. Les petits tremblaient et s'accrochaient à leurs aînées. Esther tentait de demeurer impassible comme Charlotte et Aimeline l'étaient en apparence, mais elle n'y arrivait pas.

Soudain, une silhouette se découpa dans l'encadrement de la porte.

— C'est ta faute ! cracha Violette avec rancœur en pointant Aimeline du doigt. Si tu n'avais pas traîné bêtement derrière, père ne se serait pas emporté contre mère et moi.

Aimeline se crispa et demeura muette d'étonnement. Violette déversait son fiel corrosif sur elle, animée par une rage folle.

— Je ne resterai pas une minute de plus ici, continua Violette avec indignation en haussant le ton.

— À quel endroit iras-tu ? osa lui demander Charlotte avec angoisse. Il fait nuit noire dehors.

— Ce ne sont pas tes affaires, répondit sa sœur avec morgue. Quant à toi, pas un mot de notre secret, ou bien il va t'en cuire, enchaîna-t-elle à l'intention d'Aimeline.

Violette avait l'intention de rejoindre Christopher, comprit-elle avec horreur. L'air de la chambre sembla se refroidir sous le regard glacial de l'aînée. Aimeline se pétrifia dans le lit et sentit la panique la gagner. Elle était piégée !

— Violette, ne fais pas ça ! tenta-t-elle de la raisonner.

— Et qui m'en empêchera ? Toi ? Darren ?…

Violette laissa sciemment le nom de leur voisin en suspens, faisant ainsi comprendre à Aimeline qu'elle n'hésiterait pas à mettre sa menace à exécution si elle la dénonçait auprès de leur père. La gorge serrée, Aimeline se tordit les doigts. Violette la toisait avec malveillance, brûlant d'envie de lui causer du tort. Tout ce qui l'en empêchait, c'était qu'elle avait autant à perdre que sa cadette en agissant de la sorte. Redressant les épaules, elle fixa à tour de rôle les occupants du lit, certaine de sa supériorité. Puis, elle leur tourna le dos avec suffisance.

Ce n'est qu'une fois qu'Aimeline entendit les pas décroître dans l'escalier qu'elle relâcha la respiration qu'elle avait retenue sans le réaliser. Libérant Margaret de son étreinte, elle bondit hors du lit et s'empressa de gagner la fenêtre. La lune pleine baignait les environs d'une lumière diffuse. Aimeline suivit des yeux la silhouette sombre de sa sœur qui s'en allait dans la nuit. Un sentiment de honte l'envahit. Elle n'arriverait jamais à vider de son esprit l'image de ce Christopher s'éloignant en douce dans les bois ni de l'impression que Violette avait commis l'irréparable. Sa conscience lui intimait de révéler la vérité à son père, mais son cœur s'y refusait. Tenaillée entre les deux, elle ne savait à quel saint se vouer. Soit elle révélait les péchés de Violette, soit elle protégeait l'honneur de Darren. Et elle-même, dans toute cette histoire ? Qu'en était-il de ses émotions ? Comme c'était souvent le cas, elle les relégua au second plan.

Elle scruta de nouveau la nuit. Violette avait disparu, partie rejoindre Christopher sans aucun doute. Malgré cette certitude, Aimeline n'avait pas le courage d'aller en informer son père, pas dans le contexte actuel. Avec un peu de chance, Violette retrouverait la raison et reviendrait à la maison.

Aimeline se tourna vers ses sœurs et son frère. Tous la fixaient avec angoisse. Ce serait à elle d'éluder les questions qui ne manqueraient pas de fuser, de dédramatiser la situation si cela s'avérait nécessaire. Mis à part Charlotte, personne n'avait semblé remarquer la présence de Christopher au pique-nique et, par chance, Aimeline avait été la seule à le revoir dans les bois en compagnie de Violette. Il lui serait donc relativement aisé de garder le secret, même s'il pesait lourd sur sa conscience.

— Rendormez-vous, conseilla-t-elle au reste de la fratrie en rejoignant le lit.

Elle repoussa avec douceur Margaret vers le centre pour prendre place sur le bord. De son côté du matelas, elle fixa Charlotte avec tristesse. Sa sœur lui retourna un regard compréhensif avant de fermer les paupières. Aimeline soupira, puis enserra la taille de Margaret de l'un de ses bras. La nuit serait longue avec tout ce petit monde dans le lit. Les yeux perdus dans le vide, elle revit en boucle dans sa tête les événements survenus dans la journée. Malgré elle, son esprit s'emballa, faisant germer des scénarios plus catastrophiques les uns que les autres concernant Violette et sa petite escapade nocturne. Leur existence à tous partait en vrille, comme si un mauvais génie s'était amusé à leur jeter un sort. Épuisée après avoir autant cogité, elle finit par s'endormir. Mais son sommeil fut agité, à l'image des émotions qui se bousculaient en elle.

Rosaire se balançait dans sa chaise berçante, sa pipe fichée entre les dents. Le feu mourant dans l'âtre ne le réchauffait presque plus. De son tisonnier, il raviva les flammes et souffla un panache de fumée après avoir retiré de sa bouche l'embout de sa pipe. Les lattes du plancher recommencèrent à craquer sous le mouvement régulier des patins de la berceuse, rompant le silence lourd dans la pièce. Étrangement, il se sentait en paix avec lui-même, sentiment qu'il ne lui était pas arrivé de ressentir depuis dix-neuf ans. Pourtant, l'affrontement qui avait eu lieu entre Pauline et lui avait été tumultueux. De son emplacement, il voyait quelques morceaux de vaisselles brisées éparpillés sur les dalles de la cuisine. Il lui faudrait ramasser le tout avant que les enfants ne descendent. Mais il lui restait quelques heures devant lui jusqu'au lever du soleil.

Il déplorait que les petits aient entendu cette dispute, même si c'était de loin. Ses enfants n'avaient pas besoin d'être plus troublés qu'ils ne l'étaient, mais cet affrontement avait été un mal nécessaire. Le climat malsain qui régnait dans cette maison depuis des années devait cesser. Les événements qui s'étaient produits dans la journée n'avaient qu'envenimé une situation déjà explosive.

Il porta un regard inflexible sur la porte close de sa chambre. Pauline s'y était réfugiée après leur éclat, furieuse de ne pas avoir réussi à le manipuler selon sa volonté. Elle se rebellait contre cette nouvelle prise de pouvoir, à l'image de Violette qui rejetait toute autorité. Il s'était attendu à une réaction de son épouse, mais pas de cette envergure. Elle l'avait égratigné dans le cou et criblé de coups de poing, telle une furie déchaînée. Quant à lui, il avait été tout près de la gifler, mais il s'était retenu à temps. Il ne voulait pas s'abaisser à lever la main sur une femme. Il valait mieux que cela.

La rancœur avait jailli des entrailles de leur couple tel un magma de lave en fusion trop longtemps contenue dans un volcan. Le torrent de propos hargneux que Pauline avait déversé sur lui ne l'avait pas atteint comme elle l'aurait souhaité. Il faut dire qu'il y avait un moment que Rosaire ne se faisait plus d'illusions la concernant. Il l'avait appréciée à une époque, au point de vouloir l'épouser et de fonder une famille avec elle. Mais cette affection était sans commune mesure avec ce qu'il avait ressenti pour Louisa. Cette femme avait surgi dans sa vie lors d'un matin d'automne parsemé de feuilles multicolores. Pauline était enceinte de Violette à ce moment-là et pratiquement au terme de sa grossesse. Louisa était descendue de Québec pour venir lui apporter son soutien. Rosaire avait été soufflé par la gentillesse, la joie de vivre et la douceur de la jeune femme. Deux sœurs ne pouvaient être plus dissemblables l'une de l'autre. Rosaire savait que la cadette de son épouse étudiait à Québec chez les

Ursulines pour devenir institutrice, mais il ne l'avait jamais croisée auparavant. Cette rencontre l'avait ébranlé, modifiant de façon irrémédiable le cours de son existence.

À ce souvenir, une larme perla au coin de son œil. Même après tout ce temps, la mort de Louisa survenue juste avant la naissance d'Aimeline lui brûlait la poitrine, comme une plaie qui demeurait à vif.

— Louisa…, murmura-t-il dans un souffle en fermant les paupières sur son chagrin.

6

Le lendemain, dès les premières lueurs de l'aube, Aimeline décida de se lever. Lorsqu'elle descendit l'escalier, elle comprit d'emblée que quelque chose clochait. Il n'y avait aucune odeur de bacon rôti, de pain grillé ou d'œufs cuits. Et plus étrange encore, nul bruit ne filtrait de la cuisine. Sa mère avait-elle entrepris de faire la grève en réaction aux événements survenus la veille ? Incertaine, Aimeline mit le pied sur la dernière marche. Incapable de vraiment dormir, elle avait retourné les mêmes idées dans sa tête pendant des heures dans une boucle sans fin. De plus, Margaret avait eu un sommeil agité et n'avait eu de cesse de lui donner des coups de pied sur les jambes, sans parler d'Alfred, qui avait ronflé toute la nuit, congestionné à cause de ses allergies saisonnières. Bref, tout pour lui faire passer une nuit blanche.

Même s'il était préférable qu'elle affronte le courroux de sa mère sans la présence des petits, elle n'était pas pour autant pressée de monter sur l'échafaud. Rassemblant le peu de courage qu'il lui restait, elle avança d'un pas prudent vers le salon et coula un regard succinct en direction de la chambre de ses parents. La porte était ouverte et le lit, pas même défait. Perplexe, elle se dirigea vers la cuisine. Une assiette ainsi qu'une tasse et un couteau traînaient dans l'évier, mais c'était tout. Elle n'y comprenait rien. Où se trouvait sa mère ? À cette heure, elle aurait dû être postée devant le poêle à bois pour préparer le déjeuner matinal de son époux, son tablier sobre attaché autour de la taille pour protéger sa robe des éclaboussures de gras.

— Aimeline, l'interpella son père derrière elle.

Elle pivota sur ses talons, une interrogation muette au fond des yeux.

— Je suis désolé, ma puce... J'aurais voulu pouvoir t'accorder un peu de repos après ta mésaventure d'hier, mais j'ai peur que ce ne soit plus possible, hélas.

Aimeline ne sut que répondre. Il faut dire qu'elle était sous le choc d'avoir entendu son père l'appeler «ma puce». Il y avait longtemps qu'il ne s'était pas adressé à elle de cette manière. Elle devait avoir huit ans la dernière fois, et sa mère avait alors décrété qu'elle était devenue trop vieille pour ce genre de petits diminutifs affectueux. Aimeline en avait été peinée, tout comme son père, même s'il n'avait pas osé s'insurger à cette époque. Qu'est-ce qui avait changé aujourd'hui? Sa confusion dut paraître évidente, car il eut un sourire triste.

— Ta mère s'est absentée pour une période indéterminée. Elle a décidé de rendre visite à ta grand-mère à Trois-Rivières. Je reviens de la gare où je l'ai déposée avec sa valise, expliqua Rosaire.

Sa voix était lasse, comme s'il avait bataillé durant des jours sans répit. Pourtant, étrangement, ses prunelles reflétaient une lueur particulière que sa fille ne s'expliquait pas.

— Papa, commença Aimeline avec hésitation, tout va bien?

Elle n'osa pas le toucher de crainte de subir une rebuffade de sa part, mais nul besoin de mots avec lui, elle percevait ses émotions comme si elles étaient siennes. Il faut avouer qu'elle ressemblait à son père à plus d'un égard, ce qui créait un lien unique entre eux. Et elle s'en réjouissait. Pour rien au monde, elle n'aurait souhaité tenir de sa mère. À vrai dire, de tous les enfants Beaupré, c'était Violette qui était son portrait craché. Ce qui pouvait expliquer leurs affinités.

— Vous allez devoir vous diviser les tâches ménagères. Va réveiller Charlotte et Violette afin qu'elles t'aident.

Aimeline eut un sursaut qui la trahit.

— Que se passe-t-il? s'enquit Rosaire en relevant l'un de ses sourcils broussailleux.

— Je… C'est…

Mal à l'aise, elle ne savait comment annoncer la nouvelle à son père, qui se redressa, s'attendant au pire. Puis, suspicieux, il se dirigea vers l'escalier.

— Papa… Violette n'est pas dans sa chambre, finit-elle par lui révéler.

La mine assombrie, Rosaire se retourna vers sa fille. Aimeline aurait préféré ne pas être celle qui lui apprendrait la fuite de Violette.

— Où est-elle?

— Je l'ignore, répondit Aimeline en levant les mains avec fatalisme. Elle ne nous a rien dit à ce sujet hier soir.

Rosaire ferma les yeux et pressa ses paupières en poussant un soupir. Aimeline eut pitié de lui. Elle aurait voulu alléger son fardeau, mais c'était impossible. C'était à lui de gérer cette situation, Violette était sa fille. De nouveau, elle sentit le poids de son secret peser lourd sur ses épaules. Il était en droit de savoir ce qui se tramait entre Violette et Christopher. Aimeline secoua la tête avec affliction en songeant à Darren. Il ne méritait pas de payer pour les péchés de Violette. Si elle avait pu être certaine qu'il ne risquait pas d'être l'objet d'une vendetta de la part de sa sœur, elle n'hésiterait pas à parler, mais l'enjeu était trop élevé.

— Je suis désolée, murmura-t-elle d'une voix éteinte en ployant la nuque.

Se méprenant sur le sens de ses paroles, Rosaire revint vers elle et la prit dans ses bras. Émue par ce geste d'affection, elle faillit fondre en larmes. Son père lui tapota gauchement le dos avant de la relâcher en se raclant la gorge.

— Ce n'est pas ta faute, ma puce. Violette est assez vieille pour faire ses propres choix et en assumer les conséquences. J'aviserai à son retour. En attendant, ça signifie malheureusement que, tes sœurs et toi, vous devrez vous partager ses tâches en plus de celles de votre mère.

Aimeline eut un léger haussement d'épaules. Cela n'avait pas d'importance en définitive. Il y avait belle lurette qu'elle effectuait les corvées de sa sœur en plus des siennes.

— Je m'absenterai pour le souper. Je serai occupé avec le nouveau.

— Monsieur Gauthier ? s'informa Aimeline, curieuse.

— En effet. Léopold commence son apprentissage sur la ferme. Nous prendrons probablement notre repas à la taverne ce soir.

Aimeline ne sut que répondre. Son père travaillait fort dans les champs. Il avait besoin d'un bon repas consistant pour se remplir le ventre.

— Ce ne sera pas une surcharge pour nous si vous mangez à la maison. Avec mère et Violette absentes, il y en aura assez pour vous deux.

— Brave petite ! déclara Rosaire en déposant une main paternelle sur le sommet de sa tête. Nous verrons…

Puis, il repartit en direction de la porte d'entrée. Avant de franchir le seuil, il se retourna vers sa fille pour lui signaler un point important :

— Si vous prévoyez faire du lavage, je vous conseille d'attendre à cet après-midi. Le chef de gare m'a informé que c'était Roland qui était de service à bord de la locomotive.

Aimeline acquiesça en se souvenant que l'homme en question était le nouveau mécanicien en apprentissage engagé par l'Intercolonial Railway. Lors du préchauffage, avant de quitter la gare, le responsable du train devait faire monter la pression dans la chambre à vapeur. En temps normal, un employé expérimenté connaissait la quantité exacte de charbon à utiliser et ne produisait qu'un léger panache de fumée. Dans le cas contraire, un épais nuage noir se formait et il fallait s'empresser de rentrer les draps blancs suspendus sur la corde à linge pour éviter qu'ils ne deviennent grisâtres.

— J'allais oublier… Est-ce que tu savais que Darren partait pour Montréal par le premier train aujourd'hui ?

Aimeline eut l'impression de recevoir un direct dans l'estomac. Ainsi, Darren désertait Métis plus vite que prévu, ne lui laissant pas la possibilité de le revoir une dernière fois. Avait-il pris sa décision sur la route pendant l'orage ou après? Elle se raisonna aussitôt. Quelle importance? Après tout, il lui avait fait ses adieux à sa façon la veille.

— C'est dommage, j'aurais eu besoin de son aide pour l'ensemencement des champs, continua son père, la sortant de ses réflexions peu amènes. Ce garçon a le cœur à l'ouvrage.

— Vous aurez M. Gauthier, tenta-t-elle pour faire diversion.

— C'est sûr, mais l'homme n'a jamais travaillé la terre auparavant, il me faudra le former. Mais bon… ça fera tout de même une paire de bras supplémentaire d'ici à ce qu'il sache quoi faire.

— Je suis certaine qu'il apprendra vite.

Aimeline peinait à demeurer stoïque, à ne pas laisser transparaître son chagrin. Par chance, son père venait de saisir son chapeau à rebord sur le crochet et de l'enfoncer sur sa tête sans percevoir les états d'âme de sa fille.

— S'il y a quoi que ce soit, n'hésite pas à envoyer l'un des petits pour me prévenir. En attendant, tu es responsable de la maison, de tes sœurs et de ton frère.

— Ça ira, papa! Je m'occupe d'eux.

— Merci, ma puce.

Là-dessus, il la salua et partit en fredonnant l'air d'une chanson familière. Aimeline demeura immobile quelques minutes à contempler la porte close. Puis, des pas vifs à l'étage lui indiquèrent que le reste de la famille se réveillait. D'emblée, elle effaça toute trace de chagrin sur son visage et relégua au plus profond de son être jusqu'au moindre souvenir de Darren. Un nouveau chapitre de sa vie commençait. À elle d'en tirer parti.

Somme toute, le départ inattendu de leur mère n'avait causé aucun traumatisme chez les plus jeunes. L'ambiance dans la maison s'était même allégée, surtout depuis que Violette n'habitait plus sous le même toit qu'eux. Cette dernière logeait désormais dans l'une des pièces sous les combles réservées au personnel de l'hôtel où elle travaillait comme femme de chambre. Aimeline ignorait si c'était à la demande de son père ou de sa propre initiative, mais dans tous les cas, la fratrie ne s'en portait que mieux. Son père lui avait même proposé d'occuper l'ancienne chambre de Violette pour avoir plus d'intimité. Ce qu'elle n'avait pu se résigner à faire, car, en dépit de la situation, elle préférait que sa mère lui en donne la permission avant de s'exécuter.

Un mois s'était écoulé depuis la fameuse empoignade. Rosaire semblait plus serein depuis le départ de Pauline. Si son épouse avait décidé de le punir et de faire pression sur lui en brillant par son absence, elle serait déçue. Aimeline était certaine que sa mère attendait des excuses de la part de son père avant de revenir. La jeune femme se reprocha aussitôt cette pensée peu charitable. De son côté, elle se sentait peu à peu revivre. La plupart du temps, elle parvenait même à oublier Darren, et la bonne humeur contagieuse de Margaret, de Florentine et d'Alfred lui rendait la tâche plus facile. La présence de Léopold Gauthier ne nuisait pas non plus.

L'apprenti de vingt-quatre ans savait se montrer charmant avec les membres de la famille et d'une grande aide sur la ferme. C'était à croire qu'il était fait pour cette vie. Léopold était poli, avenant et serviable. Aimeline se demandait s'il ne cherchait pas à l'impressionner d'une certaine façon. La veille, il lui avait offert une marguerite, une seule, en lui déclarant qu'elle était la plus ravissante de toutes, à l'image de cette fleur. Puis, il lui avait proposé de marcher avec elle le dimanche suivant, lorsqu'il serait de repos.

Les joues d'Aimeline rosirent à ce souvenir. La jeune femme n'avait pas l'habitude qu'on lui conte fleurette, mais elle avait été flattée par la délicate attention de Léopold. Ayant prévu d'aller à la plage cette journée-là avec sa famille et Nora, elle l'avait invité à se joindre à eux. Invitation qu'il s'était empressé d'accepter. Un léger sourire flotta sur ses lèvres en se remémorant l'expression radieuse du jeune homme.

— Aimie... Aimie, l'appela Florentine en tirant sur sa manche.

Extirpée abruptement de ses réflexions, Aimeline prit quelques secondes avant de réagir.

— Mais enfin, tu rêves ou quoi ? persista la petite. Et pourquoi tu es toute rouge ? T'es malade ?

Confuse, Aimeline tardait à remettre de l'ordre dans ses idées. Il faut dire que Florentine la bombardait d'un feu roulant de questions.

— Qu'est-ce qu'il y a ? parvint-elle à demander en réalisant qu'elle avait perdu le fil des interrogations de la petite.

— Le réfrigérateur, s'impatienta la fillette. Quand va-t-il arriver ? répéta-t-elle en trépignant sur place.

Aimeline fronça les sourcils en détaillant sa sœur, qui avait les cheveux ébouriffés et parsemés de tiges de foin, les ongles sales et la robe chiffonnée.

— Mais par où es-tu passée ?

— Ça n'a pas d'importance ! s'empressa de répondre Florentine.

— Qu'est-ce que tu as fait encore ? insista Aimeline, de plus en plus soupçonneuse.

La fillette se dépêcha de dissimuler ses mains dans les replis de sa jupe tout en se dandinant. Son expression coupable ne fit que renforcer le sentiment de suspicion de son aînée.

— Flo...

— Ne t'occupe pas de ça ! la coupa Florentine. Tu sais quand père va revenir de la gare ?

Aimeline secoua la tête en s'efforçant de retenir un sourire amusé. Florentine ne cessait de recueillir des bêtes blessées ou abandonnées, et elle les abritait dans la grange. Elle croyait être la seule à connaître leur cachette, mis à part Alfred, qu'elle entraînait dans ses péripéties. À la vérité, c'était un secret de Polichinelle, même leur père était au courant. D'ailleurs, les autres membres de la famille se relayaient à tour de rôle pour veiller sur les petites créatures à l'insu de Florentine, qui tirait une grande fierté de les soigner. Personne n'avait voulu briser ses illusions. Tant que leur mère et Violette l'ignoreraient, il n'y avait pas de danger pour ces pensionnaires de fortune. Mais pour l'heure, c'était le nouvel achat de leur père qui causait tout un émoi chez Florentine.

— Il ne devrait plus tarder, se décida à répondre Aimeline avec indulgence.

Tout excitée, la fillette se précipita vers la fenêtre. Elle était impatiente de découvrir l'appareil révolutionnaire. Laissant la petite à son expectative, Aimeline retourna au poêle à bois afin d'y vérifier la cuisson du ragoût prévu pour le souper. Comme c'était souvent le cas, Léopold se joindrait à eux pour le repas. Elle s'en réjouissait d'avance, même si elle se tenait sur la réserve en sa présence. Le jeune homme était gentil, mais elle préférait malgré tout prendre son temps avant de permettre un rapprochement entre eux. De toute façon, son cœur était trop meurtri pour se laisser attendrir aussi rapidement.

~

Fatiguée d'attendre, Florentine était retournée auprès de son nouveau pensionnaire dans la grange, ce qui n'avait guère surpris Aimeline. La fillette représentait l'essence même de la vie avec son exubérance et sa bonne humeur contagieuse. À l'inverse, Alfred était plus réservé et tranquille. De constitution chétive, il peinait à exécuter des tâches fastidieuses et sa vision de lui-même s'en trouvait malmenée. Il préférait de loin s'installer dans un coin à l'écart de toute agitation pour dessiner ou lire. Il aimait se plonger dans une histoire et avait l'habitude de raconter à Aimeline des bribes du dernier récit qu'il avait dévoré. Il devenait si expressif à ce moment-là que sa sœur ne se lassait pas de l'écouter.

Mais contre toute attente, ce fut lui qui se précipita dans la maison pour l'avertir de l'arrivée de leur père. Les yeux brillants d'excitation, il ne cessait de faire des va-et-vient entre la porte d'entrée et la cuisine. Aimeline s'amusait de ce manège et suspectait qu'il soit davantage pressé de découvrir le mécanisme de l'appareil que les avantages que leur procurerait celui-ci.

— Pourquoi est-ce si long ? s'impatienta-t-il.

— Patience, Alfred! Laisse-leur le temps de déballer le meuble avant de pouvoir le rentrer à l'intérieur.

Nullement conscient de l'amusement de sa sœur, il continua de s'agiter.

— Ils sont là! cria Florentine en pénétrant à son tour en trombe dans la pièce.

Elle était fébrile et ne tenait pas en place. À ce rythme, Aimeline finirait par avoir le tournis.

— Poussez-vous, leur ordonna-t-elle avec un éclat de rire dans la voix. Les hommes auront besoin d'espace pour bouger.

Margaret et Esther arrivèrent sur ces entrefaites, elles aussi d'humeur exubérante. En remarquant l'excitation des deux plus jeunes, elles pouffèrent. Charlotte, qui les suivait de près, échangea un regard complice avec Aimeline. C'était une bonne chose que leur père se soit décidé à acheter l'appareil plus tôt que prévu, car il créait une onde de joie dans la famille, distrayant les enfants de leur séparation avec leur mère. Une absence qui commençait à faire jaser dans le village, surtout avec Violette qui faisait sa mauvaise langue et colportait des médisances sur leur compte. Par chance, peu de Métissiens prêtaient attention à ces racontars, la plupart se fiant davantage à la version de Rosaire, celle selon laquelle Pauline se trouvait au chevet de sa mère malade à Trois-Rivières.

Aimeline se secoua. Hors de question qu'elle assombrisse l'ambiance festive du moment avec ces déprimantes pensées. Charlotte, qui venait de voir leur père, Léopold, Gordon McNeil et Douglas McNeil approcher du porche, se dépêcha d'ouvrir grande la porte pour leur faciliter le passage. Les quatre hommes soufflaient et grognaient. De toute évidence, le réfrigérateur pesait son poids. Prévenante, Charlotte avait dégagé un espace dans la cuisine, près de l'évier. Le meuble massif y fut transporté avec de forts renâclements, puis déposé sur le carrelage avec précaution. Rosaire eut le privilège de le brancher avant de le pousser contre le mur.

— Nous devrons attendre jusqu'à demain avant d'y mettre de la nourriture, précisa-t-il. Le temps que l'intérieur se refroidisse.

Florentine tapait des mains en sautillant pendant qu'Alfred promenait ses petits doigts sur la surface lisse. Quant à elles, Margaret, Esther et Charlotte demeuraient muettes d'étonnement. Fier de lui, Rosaire étreignit l'épaule de Douglas avec bonheur.

— Eh bien, Rosaire ! Tu y es allé fort ! déclara ce dernier en sifflant. Ma Fenella ne me lâchera plus maintenant.

Gordon éclata d'un rire tonitruant. De tous les frères McNeil, il était celui qui ressemblait le plus à Darren, un constat douloureux pour Aimeline.

— Mère en voudra un, c'est certain ! se moqua-t-il avec gentillesse.

— Fais attention, mon garçon, ta Moyra pourrait t'en réclamer un aussi, le taquina Douglas en retour.

— J'espère que non ! répondit Gordon. Nous venons tout juste de nous installer sur notre propre ferme. Nous avons bien de l'ouvrage devant nous et une famille à mettre en route.

Rosaire s'esclaffa à son tour.

— T'as ben des années devant toi, le jeune. Chaque chose en son temps !

Douglas et lui échangèrent un coup d'œil complice, gage d'une longue amitié. Douglas en profita pour jeter un regard circulaire sur les alentours. Tout le monde semblait se porter à merveille et la maison était bien entretenue. Même Rosaire avait retrouvé son entrain d'antan. Le départ de Pauline Beaupré et de Violette se révélait salutaire pour toute la famille. Il espérait qu'il en serait de même au retour de la femme de Rosaire. En attendant, il souhaitait que son voisin n'ait pas vent des ouï-dire scandaleux qui circulaient au sujet de Violette. Les cancans allaient bon train dans le village et peu d'événements majeurs passaient inaperçus. Comme cette rumeur qui laissait entendre que Violette s'était absentée du travail pendant deux jours sans que personne sache à quel endroit elle était allée ou encore celle affirmant que le postier l'avait surprise en galante compagnie dans une posture compromettante lors de l'une de ses tournées.

Ne désirant pas gâcher la bonne humeur générale, il préféra se taire pour le moment. D'ailleurs, Alfred venait de déclencher de nouveaux éclats de rire chez Rosaire en s'allongeant sur le sol pour chercher à voir ce qui se cachait sous le réfrigérateur.

— Ce petit me fait penser à Darren, déclara Douglas avec amusement. Toujours en train de vouloir décortiquer ce qui lui tombe sous la main.

— En effet, acquiesça Rosaire. Ton garçon m'était d'une aide précieuse. Il savait rabibocher à peu près n'importe quoi.

Inconscient du trouble qu'il provoqua chez Aimeline, il poursuivit de plus belle :

— Trouver le temps pour réparer le matériel brisé n'est pas évident et, malheureusement, personne de ma connaissance n'y parvient comme seul Darren sait le faire.

Sensible au désarroi qui s'affichait sur le visage d'Aimeline, Douglas tenta d'orienter la conversation sur un autre sujet. Il devinait que la petite souffrait de l'absence de son fils et pressentait qu'une rupture douloureuse s'était effectuée entre eux lors de l'orage. Darren n'avait pas prononcé un mot durant le trajet lorsque Douglas l'avait reconduit à la gare. Son ballot sur l'épaule, il était entré dans le train, le dos voûté par un poids trop lourd à porter. C'était à croire qu'il laissait son cœur derrière lui. Douglas en avait été attristé, mais il s'était abstenu de tout commentaire. Son fils était assez vieux pour faire ses propres choix. Viendrait un jour où il se réveillerait, mais il pourrait être trop tard pour lui, songea-t-il avec désolation en interceptant le regard appuyé de Léopold sur Aimeline.

— Le garçon a besoin de découvrir le monde et de bouger, c'est compréhensible, conclut Rosaire en haussant les épaules. Il faut bien que jeunesse se passe. Pourvu que tout se déroule pour le mieux pour lui. Mon bric-à-brac peut attendre son retour à l'automne.

Douglas sourcilla en entendant ces propos, mécontent que son fils n'ait pas informé Rosaire de ses plans. Pour un peu, il aurait lâché une bordée de jurons. Darren aurait au moins pu avoir la délicatesse d'aviser Aimeline.

— Il serait inutile de compter sur lui. Darren ne reviendra pas à Métis en septembre. Il partira directement de Montréal pour se rendre au camp de bûcherons dans le nord cet hiver. Avec un peu de chance, il sera ici à Noël, mais rien n'est moins sûr, exposa Douglas.

Il coula un regard soutenu vers Aimeline, qui avait pivoté et s'activait au lavabo. Il voyait à ses gestes saccadés qu'elle était troublée, ce qui l'attrista davantage. Son fils pouvait se montrer un sombre idiot par moments. En aucun cas conscient de l'agitation de sa fille, Rosaire lança à son ouvrier:

— Dans ce cas, nous allons devoir nous débrouiller, Léopold.

— Nous trouverons un moyen d'y arriver, monsieur Beaupré, répondit le jeune homme en se retournant vers son employeur.

Léopold avait remarqué que la belle Aimeline semblait perturbée par les paroles de Douglas McNeil, ce qui l'intriguait. Il éprouvait un intérêt tout particulier pour elle. Et si, par hasard, elle s'était amourachée de ce Darren McNeil, il ne tenait qu'à lui de la faire changer d'idée. Il ne se ferait pas damer le pion par cet homme, qui s'était exilé dans la grande ville.

Il reporta son regard sur la nuque de la jeune femme. Il lui suffirait de se montrer patient et attentionné. Un jour ou l'autre, il parviendrait à amadouer Aimeline. D'ailleurs, ne l'avait-elle pas invité à la plage ce dimanche? Sûr de lui, il ramena ses yeux sur le vieux Beaupré. Rallier Rosaire à sa cause l'aiderait; il lui faudrait donc le ménager et se rendre indispensable.

— Je vais de ce pas m'atteler aux outils à aiguiser dans la grange, déclara-t-il avec entrain.

— Bonne idée, mon garçon, approuva Rosaire en lui tapotant l'épaule. Nous allons finir par en faire un vrai fermier, poursuivit-il à l'intention de Douglas, qui acquiesça en forçant un sourire.

Pour une raison qu'il ne s'expliquait pas, Douglas n'arrivait pas à trouver le jeune homme sympathique, comme si quelque chose sonnait faux chez lui. Il se ravisa aussitôt. Léopold Gauthier n'avait rien fait pour mériter sa méfiance, mis à part le fait qu'il semblait s'intéresser de près à Aimeline. C'était sans doute ce qui le dérangeait, car Fenella et lui considéraient déjà la jeune Beaupré comme l'une des leurs, et aucun des deux n'avait envie de la voir convoler avec un autre que Darren.

Il lança un regard noir dans le dos de Léopold lorsque celui-ci quitta la maison. Gordon, qui était demeuré silencieux jusque-là, secoua la tête en s'en rendant compte.

— Darren a laissé passer sa chance, murmura-t-il assez bas pour n'être entendu que de son père. Aimeline a droit au bonheur.

Douglas aurait voulu contester, mais Gordon disait vrai. Aimeline ne pouvait rester vieille fille à cause des choix de Darren. Elle méritait d'être choyée et d'avoir son propre foyer.

— Tu as raison, lui concéda son père, avec une pointe de déception.

— Nous devons repartir.

Cette fois-ci, Gordon avait parlé suffisamment fort pour être compris par Rosaire, qui, étant en grande conversation avec Alfred au sujet de la configuration de la structure du réfrigérateur, se retourna en affichant une expression enjouée.

— Merci pour votre aide, réagit-il en tendant la main vers Douglas, qui la serra en le saluant de la tête.

Puis, il se tourna vers Aimeline.

— Il faudra venir nous voir à la maison, Fenella et Nora s'ennuient de toi.

La jeune femme lui fit face en esquissant un pâle sourire.

— Nous sommes très occupés en ce moment avec la ferme, mais, dès que ce sera possible, j'irai faire un petit saut.

Douglas se retint de faire une grimace aigre. De toute évidence, Aimeline préférait se tenir à l'écart des McNeil, et il ne pouvait pas le lui reprocher au regard des derniers événements.

— Tu auras toujours une place au sein de la famille, insista-t-il avec chaleur.

— Je… Merci…, bredouilla-t-elle, mal à l'aise.

Douglas n'était pas dupe. Aimeline continuerait de garder ses distances, quoi qu'il dise. Il le devinait à ses yeux fuyants et à sa posture rigide. Ne voulant pas ajouter à l'inconfort de la jeune femme, il donna à Gordon le signal du départ.

Aimeline les regarda s'éloigner, consciente qu'elle ne les reverrait pas de sitôt. Mis à part Nora, elle n'avait pas le courage de faire face aux McNeil ni de se retrouver chez eux pour partager un repas. Ce serait au-dessus de ses forces de contempler la chaise vide de Darren à la table. L'âme écorchée, elle retourna à sa vaisselle. Mieux valait s'occuper l'esprit en travaillant.

~

Aimeline contempla son reflet dans la glace polie, admirant la nouvelle robe que son père avait fait livrer pour elle chez le marchand général. Celle qu'elle avait portée au fameux pique-nique avait été endommagée et n'était pas réutilisable. Aimeline avait dû se résigner à en faire des chiffons. Lorsque Rosaire l'avait réalisé, il s'était dépêché de lui en commander une nouvelle de Montréal.

Avec fierté, elle tourna sur elle-même, le bas de la jupe virevoltant librement. Pour faire changement, elle avait relevé sa longue crinière en un chignon lâche, ce qui la faisait paraître plus vieille. Elle aimait le résultat, ravie de ce changement.

Prenant soudain conscience du temps qui filait, elle s'empressa de descendre les marches pour rejoindre le reste de la famille. Elle avait promis aux plus jeunes de se rendre à la plage après la messe. L'eau serait encore froide malgré la température clémente, mais cela n'empêcherait pas les petits de barboter. Pour sa part, elle en profiterait pour lire un roman en toute tranquillité.

En parvenant en bas de l'escalier, elle faillit percuter Léopold de plein fouet. Le jeune homme la rattrapa par les épaules pour lui éviter une chute malencontreuse. Toutefois, une fois qu'elle eut repris son aplomb, il la fixa d'un regard brillant, les mains toujours posées sur elle.

— Est-ce que ça va ? s'enquit-il d'une voix rauque.

Pour toute réponse, Aimeline hocha lentement la tête. Elle sentait la chaleur qui se dégageait des paumes du jeune homme à travers le fin tissu de sa robe et son souffle qui glissait sur sa joue. Elle fut d'autant plus troublée lorsque Léopold entreprit de caresser son cou du pouce. Un raclement de gorge discret rompit le charme.

— Tu es prête, Aimeline ? demanda Charlotte en la scrutant avec une drôle d'expression.

Sous le coup de l'émotion, Aimeline ne l'avait pas entendue arriver. Par chance, c'était sa sœur et non son père qui avait surpris la scène.

— Partez devant, j'irais vous rejoindre à l'église. Je dois préparer un petit panier de denrées pour Mme Leblanc. Je passerai par sa maison après le sermon du curé. La vieille dame est souffrante et je m'inquiète pour elle.

— Pour quelle raison te tracasses-tu pour cette chipie? s'informa Léopold, incrédule.

Surprise par la pointe d'ironie qu'elle avait perçue dans cette question, Aimeline se retourna vers lui en fronçant les sourcils.

— Mme Leblanc est seule au monde. Elle n'a personne pour prendre soin d'elle ou pour s'enquérir de sa santé. Elle a beau être la pire commère du village, il n'en reste pas moins qu'elle ne mérite pas son sort.

— Cette femme est une véritable langue de vipère, insista Léopold avec un peu plus de mordant.

Il détestait cette vieille fouineuse qui avait la fâcheuse manie de fourrer son nez partout.

— Nous nous entraidons dans notre communauté, que nous soyons catholiques, protestants, presbytériens, français ou anglais. Lorsqu'une personne est malade ou dans le besoin, nous oublions nos différends. Mme Leblanc est affaiblie et solitaire depuis longtemps. Les commérages demeurent son unique source de plaisir. À ma connaissance, elle ne s'est jamais montrée mesquine envers qui que ce soit.

— Apparemment, vous n'avez pas entendu les ragots qu'elle fait courir au sujet de votre sœur…

Aimeline fut soufflée par la hargne contenue dans la voix de Léopold.

— En ce qui concerne Violette, il est fort probable qu'il s'agisse de faits avérés, décréta-t-elle du tac au tac.

Léopold fut abasourdi par le franc-parler de la jeune femme, ce qui lui échauffa les sangs. S'enhardissant, il osa effleurer de nouveau son cou d'une caresse légère.

— Douce Aimeline, murmura-t-il.

La façon dont il prononça ces paroles arracha un frisson à la jeune femme. Mal à l'aise, Aimeline recula d'un pas incertain. Léopold se montrait des plus aimables en temps normal, mais cette nouvelle familiarité qu'il s'autorisait avec elle l'indisposait.

Rosaire sortit de sa chambre sur ces entrefaites. Tout comme le reste de la famille, il était sur son trente-six. Il remarqua d'emblée la présence de Léopold près d'Aimeline et s'en félicita. Son apprenti ferait un parti intéressant pour sa fille. Il possédait plusieurs qualités appréciables, ne rechignait pas à la tâche et paraissait pourvu d'un bon sens pratique. Il pourrait s'adapter à toutes les situations, il en avait la certitude. Peut-être devrait-il donner un coup de pouce au destin et faciliter un rapprochement entre le jeune homme et Aimeline. La petite était en âge de se marier et Léopold lui démontrait un intérêt plus marqué. Il lui suffisait de faire savoir au garçon qu'il l'autorisait à fréquenter sa fille, pourvu qu'il demeure respectueux à son endroit. Pris d'une soudaine inspiration, il s'avança vers le jeune couple.

— Je ne vous accompagnerai pas à la plage après la messe. Léopold se chargera de vous y conduire. Si ça lui convient, bien sûr, se dépêcha-t-il d'ajouter en fixant son employé.

— Avec plaisir ! répondit Léopold, empressé.

— Mais pourquoi ne pas venir avec nous ? s'informa Aimeline en se tendant.

— Je dois rejoindre Alphonse et Réginald au magasin général. Réginald attend un appel de son frère qui vit à Montréal et qui aura assurément des nouvelles fraîches de la ville à nous communiquer.

Aimeline réfréna un soupir. M. Maurice était la seule personne qui possédait un appareil téléphonique à Métis, mis à part quelques riches bourgeois de la haute société. Certains grands hôtels en comptaient aussi un, mais ne le rendaient accessible qu'à leurs clientèles. Il n'y avait que le marchand du magasin général qui accommodait la population locale. Aimeline savait que son père aimait y rencontrer d'autres fermiers du village le dimanche, lorsque le commerce était fermé, pour discuter sans contrainte. Appuyés au comptoir, les hommes parlaient de politique, d'événements survenus dans la paroisse, du procès qui se tenait en ce moment à Québec au sujet du naufrage de l'*Empress of Ireland* et des dernières nouvelles concernant le Vieux Continent. Pas surprenant que son père apprécie y traîner après le sermon du curé ! Pour sa part, elle préférait de loin s'installer sur la plage de galets avec un bon livre entre les mains, tout en écoutant le bruit des vagues qui s'échouaient sur la grève.

— D'accord, se résigna-t-elle à répondre. Si ça n'incommode pas M. Gauthier, nous irons sans vous.

Léopold, qui venait de s'emparer de son chapeau, fit volte-face.

— Monsieur Beaupré, j'aurais une requête à vous faire avant de partir, risqua-t-il en triturant le rebord de son couvre-chef.

Rosaire arqua un sourcil, intrigué. Le jeune homme paraissait nerveux tout à coup.

— Tu peux parler, mon garçon.

Léopold prit une profonde inspiration avant de se lancer :

— Est-ce que vous m'autoriseriez à appeler votre fille par son prénom et elle par le mien ?

Rosaire réfléchit quelques secondes avant de répondre. Selon toute vraisemblance, Aimeline n'avait pas été informée de la démarche de Léopold la concernant. Il n'y avait qu'à voir sa stupeur pour le deviner. Ainsi, il ne s'était pas trompé, son apprenti éprouvait un intérêt marqué pour sa fille. Restait à savoir si c'était réciproque.

— Il n'y a aucun problème pour moi, si ça convient à Aimeline. C'est sa décision…

Cette dernière lança un regard hésitant à Charlotte, qui était visiblement aussi estomaquée que sa sœur par cette requête inattendue. Aimeline porta une main à son cou. Elle était certaine que permettre une telle familiarité entre Léopold et elle ferait jaser les gens et donnerait une tournure différente à leur relation. Après tout, ils ne se connaissaient que depuis un mois. Elle ramena son attention sur Léopold et fut étonnée de le voir redouter sa réponse. Ce fut sans doute ce qui la décida à acquiescer à sa demande.

— J'accepte, dit-elle d'une voix ténue.

— À la bonne heure ! déclara son père avec entrain.

Puis, d'humeur joyeuse, il se dirigea vers la porte d'entrée. Fier de cette victoire, Léopold afficha un large sourire.

7

Aimeline remontait la rue principale d'un pas léger. Elle revenait de sa visite chez Mme Leblanc, qui lui avait parlé de sa jeunesse, de l'époque où les premiers estivants s'étaient installés à Métis dans leurs riches résidences victoriennes. Il n'y avait pas de train à ce moment-là, et les bourgeois de la haute société arrivaient par bateau, à bord du *Miramichi*. Mme Leblanc lui avait si bien détaillé le navire qu'Aimeline se l'imaginait sans aucun problème jetant l'ancre au large de la Pointe du Phare. Voir tous ces gens élégamment vêtus descendre des chaloupes de transbordement avec leurs bagages devait être un spectacle impressionnant. Elle porta un regard rêveur sur les hôtels luxueux en contrebas. *Qu'est-ce qu'on ressent lorsqu'on vit dans une telle opulence?* se demanda-t-elle. Métis était reconnue depuis plusieurs années comme un endroit huppé; pourtant, toute cette richesse ne représentait pas le mode de vie des villageois. En fait, peu d'entre eux avaient accès aux terrains de tennis, au club de golf, aux terrasses à la mode ou aux salles de danse qui avaient façonné le paysage au fil du temps. Ce qui était dommage, selon elle.

Le sifflement du train lui parvint au loin, entraînant son esprit vers d'autres chemins. Avec l'arrivée de ce nouveau moyen de locomotion, l'achalandage par la mer diminuait de façon considérable à Métis, sonnant le glas du port, qui était si prospère jadis. Elle savait que son père approuvait cet avancement révolutionnaire, que l'on n'arrêtait pas le progrès, mais, pour sa part, elle le déplorait.

— Bonjour, mademoiselle Beaupré, lâcha inopinément un individu derrière elle, la faisant sursauter. Auriez-vous besoin de timbres ?

En regardant par-dessus son épaule, elle aperçut le postillon. L'homme de petite taille, au visage bronzé et ridé, la fixait de ses yeux impassibles. Elle lui sourit avec amabilité.

— Bonjour à vous, monsieur McGugan, dit-elle en le saluant de la tête.

Le nouveau venu patientait dans son cabriolet et semblait attendre une réponse de sa part. Il était connu que le maître de poste prenait son travail très au sérieux. Il n'était pas rare qu'il surgisse à l'improviste pour offrir des timbres aux passants, et cela, à n'importe quelle heure du jour. Aimeline avait elle-même été terrorisée un soir par son apparition impromptue. Alors qu'elle revenait tardivement de chez les Bennet, elle avait entendu des pas derrière elle, comme si quelqu'un la suivait en catimini. Elle avait fini par reconnaître la silhouette d'Archie McGugan, qui, voulant ménager son cheval Cockburn, se promenait à pied pour vendre sa marchandise au lieu d'utiliser son boghei, comme c'était souvent le cas. Elle en avait été quitte pour une bonne frousse.

— Merci à vous, monsieur McGugan, mais je n'ai besoin de rien en ce moment. Je me rends à la Pointe du Phare retrouver mes sœurs et mon frère.

— Je vois. Je vais dans cette direction. Je peux vous y déposer si vous le souhaitez.

Aimeline accepta avec plaisir, heureuse de s'épargner une longue marche sous le soleil. Aussitôt qu'elle fut montée à bord, le postier fit claquer son fouet pour donner le signal du départ à l'animal. Cockburn renâcla, puis se mit en mouvement de son pas traînant. Aimeline s'installa du mieux qu'elle put parmi les gros sacs de malle. Archie McGugan était vêtu de brun et d'humeur taciturne, ce qui en faisait un personnage particulier.

— Merci à vous, monsieur McGugan ! lui signifia-t-elle avant de lui sourire une nouvelle fois avec amabilité.

L'homme se contenta de hocher la tête sans même la regarder. Aimeline ne s'en formalisa pas. Le maître de poste était reconnu pour sa grande timidité, ce qui était saugrenu étant donné le métier qu'il exerçait. Les villageois s'étaient habitués à cet homme singulier, mais les visiteurs estivaux étaient souvent intrigués, voire mal à l'aise en présence de cet adulte de la taille d'un enfant. Par chance, la plupart des Métissiens prenaient sa défense en cas de pépin, mis à part quelques exceptions, comme Violette, qui s'amusait à ses dépens en le traitant de gnome avec méchanceté.

À la pensée de son aînée, Aimeline se raidit. Elle jeta un regard préoccupé vers l'hôtel Boule Rock, dont elle apercevait le toit par-dessus la cime des arbres. Personne dans la famille n'avait reçu de nouvelles de Violette depuis son départ précipité de la maison. Elle espérait qu'il ne lui était rien arrivé de grave. En dépit de leurs différends, Violette n'en demeurait pas moins sa sœur. Aimeline se crispa sur son banc. Elle appréhendait le pire et ne parvenait pas à se départir d'un mauvais pressentiment. Son père ne semblait pas l'avoir revue, sinon, il lui en aurait glissé un mot. Une chose était certaine cependant, Violette était partie pour de bon, car il n'y avait plus rien qui lui appartenait dans la penderie de sa chambre et les tiroirs de sa commode. Mais comme à son habitude, elle se montrait égoïste, ne se préoccupant pas des tourments que son silence pouvait provoquer. Et si elle commettait une bêtise avec ce Christopher ? De nouveau, Aimeline fut rongée par le doute.

— Nous sommes arrivés, déclara Archie d'un ton neutre au bout de quelques minutes.

Aimeline se retourna vers lui pour le remercier de sa gentillesse, puis sauta en bas du boghei. Dès que le postier se fut ébranlé, elle se dirigea vers la plage en s'efforçant d'effacer toute trace d'inquiétude sur son visage. La brise du large porta jusqu'à elle les rires des enfants, lui rappelant l'importance d'accorder des moments de bonheur aux plus jeunes de la fratrie.

Deux hommes habillés de manière élégante accompagnaient dans une promenade une femme richement parée. Ils marchaient d'un pas instable sur les galets, leurs souliers étant inappropriés pour ce genre d'escapade. L'un des messieurs la salua avec un rictus en coin avant de reporter son attention sur la dame qui se pendait à son bras. Celle-ci jeta un regard hautain à Aimeline, puis se détourna en pinçant les lèvres. Aimeline fronça les sourcils, ne comprenant pas ce qui lui valait un tel mépris, d'autant plus qu'elle ne connaissait pas ces gens. Haussant les épaules, elle poursuivit son chemin en les ignorant. Après tout, elle était chez elle. Eux n'étaient que de passage.

Derrière elle, un individu étant tout de blanc vêtu et portant avec nonchalance une raquette de tennis vint rejoindre ses congénères. Il lui lança un coup d'œil ironique, puis s'adressa à ses compères en la désignant. Les deux hommes et la femme éclatèrent d'un rire sarcastique en la lorgnant sans vergogne.

Aimeline se retint de tourner la tête dans leur direction en percevant leur raillerie. Son instinct lui soufflait qu'elle était l'objet de leurs sarcasmes et qu'il était préférable dans ces conditions qu'elle s'en moque. Ce faisant, elle poursuivit son chemin en regardant résolument devant elle. Aussi ne put-elle constater que le nouveau venu n'était nul autre que Christopher, l'étranger qu'elle avait aperçu dans les bois en compagnie de Violette. Alors que le petit groupe continuait de ricaner dans son dos en s'éloignant, elle raidit l'échine et redressa le menton, refusant de se laisser intimider.

Une fois qu'ils eurent regagné la route, elle relâcha son souffle et s'imprégna de la beauté des lieux, déterminée à chasser l'inconfort qui l'avait envahie plus tôt. La baie bordée de récifs et d'épinettes offrait un contraste saisissant avec le bleu de l'eau. L'air était saturé de l'odeur iodée du fleuve. Par temps clair, il était possible de voir la rive opposée, mais pas aujourd'hui, car la mer était agitée. De grosses vagues venaient mourir sur la grève.

Elle prit une profonde inspiration, délestant ses épaules du poids de l'accablement et du désagrément provoqué par sa rencontre accidentelle avec les vacanciers. Le vent vint faire tourbillonner autour de ses tempes quelques mèches rebelles échappées de sa coiffure. Le paysage était serein en ces lieux. Plus que tout, Aimeline aimait déambuler sur la plage en écoutant le cri des goélands et emplir ses poumons de l'air vivifiant du large. Marcher ainsi l'apaisait, quels que soient ses soucis. Elle ferma les paupières et offrit son visage aux rayons du soleil.

— Aimie ! crièrent en chœur deux voix enfantines.

Alfred et Florentine la rejoignirent en courant, les yeux brillants et les joues rosies.

— Regarde, Aimie, ce que nous avons trouvé ! s'écria Florentine, tout excitée.

— C'est un trésor, renchérit Alfred en levant ses paumes ouvertes sous le nez d'Aimeline, imité par sa sœur.

Leurs mains débordaient de coquillages, de carapaces de crabe et de galets. Aimeline s'empara de l'une des pièces qu'elle croyait être une roche colorée. Elle l'examina de plus près et sentit son pouls s'accélérer en réalisant qu'il s'agissait en fait d'un petit morceau de vaisselle finement ouvragée qui venait fort probablement de l'*Empress of Ireland*. Le fragment avait dû être soulevé des profondeurs par la mer déchaînée des derniers jours, puis déposé sur la plage. Elle observa avec plus d'attention le contenu du trésor des deux enfants. Plusieurs autres fragments se trouvaient parmi les coquillages et les galets multicolores. Face à la mine radieuse des deux petits, elle n'eut pas le courage de mentionner que ces pièces provenaient sans doute du paquebot qui avait sombré près de Sainte-Luce. Autant les laisser à leur innocence. La vie pouvait se montrer cruelle à ses heures. Tous les bonheurs récoltés au fil du temps, aussi infimes soient-ils, étaient précieux.

— Vous êtes de véritables petits explorateurs, les taquina-t-elle en s'efforçant d'adopter un ton léger.

— Nous sommes des pirates, rectifia Florentine.

Aimeline éclata d'un rire libérateur. Cette répartie n'était pas surprenante de la part de sa sœur, qui était un vrai garçon manqué.

— Oh ! Et à quel endroit se trouve votre repaire secret ? demanda-t-elle d'un air complice.

— Aimie, si nous te révélons son emplacement, ce ne sera plus un secret, voyons ! réagit Florentine avec sérieux, alors qu'Alfred secouait la tête pour appuyer cette affirmation.

Aimeline se mordit la joue pour cacher son amusement.

— Vous avez raison, parvint-elle à dire sans pouffer. Dans ce cas, dépêchez-vous d'aller y dissimuler vos trouvailles avant que le fantôme de la Pointe Leggatt vienne vous les dérober.

Les enfants se sauvèrent en criant, croyant dur comme fer à la légende voulant qu'un pirate se soit jadis échoué à la Pointe Leggatt. L'homme aurait été assassiné après avoir enfoui son trésor sur place. Depuis ce jour, son spectre hanterait les lieux pour protéger son butin précieux. Nombre de jeunes appelaient l'endroit « L'Anse des Morts » et s'y risquaient par bravade. Quelques pierres incrustées d'or y auraient été retrouvées, mais Aimeline suspectait que ce détail fasse également partie du folklore. En attendant, les adolescents continuaient d'explorer cette région en quête de richesses, alors que les plus petits craignaient que l'esprit du corsaire peuple leurs rêves. Elle-même y avait cru à une certaine époque.

— Qu'est-ce que tu leur as dit pour les énerver autant ? s'enquit Charlotte en la rejoignant.

— Je leur ai conseillé de cacher leur trésor comme il faut pour que le pirate de la Pointe Leggatt ne le leur vole pas.

— Méchante ! s'exclama Charlotte en éclatant de rire.

— Ça les occupera un moment, renchérit Aimeline en souriant. À leur âge, il est normal de s'imaginer un monde rempli de personnages légendaires et de fantômes.

— C'est vrai ! Pour ma part, c'est la maison hantée qui m'a toujours effrayée. Encore aujourd'hui, ce mythe continue de me donner froid dans le dos. Penses-y, entendre en pleine nuit le grincement des roues d'une calèche et le martèlement des sabots de chevaux descendre à toute allure le chemin en pente qui borde ta demeure…

Le frisson qui parcourut Charlotte n'était pas feint. La jeune fille avait toujours été terrorisée par cette histoire.

— Le pire doit être le silence surnaturel qui s'ensuit lorsque la voiture s'arrête devant la résidence…, poursuivit-elle en enserrant sa taille de ses bras.

— Ce ne sont que des légendes, Charlotte. Tu ne devrais pas te laisser impressionner par ces récits farfelus.

— Peut-être, mais certains racontent avoir été témoins d'une scène semblable. Il s'agirait en fait d'un corbillard annonciateur d'un funeste présage.

Tout en prononçant ces paroles, elle lança un regard incertain vers le creux de la baie du phare, là où se trouvait le manoir.

— Charlotte, tu as trop d'imagination, se moqua gentiment Aimeline. Allons plutôt surveiller les plus jeunes avant que Margaret se rompe le cou en sautant d'un récif à l'autre, à la recherche d'un phénomène naturel particulier, ou qu'Esther devienne folle à force de tout vouloir régenter.

Charlotte ne pouvait contredire son aînée sur ce point : Esther ne viendrait pas à bout des trois petites terreurs sans leur aide. D'autant plus que Florentine avait manifesté le désir d'aller se baigner malgré l'eau encore froide en cette période. Bras dessus, bras dessous, les deux sœurs se dirigèrent donc vers le reste de la fratrie. L'esprit ailleurs, Aimeline en oublia l'incident survenu plus tôt.

~

Penchée sur son livre, Aimeline profitait de ce bref moment d'accalmie pour lire en toute quiétude. Léopold était venu les rejoindre après s'être absenté près de deux heures. Sous la supervision de Charlotte et d'Esther, il s'amusait à faire un château de sable avec Alfred et Florentine pendant que Margaret ramassait des galets pour fortifier la construction. Perdue dans le récit de la lutte qui opposait la spirituelle Elizabeth Bennet au fier *mister* Darcy, Aimeline n'avait plus conscience de son environnement ni du temps qui s'écoulait. Un sourire fleurit sur ses lèvres. Elle adorait le caractère frondeur de la protagoniste.

— Que lisez-vous ? demanda une voix grave au-dessus d'elle.

Aimeline leva les yeux de son roman et cligna des paupières en croisant le regard profond de Léopold. Ce dernier avait les mains croisées derrière le dos. Elle prit quelques secondes pour s'extirper de l'histoire dans laquelle elle était plongée et saisir le sens de la question. Puis, son visage s'éclaira.

— Il s'agit d'un roman de Jane Austen, *Pride and Prejudice*, répondit-elle avec un enthousiasme qui n'échappa pas à Léopold.

— Vous lisez en anglais ! constata-t-il avec étonnement.

— En effet. J'ai appris cette langue aux côtés d'Elisabeth chez les Bennet.

— Une drôle de coïncidence, vous ne trouvez pas ? Mme Bennet doit, elle aussi, beaucoup aimer Jane Austen.

Aimeline fronça les sourcils, ne comprenant pas où Léopold voulait en venir, puis un large sourire s'afficha sur ses traits lorsqu'elle finit par faire le lien.

— C'est effectivement le cas. Ainsi, vous connaissez l'histoire de Jane Austen, poursuivit-elle, surprise.

— Qui n'a pas entendu parler du célèbre *mister* Darcy et de la pétillante Elizabeth Bennet ? déclara-t-il avec une note taquine dans la voix.

— Plusieurs personnes, répondit Aimeline en s'esclaffant.

— Je peux ? lui demanda Léopold en indiquant la couverture où elle était assise.

Elle hésita une fraction de seconde avant de l'inviter à prendre place à ses côtés. Une fois installé, Léopold la détailla avec insistance.

— J'en déduis que vous êtes une romantique dans l'âme.

La douceur avec laquelle il prononça ces paroles la fit rougir d'embarras.

— N'en soyez pas gênée, s'empressa-t-il d'ajouter en enveloppant sa main de la sienne.

Aimeline tressaillit au contact de la paume chaude du jeune homme, mais ne dégagea pas sa main pour autant. Léopold se montrait d'agréable compagnie avec les membres de sa famille. En fait, elle connaissait peu d'hommes de son entourage qui aurait accepté de s'asseoir dans le sable pour construire un château avec des enfants.

— C'est possible, finit-elle par répondre en affichant malgré elle une expression rêveuse.

— Ce livre est un chef-d'œuvre drôle et romanesque tout à la fois.

— Je suis d'accord. J'aimerais un jour parcourir à mon tour la campagne anglaise.

— Pour partir à la recherche d'un riche lord anglais dans le Derbyshire…

— Non ! s'exclama-t-elle avec le sourire. Je me contenterais du propriétaire d'un petit domaine de Longbourn, un gentleman loyal doté d'un excellent sens de l'humour et de bonnes manières, poursuivit-elle en se prenant au jeu.

— Hum ! Il va me falloir réviser mes positions dans ce cas pour respecter ces normes, la taquina-t-il.

Aimeline s'esclaffa de plus belle, gagnée par la légèreté du moment.

— Soyez sans crainte, monsieur Gauthier, je n'en exige pas tant, blagua-t-elle.

— Léopold, la reprit-il en redevenant plus sérieux. N'oubliez pas, vous pouvez m'appeler par mon prénom désormais.

— C'est vrai, admit-elle en penchant la tête sur le côté.

Satisfait de pouvoir enfin échanger avec elle en toute tranquillité, il lui adressa un sourire candide. Puis, il pointa le livre du doigt.

— Mais dites-moi, mademoiselle Beaupré, comment se fait-il que votre père vous laisse lire de tels romans ? Votre Église ne l'interdit-elle pas ?

— Il l'ignore, répondit-elle en rougissant.

— Hum ! Je vois ! N'ayez crainte, votre secret est en sécurité avec moi.

Aimeline acquiesça en silence. Elle n'était pas sans savoir que le curé du village réprouvait « de tels romans ». Il ne voulait pas qu'ils tombent entre les mains innocentes de jeunes femmes de bonne famille, de crainte qu'ils pervertissent leurs âmes. Ce qu'Aimeline trouvait ridicule, tout comme Mme Bennet, qui permettait à sa fille d'y avoir accès. Toutefois, Aimeline se gardait de le crier sur les toits pour ne pas nuire à la dame de la haute société, surtout que la religion protestante à laquelle celle-ci adhérait se montrait tout aussi restrictive à ce sujet que l'était la religion catholique.

— Et si nous allions nous baigner, proposa Léopold en se relevant.

— Oh non ! Ce sera sans moi ! s'écria Aimeline. Pour votre gouverne, on ne flâne pas dans le fleuve à cette période de l'année ; l'eau est extrêmement froide. Seuls les plus endurcis vont nager.

— Serait-ce un défi ?

— Pas du tout ! À moins de vouloir attraper la mort, je ne vous le conseille pas. Attendez plutôt en juillet, ce sera mieux.

Saisissant la balle au bond, Léopold la surplomba.

— En parlant de ce sujet, savez-vous pour quelle raison on appelle les embaumeurs des croque-morts ?

Déstabilisée par la tournure de la discussion, Aimeline ne sut que répondre. Léopold afficha un rictus amusé, puis baissa la voix en se penchant davantage vers elle.

— Selon la croyance populaire à une certaine époque, les embaumeurs croquaient l'un des orteils des défunts pour s'assurer qu'ils étaient bel et bien morts avant de les enterrer.

Aimeline fronça les sourcils, doutant de l'humour de son compagnon.

— Il s'agit d'une plaisanterie, douce Aimeline. Il ne faut pas tout prendre à la lettre, pouffa Léopold en se redressant.

— J'en conviens, mais j'avoue avoir été surprise.

— Seriez-vous puritaine, mademoiselle Beaupré ?

Cette question mit Aimeline mal à l'aise. Pour une raison qu'elle ne s'expliquait pas, le ton moqueur que venait d'employer Léopold lui paraissait mesquin. Peut-être se faisait-elle des idées. Ne souhaitant pas s'appesantir sur le sujet en cette belle journée, elle profita de l'arrivée de Nora et de Clyde pour couper court à cette conversation devenue malaisante.

Elle se releva en vitesse, ne désirant pas s'afficher ouvertement avec Léopold Gauthier en présence des deux McNeil. Mais déjà, Nora se dirigeait vers elle d'une démarche vive. Aimeline s'empressa de la rejoindre après s'être excusée de son départ précipité auprès de Léopold. Celui-ci la regarda s'éloigner, une expression indéchiffrable sur le visage.

~

Aimeline souffla sur la mèche de cheveux qui ne cessait de retomber sur son front. Elle avait chaud et ses doigts étaient tachés de fraises. En ce début de juillet, les rayons du soleil plombaient sur la petite cuisine d'été, une annexe aménagée à l'arrière de la maison. C'était là qu'Aimeline avait entamé la préparation des fruits pour en faire des confitures afin d'éviter que le poêle à bois ne surchauffe la demeure lors de leur cuisson.

D'un geste brusque, elle repoussa la mèche rebelle du dos de la main. Elle avait la peau moite et se sentait poisseuse. Elle était irritable ce jour-là, car elle s'échinait devant l'appareil en fonte depuis le début de la matinée, équeutant et cuisant une quantité phénoménale de fraises cueillies en famille la veille. Par surcroît, elle était dans sa mauvaise période du mois. Les crampes qui lui tordaient le ventre étaient plus douloureuses qu'en temps normal, lui arrachant des grimaces à l'occasion. À ses côtés, Margaret l'observait à la dérobée, la mine soucieuse. Elle n'était nullement pressée de devenir une femme à son tour.

— Je peux en goûter quelques-unes, Aimie? demanda Florentine en déboulant dans la cuisine en compagnie d'Alfred.

— Tu en as mangé un cassot entier à toi toute seule hier, répondit Charlotte à la place de sa sœur.

— Ce n'était pas suffisant pour me faire une opinion sur leur qualité, plaida Florentine en affichant une moue des plus sérieuses.

Charlotte pouffa en entendant cette réplique. Florentine était un cas à part. Il était difficile de lui refuser quoi que ce soit quand elle se montrait aussi expressive. Levant les yeux, Charlotte croisa les prunelles pétillantes d'Aimeline, amusée par la binette de la petite.

— Très bien, capitula Aimeline. Mais sois raisonnable, sinon tu devras retourner dans les sous-bois en cueillir d'autres pour mes confitures.

Alfred se pourlécha en découvrant les pots remplis du sirop vermillon.

— Alfred ! Pas touche ! Ouste, vous deux ! Dehors maintenant ! s'impatienta Aimeline en faisant mine de les chasser avec un chiffon.

D'un air songeur, elle les regarda repartir en courant. Puis, elle se tourna vers Charlotte.

— Où en étions-nous avant que ces chenapans viennent chaparder nos fraises ? lança-t-elle avec une bonne humeur retrouvée.

Malgré le ton sérieux de sa sœur, Charlotte n'était pas dupe. Cet interlude cocasse avait requinqué son aînée.

— Une autre série de contenants de verre sera prête sous peu, dit la cadette avec gaieté.

— Parfait, la texture de la confiture est à point. Fais attention de ne pas te brûler les mains en sortant les bocaux de l'eau bouillante, la prévint Aimeline.

Pour toute réponse, Charlotte lui lança un regard entendu en relevant un sourcil. Elle n'en était pas à ses premières armes en matière de conserves, mais pour une raison qu'elle ignorait, Aimeline adoptait de plus en plus un rôle maternel envers ses sœurs et son frère. Comme si elle se sentait investie de cette tâche en l'absence de leur mère.

— Tu deviens pire qu'Esther, ma parole, se moqua Charlotte, reléguant volontairement au fond d'elle toute pensée au sujet de Pauline Beaupré.

Aimeline la scruta avec une expression soutenue qui arracha une moue théâtrale à Charlotte.

— Marâtre ! lança cette dernière en lui tirant la langue.

— Charlotte ! s'écria Margaret, scandalisée par cette riposte.

Une pagaille générale s'ensuivit, parsemée d'éclats de rire, de petits cris et de traces de confiture sur le visage.

Léopold s'immobilisa sur le seuil de la pièce en arrivant sur place. Il avait été alerté par tout le grabuge et, à vrai dire, il ne s'attendait pas à un tel débordement en avisant la scène. Les filles figèrent net en l'apercevant, gênées d'être prises en flagrant délit.

— Tiens donc ! s'exclama-t-il avec un sourire en coin en s'avançant vers Aimeline.

Faisant preuve d'audace, il essuya du bout des doigts la traînée vermillon qui marbrait la joue de la jeune femme. Puis, il lécha le sirop sucré qui maculait son majeur et son index en émettant un son rauque.

— Délicieux, murmura-t-il d'une voix chaude sans quitter Aimeline du regard.

Charlotte eut un hoquet de stupeur et Margaret se détourna en grimaçant. Aimeline se sentit rougir, d'autant plus que Léopold venait de frôler sa tempe d'une caresse légère pour coincer derrière son oreille la mèche récalcitrante qui ne cessait de retomber sur son front. Elle s'étrangla en déglutissant, remuée par ce geste empli d'une sensualité qui ne lui était pas familière. Des fourmillements parcoururent son corps quand l'apprenti baissa les yeux vers ses lèvres. Elle se retint d'y glisser le bout de la langue pour les humecter.

Embarrassée, Charlotte se racla la gorge. Elle n'aimait pas voir Léopold tourner autour de sa sœur et la perturber autant.

Selon elle, il avait tendance à bafouer les règles de bienséance, ce qui l'indisposait. De plus, il semblait s'amuser aux dépens d'Aimeline.

— Aimeline, nous devrions aller nous débarbouiller et rafraîchir notre tenue avant de nous présenter chez les Bennet. Il commence à se faire tard.

Cette dernière se secoua pour tenter de s'extirper de la toile ensorcelante que Léopold avait tissée autour d'elle.

— Tu as raison, répondit-elle d'une voix distraite.

Mais comme sa sœur ne bougeait pas, Charlotte s'avança.

— Aimeline ! insista-t-elle avec plus de force.

La jeune femme sursauta. Comprenant qu'il devait s'éloigner, Léopold recula de quelques pas, puis quitta la cuisine d'été en silence. Avant de partir, il lança un regard appuyé en direction d'Aimeline, qui tarda à reprendre pied.

Ce ne fut qu'une fois que Charlotte planta un panier d'osier entre ses mains qu'elle retomba de son nuage.

— Les pots de confitures sont déjà à l'intérieur. Elisabeth sera très heureuse de ce cadeau, avança Charlotte en échangeant un coup d'œil suspicieux avec Margaret.

Aimeline battit des paupières en affichant une mine contrite. Il n'était pas dans ses habitudes de se laisser décontenancer de cette manière. Le problème, c'était que, contrairement à Violette, elle n'avait jamais recherché l'attention de la gent masculine. Ce n'était pas dans sa nature, même si elle avait été obnubilée par Darren. Elle ne savait pas comment se comporter en présence d'un homme qui la courtisait. Songeuse, elle mordilla sa lèvre inférieure. Tout se mélangeait dans son esprit. Son corps semblait sensible aux touchers et aux regards de Léopold ; toutefois, son cœur refusait de s'engager. Le rejet de Darren demeurait imprégné en elle comme une plaie à vif qui tardait à cicatriser.

Elle se secoua aussitôt. Elle s'était promis d'oublier Darren McNeil. Mais devait-elle pour autant se jeter au cou du premier venu qui lui manifestait de l'intérêt ? Darren était parti sans crier gare, tout comme Pauline Beaupré. Violette fréquentait un gentleman, même si, selon Aimeline, ce dernier n'était pas une bonne fréquentation. Il la laisserait tomber dès qu'il se serait lassé d'elle. Charlotte et Clyde se fianceraient probablement à Noël. Pour finir, l'une de ses amies d'enfance, Joséphine Frappier, se marierait le mois prochain, alors qu'Elisabeth Bennet quittait Métis le lendemain pour la France afin d'y parfaire son éducation à Paris. Aimeline poussa un soupir à fendre l'âme. Elle avait l'impression d'avoir gâché de précieuses années à courir après des chimères. Tous les jeunes gens de son âge commençaient un nouveau chapitre de leur vie. Et elle, que faisait-elle ? Elle survola la cuisine d'été des yeux, puis contempla par la fenêtre les champs qui s'étiraient à perte de vue. Elle avait toujours cru que son existence se déroulerait à Métis, sur ces terres, entourée d'une ribambelle d'enfants. Tout s'était effondré avec le départ de Darren. Elle ne voulait pas terminer vieille fille comme Mme Leblanc. Et si Léopold était l'unique homme à s'intéresser à elle ?

Elle songea à ce qui venait de se produire. Léopold Gauthier n'était pas Darren McNeil, mais il était travailleur, bien fait de sa personne et de bonne compagnie. Que souhaiter de plus ? Elle poussa un second soupir.

— Aimeline, ça va ? lui demanda Charlotte avec douceur en déposant ses doigts fins sur l'avant-bras de sa sœur.

Aimeline lui sourit avec tristesse, fatiguée de feindre.

— Ne t'inquiète pas pour moi. Ce n'est qu'un peu de lassitude.

— C'est à cause de Darren ? l'interrogea Charlotte avec compassion.

Aimeline ravala la boule qui se formait dans sa gorge et l'étouffait.

— Ça va aller, eut-elle pour toute réponse en tapotant le dessus de la main de sa cadette.

Tout en redressant les épaules, elle prit une décision cruciale : elle donnerait une chance à Léopold, et tant pis si son cœur pleurait des larmes de sang. Elle finirait par se faire une raison, par apprécier Léopold Gauthier à sa juste valeur. Mais pour l'heure, elle avait plus important à faire.

— Allons, ne tardons plus. J'ai promis à Elisabeth de lui apporter deux pots de confitures aux fraises avant son départ. Sa femme de chambre doit attendre après moi pour terminer de boucler les bagages de sa maîtresse.

À la vue de l'expression résolue d'Aimeline, Charlotte comprit qu'il ne servait à rien d'insister, et voua mentalement Darren McNeil à tous les tourments de l'enfer pour avoir osé blesser sa sœur de manière si cruelle.

Montréal, juillet 1914

Darren essuya avec la manche roulée de sa chemise la sueur qui perlait à son front. La journée tirait à sa fin, ce qu'il appréciait à sa juste valeur. La température était accablante sur le pont, et pas un soupçon de brise ne soufflait pour le rafraîchir. Debout depuis l'aube, il aspirait à une pause méritée. Par chance, il aurait un jour de repos le lendemain. Ainsi, il pourrait en profiter pour déambuler dans les rues de Montréal et regarnir, par la même occasion, son armoire en faisant des emplettes au marché public qui se tenait à Saint-Jacques, non loin de son quartier.

Il avala la dernière gorgée d'eau de la gourde qu'il avait fixée à sa taille. Il faillit la recracher, mais sa bouche sèche demandait grâce. En grimaçant, il but le liquide rendu saumâtre par la chaleur. À cause du soleil qui plombait sans merci sur le pont, il ne pouvait se permettre de faire la fine bouche. Il songea alors qu'il aurait tout donné pour pouvoir se tremper dans la rivière Mitis ou dans le fleuve, même son maigre salaire de 14,26 $ par semaine. Il se raisonna sur-le-champ. La paye était quand même bonne, il ne devait pas s'en plaindre, surtout qu'il n'avait pas de famille à faire vivre. Ses conditions de travail n'avaient rien à voir avec celles qui prévalaient dans les usines ou les fonderies. Au moins, lorsqu'il s'occupait de l'entretien du pont Victoria avec son équipe, il était à l'extérieur et ne respirait pas l'air vicié du quartier Griffintown ni les vapeurs toxiques du métal en fusion. De plus, son emploi était garanti, ce qui n'était pas le cas de la plupart des Canadiens français qui se tuaient à la tâche dans les manufactures. Ces pauvres hères étaient pour la plupart sans éducation et ne pouvaient guère espérer une existence meilleure.

Il roula les épaules pour détendre les muscles de son cou, qui étaient certes crispés après douze heures à solidifier des rivets, à grimper à des poutres et à renforcer certaines sections du pont, mais rien de comparable à une journée de bûchage dans le bois sous le froid mordant du vent du nord au cœur de l'hiver. Il songea une nouvelle fois aux quelques ouvriers de sa connaissance qui s'échinaient pour une bouchée de pain. Leurs conditions de vie étaient exécrables. C'en était aberrant. Mais leur ignorance et leur manque de qualification en faisaient des candidats idéals pour les propriétaires de manufactures. Et aucun d'eux ne pouvait se permettre de porter plainte, leur poste étant beaucoup trop précaire pour s'y risquer. Résultat, ces malheureux étaient mal payés et souvent les premiers à être licenciés en cas de crise.

Darren jeta un regard derrière lui, vers Griffintown. La densité urbaine qui peuplait ce quartier était phénoménale. Les dirigeants cherchaient de plus en plus à garder leur main-d'œuvre à proximité, sans prendre en considération les problèmes d'insalubrité. Les familles n'avaient donc pas le choix de s'entasser dans un logement exigu en bordure des entrepôts et des usines. Peu d'espaces verts demeuraient accessibles pour les enfants, les conditions sanitaires dépérissaient, le bruit était omniprésent et l'odeur du charbon saturait l'air.

Darren secoua la tête avec désillusion. Pour rien au monde, il ne s'installerait dans cette section de la ville. Il préférait consacrer une partie de sa paye au tramway pour s'éloigner de toute cette misère. Du moins, dans son quartier, il pouvait respirer mieux et il y avait un parc à proximité dans lequel il aimait se promener en songeant aux siens. Des ouvriers avaient commencé à dresser des poteaux pour y accrocher des lignes téléphoniques, enlaidissant le décor, mais c'était le progrès qui le voulait. Et de toute façon, des fils électriques bordaient déjà plusieurs rues. Montréal prenait peu à peu un tout autre visage auquel il s'adaptait sans difficulté, même si les membres de sa famille lui manquaient, ainsi qu'une jeune femme au regard lumineux.

— Hé, McNeil, tu dors sur la *job* ou quoi ? lui cria l'un de ses compères assis en équilibre précaire sur une poutre au-dessus de lui.

Darren leva la tête en haussant un sourcil moqueur.

— Je songeais aux belles qui nous attendent, mentit-il pour dissimuler la vérité à son confrère.

— Hé, Murphy, je parie qu'il pense à la petite Maggy, la nouvelle qui travaille chez Mme Dupré, répliqua Liam, le troisième luron du groupe.

Paddy Murphy éclata d'un rire gras.

— Ouais ! Elle n'arrête pas de lui faire des yeux doux, poursuivit-il en s'esclaffant de plus belle.

— OK, les gars ! Cessez de vous payer ma tête et retournez au boulot. Il y a des choses plus intéressantes à faire que de perdre notre temps en discussions futiles.

— Le voilà qui sort ses grands mots ! C'est peut-être pour ça que Maggy a un faible pour lui. Il sait parler aux dames, renchérit Paddy.

Liam rit si fort qu'il faillit tomber. Darren lui lança un regard noir en retour. Ses deux compères pouvaient se moquer de lui au sujet de la belle-de-nuit qui travaillait chez Mme Dupré. Du moins, pendant ce temps, ils ne soupçonnaient pas qu'en réalité, il se languissait pour une jeune fermière dont le seul souvenir provoquait un pincement dans sa poitrine. Un unique baiser chaste sur ses lèvres fruitées valait mille étreintes aguichantes de Maggy. Il secoua la tête pour chasser l'image d'Aimeline qui ne demandait qu'à s'incruster. Il jura tout bas en contractant la mâchoire. Il fallait qu'il se sorte la jeune Beaupré de l'esprit s'il désirait garder un semblant d'équilibre mental et son indépendance si précieuse à ses yeux.

— Sapristi ! grommela-t-il pour lui-même.

8

Métis, décembre 1914

De gros flocons tourbillonnaient dans le ciel, alourdissant l'air autour d'elle. Aimeline avait l'impression de se retrouver au cœur d'un cocon frisquet. N'eût été le tintement des grelots accrochés au cou du cheval, elle se serait crue seule au monde. La lanière du fouet claqua doucement à ses oreilles alors que le traîneau glissait en silence sur la neige. L'été s'en était allé, suivi des couleurs chatoyantes de l'automne et des maisons victoriennes barricadées par les serviteurs après le départ de leurs maîtres. Puis, l'hiver s'était installé pour de bon, recouvrant de blanc le paysage environnant.

Depuis le début de la saison froide, Léopold avait quitté le petit réduit qu'il occupait à l'étage dans la grange pour louer une chambre chez un veuf qui habitait au village. Ainsi, il demeurait dans le coin et pouvait continuer de venir voir les Beaupré, même si ses visites s'étaient espacées à cause du mauvais temps qui sévissait dans la région depuis la mi-décembre. Après l'entreposage du foin, Rosaire l'avait gardé deux semaines supplémentaires pour terminer de réparer les outils endommagés et fendre des cordées de bois afin que toute la famille puisse alimenter le poêle et se tenir au chaud.

Au fil des mois, Léopold s'était avéré de plus en plus indispensable et entreprenant à l'égard d'Aimeline. Il ne cachait plus son intérêt pour elle, et la jeune femme le suspectait d'avoir discuté avec son père à leur sujet à son insu. Le problème, c'était qu'elle n'arrivait pas à se décider en ce qui le concernait. Certes, elle se montrait réceptive à ses attentions, mais elle ne parvenait pas à s'abandonner en sa présence ni à s'en remettre à lui entièrement.

À sa décharge, les derniers mois n'avaient pas été de tout repos. Sa mère n'était toujours pas revenue de Trois-Rivières et il y avait pire... Violette avait quitté Métis sans informer leur père de sa destination. La rumeur voulait qu'elle se soit enfuie avec un gentleman à Montréal à la fermeture de l'hôtel. Certaines personnes prétendaient qu'elle entretenait une relation scabreuse avec cet homme et se livrait à des actes dégradants pour son bon plaisir. Aimeline supportait avec difficulté le poids de ces racontars et souffrait en silence. Plus le temps passait, et plus la culpabilité la rongeait. Elle aurait dû intervenir quand c'était possible et tenter de raisonner sa sœur. Mais leurs rapports étant tendus, Aimeline avait préféré ne pas s'ingérer dans les histoires de Violette. Tout ce qu'elle pouvait espérer, c'était que son aînée finirait par entendre raison un jour et qu'elle saurait trouver refuge auprès des siens en cas de besoin.

Dans tous les cas, Violette avait vingt ans désormais. Elle était donc apte à prendre sa vie en main. La famille Beaupré devrait vivre avec la honte qu'elle avait fait rejaillir sur ses membres par ses actions inconsidérées. Quant à Pauline, les commérages avaient été nombreux à son sujet, mais, contre toute attente, les Métissiens la tenaient pour responsable de cette situation. Ils étaient plusieurs à croire que Rosaire Beaupré l'avait renvoyée chez ses parents à la suite de mésententes entre eux, et personne ne pouvait l'en blâmer. Peu de monde appréciait son épouse au demeurant, à commencer par les McNeil, avait découvert Aimeline en discutant avec Nora. Cette dernière ne s'était pas privée pour faire savoir à son amie ce que tous pensaient de Pauline Beaupré. Aimeline avait d'abord été choquée par la nouvelle, puis elle avait compris que les McNeil se faisaient du souci pour sa famille.

Quelques flocons tombèrent sur le bout de son nez, qu'elle essuya du revers de sa manche. Léopold en profita pour frôler son visage de sa main gantée. Tous deux, ainsi que Charlotte, se rendaient chez les McNeil pour un souper familial. Malcom serait présent avec sa femme Lucy et leur fillette de deux ans, tout comme Gordon et son épouse Moyra. De plus, Clyde et Eliot devraient être de retour du camp de bûcherons pour une courte visite afin de célébrer les fêtes en famille. Seul Darren serait absent, puisque dans sa dernière lettre, il informait ses parents qu'il resterait sur place pour surveiller les lieux pendant que les hommes iraient rejoindre les leurs pour Noël. Aimeline sentit une nouvelle fois le trou béant dans sa poitrine. Elle aurait pourtant dû être soulagée de ne pas le croiser. Refusant de se laisser aller, elle tourna la tête vers Charlotte, qui rayonnait de bonheur à l'idée de revoir Clyde. Il lui manquait tellement depuis son départ. Mais il lui avait assuré que c'était un mal nécessaire qui lui permettrait de ramasser de l'argent en vue de leur mariage.

Aimeline prit un air rêveur. Elle soupçonnait Clyde de vouloir profiter de ce repas en famille pour faire sa grande demande à Charlotte, dont le regard brillant suffisait à comprendre qu'elle l'espérait aussi. Le seul point noir au tableau était l'absence de leur père, qui avait dû se désister au dernier instant. Un coup de froid le clouait au lit depuis la veille, mais il avait insisté pour que ses deux filles s'y rendent et avait fait parvenir un mot à Léopold pour lui demander de les accompagner. Ce que le jeune homme s'était empressé d'accepter.

Aimeline leva les yeux vers le ciel. Impossible de discerner quoi que ce soit avec toute cette neige. Peut-être auraient-ils dû rebrousser chemin avant que la météo ne se dégrade… Un blizzard semblait vouloir s'installer, mais, par chance, la ferme des McNeil n'était plus très loin. D'ailleurs, elle apercevait une lumière vacillant au loin, point d'ancrage réconfortant au cœur de ce blanc diffus.

~

Aimeline tapa des pieds et se secoua pour se départir de la neige qui s'accrochait à ses vêtements. À l'abri sous le porche de la maison, elle se tassa pour que Charlotte la précède. Sa cadette était agitée, prise de frénésie à l'idée de revoir Clyde. Son attente ne fut pas longue, car, dès l'annonce de leur arrivée, Clyde s'était dirigé vers la porte à grandes enjambées. En l'apercevant, il la souleva et la fit tournoyer dans les airs en riant, débordant de joie. Puis, indifférent au froid, il la déposa sur le sol avec lenteur, le regard rivé au sien. Aimeline fut attendrie par leur bonheur évident. Le sourire aux lèvres, Fenella McNeil rouspéta aussitôt pour la forme :

— Ne la laisse pas geler dehors, gros nigaud. Elle risque de tomber malade. Allez, ouste ! Tout le monde à l'intérieur que je puisse refermer le battant.

Ce fut dans un brouhaha joyeux que tous entrèrent dans la maison. Sensible à l'allégresse générale, Aimeline oublia son malaise. Revenir chez les McNeil lui paraissait étrange, mais la chaleur avec laquelle chacun l'accueillait lui réchauffait le cœur. Des trois nouveaux venus, seul Léopold eut droit à une réception plus tempérée. Toutefois, aucun McNeil ne se montra discourtois envers lui.

— Mes petites ! s'écria Fenella en pressant tour à tour Charlotte et Aimeline contre elle. Je suis si heureuse de vous revoir.

Puis, d'un air malicieux, elle serra avec insistance la main de Charlotte dans la sienne.

— Et j'en connais un qui ne tenait plus en place, continua-t-elle avec bonne humeur en fixant Clyde. Si vous aviez tardé plus longtemps, il m'aurait été impossible de le retenir.

Clyde couvait Charlotte avec amour. La jeune femme rougit de manière délicieuse. Refusant de rompre le contact avec sa bien-aimée, il s'empara de ses doigts et les couvrit de sa large paume calleuse.

Son retour du camp de bûcherons avait été éreintant avec toute cette neige, et il avait craint, à un certain moment, de ne jamais atteindre Métis. Mais maintenant que Charlotte était à ses côtés, il en oubliait sa fatigue. Fenella embrassait la scène du regard, au septième ciel. Il lui tardait tant de marier ces deux-là. Avec un peu de chance, ce serait possible l'été prochain. Charlotte aurait alors presque dix-huit ans, un âge adéquat pour convoler. Douglas, qui se tenait sur sa gauche, enveloppa les épaules de son épouse de son bras.

— Bon, ce n'est pas tout, un succulent repas nous attend. Je ne sais pas pour vous, mais, moi, je suis affamé, déclara-t-il joyeusement en se frottant la panse.

Fenella lui tapota le ventre.

— Si je t'écoutais, je passerais mes journées devant le poêle à bois à cuisiner pour toi.

Son ton badin témoignait d'une longue complicité entre eux. Douglas afficha un large sourire. Il avait un appétit d'ogre et ses fils avaient hérité de cette même inclination pour la nourriture. Fenella secoua la tête avec amusement. Elle avait préparé un festin de roi, autant y faire honneur sans plus tarder.

— Dégrayez-vous! lança-t-elle à la cantonade. Et joignez-vous à nous pour ce repas festif.

À peine Aimeline eut-elle détaché son manteau que Nora s'en empara pour le donner à Eliot, puis entraîna son amie d'enfance vers la table, heureuse de la revoir. Étant donné que personne n'attendait sa venue, Léopold fut installé à la place qu'aurait occupée Rosaire Beaupré s'il avait été présent, entre Douglas et Malcom. Ainsi encadré, le jeune homme ne semblait pas à l'aise. Mais aucun des deux McNeil ne s'en préoccupa, pas plus que Charlotte, qui n'avait d'yeux que pour Clyde. Quant à Aimeline, elle n'osa pas dire un mot, embarrassée à l'idée d'intervenir, surtout qu'elle se trouvait à l'autre bout de la table.

Léopold carra les épaules pour ne pas se laisser intimider par les mâles présents. Tous en imposaient par leur stature et l'aura d'assurance qu'ils dégageaient. Il avait rarement eu à se frotter à plus fort que lui. Il devrait se tenir sur ses gardes, car il ne doutait pas que le moindre écart de sa part serait relevé. De plus, il pouvait voir qu'Aimeline occupait une place privilégiée au cœur de cette famille, tout comme Charlotte. Il ne devait donc pas se mettre les McNeil à dos. Réfrénant un mouvement d'humeur, il s'obligea à sourire et à se montrer des plus courtois.

~

La conversation allait bon train à la table. Tous, sans exception, faisaient honneur au repas préparé avec soin par Fenella. Ils en étaient à déguster un pouding au goût divin lorsqu'un fracas assourdissant retentit à la porte. Douglas se leva en faisant racler les pattes de sa chaise sur le plancher, suivi de Malcom et de Clyde. D'un signe de tête, il indiqua à Gordon et à Eliot de demeurer auprès des femmes, surtout qu'il n'attendait personne à cette heure tardive.

Les coups contre le battant redoublèrent d'ardeur. À l'extérieur, la tempête de neige faisait rage et s'était transformée en blizzard, rendant la visibilité presque nulle sur des lieues à la ronde. Comment diable les importuns avaient-ils trouvé leur route jusqu'ici? À moins qu'ils se soient égarés... Avec précaution, Douglas ouvrit la porte, le corps en alerte.

— Bon Dieu de bois! jura l'un des nouveaux arrivants en s'ébrouant. Que c'est bon d'être enfin arrivé!

Ce faisant, il se départit du foulard qui recouvrait le bas de son visage ainsi que de son chapeau, révélant une tignasse raidie par le froid.

— Crénom de Dieu! s'exclama Douglas en le reconnaissant. Que fais-tu dehors par un temps pareil, fils?

Puis, ne lui laissant pas le temps de répondre, il étreignit Darren avec une force démesurée. Se remettant de leur stupeur, Malcom et Clyde s'esclaffèrent en se tapant la cuisse.

— Qu'est-ce que tu fais ici? s'écria Clyde. Je croyais que tu avais décidé de rester là-bas.

— C'est ma faute ! intervint l'individu demeuré en retrait. J'étais déterminé à descendre du Nord pour fêter Noël, obligeant cet idiot à sortir de sa retraite.

Tous les regards convergèrent vers l'homme avec un accent irlandais.

— Père, je vous présente Liam O'Neil, un ami avec qui je travaille sur les chantiers l'été et que j'ai convaincu de m'accompagner au camp de bûcherons cet hiver, expliqua Darren.

— Ce bougre avait cependant omis de me dire à quel point il y faisait un froid de canard. Hors de question que je me prive du plaisir de me réchauffer un peu en aussi belle compagnie ! claironna Liam avec une bonne humeur contagieuse.

Un éclat de rire général accueillit sa répartie.

— Heureux que tu sois venu, Liam ! l'accueillit Clyde en lui tapant l'épaule avec familiarité. Eliot sera content que tu sois là.

— C'est réciproque. Comment se passer des frères McNeil ? décréta Liam en s'esclaffant.

Malcom s'avança à son tour et serra la main du nouveau venu pour lui souhaiter la bienvenue, puis il empoigna Darren par la nuque dans une étreinte fraternelle.

— Mère sera ravie de te revoir, tout comme le reste de la famille. Tu nous manquais en cette période de réjouissances.

— J'espère qu'elle ne m'en voudra pas de me présenter à l'improviste et de ramener ce joyeux drille avec moi.

— Tu sais bien que non. Nous étions justement attablés. Tu arrives à point nommé, renchérit Malcom.

— Et nous avons de la compagnie, commença Clyde avant de se taire sous l'avertissement silencieux de son père.

— Ah oui ? s'informa Darren en se tendant d'emblée.

— Oui, Charlotte est ici, se rattrapa Clyde. J'ai l'intention de lui faire ma grande demande ce soir.

Darren demeura bouche bée, puis il empoigna son frère pour lui faire une accolade, heureux pour lui.

— Elle fera une très bonne épouse pour toi, le félicita-t-il avec émoi.

Clyde se redressa, fier comme un paon, le regard brillant de bonheur. Pour une raison qu'il ignorait, son père avait semblé vouloir dissimuler le fait qu'Aimeline était là. C'était à croire qu'il redoutait que Darren prenne ses jambes à son cou en l'apprenant. Peut-être que placé devant le fait accompli, il n'aurait pas le temps d'endosser son masque d'indifférence.

La preuve en était que, dès qu'il pénétra dans la salle à manger, Darren figea net, ses yeux accrochant instantanément ceux d'Aimeline. Clyde eut l'impression que la jeune femme s'était tétanisée sur sa chaise en apercevant son frère, alors qu'un amalgame d'émotions se reflétait sur le visage de Darren.

— Regarde qui nous fait l'honneur de sa présence, annonça joyeusement Douglas à son épouse.

Fenella pivota et laissa échapper un petit cri en voyant son fils. Folle de joie, elle se leva et se précipita vers Darren d'un pas vif pour l'étreindre avec amour. *Que Dieu soit loué, il est de retour !* pensa-t-elle avec soulagement. Elle s'était tant inquiétée pour lui. En songeant au mauvais temps qu'il avait affronté pour retrouver les siens, elle le serra avec davantage de force.

Les voir s'enlacer avec autant de bonheur émut Aimeline, qui était par surcroît déstabilisée par l'arrivée inattendue de Darren. D'emblée, les sentiments qu'elle nourrissait à l'égard du jeune homme la submergèrent, manquant l'étouffer. Pour quelle raison avait-il changé d'idée ? Si elle avait su qu'il serait présent au souper, elle aurait décliné l'invitation des McNeil. Elle ne faisait pas partie de cette famille, contrairement à Charlotte, qui épouserait bientôt Clyde. *Seigneur ! Pourquoi ne suis-je pas restée à la maison ? Je me serais évité cette souffrance.* Maintenant, elle ne pouvait plus reculer, elle était coincée ici avec tous les McNeil, et surtout, avec Darren.

Elle dut émettre un gémissement ténu malgré elle, car Charlotte, qui se trouvait à sa droite, pressa ses doigts en guise de réconfort. Aimeline lui sut gré de ce soutien moral. Elle s'accrocha à la main de sa sœur comme à une bouée de sauvetage.

— Viens t'asseoir avec nous, Darren, l'invita Gordon en ménageant une place à ses côtés.

Ce faisant, Darren se retrouva devant Aimeline, non loin de Léopold. Eliot se décala pour permettre à Liam de se joindre à eux, ravi de la présence enjouée de l'Irlandais. Ce dernier s'installa entre Nora et lui. De son regard aiguisé, il ne manqua pas de remarquer l'expression tendue de Darren, et n'en fut pas surpris en apercevant la personne sur qui ses yeux étaient rivés. Il eut un sourire en coin. Se pouvait-il qu'il s'agisse de la jeune femme qui obnubilait les pensées de son ami depuis des mois ? Darren lui avait semblé plus silencieux, voire songeur lors de son retour à Montréal en juin, comme si son cœur et son esprit étaient demeurés derrière lui. Liam avait cru que son compagnon fuyait quelque chose sans parvenir à savoir de quoi il retournait exactement. Clyde et Eliot n'avaient rien voulu lui dire pendant leur séjour au camp de bûcherons.

Mais à présent qu'il découvrait cette délicate beauté naturelle, Liam comprenait davantage la situation. Ce qu'il ne saisissait pas, en revanche, c'était la raison pour laquelle Darren avait laissé un tel trésor derrière lui. À voir l'expression de cette créature délicieuse, il lui semblait évident que son ami ne lui était pas indifférent non plus.

— Liam, je te présente ma mère et mon père, mes frères aînés, Gordon et Malcom ; leurs épouses respectives, Moyra et Lucy ; ainsi que ma frangine Nora, commença Darren en pointant les personnes désignées du doigt. Et voici Charlotte, l'amoureuse de Clyde… ainsi qu'Aimeline, sa sœur.

Liam nota que Darren avait hésité une fraction de seconde avant de prononcer le nom de cette « Aimeline » et que sa voix avait baissé d'une octave.

— Merci à vous de me recevoir, monsieur et madame McNeil, surtout que j'arrive à l'improviste, reconnut-il en inclinant la tête avec déférence.

— Tout le plaisir est pour nous ! Les amis de Darren sont les bienvenus, répondit Fenella avec gentillesse.

Liam fut touché par cet accueil chaleureux, lui qui se languissait des siens en cette période de réjouissances. Ramenant son attention sur les Beaupré, il afficha un large sourire.

— Heureux de vous rencontrer, mademoiselle Beaupré, poursuivit-il en arrêtant son regard sur Charlotte. Clyde ne tarit pas d'éloges sur vous et n'a que votre prénom à la bouche. J'ai l'impression de vous connaître déjà.

Clyde parut soudain embarrassé par les coups d'œil moqueurs que ses frères lui jetèrent.

— Je confirme, appuya Eliot. Il ne se passe pas une journée sans qu'il parle de toi, Charlotte.

Cette dernière rougit, gênée d'être le centre d'intérêt. Clyde fut attendri par le portrait enchanteur qu'elle offrait. Sous le coup de l'émotion, il se releva d'un bond et vint se poster à sa droite. Puis, il tendit la main vers elle pour l'inviter à se lever. Charlotte s'exécuta en tremblant légèrement. Elle scruta le visage de Clyde, incertaine de ce qu'il s'apprêtait à faire, mais fut vite apaisée en y décelant tout l'amour qu'il lui vouait. Sans la quitter des yeux, Clyde fourragea dans l'une des poches de son pantalon en montrant des signes de nervosité, puis en retira un écrin de velours. Tout en posant un genou à terre, il extirpa une bague de la petite boîte.

— Charlotte Beaupré, tu ferais de moi l'homme le plus heureux du monde si tu acceptais de devenir mon épouse.

Le silence le plus complet accompagna cette déclaration. Charlotte porta une main à ses lèvres, le regard brillant de larmes de joie. Clyde lui sourit avec tendresse.

— Je t'aime, Charlotte ! dit-il d'une voix rauque en se relevant.

Muette d'émotion, elle se jeta à son cou en riant et en pleurant tout à la fois. Clyde se racla la gorge en la serrant dans ses bras.

— Dois-je en conclure que c'est oui? s'informa-t-il, le cœur débordant de bonheur.

Charlotte hocha la tête avec vigueur avant d'émettre un «oui» étranglé. Ce fut le signal qu'attendaient les convives pour se lever et les congratuler avec exubérance. Bien qu'elle soit enchantée pour sa sœur, Aimeline ne put s'empêcher d'éprouver un pincement à la poitrine. Au même moment, son regard croisa celui de Darren par inadvertance. L'intensité avec laquelle le jeune homme la fixait lui fit perdre tous ses moyens. Par chance, Nora venait de la rejoindre et de s'accrocher à elle avec enthousiasme.

Quand elle put féliciter les amoureux, Clyde étreignit Aimeline en l'appelant «petite sœur», puis il laissa la place à sa bien-aimée. Aimeline la serra contre son cœur, alors que ses larmes de désespoir se mêlaient à celles de félicité de sa cadette. Prendre sur elle pour masquer sa douleur requit de sa part une énergie considérable, mais Charlotte méritait d'être heureuse.

Demeuré en retrait, Léopold scrutait la scène avec détachement. Il n'avait cure de la famille McNeil et de Charlotte. Après tout, c'était Aimeline qui l'intéressait. C'était elle, son objectif principal. De son côté, Liam complimentait les jeunes amoureux avec sa franchise et sa simplicité habituelles. Il avait appris à connaître Clyde au cours des derniers mois. Le gamin était au comble du bonheur et la petite semblait lui rendre son amour. Ils formeraient un merveilleux couple.

Alors qu'il se décalait pour céder la place à une Nora des plus fébriles, il intercepta le regard calculateur de l'étranger. Au même moment, il eut un déclic. Il avait déjà vu cet homme auparavant, mais il n'arrivait pas à se souvenir où. Ce qui le dérangeait le plus, c'était le mauvais pressentiment que la présence de cet individu suscitait chez lui. Ce sentiment ne lui disait rien qui vaille. Il plissa les yeux. En avisant l'expression renfrognée de son compagnon, Darren rejoignit Liam.

— Qu'y a-t-il ? s'enquit-il, soucieux.

— Ce n'est peut-être pas grand-chose, mais j'ai l'impression d'avoir rencontré ce type par le passé, répondit Liam en faisant preuve de retenue.

Alerté, Darren se tendit. Liam était plutôt facile d'approche, ce n'était pas dans sa nature de se montrer si méfiant. Darren examina l'inconnu avec suspicion. Le visage de l'homme lui était étranger, mais ce dernier mangeait avec eux et ne détachait pas le regard d'Aimeline. Un malaise de plus en plus grandissant prit naissance au creux de son ventre.

Il s'apprêtait à aller interroger Léopold lorsque sa mère invita tout le monde à reprendre place autour de la table. Son père se dirigea vers l'une des armoires de la cuisine et revint avec une bouteille de whisky.

— Il s'impose de fêter l'heureux événement comme il se doit.

Les frères McNeil obtempérèrent avec maintes « *aye*[2] » et hochements de tête. Alors que Douglas versait dans le verre de Clyde le liquide ambré, Darren se concentra de nouveau sur l'inconnu.

— Je ne crois pas que nous ayons été présentés, commença-t-il en le fixant.

---

2. *Aye* signifie « oui » en gaélique écossais.

Un silence gênant suivit son intervention. Aimeline pâlit en remuant sur sa chaise. Animée par un sentiment d'urgence, elle ouvrit la bouche la première :

— Désolée pour ce manque de politesse. Avec toute cette agitation autour des fiançailles de Clyde et de Charlotte, j'en ai oublié les règles de bienséance.

Darren la scruta avec plus d'attention, intrigué par sa nervosité inhabituelle.

— Darren, voici Léopold Gauthier, l'ouvrier engagé par mon père pour l'aider avec la ferme, poursuivit-elle dans un débit rapide.

À ces paroles, Charlotte lança un coup d'œil perplexe à sa sœur. Toutes deux savaient que le jeune homme était plus que cela. Mal à l'aise, Aimeline n'osa pas croiser le regard de Léopold. Elle avait parlé sous le coup de l'émotion et ne préférait pas s'appesantir sur la raison qui l'avait poussée à agir de la sorte. Pour sa part, mécontent d'être présenté de cette manière, Léopold serra les poings sous la table. Il s'apprêtait à rectifier le tir lorsque Aimeline le devança :

— M. Gauthier se révèle un assistant précieux pour mon père. Il apprend très vite et se passionne pour le métier de fermier. Je suis certaine qu'il aimerait connaître l'origine de votre arrivée à Métis, monsieur McNeil, avança-t-elle sans réfléchir à l'intention de Douglas McNeil.

Elle ne voulait pas laisser à Léopold l'occasion de dévoiler quoi que ce soit les concernant. Elle n'était pas prête à cela, et surtout pas en présence de Darren. Saisissant la balle au bond, Douglas se tourna vers Léopold. Il ignorait pour quelle raison la petite était nerveuse tout à coup, mais il se plierait volontiers à sa demande si cela pouvait l'aider d'une quelconque manière.

— J'aurai grand plaisir à vous parler de mes aïeux, monsieur Gauthier, et de leur arrivée à Métis.

Malcom et Gordon s'esclaffèrent à ses côtés et Fenella leva les yeux au ciel avec un sourire entendu. Darren, quant à lui, plissa les paupières, piqué par la curiosité. Toutefois, il se garda de le montrer.

— Si tu le lances sur le sujet, Aimeline, il sera intarissable, et nous en aurons pour des heures à l'écouter, se moqua Malcom avec gentillesse, inconscient de la tension qui raidissait les épaules de Darren.

Douglas se tourna vers lui en relevant un sourcil.

— C'est ton histoire également, mon garçon, et celle de tes ancêtres. Tu devrais en être fier. Un jour, il te faudra la raconter à ta fille, le gronda Douglas sans aucune méchanceté.

Malcom éclata d'un rire tonitruant à cette boutade paternelle.

— Je le suis, père, et ce sera avec plaisir que j'en ferai le récit à mes enfants lorsque le moment sera venu.

— Bien, je n'en attendais pas moins de ta part. Tu es l'aîné. Ce sera ta tâche de perpétuer la tradition au sein de notre famille après mon départ. La tâche à vous tous, en fait, rectifia-t-il de sa voix grave en survolant l'assemblée. Y compris vous, mademoiselle, souligna-t-il avec douceur en désignant Charlotte. Après tout, vous deviendrez bientôt une McNeil.

Une expression comblée s'afficha sur le visage de Charlotte, et Aimeline envia sa cadette pendant une fraction de seconde. Elle aussi avait cru un jour qu'elle serait une McNeil. Inconscient de la tournure qu'avaient prise les réflexions de la jeune femme, Douglas revint à Léopold.

— Alors voilà… Il faut savoir que mon grand-père a gagné cette région en 1818, à l'époque où John MacNider acquérait la Seigneurie Mitis. Ce riche commerçant avait une vision précise pour exploiter les terres situées en bordure du fleuve, fertiles en bois et en cours d'eau.

Contrairement au reste de l'assemblée suspendue à ses lèvres, Léopold demeura indifférent au récit de Douglas, et cela, malgré les talents de conteur du patriarche. Il n'était nullement intéressé par l'histoire de Métis ou celle de la famille McNeil. Il fulminait plutôt d'avoir été présenté avec si peu de considération par Aimeline. De toute évidence, il allait devoir solidifier son emprise sur elle et commencer à se montrer plus entreprenant s'il ne voulait pas qu'elle lui échappe. Déjà qu'elle n'était pas aussi réceptive à ses attentions qu'il l'aurait souhaité.

Conscient de l'attitude presque hostile de l'apprenti des Beaupré, Liam chercha avec plus d'insistance le moindre souvenir le concernant. Le nom lui était familier, tout comme le visage, mais un élément clochait sans qu'il puisse mettre le doigt dessus. Sur sa lancée, Douglas continua son récit. Il était convaincu que, pour avancer dans la vie, un homme devait d'abord découvrir ses origines. Il poursuivit alors avec fierté :

— Persuadé de parvenir à coloniser ce territoire, ce seigneur fit venir d'Écosse de nombreuses familles de Thrane et des régions avoisinantes. Lui-même, d'ailleurs, était natif de ce village. Mon grand-père est arrivé à bord du *Rebecca*, l'un des navires appartenant à John MacNider, et s'est installé sur cette portion de terre avec les siens et tous ses biens. C'est lui qui a construit la première section de cette maison, expliqua-t-il en englobant sa demeure du regard.

Léopold évalua les lieux d'un œil calculateur, et force lui fut de reconnaître que cet aïeul avait été avisé de suivre John MacNider. De toute évidence, cette association lui avait été profitable. Les Beaupré possédaient une ferme de bonne taille et rentable, mais rien de comparable à celle des McNeil. Léopold aurait pu jeter son dévolu sur Nora McNeil, mais cela n'aurait pas été judicieux vu le nombre de frères qui la précédait. Ce qui était différent dans le cas d'Aimeline. Non seulement était-elle l'aînée après cette idiote de Violette, mais l'unique garçon de la famille était fluet. Il ne redoutait pas grand-chose de ces deux-là. De plus, Aimeline était très attachée à la terre de son père, qui tenait sa fille en haute estime. Léopold n'était pas particulièrement attiré par le travail de cultivateur, mais une occasion en or s'offrait à lui et il n'était pas homme à laisser passer sa chance.

Douglas, qui avait pris une pause pour avaler une gorgée de whisky, enchaîna, sortant Léopold de ses réflexions :

— Le seigneur de ce territoire a eu l'intelligence de nourrir et de vêtir ses colons. Et le plus important, il ne leur a exigé aucun loyer pendant les deux premières années, leur permettant ainsi de s'établir et de prospérer. Il leur a même fourni un poêle et les outils nécessaires pour déboiser leurs parcelles de terrain, bâtir leurs maisons et labourer les champs. Il a également fait construire un moulin pour moudre leurs grains.

Emporté par son récit, Douglas s'animait et un sourire entendu se dessina sur les lèvres de Fenella. Elle échangea un coup d'œil complice avec Malcom et Gordon. Le coin de la bouche de ces derniers se souleva, et Léopold put lire dans leurs regards la fierté, la détermination et le sens de la droiture qui émanaient également du paternel. Il observa discrètement les trois autres membres masculins de la fratrie et comprit d'emblée qu'il lui faudrait se montrer prudent. Ces Écossais ne se laisseraient pas duper aussi facilement que Rosaire, d'autant plus que leur ferme était mitoyenne à celle des Beaupré et que l'un des garçons allait épouser Charlotte. Il croisa les yeux de Liam et sourcilla. Il n'aimait pas la façon dont l'Irlandais le dévisageait, comme s'il cherchait à le situer. Pourtant, Léopold était certain de ne pas l'avoir rencontré auparavant. Il avait une excellente mémoire des visages. C'était vital dans le métier qu'il exerçait.

Douglas se pencha vers lui au même instant, le transperçant de ses yeux.

— Mon grand-père s'est fait un point d'honneur de refuser l'aide de John MacNider après un an parce que sa terre était devenue prospère rapidement et qu'il ne désirait pas être un fardeau supplémentaire pour lui. Un véritable Écossais se montre droit, loyal et juste, termina-t-il en bombant le torse.

— Et il danse des sets carrés, sait reconnaître un bon whisky et ne manque pas une seule occasion de se bagarrer, ajouta Malcom avec entrain.

Les hommes présents s'esclaffèrent de bon cœur, mis à part Léopold.

— Il est vrai que nous faisons preuve de fougue si une querelle se présente. Et parfois même pour des broutilles, concéda Douglas.

— Oh oui, renchérit Fenella en pensant à ses cinq garçons. J'espère que vous aurez des filles avant d'avoir des fils, poursuivit-elle à l'intention de Charlotte. Ces garnements peuvent vous faire tourner en bourrique lorsqu'ils s'y mettent.

Son expression amusée laissait entrevoir l'amour et la bienveillance qu'elle portait à sa progéniture. Charlotte s'empourpra en songeant à l'acte intime nécessaire pour concevoir des enfants.

— Bon, bon, bon, ce n'est pas tout, j'ai deux hommes à nourrir, annonça subitement Fenella en désignant Darren et Liam. Je suis convaincue que vous devez être affamés après votre périple.

Un grand sourire fendit le visage de Liam à ces paroles. Ravie, Fenella s'empressa de gagner la cuisine. À la table, la conversation reprit et s'anima davantage, à l'image de la famille McNeil.

~

Aimeline étouffa un bâillement derrière sa main en montant l'escalier. Elle était morte de fatigue après cette longue journée. Du moins avait-elle réussi à survivre à l'épreuve du souper, durant laquelle elle avait fui le regard de Darren, tout comme celui de Léopold, et ce déploiement d'énergie l'avait épuisée. Elle avait les nerfs à fleur de peau et n'aspirait plus qu'à un moment de tranquillité. Par chance, Douglas McNeil et les autres membres de la famille s'étaient révélés d'agréable compagnie.

Malheureusement, la tempête s'était amplifiée au cours de la soirée. Charlotte, Léopold et elle avaient donc accepté de bonne grâce l'hospitalité des McNeil pour la nuit. Tout en montant à l'étage derrière Nora, Aimeline réfréna un second bâillement. Charlotte et elle dormiraient avec Nora dans sa chambre, alors que Liam partagerait celle de Darren et que Léopold occuperait celle d'Eliot. L'apprenti n'avait pas semblé apprécier ces dispositions, et encore moins le fait que sa belle se soit esquivée quand il avait cherché à lui parler. Frustré, il s'était résigné à accompagner Eliot à ses quartiers pour la nuit tout en affichant un air renfrogné.

Quant à Liam, il avait demandé à Darren s'ils pouvaient s'attarder un peu au coin du feu. Il désirait discuter avec lui d'un sujet qui le tracassait. Une fois que tous se furent retirés, Liam se pencha vers son ami et l'aborda sans détour :

— Cette demoiselle, Aimeline Beaupré, elle compte pour toi ?

Darren tiqua, ne souhaitant pas s'entretenir de ce sujet.

— Ça ne te regarde pas ! lâcha-t-il vertement.

Loin de le décourager, cette réplique aiguillonna Liam.

— J'ignore ce qui s'est produit entre vous deux, mais cette jeune femme déployait une énergie considérable pour éviter de croiser tes yeux et elle en souffrait, tout comme toi, insista-t-il.

— Liam, laisse tomber !

Le ton rude de Darren fit soulever un sourcil à l'Irlandais, qui avait vu juste. S'il avait été indifférent à Aimeline Beaupré, Darren n'aurait pas réagi de cette manière.

— Ce Léopold Gauthier, quelqu'un le connaît bien dans ta famille ?

— Je ne crois pas, lui répondit Darren sèchement.

De toute évidence, il ne désirait pas s'étendre sur cette question non plus.

— Cet homme semble beaucoup s'intéresser à la petite Beaupré.

— Bâtard, Liam ! Je t'ai dit de lâcher le morceau ! rugit Darren en se relevant brusquement.

Alors que son ami faisait mine de monter à l'étage, Liam se leva de sa chaise avec une lenteur calculée.

— McNeil, j'en suis certain maintenant, le visage de ce Léopold Gauthier m'est familier. Et j'ai un mauvais *feeling* le concernant. Si Aimeline Beaupré compte pour toi, tiens-le à l'œil.

Sur ce, l'Irlandais dépassa Darren et gagna sa chambre pour y passer la nuit. Ce dernier demeura figé de longues minutes, le regard perdu dans le vide. Il n'aimait pas ce que Liam sous-entendait, surtout qu'au fond de lui, un doute s'installait.

9

Le lendemain matin, pour s'occuper l'esprit, Aimeline s'était empressée de rejoindre Fenella McNeil qui s'activait dans la cuisine. Sa nuit avait été peuplée de rêves étranges et sa sensibilité était exacerbée par le fait que Darren dorme sous le même toit qu'elle. La veille, elle avait entendu des pas lourds monter l'escalier en fin de soirée, puis s'arrêter devant la chambre de Nora pendant quelques secondes, avant de s'éloigner. Elle avait retenu sa respiration jusqu'à ce qu'un battant se referme à l'autre bout du couloir. Tout son être suspectait qu'il s'agissait de Darren. La couverture calée sous le menton, elle était demeurée sur le qui-vive de longues heures à fixer la porte, puis avait finalement sombré dans un sommeil agité.

— Bon matin, mesdames et mesdemoiselles, lança Douglas à la cantonade en venant embrasser Fenella sur la joue.

Le maître des lieux apportait l'odeur fraîche de l'extérieur. Tour à tour, il salua Moyra, Charlotte, Nora et Aimeline.

— Je suis affamé, femme, taquina-t-il son épouse. Que nous as-tu préparé ?

Fenella lui donna un petit coup de chiffon sur l'avant-bras en guise de réprimande.

— Un peu de retenue, mon cher mari. Sinon, ces jeunes femmes te prendront pour un rustre.

Douglas éclata d'un rire tonitruant en tournant les talons. Au passage, il chaparda un morceau de boudin noir, qu'il engouffra vite fait. Fenella retourna à ses œufs brouillés tout en échangeant un clin d'œil complice avec Moyra.

— Est-ce que Gordon est aussi glouton que son père ? lui demanda-t-elle avec une lueur malicieuse dans le regard.

Moyra pouffa en hochant la tête, puis fit face à Charlotte.

— Il te faudra apprendre la recette de porridge de belle-maman. Je crois me rappeler que Clyde en mange un gros bol avant d'entamer sa journée, déclara Moyra avec gentillesse.

Charlotte lui sourit avec connivence, ravie d'être acceptée par sa future famille.

— Je partagerai volontiers certains mets traditionnels avec toi, de quoi contenter un solide Écossais, renchérit Fenella à l'intention de Charlotte.

Puis, à la vue de l'expression douloureuse d'Aimeline, elle fut attristée.

— Tu pourras te joindre à nous, Aimeline, si tu le désires. Tu sais que tu seras toujours la bienvenue dans cette famille.

Cette dernière acquiesça en silence. Elle souffrait de se trouver exclue de cette complicité féminine et enviait sa sœur de faire partie du clan McNeil, et cela, même si elle était heureuse pour elle.

Un boucan du tonnerre retentit à la porte d'entrée, signe que les hommes revenaient de l'écurie. Un courant d'air glacial glissa aux pieds d'Aimeline alors qu'elle regardait à l'extérieur par l'une des fenêtres de la cuisine. Le soleil scintillait sur la neige fraîchement tombée, l'éblouissant presque. Il y avait eu une forte bordée et les frères McNeil avaient dû se mettre à l'ouvrage dès l'aube pour déblayer le chemin jusqu'à la rue, ainsi que l'espace situé entre la maison et les bâtiments de la ferme. Elle avait aperçu Liam O'Neil à l'œuvre avec les autres, mais aucune trace de Léopold.

Comme si le fait de penser à lui suffisait à le faire apparaître, ce dernier sortit de la grange. Par ses vêtements secs, elle en déduisit qu'il s'était esquivé pendant que les autres s'escrimaient à la tâche. Était-il demeuré au chaud avec les animaux pendant que les hommes s'échinaient à la pelle ? Elle espérait que ce n'était pas le cas, même si tout portait à croire le contraire, dont le regard réprobateur que Malcom lança dans la direction de Léopold.

— Bonjour, tout le monde ! lâcha Nora en pénétrant à son tour dans la pièce, la mine chiffonnée après sa nuit de sommeil.

— Tiens, tiens, tiens, serait-ce l'odeur alléchante des scones qui t'aurait tirée du lit ? se moqua gentiment Fenella.

Les lèvres de Nora se soulevèrent à chaque coin de sa bouche, lui donnant un air espiègle. Tout comme ses frères, elle était reconnue pour son bon appétit. Il faut dire que les repas concoctés par Fenella McNeil étaient plus délicieux les uns que les autres. Aimeline n'avait jamais aussi bien mangé qu'à cette table. Sa mère savait cuisiner, mais ses plats restaient fades, comme s'ils ne servaient qu'à sustenter et non à plaire au palais. C'était à croire qu'elle n'avait jamais mis autant d'amour que Fenella McNeil à la préparation des repas.

Des éclats de voix joyeux lui parvinrent, c'étaient les hommes qui se débarrassaient de leurs vêtements humides. Ils secouèrent leurs bottes avant de les corder sur le tapis à l'entrée. Ils suspendirent ensuite leurs manteaux aux crochets sur le mur et étendirent mitaines, chapeaux et foulards devant le feu de bois pour les faire sécher plus rapidement. Le tout s'était déroulé avec une efficacité absolue. Il faut dire que Fenella s'était efforcée d'inculquer l'ordre à ses fils, ce que ses brus, Moyra et Lucy, appréciaient à sa juste valeur. Seul point discordant, Léopold avait délaissé ses effets en tas sur le sol avec un mépris évident pour le respect des lieux et des hôtes.

En prenant conscience de cette négligence, Aimeline s'empressa de prendre les vêtements sous l'expression inquisitrice de Darren, qui ne tarda pas à ramener son attention sur l'apprenti des Beaupré. Le jeune homme n'avait même pas daigné remercier Aimeline pour son geste, se contentant de la regarder s'exécuter avec suffisance, comme si l'intervention allait de soi. Furieux, Darren vint saisir les effets dans les bras de son amie et les fourra de force dans ceux de Léopold, qu'il fusilla du regard.

— Dans cette maison, les hommes se ramassent et ne considèrent pas les femmes comme des servantes, siffla-t-il entre ses dents serrées. Chacun fait sa part, termina-t-il en désignant l'amoncellement de neige par l'une des fenêtres.

Là-dessus, il revint auprès de ses frères, laissant l'indésirable en plan. Aimeline ouvrit la bouche sur un hoquet de stupeur, trop abasourdie pour parler. Quant à Léopold, il afficha une expression pernicieuse avant de revêtir son manteau avec des mouvements saccadés.

— Habillez-vous, Charlotte et toi, nous retournons à la ferme. Nul besoin de nous attarder dans cette famille, cracha-t-il avec hargne.

Fenella protesta avec vivacité :

— Au moins qu'elles mangent avant de s'en aller !

Devant la mauvaise foi de Léopold, Clyde vint se poster aux côtés de Charlotte.

— Nous nous chargerons de reconduire les filles après le déjeuner. Rien ne vous empêche de partir tout de suite, si c'est ce que vous préférez.

Darren s'avança et se campa sur ses deux jambes en croisant les bras sur son torse, adoptant une posture hostile.

— J'accompagnerai mon frère.

La fin de non-recevoir que les deux hommes venaient de transmettre à Léopold arracha un tressaillement à Aimeline. Avec horreur, elle nota l'expression belliqueuse de Léopold et celle plus féroce des frères McNeil. Même l'ami de Darren montrait qu'il réprouvait l'attitude de l'apprenti. Elle se sentit mal. Elle devait désamorcer la crise avant que la situation ne dégénère. Il n'était pas judicieux de provoquer un Écossais, encore moins sous son propre toit.

— Il n'y a pas matière à se disputer, commença-t-elle d'une intonation chevrotante. Il serait préférable, en effet, que nous retournions à la ferme sans tarder. Les enfants doivent avoir faim, et mon père sera assurément trop occupé avec le déblaiement pour leur cuisiner un repas. Merci beaucoup, madame McNeil, pour votre hospitalité, termina-t-elle en se tordant les doigts.

— Es-tu certaine que ça ira ? s'informa Douglas d'un ton paternel en faisant un pas vers Aimeline.

Il s'interposa entre Léopold et elle. Sa sollicitude la toucha droit au cœur.

— C'est mieux comme ça, répondit-elle d'une voix faible qu'il fut le seul à entendre.

Il fronça les sourcils, loin d'être apaisé par la scène qui venait de se dérouler sous ses yeux. Darren avait peut-être eu tort de provoquer ce Gauthier, mais ce dernier avait fait preuve d'un manque de savoir-vivre flagrant. De plus, Douglas n'avait pas aimé sa façon de vouloir régenter les deux sœurs Beaupré alors qu'il n'était qu'un employé embauché par leur père. Les yeux rivés sur Aimeline, il durcit le regard, sa résolution étant prise. Il lui incombait de remettre ce blanc-bec à sa place.

— Clyde et Darren vont vous raccompagner jusqu'à votre demeure. Ils s'assureront que Rosaire n'a pas besoin d'aide avant de revenir, décréta-t-il à l'intention d'Aimeline et de Charlotte.

Puis, pivotant brusquement, il fit face à Léopold Gauthier.

— Et ce n'est pas négociable, insista-t-il d'un ton raide. Ces deux petites sont chères à notre famille et sont sous notre protection. S'il devait leur arriver malheur, le responsable aurait des comptes à nous rendre, tout comme à leur père.

Nulle parole supplémentaire ne fut nécessaire pour faire passer son message. Il aurait fallu être idiot pour ne pas saisir la menace sous-jacente. Léopold n'avait pas survécu jusqu'à ce jour pour rien. Son sens de la préservation était très affûté. Il avait mal évalué le danger que représentaient les voisins de Rosaire Beaupré. Le fait que cette maudite Charlotte soit fiancée au plus jeune du clan n'arrangeait pas la situation. À l'avenir, il ferait mieux d'adopter un profil bas en présence des McNeil, et même cette Nora pourrait se révéler une embûche à cause de son attachement à Aimeline. Une amitié à laquelle il s'empresserait de mettre un terme sitôt marié. Et c'était sans parler de Fenella McNeil, qui semblait couver les deux sœurs Beaupré comme ses propres filles. Léopold décida donc d'adopter une attitude complaisante et de ravaler sa colère pour l'instant.

— Loin de moi l'idée de vouloir froisser quiconque, glissa-t-il d'un ton mielleux.

Chaque parole prononcée lui était passée difficilement en travers de la gorge. Il avait une envie folle de placer un direct dans la mâchoire de ces foutus McNeil. Sauf qu'il ne gagnerait rien en dévoilant son jeu. Peu importait, en définitive. Certes, Charlotte Beaupré était fiancée à ce Clyde McNeil, mais aucun des membres de cette famille n'avait son mot à dire en ce qui concernait Aimeline. La jeune femme lui appartenait. Il avait trop investi de son temps et de son énergie au cours de l'été et de l'automne pour qu'elle lui file entre les doigts. Il se montrerait plus retors que tous ces mâles arrogants.

— Je croyais qu'Aimeline et Charlotte seraient pressées de rejoindre le reste de leur fratrie pour s'assurer que tout allait bien.

Son ton fallacieux ne trompa aucun McNeil, pas plus que Liam. D'ailleurs, l'Irlandais était certain d'avoir déjà croisé la route de ce faux jeton.

— Léopold a raison, reconnut Aimeline. Esther ne pourra pas s'occuper seule des petits. Elle aura besoin de notre aide.

— Vous allez avoir le ventre creux, se désola Fenella.

— Soyez sans crainte, madame McNeil. Nous mangerons un solide repas à la maison, lui assura Aimeline.

— Dans ce cas…

Se pliant à leur souhait, Fenella partit chercher leurs vêtements qui avaient séché toute la nuit près du feu. Le front barré d'un pli soucieux, elle revint vers les deux jeunes femmes et leur tendit leurs effets. Il était évident que quelque chose la chicotait et qu'elle se retenait avec peine d'en faire part aux sœurs Beaupré. Mais Douglas s'était montré clair, il n'était pas nécessaire d'ajouter au désarroi d'Aimeline et de Charlotte.

Une fois que les sœurs Beaupré furent habillées chaudement, Fenella s'assura que leurs joues étaient recouvertes pour qu'elles ne gèlent pas. Émue par ce geste maternel, Aimeline se racla la gorge. Jamais sa mère ne s'était occupée de son bien-être de cette manière. Elle remercia Fenella dans un filet de voix avant de se diriger vers la porte.

Darren se trouvait à l'extérieur en compagnie de Clyde et de l'Irlandais, qui avait tenu à les accompagner. Darren se décala pour les inviter, Charlotte et elle, à monter à bord du traîneau. Ne désirant pas attiser la rancœur de Léopold, Aimeline fit signe à Charlotte d'embarquer avec les McNeil, alors qu'elle-même s'installerait aux côtés de Léopold dans la voiturette familiale. Un sacrifice vain, puisque l'apprenti s'enferma dans un mutisme obstiné, incommodant la jeune femme davantage.

Alors qu'ils s'approchaient de l'intersection qui croisait le chemin de fer, ils entendirent en sourdine le sifflement du train. Léopold évalua la distance de la locomotive. Normalement, il aurait eu le temps de traverser, mais, avec toute cette neige, le cheval peinait à avancer. Il fit donc ralentir la jument.

Pas très loin d'eux, Darren regarda les alentours avec inquiétude. Une bordée s'était formée sur la voie ferrée. Même si la neige ne s'était pas compactée, la quantité était suffisante pour représenter un obstacle de taille. L'engin ne serait pas stoppé dans son élan, et la charrue fixée à l'avant parviendrait à déblayer les rails. Mais cela signifiait que quiconque se trouvant dans les parages serait enseveli sous une énorme quantité de neige. Il prit peur en réalisant que Léopold Gauthier s'approchait beaucoup trop près du chemin de fer.

— Pardieu ! jura-t-il en se redressant sur son banc en entendant le second coup de sifflet. Quel imbécile !

Clyde, qui avait perçu le danger menaçant sa future belle-sœur, bloqua les freins de leur traîneau et se releva à son tour. Les mains en porte-voix, Darren cria à Léopold de ne pas aller plus loin. Ne voulant rien savoir des McNeil, l'apprenti fit la sourde oreille. À ses côtés, Aimeline commençait à s'agiter. Elle avait conscience des risques qu'ils prenaient en s'avançant vers les rails encombrés.

— Nous devrions nous arrêter ici par précaution, conseilla-t-elle à Léopold en se tournant vers lui.

— Pas du tout ! Il n'y a rien à craindre. Ce maudit Écossais peut s'époumoner s'il le désire, il ne me dictera pas ma conduite.

— Ce n'est pas la question, s'insurgea Aimeline. La neige sera projetée sur une bonne distance au passage de la locomotive, et nous risquons d'être ensevelis si nous sommes trop près.

Furieux de cette nouvelle ingérence, Léopold resta sur ses positions, au plus grand désarroi de la jeune femme, qui se retourna en direction des occupants du deuxième traîneau, ne sachant quelle attitude adopter.

— Aimeline, sors de là ! lui cria Darren en sautant en bas de son véhicule.

Le train s'en venait à toute vitesse en sifflant de plus belle pour avertir les voyageurs imprudents. Le mécanicien ne pouvait pas décélérer, car il avait besoin de toute la puissance de la chaudière pour fendre l'amas de poudreuse qui s'était formé en contrebas de la vallée. Il passa une main nerveuse sur son front couvert de sueur. Il aurait peut-être dû ralentir, mais il était maintenant trop tard, la locomotive ayant amorcé sa descente. Il fit un signe de croix en murmurant une courte prière.

— Aimeline ! hurla Darren, la peur au ventre en réalisant qu'il n'arriverait pas à l'atteindre à temps pour la protéger. Non ! rugit-il en s'efforçant d'avancer plus vite.

Mais ses mouvements étaient entravés. Dans le traîneau, Aimeline se décida finalement à quitter le véhicule pour s'éloigner du danger. Mais alors qu'elle s'apprêtait à sauter, Léopold la rattrapa par le poignet, lui faisant perdre de précieuses secondes. Elle poussa un petit cri, puis secoua son bras avec vivacité pour tenter de le dégager de la poigne inflexible qui le gardait captif, mais en vain.

— Lâche-moi ! ordonna-t-elle d'une voix aiguë.

— Il n'en est pas question. Tu restes avec moi. Ce maudit Écossais n'a pas son mot à dire ! cracha Léopold entre ses dents.

— Pas plus que toi ! répliqua-t-elle avec plus de fermeté.

Tout en tirant de toutes ses forces, elle jeta un regard désespéré en direction du train, puis vers Darren.

— Darren ! hurla-t-elle dans un appel pressant.

Le jeune homme fut parcouru par une décharge électrique en comprenant que Léopold la retenait contre son gré.

— Salaud ! rugit-il en bataillant contre la neige qui lui arrivait jusqu'aux genoux. Vous allez être ensevelis ! s'époumona-t-il en pointant l'engin qui se dirigeait vers eux.

Dans le traîneau arrière, Liam cria le nom de Darren, alors que Clyde serrait Charlotte contre lui, impuissant à changer le cours des événements. D'immenses bancs de poudreuse furent soulevés au passage de la locomotive, masquant le paysage environnant. Léopold finit par prendre conscience du danger. Ne pensant qu'à lui, il relâcha abruptement le bras d'Aimeline, puis débarqua avec empressement de la voiturette et s'élança le plus vite qu'il le pouvait dans la direction opposée, abandonnant la jeune femme à son sort.

Cette dernière fut saisie de stupeur en le voyant fuir comme un dératé.

— Aimeline, descends ! hurla Darren.

Ébranlée par la panique qui filtrait dans la voix de ce dernier, elle agit d'instinct et sauta en bas. L'épaisseur de la neige amortit le plus gros de sa chute. Se relevant avec peine, elle s'efforça d'avancer tout en se débattant avec sa jupe qui l'entravait dans ses mouvements. Elle fit tout juste six pas avant d'être tirée avec une force surhumaine par le devant de son manteau. Puis, elle fut précipitée par terre et poussée à toute vitesse entre les patins du traîneau. Elle roula sur elle-même avant qu'une masse ne s'abatte sur elle avec lourdeur, lui coupant le souffle momentanément.

— Je suis là, murmura une intonation profonde lorsque l'enfer se déchaîna autour d'elle.

Aimeline entendit la jument émettre un hennissement affolé ainsi que les grelots fixés au harnais tinter, avant d'être recouverte. La carcasse de bois au-dessus d'elle gémit sous le poids de la neige projetée avec rudesse par la locomotive. Puis des murs compacts se formèrent autour de Darren et elle, les isolant du reste du monde. Elle paniqua lorsque tout s'assombrit d'un coup.

— Surtout, ne bouge pas, chuchota Darren à son oreille en se pressant davantage contre son dos. Les autres vont venir à notre secours pour nous dégager.

Ils devaient demeurer immobiles pour éviter que les parois ne s'effondrent sur eux. Le plancher du traîneau les avait protégés du plus gros de l'impact, mais leur position était précaire. Darren pouvait remercier tous les saints du ciel qu'Aimeline soit arrivée à le rejoindre sur le côté du traîneau, sinon il ne serait jamais parvenu à l'atteindre à temps.

À cette pensée, il fut glacé jusqu'au sang et dut serrer les dents pour les empêcher de claquer. Elle était vivante, et c'était tout ce qui importait pour le moment. Par réflexe, il raffermit sa prise autour de son corps menu. Il s'en était fallu de peu…

Ils entendirent tout à coup des voix en sourdine, suivies d'un bruit de grattage. Son frère et Liam étaient à l'œuvre pour les dégager de ce tombeau. Darren recracha la neige qui s'était accumulée dans sa bouche en tentant de faire abstraction des gouttes qui glissaient dans son cou. De son côté, Aimeline était sous le choc. Tout s'était déroulé à une telle vitesse. Elle avait vu Darren venir dans sa direction, puis elle avait été happée avec une force considérable avant d'être projetée brutalement par terre. Sa joue qui reposait au sol commençait à geler, comme ses doigts. Elle était déboussolée et n'arrivait pas à s'éclaircir les idées. Un sentiment de panique la gagna au souvenir du regard mauvais de Léopold et du sifflement strident du train. L'apprenti l'avait tenue captive d'une poigne musclée et il lui avait été impossible de lui échapper. Pire que tout, sans se soucier de son sort à elle, il l'avait repoussée avec violence dès qu'il avait compris qu'ils étaient en danger. C'était comme si elle avait aperçu pour la première fois le véritable visage de l'homme sous son masque affable habituel. Et elle était effrayée par ce qu'elle avait découvert.

— Aimeline ?

L'inquiétude contenue dans l'intonation de Darren arracha un frisson à la jeune femme. Pourquoi fallait-il que ce soit cet homme précisément qui lui ait porté secours ? Une larme roula sur sa joue rougie par le froid avant de se cristalliser.

— Tu n'as plus rien à craindre, *mo chridhe.*

Le souffle de Darren caressa sa peau, alors que son corps se pressant contre le sien provoqua en elle une faiblesse traîtresse. Puis, une lumière apparut par une petite trouée. Des doigts gantés grattaient la neige avec énergie et des jurons parvinrent jusqu'à eux.

— Darren ! appela une voix tendue.

— Nous sommes vivants ! répondit-il en réfrénant un grelottement. Mais nous commençons sérieusement à geler. Sors-nous d'ici au plus vite, Clyde !

Clyde éclata d'un rire libérateur en entendant l'intonation familière de son aîné. Il avait eu une peur bleue lorsque le traîneau et le cheval avaient été ensevelis.

— Ils sont corrects ! cria-t-il à la cantonade.

Darren perçut l'éclat de joie de Liam non loin d'eux et se doutait que Charlotte devait pleurer de soulagement. *Quant à cet enfant de chienne, il ne perd rien pour attendre*, pensa Darren avec amertume en songeant à Léopold Gauthier. S'il mettait un jour la main sur ce scélérat, la situation risquerait de dégénérer.

Il en était là dans ses sombres réflexions quand un faible hennissement retentit jusqu'à ses oreilles. Maintenant qu'Aimeline et lui étaient hors de danger, quelqu'un tentait de dégager l'animal. Un bras vint soudain à leur rencontre pour les sortir de leur position. Darren parvint à se décoller suffisamment d'Aimeline pour la pousser un peu vers Clyde afin que ce dernier réussisse à l'attraper et à l'extraire de leur refuge exigu. Ses épaules furent délestées d'un poids énorme lorsque sa compagne se retrouva à l'air libre. Tant bien que mal, il arriva à son tour à s'extirper de leur abri sommaire.

En se relevant, il ramena la jeune femme contre sa poitrine et l'étreignit avec vigueur au risque de l'étouffer. Clyde lui adressa un signe de tête. Darren lui répondit avec reconnaissance, puis il ferma les paupières et embrassa Aimeline sur la tempe en émettant un son indistinct. Ils demeurèrent soudés l'un à l'autre pendant près d'une minute. Ni Clyde ni Charlotte ne soufflèrent mot. À l'avant du traîneau, Liam s'efforçait de sortir la jument de son embourbement en tirant sur les brides comme un forcené. Il fut attendri par la scène du couple et ne douta pas un seul instant des sentiments réels que nourrissait Darren envers cette demoiselle Beaupré.

Charlotte tenait la main d'Aimeline serrée entre les siennes. Elle avait des palpitations au souvenir de ce qui venait de se produire. N'eût été la hardiesse de Darren, qui sait quel sort funeste aurait subi sa sœur ? Tout comme Clyde, Darren et l'Irlandais, elle avait été témoin de la scène entre Aimeline et Léopold. Son père devait-il être informé du comportement inacceptable de l'apprenti, qui avait de façon délibérée risqué la vie d'Aimeline avant de l'abandonner ?

Tracassée par le mutisme soutenu de son aînée, Charlotte l'observa de nouveau à la dérobée. Aimeline semblait s'être refermée sur elle-même, les yeux perdus dans le vague. À plus d'une occasion durant le trajet, Charlotte avait échangé des regards interrogateurs avec Clyde et, chaque fois, son amoureux avait soulevé les épaules avec impuissance. Par chance, ils arrivaient à la maison.

Comme s'il avait attendu leur retour avec impatience, Rosaire sortit précipitamment de la maison, le manteau détaché. En réalité, il s'était inquiété pour ses filles lorsque le blizzard s'était levé la veille et, même s'il était certain que les McNeil avaient dû les garder à coucher, il n'avait pu s'empêcher de s'en faire à leur sujet. Toutefois, en remarquant sa jument tenue en laisse par un étranger et l'absence de son traîneau ainsi que de Léopold, il commença à redouter le pire. Surtout que les vêtements de Darren et d'Aimeline étaient recouverts d'une pellicule de neige.

— Morbleu ! Que vous est-il arrivé ?

— Aimeline doit se réchauffer d'abord, le coupa Darren en sautant en bas du traîneau d'un bond souple.

Puis, s'emparant de la jeune femme par la taille, il la souleva pour la transporter dans ses bras. Il gagna l'intérieur de la maison en silence. Un bon feu brûlait dans l'âtre. Il s'empressa de débarrasser Aimeline de ses vêtements raidis par le froid, puis l'installa dans un fauteuil.

— Des couvertures, exigea-t-il sans se retourner.

Il n'eut pas long à attendre, car déjà Charlotte lui en tendait plusieurs. Prévoyante, elle avait demandé à Esther de faire un bouillon et de préparer un bain chaud. On avait mis des briques à chauffer sur ses ordres.

— Est-ce que quelqu'un va finir par me dire ce qui se passe ? s'informa Rosaire d'une voix blanche, n'y tenant plus.

Sur un signe de tête de Darren, Charlotte vient s'installer auprès de sa sœur. Darren et Clyde en profitèrent pour entraîner Rosaire à l'écart.

— Léopold Gauthier a failli tuer Aimeline, commença rudement Darren sans détour.

Rosaire blêmit à ces paroles.

— Quoi ? Qu'est-ce que tu me racontes ? Comment est-ce possible ? balbutia-t-il, confus.

— Cette crapule a pris le mors aux dents ce matin après une petite querelle avec Darren, expliqua Clyde. Ne voulant pas entendre raison, il a ordonné aux filles de le suivre…

— Il a ordonné, le coupa Rosaire en plissant les yeux.

— Exact ! répondit Darren d'un ton tranchant. Nous étions sur le point de nous attabler pour le petit-déjeuner.

En voyant sourdre la colère par tous les pores de la peau de son frère, Clyde déposa une paume sur le torse de Darren en lui signalant qu'il allait poursuivre. Darren inspira profondément avant d'acquiescer. C'était sans doute préférable étant donné son état d'esprit.

Rosaire, qui n'avait rien perdu de cet échange silencieux, remarqua avec incompréhension le visage fermé de Darren. Quelque chose de plus grave avait dû se produire pour mettre le jeune McNeil dans cet état. Léopold avait-il basculé avec le traîneau en se montrant imprudent ? Était-ce la raison pour laquelle Aimeline était recouverte de neige de la tête aux pieds ? Désireux d'en finir au plus vite, Darren reporta son attention sur Rosaire.

— J'ai offert d'aller reconduire Charlotte et Aimeline plus tard, mais Gauthier n'a rien voulu entendre. Il était en colère et était résolu à se faire obéir des filles. Pour tempérer la situation, Aimeline a accepté d'aller avec lui.

Rosaire reconnut bien là le tempérament pacifique de sa fille dans cet acte d'abnégation.

— Mon père n'avait aucune confiance en cette tête échauffée et refusait de les laisser partir seules en sa compagnie, alors Charlotte est grimpée avec nous. Malheureusement, Aimeline a préféré accompagner Gauthier. Ils ont dû stopper à l'intersection de la voie ferrée, car un train venait dans notre direction.

Rosaire observa Darren, qui serrait les poings et contractait la mâchoire. Il sut que la suite n'allait pas lui plaire.

— Continue, l'incita-t-il d'un ton rude.

— Ils se rapprochaient beaucoup trop près des rails, et Darren a signalé à Gauthier d'arrêter. Lorsqu'il s'est rendu compte que cet imbécile persistait dans sa ligne de conduite par entêtement, Darren a crié à Aimeline de sauter en bas du traîneau et de s'en éloigner.

Clyde se tut, s'efforçant de ravaler sa colère avant de poursuivre. Il revoyait la jeune femme qui se débattait pour échapper à l'emprise de ce fou furieux. Il comprenait la rage qui avait envahi Darren. S'il s'était agi de Charlotte, il aurait réagi de la même manière. Perdu dans ses réflexions, il ne vit pas Charlotte s'amener.

— Il retenait Aimeline, père, intervint la jeune fille d'une voix blanche. Il l'empêchait de se sauver…

Elle s'étrangla sur ces paroles. Clyde s'empressa de l'attirer vers lui. Elle le remercia d'un faible hochement de tête avant de revenir à son père :

— Son poignet porte encore des marques de doigts tellement Léopold l'a serré fort.

Darren se tourna vers Charlotte d'un bloc en respirant bruyamment par le nez, puis quitta le petit groupe en trombe pour aller rejoindre Aimeline. Charlotte le regarda partir en poussant un soupir accablé.

— Il l'a abandonnée en comprenant qu'ils étaient en danger, continua-t-elle en contenant avec peine un sanglot.

— Qui ? demanda Rosaire dans un état second.

— Gauthier ! cracha Clyde avec dédain. Si Darren ne s'était pas élancé à son secours, Aimeline aurait été ensevelie sous la neige avec la jument. Il lui était impossible de fuir aussi rapidement que ce salopard. Darren l'a agrippée de justesse et a plongé avec elle sous le traîneau.

— Clyde et Liam O'Neil ont creusé de leurs doigts comme des forcenés pour les sortir de là au plus vite, poursuivit Charlotte avec émotion. C'était horrible ! renchérit-elle en tremblant de la tête aux pieds tant elle était bouleversée.

— Quand Aimeline et Darren se sont retrouvés à l'air libre, O'Neil s'est attelé de nouveau à la tâche auprès du cheval, termina Clyde. Nous ignorons vers où est allé Gauthier et nous avons dû abandonner le traîneau sur place. Ça nous aurait pris trop de temps pour le dégager entièrement et Aimeline était frigorifiée.

Rosaire n'avait que faire du véhicule en ce moment, seule sa fille comptait. Comment avait-il pu se tromper à ce point sur Léopold Gauthier ? Dépassé par les événements, il se dirigea vers le fauteuil où était pelotonnée Aimeline. Avec douceur, il empoigna sa fille par les épaules et la releva. Darren, qui était agenouillé à ses côtés, se mit debout dans un même élan.

De ses grosses mains, Rosaire la ramena contre lui et la serra dans ses bras, les yeux brillants de larmes à peine contenues. Sa fille avait dû être terrorisée. C'était sa faute. Pourquoi ne s'était-il pas plus renseigné sur Léopold Gauthier avant de l'engager ? Dans sa précipitation, il avait introduit un étranger dans sa maison et exposé sa famille au danger. C'était à lui d'accompagner ses filles chez les McNeil la veille, au lieu de rester cloué au lit à cause d'un vulgaire rhume.

— Je suis désolé, ma puce, murmura-t-il contre ses cheveux. Tellement désolé !

Aimeline voulut parler pour le rassurer, mais il la fit taire en secouant la tête avec affliction.

— Il n'y a rien à ajouter. C'était mon devoir de te protéger d'un individu de la trempe de Léopold Gauthier, réagit-il en levant le poignet meurtri de sa fille vis-à-vis de ses yeux. Ça n'aurait pas dû se produire. Cet homme n'avait pas le droit de t'ordonner de le suivre, et encore moins de te brutaliser.

Incapable de protester tant elle était épuisée, elle se laissa envelopper par l'étreinte réconfortante de son père.

— J'aviserai en personne ce scélérat qu'il n'a plus l'autorisation de s'approcher de ma famille ni des limites de cette ferme. De plus, je préviendrai les haut placés du village. Et gare à lui s'il outrepasse mes directives !

Sa décision claqua tel un coup de semonce et Aimeline fut rassurée. La situation entre Darren et elle n'avait probablement pas changé, mais du moins n'avait-elle plus à se tracasser au sujet de Léopold Gauthier. Elle ne s'était jamais sentie à l'aise en sa présence, comme si son instinct lui recommandait de se méfier de lui. Mais son père le tenait en grande estime et elle n'avait pu se résigner à le repousser.

Les narines dilatées, Darren fixait le poignet meurtri de son amie d'un air assombri. Ce n'était pas l'envie qui lui manquait d'écharper vif Léopold Gauthier, mais il ne lui incombait pas de réclamer justice au nom d'Aimeline. S'il avait été son fiancé, cela aurait été différent. Les traits durcis, il s'éloigna, laissant la place à la famille Beaupré.

Il s'arrêta sur le seuil de la porte et jeta un dernier regard vers la jeune femme. Elle comprit qu'il la quittait de nouveau. Même si elle savait que rien n'avait changé entre eux, cela ne l'empêcha pas de souffrir.

Liam, qui avait intercepté cet échange silencieux et lourd de non-dits, emboîta le pas à Darren. Rendu à l'extérieur, il ne put s'abstenir plus longtemps.

— Tu commets une erreur, l'ami, lui lança-t-il, nullement intimidé par son expression sombre.

Darren le foudroya des yeux, pas d'humeur à supporter une seconde fois les insinuations de l'Irlandais.

— Fous-moi la paix ! lui ordonna-t-il d'un ton tranchant.

— J'ai fait la même bêtise que toi par le passé, persista Liam. Et je ne me le suis jamais pardonné.

Darren plissa les paupières. Un muscle tressauta sur sa joue. Il n'avait pas le goût d'écouter les sermons de son compère.

— Laisse-moi te raconter une histoire, insista Liam.

Un voile de tristesse vint brouiller son regard et attira l'attention de Darren, qui retint le commentaire acerbe qui lui brûlait les lèvres. Semblant à des lieues de là, Liam hocha la tête avec affliction.

— Il y a longtemps vivait en Irlande une magnifique jeune femme du nom de Caitlyn. Elle avait le cœur sur la main, c'était un être à part… l'incarnation même de la vie.

Liam s'arrêta un instant, sur le point d'être submergé par l'émotion. Encore aujourd'hui, songer à Caitlyn l'anéantissait.

— Par ma faute, cette âme pure et lumineuse s'est éteinte… morte de chagrin après m'avoir attendu en vain, confia-t-il d'une voix brisée.

L'Irlandais ploya la nuque en courbant le dos. Darren fut frappé par l'état d'abattement de son ami. Cela ne lui ressemblait pas.

— J'adorais cette fille, comme un fou, mais j'avais soif de liberté…, poursuivit-il en relevant un regard brouillé vers Darren.

Le visage défait de Liam laissait tout deviner de l'ampleur de son affliction.

— Je l'ai délaissée. Tout comme ce que ton Aimeline éprouve pour toi, ma Caitlyn me vouait un amour profond.

Il se tut pendant une fraction de seconde, dévasté par ces souvenirs douloureux.

— Et malgré ça, j'ai quitté l'Irlande… je suis parti sans me soucier de ce que j'abandonnais derrière moi.

Liam porta un regard tourmenté vers la maison des Beaupré. Il était jeune à l'époque, pensant à tort que le monde s'ouvrait à lui. Il poussa un soupir déchirant qui ébranla davantage Darren.

— C'était il y a quinze ans…

Liam prit une nouvelle pause, le temps de se ressaisir. Ressasser cette vieille histoire le secouait plus qu'il ne l'aurait cru, mais c'était pour une bonne cause.

— Je n'avais aucune intention de retourner en Irlande. J'avais même dit à Caitlyn de m'oublier, de trouver un gentil mari et d'être heureuse. De cette manière, j'avais la conscience tranquille.

Il eut un rire dérisoire.

— Ça te rappelle quelqu'un ? lança-t-il à Darren avec morgue.

Ce dernier encaissa le coup en reculant d'un pas, le visage décomposé.

— À la vérité, elle n'en avait rien à faire de mes recommandations, enchaîna Liam d'une voix étranglée. Elle m'a attendu durant de longues années, seule dans son petit cottage en compagnie de sa mère. Puis, elle a commencé à se flétrir au fil du temps en comprenant que je ne reviendrais pas, que je l'avais bel et bien abandonnée.

Il jeta un regard lourd de sens à Darren, qui lui ressemblait tellement à plusieurs égards.

— Elle a fini par mourir de chagrin… pendant que moi… je parcourais le monde en toute impunité… indifférent à son sort…

Darren sentit ses entrailles se nouer alors qu'une brûlure se propageait dans sa poitrine.

— Un homme rencontre son âme sœur qu'une fois dans sa vie, l'avertit Liam. Et s'il est trop stupide pour le réaliser, il passera à côté de ce qu'il y a de plus merveilleux en ce bas monde… de l'unique chose qui vaille la peine de se battre… l'amour…

Là-dessus, il déposa une main lourde sur l'épaule de Darren et la pressa brièvement.

— Ne sois pas aveugle comme je l'ai été, souffla-t-il en indiquant du menton la silhouette qui était apparue dans l'encadrement de la porte. Tu peux encore changer d'avis... avant qu'il soit trop tard..., termina-t-il en s'éloignant.

Darren comprit avant de tourner la tête qu'Aimeline s'était rapprochée d'eux. Luttant pour garder les idées claires, il s'agrippa au rebord du traîneau avec force en fermant les paupières. Il avait été près de la perdre aujourd'hui et cette seule pensée lui retournait l'estomac.

La neige étouffa les pas d'Aimeline, qui sentit sa poitrine se serrer à la vue des traits défaits de Darren, mais elle s'efforça de le dissimuler du mieux qu'elle put. Dieu qu'il était difficile de lui faire ses adieux! Autant lui arracher le cœur pour qu'elle ne souffre plus. Elle ouvrit la bouche, puis hésita. La journée avait été éprouvante, malmenant ses nerfs déjà à vif. Elle ravala la boule qui s'était formée dans sa gorge, puis prit une profonde inspiration.

— Merci, parvint-elle à prononcer d'une voix ténue en baissant les yeux.

Sur le point de craquer, elle tourna les talons. Elle eut à peine le temps de faire un pas que Darren la rattrapa par le bras.

— Attends, l'implora-t-il avec une intonation rauque.

Elle s'immobilisa et dut déployer une énergie considérable pour ne pas éclater en sanglots.

— Aimeline, regarde-moi, exigea-t-il avec douceur.

Elle secoua la tête avec lenteur. C'était au-dessus de ses forces. Pour sa part, Darren n'en pouvait plus de ce tiraillement entre son cœur et sa raison. Avec d'infinies précautions, il ramena Aimeline vers lui et glissa un doigt sous son menton pour le relever. À son plus grand dam, elle fut incapable de lui résister. Il eut le souffle coupé en avisant son visage livide et dut déglutir à trois reprises avant d'être en mesure de s'exprimer.

— Je t'aime, parvint-il à dire d'une voix cassée. J'ai cru à tort que je pourrais t'oublier, mais c'est impossible… Tout me fait penser à toi…

Il semblait si désespéré par cette constatation qu'elle en fut remuée. Elle savait qu'il l'aimait, mais cet amour le perturbait et nuisait à ses projets. Le sentiment oppressant qui l'habitait s'accentua. Elle devait trouver la force de le laisser aller, pour leur sauvegarde à tous deux. Les traits crispés, elle se libéra de son emprise et recula d'un pas. Mais avant qu'elle puisse fuir, Darren la ramena vers lui et l'embrassa. Aimeline fut soufflée par l'intensité du geste. Par cette étreinte, il tentait de lui démontrer ce qu'il n'arrivait pas à lui dire avec des mots.

— Je reviendrai, murmura-t-il contre ses lèvres.

Ne la voyant pas réagir, il chercha son regard, le cœur battant la chamade. Maintenant qu'il s'était décidé, il redoutait plus que tout qu'il soit trop tard.

— Peu importe le temps que ça prendra, je reviendrai vers toi, parce que je t'aime ! M'attendras-tu, *mo chridhe* ?

Son angoisse monta d'un cran devant l'immobilité de la jeune femme. Il se crispa d'instinct dans l'attente du coup à venir. Il l'avait perdue…

Aimeline chancela. Elle avait l'impression de se trouver en équilibre précaire sur le bord d'un précipice. Les battements précipités de son cœur martelaient sa poitrine à coups redoublés, lui coupant le souffle. Quant à Darren, il était au supplice.

— Aimeline…, prononça-t-il.

Sa voix se brisa sur cette supplique poignante. Se pouvait-il qu'il soit prêt à tout abandonner pour elle ? Le poids qui oppressait Aimeline s'allégea, laissant place à un espoir ténu. Elle plongea au plus profond de son être pour s'en assurer, refusant d'être anéantie de nouveau. Elle comprit, le cœur en liesse, qu'il était sincère, qu'il l'était véritablement cette fois-ci. Une douce chaleur bienfaisante l'envahit, chassant le vide glacial et la noirceur qui l'habitaient.

— Oui…, murmura-t-elle, les prunelles brillantes d'un nouvel éclat.

Fou de bonheur, Darren la souleva dans les airs en éclatant d'un rire libérateur. Il en aurait pour deux années à remplir les contrats pour lesquels il s'était engagé auprès de la Dominion Bridge Company. Mais par la suite, il se promettait de venir la chercher afin qu'ils puissent se bâtir un avenir ensemble.

— Je te jure que je reviendrai !

Il la déposa avec lenteur sur le sol, puis captura ses lèvres dans un baiser empli de passion et de promesses. Aimeline s'accrocha à ses épaules en vacillant, submergée par un bonheur si grisant qu'elle avait l'impression de se sentir légère comme une plume. Des larmes de joie débordèrent de ses prunelles limpides, que Darren essuya avec tendresse de ses pouces. Il devait repartir dans trois jours pour le camp de bûcherons, après le réveillon de Noël, mais cette fois-ci, il le ferait avec l'espoir chevillé au cœur. En attendant, il allait profiter de chaque seconde passée en compagnie de la jeune femme.

Pendant ce temps, en bordure de la route, une silhouette se tenait immobile, le regard rivé sur les amoureux entrelacés, un rictus sinistre déformant ses traits.

10

Camp de bûcherons dans le Nord, mars 1915

Darren se réveilla à cinq heures alors que l'aube pointait le bout de son nez. Il secoua Liam qui ronflait à ses côtés. Son ami émit un grognement sonore en guise de protestation. Même après plusieurs mois à vivre au rythme du campement, l'Irlandais n'arrivait toujours pas à se lever à l'aurore. Dès qu'il fut debout, Darren s'empressa d'aller nourrir le feu dans la truie[3], puis revint vers les lits superposés en se frottant vigoureusement les mains. Clyde et Eliot, qui dormaient au-dessus, se redressèrent en bâillant à s'en décrocher les mâchoires.

— Allez, c'est l'heure, bande de fainéants ! les pressa Darren en bougeant pour se réchauffer.

Au début mars, le thermomètre chutait encore de manière draconienne la nuit venue. Par chance, la température commençait à s'adoucir le jour, facilitant le travail à l'extérieur. Toutefois, charroyer les billots sur des *sleighs*[4] jusqu'à

---

3. Truie : poêle à bois rudimentaire constitué d'un baril couché sur le côté.

4. Sleigh : traîneau tiré par des chevaux servant au transport du bois.

la *dump*[5] en cette période requérait toute leur attention et comportait son lot de risques. Ils n'étaient pas à l'abri d'un accident, comme un *rack*[6] qui versait sur le bas-côté ou la glace sur le lac qui se rompait sous le poids des hommes qui la foulaient. Ce n'était plus qu'une question de temps avant que le printemps n'arrive, et la transition entre ces deux saisons ne se faisait pas sans danger.

Mais cela signifiait aussi que leur contrat s'achevait. D'ici deux semaines, les draveurs prendraient la relève en transportant le bois à la papetière en suivant le courant. Darren pourrait alors enfin rentrer à la maison avec ses frères. Jamais il n'avait eu si hâte de retourner à Métis. Il faut dire qu'il était impatient d'y retrouver une certaine jeune femme. Comme c'était souvent le cas, il se remémora avec tendresse les traits délicats d'Aimeline, la saveur suave de sa bouche, son odeur féminine, sa fraîcheur et sa douceur.

— Hé, frangin ! Encore en train de penser à la belle Aimeline ? l'agaça Eliot.

Darren reporta son attention sur ses deux frères, un sourire aux lèvres. Il n'avait qu'à voir l'expression de Clyde pour deviner qu'il avait, comme lui, l'esprit empli de souvenirs concernant sa bien-aimée.

— Pitié ! implora Eliot d'un ton moqueur. Hé, Liam ! Allons manger et laissons ces deux énamourés à leurs rêveries, se gaussa-t-il en sautant en bas du lit.

---

5. Dump : endroit (décharge) prévu pour le transport des billots sur un lac ou sur un cours d'eau afin que le bois soit dravé à la fonte des neiges.

6. Rack : cadre de 16 à 24 pieds de longueur déposé sur une *sleigh* pour le transport du bois.

— Une chance qu'il ne reste que deux semaines à ce contrat, renchérit Liam en grommelant.

Un éclat de rire accueillit sa répartie.

— Allez, l'Irlandais, ce n'est pas si terrible que ça ! le taquina Clyde en atterrissant d'un bond souple sur le plancher.

— Parle pour toi, le jeunot. Pour ma part, on ne m'y reprendra pas, dit Liam en dardant un regard sur Darren. La vie de bûcheron, ce n'est pas pour moi.

Les branches de sapin qui servaient de sommier craquèrent lorsque Liam repoussa la fourrure qui le maintenait au chaud la nuit venue. Il se gratta avec insistance en se relevant, la laine rêche de ses combinaisons lui irritant la peau.

— Je jure que la première chose que je ferai en partant d'ici, c'est de brûler cette maudite combinaison !

Les frères McNeil s'esclaffèrent de bon cœur.

— Allez, Liam ! Ne sois pas grognon, se moqua Darren en lui donnant une tape amicale sur l'épaule.

Pour toute réponse, son compagnon s'empara de la bouteille de sirop pour la toux qui se trouvait sur une tablette à la tête de leur couche et en avala une goulée par précaution. Un léger mal de gorge s'était installé depuis la veille et il préférait couper court à tout symptôme de grippe avant de se retrouver alité. La vie au campement était déjà assez rude sans en rajouter. En fait, cette existence dans les bois requérait plusieurs traits de caractère qu'il ne possédait pas, mis à part le courage et du cœur au ventre : comme de l'audace, une force mentale exceptionnelle et de la détermination à revendre.

Avec bonne humeur, Darren se déplaça pour prendre sa salopette, son chandail en laine épaisse et ses chaussettes qui avaient séché durant la nuit. Le travail de bûcheron requerrait un effort et une dépense d'énergie considérables, et il n'était pas rare qu'il revienne de sa journée en sueur, sans parler de la neige accumulée sur les branches qui lui tombait sur la tête lorsqu'il s'échinait sur un arbre.

Il porta ses vêtements à son nez et grimaça à l'odeur rance qui s'en dégageait. Par chance, demain c'était dimanche, il pourrait faire sa lessive. Par habitude, il se dirigea vers l'évier pour faire une toilette sommaire. Il s'empara d'un bol et s'aspergea le visage d'eau. À sa droite, Liam fixait son propre reflet dans le miroir accroché au mur d'un œil torve et fronça les sourcils en avisant la barbe fournie qui recouvrait son menton. Elle le tenait au chaud lorsque le vent mordant du nord soufflait. Vivement le moment où il pourrait la raser et enfin s'en débarrasser !

Pris d'une envie pressante, il maugréa de nouveau. Qui voulait utiliser les bécosses qui se trouvaient à bonne distance du camp par ce froid de canard ? De quoi se les geler avant d'y parvenir, et encore plus une fois coincé dans le réduit étroit sans chaleur.

— Allez, Liam, du nerf ! Le *cook* vient de faire tinter son triangle en métal pour nous avertir que le déjeuner est prêt, et j'ai une faim de loup, décréta Eliot avec entrain.

— Ce qui n'est pas nouveau, répliqua Liam. Vous, les frères McNeil, vous ne pensez qu'à ça, manger.

Sur cette tirade, il s'empressa de s'habiller et d'enfiler son gros manteau pour rejoindre la *cookerie*[7]. Dès que les hommes mirent un pied dehors, la neige crissa sous leurs bottes alors que leurs souffles se cristallisèrent dans l'air. Saisi par le froid mordant, Liam frotta ses mitaines l'une contre l'autre pour réchauffer ses doigts et enfonça son chapeau sur sa tête. Quand le soleil serait haut dans le ciel, la température ambiante grimperait, facilitant leur travail.

Sitôt dans la *cookerie*, les hommes s'installèrent à la table, affamés. Une bonne gamelle garnie de *beans*, de lard salé, de galettes d'avoine, de pain, de fromage et de mélasse leur fut servie. Clyde émit un grognement de contentement en s'emparant de sa fourchette. En moins de vingt minutes, les assiettes furent vidées dans un silence presque révérencieux.

Premier à finir, Eliot se releva et se dirigea vers le comptoir pour y déposer sa vaisselle, pendant que Liam avalait les dernières gorgées de son thé. Au moment de sortir, Eliot prit la tasse de métal suspendue à l'entrée et la trempa dans le baril d'eau pour se désaltérer avant de commencer sa longue journée de bûchage.

Clyde le suivit en compagnie de Darren et Liam, le repas du midi enfoui dans leurs besaces. Ils en auraient pour environ quarante-cinq minutes à marcher sur la neige compactée par le va-et-vient des bûcherons avant d'atteindre leur destination. Souvent, Clyde profitait de ce moment pour échafauder dans sa tête des plans pour la construction de la future maison qu'il habiterait avec Charlotte. À son retour du campement,

---

7. Cookerie : cuisine ou cantine.

il aurait assez d'argent pour acheter un lopin de terre non loin de celui de sa famille. Défricher le terrain et couper le bois pour construire sa demeure ne serait pas difficile pour lui. Un sourire rêveur joua sur ses lèvres à cette pensée.

— Le voilà qui songe à sa Charlotte de nouveau, se moqua amicalement Liam.

— Il va falloir te trouver une gentille Irlandaise, Liam, répliqua Clyde du tac au tac pour le taquiner.

De tous les frères McNeil, seul Darren décela la lueur de tristesse qui passa de manière fugace dans le regard de Liam. D'un signe de tête, son compagnon lui fit comprendre que c'était OK. Clyde et Eliot ignoraient tout au sujet de Caitlyn, son amour perdu. Clyde n'avait pas voulu le blesser en lui retournant cette boutade. Souhaitant changer de sujet pour éviter des souffrances inutiles à Liam, Darren s'interposa :

— J'ai reçu des nouvelles de père hier. Dans sa lettre, il explique que l'Europe s'embourbe de plus en plus dans le conflit qui oppose l'Allemagne à la France et au Royaume-Uni. L'enrôlement des Canadiens se fait toujours sur une base volontaire, mais il appréhende le pire. Surtout que le gouvernement a imposé des mesures de guerre.

— Les Canadiens français sont hostiles à toute forme de conscription, intervient Liam. Ils n'accepteront pas d'aller se battre pour les Britanniques, contrairement à nous.

Darren acquiesça en silence. Il savait que par « nous », Liam entendait les Irlandais et les Écossais, dont l'histoire restait imbriquée dans celle de l'Angleterre de manière étroite, même s'ils étaient Canadiens.

— Il semblerait que le port de Montréal ait été fermé et que près de deux cents policiers en surveillent les environs. Les hommes ont besoin d'un permis spécial pour se rendre sur les quais et des milices ont été mises sur pied pour renforcer les rangs, ajouta Eliot, qui suivait la situation de près.

— J'en ai entendu parler, soupira Liam en hochant la tête avec pessimisme. Ils ont ordre de tirer à vue en cas de problème.

— Ça risque de mal virer, fit remarquer Darren.

— En effet, mais la guerre, c'est la guerre. Les règles changent durant cette période. Les Canadiens français devront s'y plier comme les autres.

Darren fixa Liam d'un regard grave. Tout comme Clyde, il appréhendait ce qui pourrait arriver aux familles canadiennes-françaises comme celle d'Aimeline et de Charlotte.

— Les sentinelles sont reconnues pour avoir la détente facile, un rien les fait réagir, renchérit Clyde, l'air assombri. Par chance, Métis est un petit village tranquille où tout le monde se connaît ; les nôtres et les Beaupré sont donc en sécurité.

— Du moins, pour le moment.

Clyde se tourna vers Darren, qui s'était exprimé avec une pointe d'incertitude.

— J'ai lu dans les journaux cet automne que des citoyens à Ottawa avaient paniqué à cause d'un simple cerf-volant. Certains avaient cru entendre un moteur d'avion et pensaient à tort que les Allemands les attaquaient, expliqua Eliot.

— Ça n'a aucun sens. C'est comme cette rumeur d'invasion du Canada par le Maine, continua Liam.

— Père mentionne qu'à Montréal, les sentinelles de la Milice s'enivrent au point de perdre la tête et représentent une sérieuse menace pour la population. Plusieurs seraient d'anciens détenus, rien de rassurant. Il ajoute que Rosaire Beaupré se tracasse beaucoup pour Violette, qui s'y trouverait, selon toute vraisemblance, poursuivit Darren d'une voix lugubre.

— Et que dit Aimeline à ce sujet? s'informa Clyde.

— Elle n'en parle pas dans ses lettres.

— Charlotte non plus, et je n'aime pas ça.

L'expression de Clyde reflétait celle de Darren. Les deux hommes se rongeaient les sangs. Vivement qu'ils rentrent à Métis, d'autant plus que le clergé avait décidé d'appuyer les agents recruteurs, allant jusqu'à prêcher dans leurs sermons que c'était un devoir chrétien de s'enrôler. Les volontaires étaient envoyés à Valcartier pour y suivre un entraînement. Darren observa ses deux frères un long moment. Il n'avait aucune inquiétude pour Clyde, ni pour Gordon et Malcom. Tous trois avaient trop à perdre pour s'engager. C'était surtout pour Eliot qu'il se tracassait. Cette tête dure serait capable d'entrer dans l'armée à leur retour du camp de bûcherons. Il n'avait qu'à voir son intérêt pour tout ce qui se déroulait en Europe en ce moment. Même dans ce coin reculé du Nord, il demeurait à l'affût du moindre développement concernant cette fichue guerre. Quant à lui, Darren n'avait pas plus envie que Clyde de s'éloigner des Beaupré.

— Des familles entières d'Allemands et d'Autrichiens ont été isolées du reste de leur communauté sur le territoire

Canadien. Le gouvernement craint que des espions se soient glissés parmi elles. Ils ne prennent aucun risque, les informa Liam. Les gens qui habitent dans ces régions sont sur les dents et refusent de côtoyer ces ennemis potentiels.

L'être humain pouvait se montrer changeant et capricieux, comme dame Nature. Des voisins avec lesquels des citoyens entretenaient de bonnes relations pouvaient devenir du jour au lendemain *persona non grata* par le seul fait de leur nationalité. L'agitation régnait au sein de la population et c'était malsain, voire dangereux. Des débordements étaient à prévoir si la situation ne se résorbait pas sous peu en Europe. Mais pouvait-il jeter la pierre aux Canadiens français ? Contrairement aux Anglais qui peuplaient le reste du pays, ils n'avaient aucune raison de se battre pour le Royaume-Uni. Il se frotta la nuque en s'obligeant à revenir au moment présent.

Sa hache sur l'épaule, il s'arrêta non loin de la *dump* où s'entassaient les derniers billots en attendant d'être charroyés sur le lac encore gelé. Une fois que la glace aurait cédé, les pitounes[8] flotteraient sur l'eau, et il serait plus facile de les transporter jusqu'à la papeterie. Mais cette partie du processus ne les concernait pas, et Darren en était soulagé. Même si travailler dans un chantier de bûcherons comportait son lot de risques, ce n'était rien en comparaison du danger encouru par les draveurs, qui se tenaient carrément debout en équilibre précaire sur les troncs afin de les guider. De quoi rendre n'importe qui nerveux !

Par habitude, Clyde accompagna Eliot pour former le premier duo, alors que Liam se joignit à Darren. Avec la journée de

8. Pitoune : bille de bois d'une longueur déterminée.

dur labeur qui les attendait, toute discussion devenait futile. Mieux valait pour eux se concentrer sur leurs tâches. Le front creusé par un pli, Darren observa les alentours d'un regard scrutateur, évaluant le potentiel des épinettes environnantes d'un œil avisé. Il arrêta son choix sur l'un des spécimens et s'avança vers celui-ci d'un pas décidé. Il effectua une première entaille dans le tronc afin de déterminer la direction vers laquelle le conifère devrait chuter. En tant que bûcheur en tête, c'était à lui que revenait cette décision. Une fois qu'il se fut exécuté, Clyde et Eliot s'emparèrent des deux poignées situées aux extrémités d'un godendart[9] et commencèrent à scier en cadence. Entraînés à cet exercice, les deux frères trouvèrent rapidement leur rythme et y allèrent de bon cœur. Puis, juste avant que l'arbre ne s'écroule, Darren prit la relève pour terminer d'abattre le tronc avec sa hache. L'épinette s'effondra avec fracas dans une pluie de brindilles et de flocons de neige. Dès que l'arbre se fut immobilisé sur le sol après quelques soubresauts, Liam s'approcha et s'attela à le départir de toutes ses branches.

Une fois cette tâche finie, le billot serait empilé avec les autres et, à la fin de la journée, Darren effectuerait le décompte. Son équipe et lui parvenaient à fournir les deux cent quarante rondins exigés sur base quotidienne pour quatre bûcherons. S'ils en cumulaient davantage, ils ne s'en vantaient toutefois pas, afin de se garder une petite réserve en cas de pépin.

Alors que Clyde et Eliot s'activaient à l'abattage d'un nouveau tronc, Darren s'assura de dégager les alentours des chicots qui pourraient nuire à leur travail ou blesser l'un d'entre eux. Un jeune arbuste représentait une menace sérieuse quand

9. Godendart : grande scie que l'on manie à deux.

une épinette mature s'écroulait. En se brisant sous le poids du conifère, ces pousses éclataient et des morceaux étaient projetés dans tous les sens, risquant d'atteindre quelqu'un. Un bûcheron s'était d'ailleurs fait crever un œil de cette manière l'année dernière. Un accident que Darren redoutait. Il ne se permettait pas la moindre négligence.

— Hé, McNeil, viens m'aider ! l'appela Liam en haletant.

Il s'échinait sur un billot qu'il s'efforçait d'envoyer rouler jusqu'à la cordée de bois, mais le morceau était trop massif pour qu'il y arrive seul. Bandant les muscles de ses bras, Darren s'activa à ses côtés en émettant des sons disgracieux.

— Ciboire, jura l'Irlandais en forçant comme un bœuf pour hisser le rondin sur la pile.

Au fil de la journée, la corde grandissait pour atteindre quatre pieds de hauteur, de quoi faire transpirer et sacrer tout homme normalement constitué.

— Tu ne m'y reprendras plus, McNeil, grogna Liam en faisant une pause pour souffler.

— La paye est bonne, rétorqua Darren. Rien que pour ça, ça vaut la peine.

— Foutaise ! Je préfère grimper aux poutres d'un pont que de m'éreinter sur ces maudites épinettes.

Darren s'esclaffa et son ami le dévisagea en faisant de gros yeux. *Comment ce bougre d'Écossais trouve-t-il la force de continuer à rire ?* se demanda Liam en maugréant.

Ce soir-là, une bouillie savoureuse constituée de bœuf, de patates et de légumes attendait les hommes à la *cookerie*. Le tout était accompagné d'un pain moelleux et d'un délicieux pouding chômeur. Tout ce qu'il fallait pour sustenter n'importe quel bûcheron affamé. D'ailleurs, le quatuor ne se priva pas pour faire honneur au repas substantiel et en redemanda.

Assis au bout de l'une des tables, Clyde utilisa un bout de miche pour essuyer ce qu'il restait dans son écuelle et l'avala avec un plaisir évident. Repu, il se recula sur sa chaise en émettant un soupir de contentement. Il était d'autant plus satisfait que c'était enfin samedi. Demain serait jour de repos, et il pourrait en profiter pour écrire une lettre à Charlotte afin que le *jobber*[10] puisse la poster au dépôt le lundi suivant, quand il s'y rendrait pour le ravitaillement quotidien du campement.

Heureux malgré les dix heures de travail ardu qu'il venait d'enfiler, il se leva avec lenteur pour gagner le fond du bâtiment. Un bon feu de bois avait été allumé dans le foyer afin de permettre aux bûcherons de s'y regrouper pour veiller avant d'aller dormir. Liam y était avec sa musique à bouche. Avec un peu de chance, Darren ne serait pas trop épuisé pour leur raconter quelques histoires de son cru. Tout comme son père, il se révélait un excellent conteur.

Eliot, qui avait terminé de manger, était sorti aiguiser sa hache sur la meule. Il aurait ainsi le temps d'effectuer cette tâche cruciale avant que Darren ne s'installe sur son banc près de l'âtre. Eliot aimait ces instants de légèreté, où les bûcherons discutaient de chevaux, de femmes, de leur famille respective et se relataient des récits fantastiques. Pour ne pas plomber l'ambiance, un accord tacite avait été convenu

---

10. Jobber : contractant, entrepreneur.

entre les hommes : il était défendu de parler de boulot, de politique ou de guerre. En pensant à ce dernier point, Eliot se rembrunit. Il ignorait s'il irait jusqu'à s'enrôler dans l'armée à son retour du campement. Chose certaine, il n'excluait pas cette option. Il s'efforçait de demeurer à l'affût des nouvelles à ce propos afin de se faire une meilleure opinion sur le sujet. Le *jobber* rapportait toujours des journaux du dépôt. Même s'ils n'étaient pas récents, c'était une excellente source de renseignements.

Songeur, Eliot laissa son esprit errer vers sa famille. Sa mère serait à coup sûr dévastée s'il partait se battre, mais, d'un autre côté, il n'avait pas grand-chose à perdre, contrairement à ses frères. Aucune femme ne l'attendrait en se morfondant. Certes, il espérait arriver à trouver la perle rare comme le reste de sa fratrie, mais il n'était pas pressé de se caser. Il avait du temps devant lui.

Darren étira ses longues jambes devant l'âtre avec langueur en sirotant son thé. Il aurait aimé boire un bon whisky pour agrémenter la soirée, mais c'était interdit au campement. Quiconque était surpris avec de l'alcool ou en état d'ébriété était congédié sur-le-champ. Le *jobber* ne pouvait se permettre le moindre relâchement. Les hommes avaient besoin de toutes leurs capacités et de leur lucidité pour exécuter leurs tâches quotidiennes.

Darren frotta ses paupières, fatigué après cette journée de dur labeur, et remit à demain la lecture du roman qu'il avait commencé. De toute façon, l'un des bûcherons venait de sortir son violon pour accompagner la musique à bouche de Liam dans un reel endiablé qui comblait ceux qui étaient présents. La dernière note à peine terminée, un autre gaillard entama une complainte sur l'air de *Minuit chrétien.* Dès les premières paroles, Darren figea. La chanson parlait du naufrage de l'*Empress of Ireland.* En entendant la phrase «Quand retentit un grand cri de détresse», son esprit revint à ce jour passé au hangar vingt-sept à empiler des dépouilles qui n'en finissaient plus de s'accumuler. Son humeur s'assombrit d'emblée. À ses côtés, Clyde et Eliot en firent autant. Liam fronça les yeux en apercevant l'humeur taciturne des McNeil.

— Est-ce que ça va? s'informa-t-il auprès de Darren.

Son ami sourcilla, puis ramena avec lenteur son regard sur lui. Liam fut surpris en décelant la lueur de tristesse dans ses prunelles.

— Tu connaissais quelqu'un sur le paquebot?

Darren opina de la tête. S'étant repris, il s'avança sur sa chaise, les coudes en appui sur ses genoux.

— O'Brian était parmi les cadavres qui furent retrouvés. Mes frères et moi nous trouvions sur le quai de Rimouski le lendemain du naufrage pour apporter notre aide.

Liam comprit aussitôt ce que son compère taisait. Il pouvait aisément s'imaginer l'horreur du moment, et probablement que la réalité dépassait ce qu'il suspectait. Le corps d'un noyé n'était jamais beau à voir.

— O'Brian était un ami. J'ignorais cependant qu'il figurait parmi les victimes.

À ces mots, un souvenir fugace remonta à la surface. Liam se tut en repensant au moment où il avait accompagné au port de Québec O'Brian, qui lui avait demandé de l'y reconduire. Liam avait accepté avec plaisir, surtout qu'il était dans le coin ce jour-là, car il n'avait pas encore commencé à travailler sur les chantiers. N'ayant reçu aucune nouvelle d'O'Brian par la suite, Liam avait cru à tort que son compagnon était demeuré plus longtemps que prévu en Irlande. D'apprendre qu'il était mort juste après leur séparation le perturbait. La vie pouvait se montrer injuste parfois. Songeur, il laissa son regard errer dans le vague, puis fronça les sourcils. Quelque chose le titillait dans cette histoire, comme s'il aurait dû se rappeler un élément important concernant cette journée du 28 mai. Se méprenant sur le silence soutenu de son ami, Darren se pencha vers Liam avec sollicitude.

— Désolé de te l'avoir annoncé de cette manière abrupte. J'aurais dû me montrer plus délicat. Cette complainte m'a pris au dépourvu et a remué de mauvais souvenirs.

Pour toute réponse, Liam secoua la tête en observant les flammes. Darren en fit autant, les réminiscences de cette journée éprouvante le ramenant à Aimeline.

~

Ce dimanche-là, Eliot en profita pour se raser et se faire couper les cheveux par les mains habiles de l'un des bûcherons. Selon lui, c'était le meilleur moyen de tenir les poux à distance. Clyde, qui devait y passer en fin de matinée, s'était éloigné un peu afin de terminer en toute tranquillité sa lettre pour Charlotte. Quant à Darren, il se trouvait sur le bord du lac pour lire en jouissant des rayons du soleil et de la température anormalement chaude en cette période, tandis que Liam mettait ce temps libre à profit pour s'approvisionner en tabac et en savon au petit dépôt de marchandises dans la *cookerie*. Il était en grande conversation avec le contracteur lorsqu'un craquement lugubre en provenance de la crique retentit tel un coup de tonnerre. Laissant tomber les articles qu'il avait achetés, Liam se précipita à toute vitesse vers l'endroit d'où provenait le bruit en criant le nom d'Eliot. Ce dernier se releva avec empressement du banc sur lequel il était assis, manquant de peu de se faire couper le bout de l'oreille par le ciseau du barbier improvisé. Inquiet, il s'élança derrière Liam, le cœur étreint par un mauvais pressentiment.

Quelques minutes plus tôt, Darren sortait la tête de son livre pour saluer Clyde, qui venait à son tour de s'installer sur une souche en bordure du lac encore gelé par endroits. Ce n'était qu'une question de temps avant que la débâcle n'ait lieu. D'ailleurs, un lot de pitounes attendait derrière eux sur un *rack* pour être déchargé lundi matin à la première heure. Pas moins de onze cordes s'y trouvaient, de quoi les occuper une bonne partie de la journée. Tous les hommes seraient mis à contribution, ce qui n'enchantait guère la plupart d'entre eux. L'opération serait périlleuse à cause de l'épaisseur ténue de la couche de glace. Il leur faudrait se montrer extrêmement prudents. Chose certaine, aucun ne se risquerait sur le lac, préférant faire rouler les troncs jusqu'à la berge. Les bûcherons laissaient le soin aux draveurs de prendre la relève une fois la débâcle survenue.

Darren en était là dans ses réflexions quand un craquement funeste retentit dans son dos. Le *rack* venait de céder sous le poids des pitounes. Darren n'eut qu'une fraction de seconde pour bondir hors de portée des rondins qui commençaient à dévaler la pente à toute vitesse dans le désordre le plus complet. Un billot l'effleura au passage, lui donnant la frousse de sa vie. Un bruit assourdissant lui martela les tempes lorsqu'il trouva refuge derrière l'une des grosses pierres qui bordaient la rive. Un second billot fonça vers lui et le frôla de peu en passant au-dessus de sa tête. Darren plongea par réflexe face contre terre pour éviter d'être fauché.

Les premiers arbres atterrirent brutalement sur le lac, rompant la glace d'un coup, puis sombrèrent dans l'abîme obscur. Darren eut tout juste le temps de croiser le regard de Clyde avant que son frère ne soit happé par les derniers troncs descendant la côte. Un hurlement de désespoir le secoua en le voyant se faire broyer comme un simple fétu de paille, puis propulser dans l'eau.

Agissant d'instinct, Darren bondit vers Clyde, qui n'était pas très loin du rivage. Il n'eut qu'à se jeter à plat ventre sur le sol gelé pour attraper l'un de ses bras au vol. Des débris emportés par l'éboulement tombèrent sur lui, mais il n'en avait cure. Allongé par terre, il tirait Clyde de toutes ses forces par le poignet pour tenter de le ramener à la surface, mais les remous provoqués par la débâcle entraînaient son frère vers le centre du lac avec une force démesurée, l'arrachant à sa prise.

Darren rugit comme un possédé. Les poumons comprimés par la peur, il se traîna sur les billots compactés qui s'accumulaient près de lui. Indifférent au froid mordant de l'eau qui l'éclaboussait, il se rapprocha de Clyde, qui s'enfonçait irrémédiablement dans l'onde mortelle. Il l'agrippa *in extremis* par la main avant de le voir disparaître.

— Non ! hurla-t-il d'une voix pleine de douleur en voyant les troncs se resserrer autour du bras de Clyde qu'il maintenait hors de l'eau.

Au même instant, Liam, Eliot et plusieurs bûcherons déboulèrent sur les lieux.

— Dieu du ciel ! s'exclama Liam, atterré.

Quant à Eliot, il figea net, son regard empli d'horreur rivé sur la main coincée entre les morceaux de bois.

— Allez chercher des gaffes[11] ! Vite ! cria Liam à l'intention des hommes présents, alors que lui-même s'emparait de celle laissée à côté du *rack* désormais vide.

Les entrailles nouées, il tendit la longue perche en direction de Darren pour tenter de dégager les billots. Malgré l'effort considérable qu'il déploya en grognant rageusement, rien ne bougea.

Sous ses doigts, Darren sentit ceux de Clyde secoués par de puissants soubresauts pendant ce qui lui parut une éternité, avant de s'immobiliser et de devenir flasque. Un goût de bile remonta dans sa gorge.

— Non, murmura-t-il en niant l'amère vérité qui prenait forme dans son esprit. Non ! Clyde ! hurla-t-il en s'échinant comme un forcené pour repousser les troncs de sa main libre.

Une souffrance insupportable l'envahit, puis son souffle se bloqua. Engourdies par le froid et l'accablement, ses pensées s'embrouillèrent. Ce n'était pas possible ! Quelques minutes plus tôt, Clyde écrivait tranquillement une lettre à Charlotte, le cœur débordant d'amour. Darren faillit virer fou en s'imaginant son frère prisonnier sous les billots. Il rugit de rage et de douleur, incapable d'accepter la réalité.

Sur la rive, Eliot venait de s'effondrer à genoux dans la neige compactée. Deux bûcherons étaient revenus avec des gaffes, suivis du *jobber* et du *cook*. Alors que les hommes essayaient

---

11. Gaffe : longue perche munie d'un crochet et d'une pique à un bout utilisée par les draveurs.

de dégager le plan d'eau autour du bras de Clyde en suant à grosses gouttes, les autres restaient silencieux, trop secoués pour parler. Le *jobber* se massa le front avec découragement, n'arrivant pas à croire qu'une telle catastrophe se soit produite sous sa gouverne. Qu'est-ce qui avait pu causer cet accident ?

Les muscles contractés au point de se rompre, Darren refusait de lâcher la main de Clyde. Il était hors de question qu'il abandonne la dépouille de son frère au fond de l'eau. Son champ de vision s'était rétréci et tout son être tremblait sous l'effort. Il ne voyait que la main inanimée qu'il serrait. Les larmes aux yeux, Darren demeura ainsi de longues minutes. De quelle manière allait-il apprendre l'affreuse nouvelle à ses parents et à Charlotte ? À la pensée de la jeune femme qui attendait Clyde avec impatience pour se marier, il émit un hurlement de douleur qui se mêla à un sanglot. Ses oreilles bourdonnaient et il n'entendit pas Liam s'adresser à lui avec douceur :

— Darren, tu dois le lâcher pour que les autres puissent le remonter.

Les paroles de Liam prirent quelques secondes à faire leur chemin dans l'esprit engourdi de Darren, qui réalisa que le corps inerte de Clyde était à moitié hissé hors de l'eau. Les billots avaient été repoussés, dégageant un espace pour atteindre Clyde. Darren ne savait pas comment une corde avait été attachée autour du corps de son frère. Émergeant de son état léthargique, il remarqua que Liam avait les cheveux, le haut du torse et les bras mouillés et qu'il claquait des dents.

Des hommes les tenaient tous deux par les pieds et se préparaient déjà à les ramener avec précaution jusqu'à eux, alors que trois bûcherons s'affairaient à tirer Clyde hors du lac à l'aide du lien de chanvre. Une fois revenu sur la rive, Darren se redressa en grelottant, les yeux rivés sur la dépouille de son jeune frère qui avait été étendue sur le sol avec respect. Un plaid fut déposé sur le dos de Darren, qui émit un geignement en sourdine. Le *jobber* se pencha sur Clyde par principe, à la recherche d'un pouls. Ses épaules se voûtèrent en constatant l'inévitable.

— Je suis désolé, Darren, souffla-t-il d'une voix enrouée en relevant la tête.

Eliot alla vers Clyde en titubant. Il était sous le choc et n'arrivait pas à assimiler les événements qui venaient de se produire. Il laissa échapper un gémissement en rencontrant le regard vide de Clyde. Une couverture drapée autour du corps, Liam s'approcha de la dépouille aux lèvres bleuies et referma les paupières avec respect en faisant une courte prière pour le repos de l'âme du jeune McNeil. Les bûcherons présents retirèrent leur chapeau en courbant la nuque.

Darren prit une douloureuse inspiration avant de s'avancer vers Eliot et de le serrer dans ses bras. Par-dessus l'épaule de son cadet, il fixa ses yeux sur la forme inerte allongée sur la neige. Les traits décomposés, il songea de nouveau à ses parents et à Charlotte. Comment trouverait-il le courage de leur avouer la vérité ? Son frère était mort, il n'avait pas réussi à le sauver…

Métis, mars 1915

À l'extérieur, derrière la maison, Aimeline battait avec énergie le tapis du salon, profitant de l'accalmie pour s'activer. Même si la température se montrait plus clémente, tout risque de tempête de neige n'était pas pour autant écarté. Elle s'apprêtait à rentrer lorsqu'un cri à glacer le sang lui parvint de l'intérieur de la demeure. Abandonnant son ouvrage séance tenante, elle se précipita sans réfléchir dans la maison.

Elle s'arrêta net en apercevant Charlotte en larmes dans les bras de Darren, accroupie au sol comme si ses jambes s'étaient dérobées sous elle. Choquée par la scène, Aimeline se tourna vers son père, qui était blanc comme un linge et semblait tétanisé sur place. Qu'était-il arrivé ? Le retour de Darren et de ses frères n'était pas prévu avant deux semaines. Et pourquoi Clyde n'était-il pas présent auprès de Charlotte ? De plus en plus confuse, Aimeline passa de sa sœur à Darren. Ses poumons se vidèrent de leur air lorsqu'elle aperçut le visage défait de ce dernier. Elle vacilla et dut se retenir au dossier d'une chaise pour ne pas chanceler. Un frisson parcourut son échine dorsale, et ce fut un regard empreint d'incertitude qu'elle tourna vers son père, qui hocha la tête avec affliction.

— Une catastrophe s'est produite au campement…, commença-t-il d'une voix étranglée sans parvenir à en dire plus.

Pour Aimeline, nul besoin de mots supplémentaires. Il lui suffisait de voir les épaules de Charlotte secouées par des sanglots à crever le cœur et l'expression sinistre de Darren pour comprendre qu'il était arrivé un malheur à Clyde. Elle n'osait s'imaginer le pire, mais tout dans la physionomie de Darren et dans la détresse de Charlotte indiquait le contraire. Des larmes montèrent à ses yeux. Son père ploya la nuque avec accablement. Comme dans un état second, Aimeline fit un pas en direction du couple effondré. Une brûlure prit naissance dans sa poitrine et s'intensifia en apercevant les sillons sur les joues exsangues de sa sœur.

— Charlotte…, l'appela-t-elle d'une voix blanche.

Sa cadette ne réagit pas, submergée par le chagrin. Aimeline tenta de croiser les yeux de Darren, mais sans succès. C'était à croire que le jeune homme fuyait délibérément son regard. Ce constat lui donna un coup dans l'estomac. Un élément lui échappait.

Ce fut à ce moment-là que Charlotte se détacha de Darren. Avec une lenteur troublante, elle se releva, le visage défait. Aimeline avança une main vers elle en la voyant vaciller, mais Charlotte refusa son aide en secouant la tête.

— J'ai… besoin… d'être seule…, parvint-elle à prononcer d'une voix étouffée en se dirigeant vers l'escalier.

Aimeline la regarda s'éloigner, le cœur gros. Elle aurait voulu la délester de sa souffrance, mais c'était impossible. Derrière elle, Darren se mit debout à son tour en demeurant emmuré dans un mutisme lourd de non-dits. Elle se retourna vers lui dans le but de le serrer dans ses bras afin de le réconforter, mais il la dévisagea avec une expression aussi froide qu'une nuit d'hiver. Elle hésita une fraction de seconde avant de faire un nouveau pas dans sa direction.

— Pas maintenant, déclara-t-il d'un ton sec qui lui écorcha l'âme.

Puis, il repartit, la laissant en plan avec ses tourments. Le souffle coupé, elle dut lutter pour conserver un semblant d'aplomb afin de ne pas inquiéter son père. Pourtant, une tristesse infinie s'emparait d'elle. De quelle manière devait-elle interpréter l'attitude de Darren ? Qu'adviendrait-il de sa sœur ? Le cœur en proie aux pires tourments, elle sortit de la maison.

11

Juillet 1915

Aimeline fixait d'un œil noir le crucifix accroché dans sa chambre au-dessus du lit. À partir de ce soir, elle dormirait seule dans cette pièce, qui avait connu tant de rires et de confidences. Après quatre mois à errer comme une âme en peine, les yeux rougis de larmes intarissables, Charlotte avait décidé d'entrer chez les Ursulines à Québec. Se fiancer à Dieu était l'unique option qu'il lui restait puisqu'elle ne pourrait jamais se résigner à épouser un autre homme que Clyde McNeil. Le décès tragique de son bien-aimé l'avait anéantie, et Aimeline suspectait que le cœur de sa sœur ait été enterré avec la dépouille du jeune homme.

Elle se mordit la lèvre inférieure pour retenir un sanglot. Leur existence avait basculé en ce jour fatidique, et la douce clémence de l'été n'avait en rien apaisé leur tristesse. Charlotte s'était renfermée sur elle-même, hors de portée. C'était un véritable supplice de la voir ainsi ! Aimeline n'arrivait pas à supporter que sa sœur se coupe définitivement de leur famille et demeure jusqu'à la fin de sa vie en réclusion dans la contemplation de Dieu. Tout comme elle, Fenella et Douglas McNeil étaient dévastés par le choix de la jeune fille, le considérant comme un second deuil.

À la pensée des McNeil, Aimeline eut le cœur serré. Darren était reparti pour Montréal sans un seul mot d'adieu après les funérailles de Clyde. Elle en avait été chamboulée et se perdait en conjectures. Eliot lui avait simplement dit que Darren était présent au moment de l'accident de Clyde et qu'il n'avait rien pu faire pour le sauver, sans plus. Un mystère lugubre flottait autour de cette tragédie… L'âme en lambeaux, Aimeline songea à ces quatre longs mois de silence. Elle ignorait où elle en était, surtout que personne ne semblait au courant de la promesse que lui avait faite Darren durant les fêtes, après l'incident du train.

Liam l'avait prise en retrait après la mise en terre de Clyde et lui avait recommandé de garder espoir. Elle n'avait pas compris sur le moment l'intention derrière ces paroles, mais maintenant, si. À sa manière, Liam avait tenté de l'avertir de ce qu'il adviendrait de sa relation avec Darren sans pour autant trahir la confiance de son ami. Depuis, elle n'avait eu de cesse de se ronger les sangs. Pourquoi Darren agissait-il de cette manière ? Elle avait beau ressasser dans sa tête les maigres informations qu'elle détenait, elle demeurait dans le noir le plus complet.

Elle gémit. Cette incertitude allait finir par avoir raison de son équilibre mental, d'autant plus avec le départ de Charlotte. Elle s'agrippa au pied de son lit, ancrage solide au cœur de la tempête qui se déchaînait en elle. Il lui fallait se reprendre avant de descendre au rez-de-chaussée. Sa famille avait besoin de son soutien, surtout son père, qui était dépassé par les événements. Pour ajouter à son malheur, ce dernier avait reçu la veille par la poste une lettre de son épouse lui annonçant son retour dans quelques semaines, ce qui le perturbait. Dans l'état actuel des choses, Aimeline craignait par-dessus tout que sa mère ne rétablisse son emprise sur lui et qu'ils soient tous à nouveau précipités dans un véritable calvaire.

Le menton tremblant, elle battit des paupières pour refouler ses larmes. Elle inspira profondément, puis retint sa respiration quelques secondes avant de la relâcher dans un souffle chevrotant. Elle eut beau renouveler l'expérience une seconde fois, la boule coincée dans sa gorge refusait de se dissiper. Elle aurait eu besoin de Darren, de sa force tranquille et de son épaule pour pleurer. Mais voilà, il l'avait abandonnée à son triste sort, comme Charlotte le ferait bientôt. Les genoux flageolants, Aimeline se laissa tomber avec lourdeur sur le lit, le cœur au bord des lèvres.

Au bout de quelques secondes, elle redressa cependant le dos et raidit l'échine. Elle n'irait nulle part en s'apitoyant de la sorte. Un jour ou l'autre, Darren finirait par revenir des chantiers et elle pourrait alors avoir une discussion sérieuse avec lui. Il ne fuirait tout de même pas sa famille indéfiniment… Quant à Charlotte, si prendre le voile lui permettait de surmonter son chagrin et de passer à travers cette épreuve, Aimeline se devait de respecter ce choix. Sa sœur n'était pas morte, après tout. Qui sait, peut-être que Charlotte déciderait de quitter la vie religieuse après son noviciat ou qu'elle sortirait de sa réclusion pour s'investir dans la communauté, comme plusieurs nonnes le faisaient en œuvrant dans les orphelinats, les hospices, les couvents pour jeunes filles et les hôpitaux. Du moins l'espérait-elle de tout son cœur. De plus, la voix de Charlotte était magnifique, la plus belle de la chorale de la paroisse. Ce serait un péché qu'elle ne retentisse plus haut et fort, même si c'était juste pour la gloire de Dieu.

Résignée, Aimeline se leva et gagna l'escalier. En parvenant sur la dernière marche, elle ne fut pas surprise de voir

Charlotte faire glisser les grains de son chapelet sur leur corde en récitant une prière en silence. Elle observa ses lèvres remuer avec une certaine fascination. Sa sœur avait l'air absorbée dans ses litanies, à des lieues de leur maison, comme si son âme était déjà partie vers des cieux plus cléments. Aimeline nota les traits détendus et la posture moins rigide de Charlotte, qui semblait soudain enveloppée d'une paix salvatrice.

Elle s'efforça d'afficher un sourire encourageant pour réconforter les plus jeunes qui demeuraient en retrait, nimbés d'une tristesse profonde. Au même instant, l'angélus fut sonné par les cloches de l'église du village, la ramenant au moment présent. *Seigneur!* Il était plus tard qu'elle ne le croyait, prostrée qu'elle était dans sa chambre à ruminer de sombres pensées. M. Gagnon allait bientôt arriver.

Réfrénant un soupir accablant, elle s'obligea à retourner au poêle à bois dans la cuisine d'été. Charlotte souhaitait que rien ne change dans la routine habituelle, refusant de surcroît que son père, ses sœurs et son frère l'accompagnent à la gare. Comme il s'y rendrait pour reconduire une lointaine cousine venue lui rendre visite, Alphonse Gagnon la prendrait en chemin. Connaissant sa sœur, Aimeline se doutait que la séparation au moment du départ du train aurait été trop difficile à supporter. Elle-même aurait trouvé éprouvant de laisser sa famille derrière.

~

Aimeline resserra les pans de sa veste autour de son corps, mais un courant d'air glacial s'y infiltra malgré tout, la frigorifiant. De lourds nuages s'étaient accumulés à l'horizon, chassant la douceur de l'automne. Elle n'aurait pas dû aller se promener sur le bord de la plage, mais elle avait eu besoin d'apaiser son esprit fiévreux après l'annonce de l'arrivée de leur mère plus tard dans la journée.

Jetant un regard sombre en direction du ciel, elle accéléra le pas. Non qu'elle fût empressée de retrouver sa mère après tout ce temps ; elle n'avait juste aucune envie d'être surprise par l'orage. Ses pensées en entraînant d'autres, elle songea alors à Darren, à la fois où il était venu la chercher au cœur de la tempête. Il s'était alors montré très clair sur ses sentiments la concernant ainsi que sur ses projets d'avenir. Pourtant, il avait changé d'idée après l'incident du traîneau, allant jusqu'à lui demander de l'attendre.

Aimeline ne fut pas loin de s'effondrer à ce souvenir. Octobre était tout près, et elle était toujours sans nouvelles de Darren depuis les funérailles de Clyde. N'était-il plus amoureux d'elle ? Elle refusait d'y croire. Son cœur plongeait dans un abîme sans fond à cette seule perspective. Malgré tout, le silence de Darren pesait de plus en plus sur son moral. Aimeline se sentait isolée, et l'absence de Charlotte n'en était que plus cruelle.

Soudain, des bruits sur les galets la tirèrent de ses réflexions peu amènes. Se tournant d'un bloc, elle put tout juste apercevoir une silhouette se glisser derrière les rochers en bordure de la rive. Un frisson remonta le long de sa colonne vertébrale, et l'impression d'être épiée se fit plus présente, la mettant sur ses gardes. Elle n'était plus seule, mais pour une raison qu'elle ignorait, l'inconnu qui la suivait s'était caché lorsqu'elle s'était retournée. Elle faisait confiance aux habitants du village, mais quelques vacanciers s'attardaient parfois dans les parages, désirant profiter des dernières journées de beau temps sur le bord de la mer. Nullement rassurée, elle pressa le pas et rejoignit la rue principale en jetant quelques regards nerveux par-dessus son épaule.

Dissimulé derrière un rocher, Léopold l'observa s'éloigner, l'œil mauvais. À la suite des propos peu élogieux proférés à son endroit par Rosaire Beaupré après l'incident du traîneau, il avait dû se résigner au bout d'un moment à prendre un train en partance pour Montréal. Son baluchon en main, il avait débarqué en ville avec pour seuls bagages ses maigres effets personnels, l'argent qu'il avait ramassé au cours de l'été et son ressentiment. Il en voulait amèrement à ce maudit Darren McNeil et à cette gueuse d'Aimeline. Durant son séjour chez les Beaupré, il avait tenté de courtiser la jeune femme, qui avait joué les prudes en le tenant à distance, mais qui n'avait pas hésité à embrasser McNeil. Il l'avait surprise se jetant dans les bras du jeune homme sans aucune retenue après leur mésaventure. En définitive, elle ne valait pas mieux que cette traînée de Violette. N'eussent été les médisances de Rosaire Beaupré, il aurait pu rester à Métis et s'approprier par la force ce qui lui revenait de droit. Mais les rumeurs qui circulaient à son sujet dans les fermes environnantes lui avaient fermé des portes. Même le veuf chez qui il logeait avait fini par le mettre à la porte, le traitant comme un lépreux.

À son arrivée à Montréal, Léopold avait roulé sa bosse, mais sans grand succès, et il était vite tombé à court d'argent. De plus, les filles des milieux bourgeois s'étaient révélées plus difficiles à berner que celles des villages, ne lui permettant pas d'accomplir ses sombres desseins. Et voilà que, cinq jours plus tôt, la Providence s'était montrée clémente envers lui en plaçant Darren McNeil sur sa route. Lors de l'une de ses promenades en ville, il avait manqué se retrouver face à face avec lui. Il avait tout juste eu le temps de se perdre dans la foule quand Darren avait porté son regard dans sa direction. Par chance, car l'Écossais affichait une mine douteuse, de celle qui n'augurait rien de bon. Agissant d'instinct, Léopold l'avait suivi en douce, glanant ici et là des bribes d'information le concernant. L'Irlandais qui l'accompagnait n'avait eu de cesse de le sermonner au sujet de son silence soutenu auprès d'Aimeline. Des grognements révélateurs de Darren McNeil, Léopold avait déduit que la relation entre les deux tourtereaux n'était pas au beau fixe. Il avait découvert par la même occasion l'entrée de Charlotte chez les Ursulines et la mort de cet imbécile de Clyde McNeil. De quoi le ravir et faire germer de nouveaux plans dans son esprit fourbe…

Lorsqu'elle regagna la ferme, Aimeline avait les nerfs à fleur de peau et l'esprit obnubilé par l'incident qui venait de se produire à la plage.

— Encore à traîner et à faire la fainéante pendant que les autres travaillent ! lâcha une voix aigrie sur sa droite.

Aimeline eut un mouvement de recul en apercevant sa mère, raide comme un piquet sur la première marche du balcon, sa valise en main. Ainsi, celle-ci était toujours aussi prompte à lui cracher sa rancœur au visage.

— Bonjour, mère, railla Aimeline.

Pauline pinça les lèvres devant cette audace ainsi qu'à ce manque évident de respect. Alors qu'elle s'apprêtait à tancer Aimeline, la porte d'entrée s'ouvrit, livrant passage à Rosaire. Il n'eut besoin que de voir sa fille pour comprendre que sa femme n'avait pas tardé à l'attaquer verbalement. Un comportement qu'il n'accepterait plus dans cette maison. La famille avait déjà suffisamment souffert avec la mort de Clyde et le départ de Charlotte chez les Ursulines.

— Ma puce, rentre, j'ai à discuter avec ta mère, prononça Rosaire d'un ton aimable, mais rigide.

Aimeline écarquilla les yeux avec étonnement avant de s'exécuter en vitesse. Au passage, son père lui sourit avec tendresse, puis posa un regard implacable sur son épouse. Furieuse, Pauline se prépara à répliquer lorsque Rosaire fit deux pas brusques dans sa direction.

— Je te conseille de réfléchir à tes paroles avant de parler, femme, l'avertit-il avec rudesse, les traits tendus par la colère.

Pauline eut un hoquet de stupeur, puis pinça les narines sous l'insulte.

— Comment…

— Tais-toi ! la coupa-t-il avec froideur. Que ce soit clair, tu ne seras pas autorisée à poser un pied dans cette maison si tu persistes dans cette voie.

Le visage empourpré, Pauline fulminait en grinçant des dents. Rosaire la connaissait assez pour savoir qu'elle ne se laisserait pas intimider facilement. Elle lui avait longtemps tenu la dragée haute sans qu'il s'y oppose. Dès qu'il aurait le dos tourné, elle n'hésiterait pas à persécuter les enfants, et il s'y refusait. Un muscle tressauta sur sa mâchoire, signe de l'effort considérable qu'il déployait pour demeurer calme. Il prit plusieurs respirations qu'il expira bruyamment par le nez, ce qui mit Pauline en alerte.

Rien ne se déroulait comme prévu. Elle s'était imaginé à tort que Rosaire viendrait la supplier à genoux à Trois-Rivières pour qu'elle revienne à la maison. Toutefois, les semaines s'étaient succédé, puis les mois. Au bout d'un an, elle n'avait plus su quoi penser du silence de Rosaire. Sa propre mère l'avait sermonnée, lui rappelant que la place d'une épouse était aux côtés de son mari et de sa progéniture, que cet éloignement des siens était un sacrilège. Et quand sa mère l'avait pressée de réagir avant qu'il ne soit trop tard, Pauline s'était moquée de ses propos avec un rire dérisoire. Elle connaissait Rosaire et était certaine de son ascendant sur lui. Cependant, à la lumière de cet accueil glacial, elle commençait à appréhender le pire. Se pouvait-il que sa mère ait eu raison ? Elle ne pouvait pas l'admettre.

Refoulant sa colère, Rosaire se pencha vers Pauline, la dominant de toute sa hauteur. Il pouvait presque apercevoir les rouages de son cerveau s'activer avec frénésie dans sa tête. Il avait constaté au premier regard qu'elle n'avait pas changé. Il songea aux petits et à Aimeline. Ils méritaient de vivre heureux et en paix au sein de ce foyer. Il les avait vus s'épanouir au fil du temps depuis le départ de Pauline, rire aux éclats comme jamais auparavant. L'expression qu'il avait remarquée sur le visage d'Aimeline en ouvrant la porte lui avait étreint le cœur. Entre son épouse et ses enfants, le choix serait facile : il était hors de question qu'il laisse l'aigreur de Pauline assombrir de nouveau l'existence de ceux-ci. Les narines frémissantes, il durcit davantage le regard.

— Sache que tu n'es pas la bienvenue dans cette maison.

Il se tut quelques secondes pour que ses paroles s'imprègnent dans le cerveau de sa femme.

— Peut-être que je ne peux pas divorcer de toi et rompre la promesse sacrée qui nous unit, mais j'ai le droit de te répudier. Il suffit d'un mot de ma part pour te chasser définitivement de cette demeure. Je n'ai aucune apparence à sauver, tout le village connaît tes travers et ta méchanceté. Plus d'un peut en attester sur la place publique, s'il le faut. Tu n'as aucun allié en ces lieux.

La fureur contenue dans sa voix heurta Pauline de plein fouet, la faisant chanceler. Elle n'était pas originaire de Métis comme son époux et leurs enfants. En fait, elle n'était qu'une étrangère venue de Trois-Rivières pour se marier et ne jouissait donc pas de la même bienveillance de la part des Métissiens de souche. Au mieux, on la tolérerait; au pire, on la montrerait du doigt en parlant dans son dos. Elle était certaine d'ailleurs que leurs voisins, les McNeil, se plaisaient à répandre des ragots à son sujet. Pauline se réjouissait en silence de la mort de Clyde, car Fenella McNeil l'avait toujours traitée de haut. Que sa propre fille souffre de cette perte au point de se cloîtrer lui était indifférent.

— Je t'avertis, femme, déclara Rosaire d'une voix dangereusement basse. Un mot fielleux, un regard de travers, une expression mauvaise ou un geste déplacé de ta part et je te renvoie par le premier train chez ta mère, sans billet de retour.

— Tu n'as pas le droit! plaida-t-elle en s'étranglant de colère.

— Oh que oui, Pauline! Je suis l'homme de cette famille et j'ai tous les droits sur chacun de vous. Personne ne me jettera de pierres si je te répudie. Le curé de la paroisse serait peut-être contrarié, mais sans plus, puisqu'aucun divorce ne serait prononcé et que je te verserais une petite rente pour te permettre de subsister.

Pauline sentait son sang bouillonner dans ses veines alors qu'un doute s'insinuait dans son esprit obscurci par un voile rouge. Rosaire avait ce pouvoir, en effet. Dieu lui-même exigeait soumission et obéissance de la part d'une femme envers son époux. Elle était assujettie à la volonté de Rosaire, qui pourrait faire de son existence un véritable enfer s'il le désirait, sans qu'elle puisse y changer quoi que ce soit. Elle était aussi démunie qu'un enfant, et c'était l'Église qui souhaitait qu'il en soit ainsi. Voilà ce que sa mère avait tenté de lui faire comprendre. Après tout, en tant qu'épouse, elle n'était bonne qu'à engendrer des rejetons, préférablement des garçons, devoir auquel elle avait failli, et à s'assurer du bien-être de sa famille, incluant celui de son mari. S'il le décidait, Rosaire pourrait se plaindre d'elle auprès du curé et provoquer son excommunication.

Un goût de bile remonta dans sa gorge. Personne n'avait envie de se retrouver enterré à l'écart du cimetière en compagnie des bâtards décédés et des pêcheurs, et condamner son âme à errer dans les limbes. Un sort funeste qu'elle redoutait. Elle avait déjà assez souffert dans cette existence à cause de Rosaire et de sa sœur Louisa, sans subir les affres de l'enfer pour l'éternité par leur faute. Raidissant l'échine, elle opina de la tête, incapable de parler tant la rage l'étouffait.

— C'est à prendre ou à laisser, Pauline. Mais dans tous les cas, tu n'auras pas droit à l'erreur. Un écart, et il en sera fini de notre couple. C'est moi qui déciderai de tout concernant notre famille à l'avenir. Tu te contenteras d'obéir, un point c'est tout, termina-t-il d'un ton qui n'attendait aucune réplique.

Pauline demeura coite, glacée de l'intérieur. Elle n'avait jamais été aussi près du gouffre. C'était la première fois que Rosaire se montrait sous ce visage et elle en éprouvait une pointe d'appréhension. L'homme qui lui faisait face n'avait plus d'estime pour elle, c'était évident. Il était intransigeant désormais et fort de son autorité, la faisant sentir comme un être inférieur. Ce constat l'emplissait d'une colère froide tout en la terrorisant. Elle était dépassée par les événements, d'autant plus qu'elle devinait qu'il n'y aurait plus de retour en arrière possible pour elle. Soit elle restait à ces conditions et ravalait son animosité, soit elle s'en allait finir ses jours chez sa mère.

Le souffle court, elle promena un regard hagard sur la ferme. C'était ici son véritable foyer, elle n'en avait aucun autre, et il en serait ainsi jusqu'à sa mort puisqu'elle ne pourrait pas se remarier tant que Rosaire serait vivant. Des larmes d'impuissance montèrent à ses yeux, qu'elle s'empressa de chasser. Rosaire n'en fut pas attendri, plus rien ne semblait l'atteindre. *Il ne perd rien pour attendre. Je me plie à sa volonté dans l'immédiat, mais à la première occasion qui se présentera à moi, je n'hésiterai pas à frapper*, pensa-t-elle avec rancœur, les poings fermés.

— C'est d'accord, parvint-elle à dire entre ses dents serrées.

Nullement dupe de la fausse contrition de son épouse, Rosaire plissa les paupières, les traits durcis.

— Ne songe pas à me leurrer, Pauline, ou je te jure que tu le regretteras !

Sur cette menace à peine voilée, il tourna les talons, abandonnant sa femme sur place tel un chien galeux. Au loin, un coup de tonnerre retentit, forçant Pauline à s'ébranler malgré le choc que venaient de lui causer ces dernières paroles.

~

En retrait derrière un coin de la grange, Léopold jubilait. Il n'avait rien perdu de l'échange houleux qui venait d'avoir lieu entre les deux époux. Le regard haineux lancé par Pauline Beaupré dans le dos de son mari après que ce dernier se fut retourné ne lui avait pas non plus échappé. Ces informations judicieuses, utilisées au bon moment, serviraient ses plans. Pauline Beaupré pourrait se révéler une alliée précieuse... Après tout, en l'aidant lui dans son entreprise, elle se débarrasserait d'une fille encombrante en la personne d'Aimeline. De plus, un accident était si vite arrivé dans les champs... Elle pourrait se retrouver rapidement veuve, et lui, maître de cette ferme. Un rictus abject ourla ses lèvres à cette perspective.

La tension qui vibrait dans l'air lorsque Rosaire entra dans la maison était palpable. Les enfants étaient assis autour de la table dans un silence pesant, leurs regards angoissés rivés sur la porte. Le changement dans leur physionomie était visible, et même Aimeline n'arrivait pas à masquer son affliction. Rosaire n'avait pas entendu l'échange de paroles entre Pauline et elle, mais il se doutait qu'il avait dû être blessant pour sa fille. Pauline n'avait pas attendu pour s'en prendre à Aimeline. Il marmonna dans sa barbe, se retenant de justesse de jurer. Pour un peu, il aurait maudit le retour de sa femme. Malgré tout, son expression s'adoucit en parcourant la petite assemblée dans la cuisine. Il devait rassurer ses enfants et leur signifier qu'ils ne craignaient rien, qu'il demeurait le seul maître à bord.

— Je n'accepterai pas que l'ambiance revienne comme avant, commença-t-il en laissant transparaître sa volonté. Si votre mère s'avisait de se montrer désobligeante ou injuste envers l'un de vous, vous avez ordre de m'en parler sur-le-champ. Ce n'est plus elle qui prendra les décisions ici. Elle vaquera à ses tâches ménagères, allégeant les vôtres du même coup, ce qui vous donnera plus de temps pour vous amuser un peu.

Quatre bouches s'entrouvrirent avec stupeur, alors qu'Aimeline dévisageait son père avec effarement.

— Votre mère devra tous vous traiter avec bienveillance, ou elle aura à répondre de ses actes devant moi.

Il avait insisté sur «tous» en braquant un regard catégorique sur Aimeline. Elle, plus que quiconque dans cette maison, devait comprendre qu'elle était chez elle.

— À aucun moment, vous ne devrez accepter les comportements d'autrefois. Nous formons une famille unie et votre bonheur prime sur tout le reste, y compris sur le statut de votre mère.

Ses dernières paroles avaient été prononcées de manière plus ferme, ne laissant planer aucun doute sur les sentiments réels qu'il éprouvait envers son épouse. Pauline, qui entra sur ces entrefaites, crispa la mâchoire pour contenir un cri de rage. Alors qu'elle s'apprêtait à gagner la chambre principale avec sa valise, Rosaire l'interpella:

— Viens t'asseoir à la table, femme, le repas est servi.

Aimeline s'étrangla avec sa bouchée de pain en percevant la froideur dans la voix de son père. Mal à l'aise, elle n'osa pas se retourner en direction de sa mère. Quant aux autres membres de la fratrie, ils écarquillèrent si grand les yeux que le tableau fut presque comique.

— Dépêche-toi tandis que c'est chaud, insista Rosaire.

Aimeline échangea un regard surpris avec Esther lorsque leur mère prit place à table avec raideur. Mortifiée et révoltée tout à la fois, Pauline trempa sa cuillère dans la soupe qu'Esther avait posée devant elle, sans prononcer un mot, ce que Rosaire remarqua aussitôt.

— La moindre des politesses serait de dire « merci » à ta fille, déclara-t-il d'un ton tranchant en la fixant avec dureté.

Esther se replia sur elle-même, désirant disparaître séance tenante.

— Merci, émit Pauline du bout des lèvres.

Un ustensile cogna contre un bol sous l'effet de la surprise et Florentine laissa échapper un rire nerveux malgré elle. Rosaire releva un sourcil indulgent à son attention en voyant son inconfort. Il ne permettrait aucun écart à Pauline afin qu'elle comprenne sans ambiguïté où était sa place et à quoi s'en tenir à l'avenir. Profitant de l'arrivée de son épouse pour confirmer la décision qu'il avait prise quelques jours plus tôt, il se tourna vers Aimeline. Son expression déterminée étonna la jeune femme, qui marchait sur des charbons ardents. Qu'importait ce que son père se préparait à dire, Aimeline était certaine que cela créerait de nouveaux remous au sein de la famille déjà passablement ébranlée.

— Dès la fin du repas, tu iras transférer tes effets personnels dans l'ancienne chambre de Violette. Quant à toi, Esther, tu t'installeras dans celle qu'occupait Aimeline avec Charlotte. Puis, vous aiderez ensuite Florentine à emménager avec Margaret. Albert est rendu assez vieux pour dormir seul comme un grand garçon.

— C'est hors de question ! s'insurgea Pauline. Personne n'a le droit de déloger Violette de cette maison.

Le poing de Rosaire s'abattit sur la table avec une telle force que les couverts s'entrechoquèrent, faisant sursauter tout le monde. Aimeline, qui s'apprêtait à protester, n'osa pas répliquer.

— Tu n'as pas ton mot à dire, femme. C'est ma décision ! Pour ta gouverne, sache que Violette n'est plus la bienvenue dans cette demeure. Elle a attiré le déshonneur sur cette famille en s'exhibant avec cet étranger comme une gourgandine.

Pauline blêmit d'un coup. C'était injuste pour sa fille chérie. N'eût été cette infâme Aimeline, rien de tout cela ne se serait produit. Aveuglée par la colère, elle lança un regard hostile en direction de la jeune femme. Rosaire, qui le capta, se releva d'un bond, une expression dure sur le visage. Il aurait dû s'en douter. La haine était ancrée dans le cœur de son épouse, il n'y avait aucun repentir possible pour elle.

— Ramasse ta valise, je te ramène tout de suite au village. Tu coucheras à l'auberge cette nuit. Demain, tu prendras le premier train en partance pour Trois-Rivières.

— Quoi ! s'écria Pauline d'une voix aiguë. Par pitié, s'affola-t-elle en réalisant la pleine mesure de la détermination de Rosaire.

Pour la première fois, Aimeline vit sa mère pleurer. Devant elle ne se dressait plus la femme impitoyable au cœur de pierre, mais une malheureuse au bord de la panique. Chamboulée, elle ignorait que penser.

— Rosaire, ne me chasse pas ! le supplia Pauline en se tordant les doigts. Je n'ai nulle part où aller…, s'étrangla-t-elle en proie à une vive agitation. Cette demeure est ma maison… les enfants…

— Ne les mêle pas à ce pathétique plaidoyer. Nous savons tous deux de quoi il retourne en ce qui les concerne.

Faiblissant, Pauline s'agrippa à la table pour rester debout. Ce n'était pas possible ! Elle n'en revenait pas que Rosaire puisse mettre sa menace à exécution à une telle vitesse, surtout pour une cause qu'elle croyait juste.

— Violette est ta fille…, tenta-t-elle d'une intonation malheureuse. Tu ne peux pas lui tourner le dos…

— Tout comme Aimeline, trancha froidement Rosaire.

Pauline perçut l'avertissement avec une acuité affligeante. Quels que soient les griefs qu'elle nourrissait envers lui, Aimeline devait demeurer en dehors de cela et bénéficier des mêmes égards qu'elle avait pour Violette. Elle eut un haut-le-cœur à cette idée, mais son mari l'avait mise au pied du mur.

— Je te demande pardon, murmura-t-elle d'une voix étranglée en ravalant la bile qui lui brûlait l'œsophage.

Même si elle écumait de rage, il ne lui serait pas permis de défouler sa hargne sur Aimeline. C'était cher payé pour garder sa place dans cette maison. Un seul regard de travers avait suffi à mettre sa position en péril. Mais avait-elle le choix ? Comprenant qu'elle avait finalement rencontré plus fort qu'elle, Pauline courba l'échine pour la première fois, au plus grand étonnement de Rosaire.

Il n'avait aucune envie de passer par-dessus cette première offense, mais le corps figé de Florentine et d'Alfred sur leur chaise fit pencher la balance du côté de sa femme. Les deux petits étaient encore jeunes. Ils avaient besoin d'une mère. Rosaire espérait ne pas regretter la décision qu'il s'apprêtait à prendre.

Monastère des Ursulines de Québec, décembre 1915

Dans sa cellule minuscule et sobre, Charlotte scella l'enveloppe qui contenait une lettre adressée à sa famille. C'était la première qu'elle écrivait depuis sa réclusion. Elle n'avait pas souhaité faire souffrir les siens, mais après plusieurs mois passés à prier dans l'antichambre du monastère sans le moindre contact avec le monde extérieur, elle devait tourner la page. Elle avait eu le temps de soigner la plaie logée dans sa poitrine, même si elle savait qu'elle ne se refermerait jamais complètement.

Elle avait longuement parlé avec la mère supérieure après sa période d'essai comme postulante et elles avaient convenu qu'elle possédait une patience innée et des compétences qui seraient appropriées pour les jeunes pensionnaires du couvent. De plus, Charlotte serait bien placée pour comprendre ce que ces femmes éprouvaient en étant éloignées des leurs. Une douleur familière l'envahit à la pensée des siens et de Clyde. Tous les souvenirs concernant son fiancé faisaient partie intégrante d'elle, et elle était sûre que Dieu ne lui en voulait pas d'entretenir ce jardin secret, car, même en embrassant la vie religieuse, elle ne pourrait effacer Clyde de sa mémoire. Il l'accompagnerait jusqu'à sa tombe et elle était persuadée qu'à son arrivée au paradis, il l'attendrait. Du moins, elle se raccrochait à cet espoir, telle une noyée à une bouée.

D'ici là, elle consacrerait son existence de mortelle à la prière et à l'éducation, faisant vœu de pauvreté, de chasteté et d'obéissance. Bien qu'elle n'ait aucune expérience en enseignement, elle était certaine qu'elle ferait une bonne maîtresse d'école et qu'elle serait un réconfort pour ces petites filles de la bourgeoisie arrachées à leur famille et placées au pensionnat. Elle les aimerait de manière égale, avec tout son cœur, transposant sur elles l'affection qu'elle ne pourrait jamais donner à ses propres enfants, ceux qu'elle n'aurait pas avec Clyde.

Elle frôla sa chevelure maintenant coupée court. Elle avait commencé son noviciat et, après une période de deux ans, elle déciderait d'entrer définitivement dans les ordres pour le restant de ses jours ou de retourner à une vie normale en dehors du couvent. Convaincue de son choix, elle portait avec abnégation l'habit traditionnel des sœurs. Elle jeta un regard à la guimpe suspendue au crochet de sa porte. Endosser ce voile lui avait paru étrange dans un premier temps, mais elle s'y était habituée. Désormais, il faisait partie de l'armure qui la protégeait du monde extérieur, au même titre que la tunique recouvrant son corps devenu chétif et que la ceinture de cuir entourant sa taille.

Du bout des doigts, elle suivit les lettres dessinées sur l'enveloppe cachetée. Elle devinait qu'Aimeline devait souffrir de son silence. Elles avaient été si proches l'une de l'autre. Sa présence familière lui manquait, surtout au cœur de la nuit lorsqu'elle était en proie aux cauchemars. Leur complicité de jadis laissait un vide dans son cœur, mais c'était mieux ainsi. Avec un peu de chance, Aimeline lui pardonnerait et aurait droit un jour au bonheur qui lui avait été cruellement refusé.

12

Métis, février 1916

Le froid mordant de l'hiver arracha un frisson à Aimeline, qui, normalement, aimait cette saison avec son manteau de neige qui recouvrait le paysage environnant. Cependant, c'était différent cette fois-ci, et la période des fêtes lui avait laissé un goût amer dans la bouche. Sans la présence de Charlotte, la vie n'était plus la même. Et dire qu'il y avait un an, Aimeline assistait aux fiançailles de sa sœur et de Clyde. Cette époque de réjouissances lui paraissait si lointaine qu'elle avait l'impression d'avoir vieilli de dix ans. Un sentiment de tristesse s'empara d'elle, qu'elle s'empressa de refouler. Elle était épuisée d'avoir le cœur en miettes, et le silence soutenu de Darren ne l'aidait pas à se sentir mieux.

Secouant la tête avec humeur, elle dirigea son regard voilé vers la ferme des McNeil. Eux aussi étaient sans nouvelles de Darren depuis le printemps passé. Une larme solitaire roula sur sa joue, puis se figea en cristaux glacés sur sa peau rougie. Le mois de février ne se montrait guère clément cette année, de quoi renforcer les émotions amères qui la rongeaient.

Par chance, le retour de sa mère avait été plus facile qu'elle ne l'avait appréhendé de prime abord. Pauline se montrait plus juste envers les petits, voire attentionnée à l'occasion. Aimeline était la seule à ne pas bénéficier de cette soudaine bienveillance. Mais du moins, sa mère ne la couvrait plus de propos hargneux. Toutefois, son animosité à son égard demeurait sous-jacente. Aimeline s'ébroua pour chasser ces sombres pensées. Rien ne servait de ressasser ce qui n'était plus, à commencer par Darren McNeil.

Depuis peu, elle avait compris qu'elle ne devait plus attendre quoi que ce soit de lui ni dépenser son énergie à lui en vouloir. Il l'avait effacée de son existence, sans égard pour la souffrance qu'il lui infligeait. Ils auraient pu mutuellement se réconforter de la perte de Clyde et de la désertion de Charlotte. Au lieu de cela, Darren l'avait froidement ignorée. Elle avait passé par une gamme complète d'émotions et avait perdu de son entrain. Mais elle ne pouvait plus supporter cette vie emplie d'incertitudes. Le temps était venu pour elle de mettre une croix sur Darren McNeil et ses rêves le concernant. Elle était donc revenue au point de départ, et Dieu que ce retour cruel en arrière était douloureux, surtout après l'espoir que le jeune homme avait fait naître dans son cœur…

L'unique lumière qui perçait à travers toute cette noirceur était la lettre de Charlotte qu'elle avait reçue juste avant les fêtes. Aimeline avait été soulagée de voir que sa sœur sortait de son isolement, s'autorisait une existence autre que la réclusion en décidant d'enseigner au couvent. Un choix judicieux, selon Aimeline, qui connaissait suffisamment sa cadette pour savoir qu'elle se révélerait un rayon de soleil dans la vie austère des fillettes placées sous sa tutelle. Ces petites trouveraient une âme aimante et prévenante en sa personne. Aimeline eut un sourire triste en songeant à ces pensionnaires, qui remplaceraient les enfants que Charlotte aurait dû avoir avec Clyde. Son cœur se serra de nouveau.

Alors qu'elle ramenait son regard sur la grange, son attention fut attirée par un mouvement dans la fenêtre située sur la façade. Elle cligna des paupières, perplexe, puis se dirigea d'un pas hésitant vers la bâtisse. Elle frotta le carreau de sa mitaine. En se penchant, elle constata qu'il n'y avait personne derrière la vitre givrée. Ce devait être le fruit de son imagination… Toutefois, pour en avoir le cœur net, elle s'avança vers la porte principale et l'ouvrit, baignant les lieux de la lumière pâle du soleil hivernal.

Elle fut assaillie par l'odeur marquée des animaux, mais étant habituée au fumet puissant, elle n'en eut cure. Elle balaya l'intérieur du regard avec acuité, à la recherche d'un intrus. Tout semblait normal : les vaches et les chevaux broutaient tranquillement dans leurs enclos et les poules picoraient ici et là en caquetant. Aimeline eut un rire de soulagement en tournant les talons. Elle s'apprêtait à refermer le battant quand un craquement retentit à l'étage. Elle figea d'emblée, tous ses sens en alerte, puis des picotements parcoururent sa nuque en percevant le poids d'un regard posé sur elle. Le souffle court, elle pivota avec lenteur alors que le temps semblait suspendu. Elle leva les yeux vers le plafond, mais la noirceur qui y régnait l'empêchait de discerner quoi que ce soit.

— Aimie ! l'appela une petite voix aiguë derrière elle.

Aimeline sursauta en poussant un cri d'effroi. Une main plaquée sur la poitrine, elle se retourna vivement.

— Seigneur ! Tu m'as fait peur ! s'exclama-t-elle en reconnaissant Margaret.

— Je suis désolée, Aimie, s'excusa la petite en arborant une mine contrite. Mais il faut que tu viennes vite à la maison. Mère a reçu une lettre et refuse de la montrer à père.

À voir les traits empreints de gravité de sa sœur, Aimeline comprit que la situation était tendue. Elle fronça les sourcils en jetant un dernier regard en direction de l'escabeau qui menait à l'étage. Les animaux ne semblaient pas nerveux, ce qui aurait été différent si un intrus avait pénétré dans la grange. Ce devait être le vent qui avait fait craquer le bois au-dessus d'elle. Haussant les épaules, elle revint à Margaret, qui s'était emparée de sa main droite et qui la tirait avec insistance.

— Allez, Aimie !

La jeune femme s'exécuta sans se questionner davantage. Dès qu'elle fut à l'extérieur, une silhouette émergea de l'ombre. *Il s'en est fallu de peu*, songea Léopold en esquissant un rictus cynique.

En approchant du perron, Aimeline perçut distinctement des éclats de voix. Elle s'empressa de gravir les marches et d'entrer à l'intérieur de la demeure. Elle se pétrifia en avisant la scène. Son père se dressait sur le seuil de la chambre nuptiale, un regard noir braqué sur son épouse, alors que l'un de ses pieds bottés empêchait celle-ci de refermer la porte.

— Je te le demande une dernière fois, Pauline. Donne-moi cette foutue enveloppe ! tonna-t-il.

Aimeline eut un son étranglé en l'entendant jurer de la sorte. À ses côtés, Margaret fila droit vers l'escalier rejoindre ses sœurs et son frère blottis sur le palier. Aimeline était abasourdie. Elle n'avait jamais vu son père s'oublier de cette façon en leur présence ni être en colère à ce point, mis à part lors de ce fameux repas où il avait failli renvoyer sa mère d'où elle venait.

— Je refuse ! s'écria Pauline au bord de l'hystérie. Elle m'est adressée…

Rosaire frappa le cadrage en bois de son poing, arrachant un hoquet de stupeur à sa femme. Sa fureur était palpable. Visiblement, il était sur le point d'exploser. Un nœud se forma dans le ventre d'Aimeline, qui n'y comprenait rien. À quoi rimait toute cette histoire ? C'est alors que Pauline fonça sur son mari, le prenant par surprise. Elle se baissa avec vivacité à la dernière seconde et passa sans contrainte sous son bras. Plus vive que lui, elle s'élança vers le foyer du salon et y lança la missive roulée en boule qu'elle tenait dans la main. Alors que les flammes commençaient à lécher le papier, Rosaire bondit en rugissant et n'hésita pas une seule seconde à s'en emparer. Pauline tenta de l'en empêcher, mais il la repoussa sans ménagement.

Sous le regard incrédule d'Aimeline, Pauline sauta au visage de son époux, toutes griffes dehors, déterminée à lui ravir la lettre. Elle laissa échapper un cri de désespoir lorsque Rosaire l'immobilisa sans difficulté.

— Ça suffit, femme, ou je te jette dehors ! hurla-t-il en resserrant sa prise pendant que Pauline se démenait comme une folle.

Comme il l'entraînait vers la porte, Pauline comprit qu'il était sérieux. Il allait s'exécuter, même par ce temps froid. Ses forces l'abandonnèrent d'un coup. Toute résistance était futile et nuirait à sa position précaire. Mieux valait tempérer ses ardeurs et chercher un moyen d'esquiver la catastrophe qui lui pendait au bout du nez, car, s'il prenait connaissance du contenu de la missive, Dieu seul sait de quelle manière Rosaire réagirait.

Suspicieux, Rosaire relâcha son épouse avec précaution avant de prendre ses distances. Piètre lecteur, il fit signe à Aimeline de le rejoindre. Elle s'avança d'un pas incertain, nullement désireuse de se retrouver mêlée au conflit qui opposait ses parents. Dès qu'elle fut parvenue à sa hauteur, son père lui tendit la boule en gardant le regard rivé sur sa femme. Aimeline lança un coup d'œil craintif en direction de sa mère, qui demeurait immobile, le corps raide, tel un ressort prêt à se rompre.

— Lis, Aimeline, lui intima Rosaire en utilisant un ton moins coupant à son égard, mais tout aussi catégorique.

Aimeline ramena son attention sur la lettre froissée et la déplia avec lenteur. Un coin du papier était racorni à cause des flammes qui l'avaient léché, mais le contenu du message était intact. Elle commença à lire en silence les premières lignes, avant de s'interrompre abruptement. D'instinct, elle fit un signe en direction du reste de la fratrie postée en haut des marches.

— Il serait préférable que les enfants ne soient pas présents, souligna-t-elle d'une voix hésitante en portant un regard trouble sur son père.

Appréhendant le pire, Rosaire fixa son épouse avec dureté.

— Retournez dans vos chambres, commanda-t-il aux petits.

À peine eut-il terminé sa phrase que des pas précipités retentirent à l'étage, suivis d'une porte qui claqua. Aimeline en fut soulagée, certaine que ses sœurs et son frère s'étaient réfugiés dans la même pièce pour se soutenir entre eux.

— Je t'écoute ! décréta Rosaire.

Elle tressaillit, puis se mordit l'intérieur de la joue. Mais l'attitude de son père se voulait implacable, alors elle poursuivit sa lecture jusqu'au bas de la lettre. Un hoquet d'horreur la trahit, puis le sang déserta son visage. Elle avait l'impression que l'on avait retiré tout l'air de ses poumons. Elle ouvrit la bouche, puis la referma en secouant la tête. Par réflexe, elle chercha les yeux de sa mère, mais Pauline fixait le sol.

— Aimeline…, gronda Rosaire en s'impatientant.

— Je…, hésita-t-elle.

Une lourde main se posa sur son épaule, l'ancrant dans le moment présent.

— Cette lettre est de Violette, parvint-elle à prononcer d'un trait.

— Je le savais, grogna Rosaire en fusillant sa femme du regard. J'imagine que ce n'est pas la première.

C'était plus une affirmation qu'une question, mais Aimeline acquiesça pendant que Pauline serrait les lèvres. D'après les propos de Violette, sa mère et sa sœur entretenaient une correspondance assidue depuis un bout de temps. Néanmoins, Pauline n'en avait pas soufflé mot à son époux, le laissant sciemment dans l'ignorance.

— Que raconte-t-elle ?

— Violette se trouve… Elle est… en compagnie de cet homme… Christopher, annonça Aimeline dans un filet de voix.

Son père prit une bruyante inspiration et rétrécit les yeux, chaque muscle de son corps s'était crispé.

— Est-ce qu'elle mentionne s'ils sont mariés ?

Aimeline déglutit avec peine en hochant la tête. En fait, son aînée avouait ouvertement qu'ils étaient amants. Aimeline se sentit mal. Il lui était arrivé de cacher des informations névralgiques jadis, mais elle ne pouvait récidiver cette fois-ci, c'était trop grave.

— Elle dit qu'ils entretiennent…, commença-t-elle en s'empourprant, incapable de poursuivre.

— Je comprends, la rassura Rosaire en réponse à l'embarras évident de sa fille. Est-ce tout ?

Il semblait las tout à coup, et Aimeline souffrait de lui assener ce coup brutal.

— Elle est… Elle a eu… un bébé, se résigna-t-elle à prononcer, blanche comme un linge. Elle l'a laissé dans un orphelinat à Québec, s'empressa-t-elle de terminer, pressée d'en finir avec cette épreuve.

La main retomba de son épaule. Les traits tirés, Rosaire poussa un soupir accablé.

— Va rejoindre les autres en haut, souffla-t-il, le cœur lourd. Je dois m'entretenir en privé avec ta mère.

Aimeline acquiesça en silence, puis s'exécuta, l'âme en peine. Avant de monter à l'étage, elle jeta un dernier regard à son père. Rosaire gardait les bras tendus le long de son corps dans une posture rigide. Un poing enserra la poitrine d'Aimeline.

Comment la famille allait-elle se remettre de cette nouvelle catastrophique ? Quel avenir auraient ses sœurs cadettes et elle-même si ce scandale venait à s'ébruiter ?

Québec, août 1916

Aimeline se tenait droite devant la porte peinte en rouge vif de la bâtisse de pierres nichée au cœur du Vieux-Québec. Au loin, une cloche tinta, sans doute pour avertir les pensionnaires que l'heure était venue de se rendre au réfectoire pour le dîner. Face à ce bâtiment imposant, elle avait l'impression d'être minuscule. À moins que son inconfort n'eût été causé par son imminente rencontre avec Charlotte. Malgré la température accablante de cette fin d'août, Aimeline frissonna. Pourtant, elle ne devrait pas se sentir nerveuse à ce point. Charlotte et elle avaient échangé de nombreuses lettres depuis les fêtes. De plus, même si elle avait l'intention de prononcer ses vœux, Charlotte demeurait sa sœur. Elles avaient été proches par le passé, complices dans leurs aventures. Il n'y avait aucune raison pour que leur relation change.

Elle pressa ses paumes moites l'une contre l'autre. Que craignait-elle en réalité ? De ne pas reconnaître la Charlotte chère à son cœur et d'avoir l'impression de se retrouver devant une étrangère aux traits familiers ou de connaître la morsure du rejet de la part de sa cadette ?

Elle n'eut pas le loisir de se morfondre davantage, car le battant s'ouvrit, dévoilant une religieuse d'un certain âge au visage fermé.

— Que puis-je faire pour vous ? s'informa l'ursuline d'un ton sec.

Aimeline fut surprise par cet accueil distant, mais elle se remit rapidement.

— Je suis venue rendre visite à ma sœur. Elle m'attend au parloir.

En apercevant le froncement de sourcil de la femme, Aimeline se reprit en vitesse, consciente de sa maladresse.

— Excusez-moi… Je voulais dire sœur Charlotte de Métis.

L'air revêche, son interlocutrice se décala à contrecœur, comme si elle rechignait à la laisser entrer. Puis, après avoir refermé la porte dans un bruit sourd, elle lui indiqua du menton de la suivre. Elles remontèrent en silence le couloir d'une aile qui longeait la cour intérieure, où un petit nombre de religieuses se recueillaient, une bible entre les mains. À cause de l'étroitesse des fenêtres à carreaux, elle n'arrivait pas à en voir plus. Avec curiosité, elle observa au passage les murs de pierres couverts d'enduit de crépi, les battants massifs en chêne qui débouchaient sur des salles closes. S'agissait-il de classes, de dortoirs ou, qui sait, de latrines ? Sa guide demeurant emmurée dans un mutisme pesant, Aimeline n'osa pas l'interroger.

Au bout de quelques secondes, la nonne s'immobilisa devant une porte et l'ouvrit sans prendre la peine de signaler à la visiteuse de la suivre. Elles aboutirent dans une pièce exiguë d'un blanc immaculé munie d'un crucifix en bois ainsi que d'images pieuses. Aimeline se sentit d'emblée à l'étroit dans cet environnement austère. La tourière lui signala de s'asseoir sur un banc étroit situé sous une ouverture grillagée au fond de la pièce. Derrière les tiges de métal se trouvait une silhouette recouverte d'une longue tunique, le visage à peine visible.

— Charlotte…, souffla Aimeline d'une voix étranglée en s'avançant vers sa sœur.

Par réflexe, elle tendit les doigts entre les barreaux pour la toucher, mais un raclement de gorge lui indiqua qu'un tel geste était proscrit. À cause de la pénombre qui régnait sur place, il lui était difficile de discerner l'expression de Charlotte.

— Charlotte…, murmura-t-elle une seconde fois avec incertitude.

— Bonjour, Aimeline, lui répondit une intonation familière.

Elle dut retenir un sanglot. Bouleversée, elle se laissa choir sur le banc, les yeux rivés sur la forme voilée. Elle peinait à reconnaître sa cadette sous la tunique noire et la guimpe blanche.

— Je vais bien, tenta de la rassurer Charlotte à la vue de la mine défaite de son aînée. Je suis en paix ici.

— Je suis heureuse pour toi, parvint à prononcer Aimeline sans grande conviction. Tu nous manques énormément, ne put-elle s'empêcher de lui confier.

— Vous aussi, lui confirma sa sœur avec émotion. Comment se portent les petits ?

— Esther te lancerait l'un de ses regards courroucés si elle t'entendait l'appeler comme ça. C'est une jeune fille désormais, elle a presque dix-sept ans, s'efforça de plaisanter Aimeline.

— Déjà ! s'exclama Charlotte, étonnée.

Le cœur gros, elle prit soudain conscience que le temps poursuivait son cours en dehors de ces murs. Ce qui signifiait que Margaret avait maintenant douze ans, Florentine, dix et

Alfred, presque huit. Ce constat la laissa sans voix, l'affectant plus qu'elle ne l'aurait cru. Ce qui signifiait aussi qu'Aimeline avait vieilli. À vingt ans, elle était plus qu'en âge de se marier.

— Toujours pas de nouvelles de Darren ? s'informa-t-elle.

— Aucune, répondit Aimeline en soulevant les épaules avec une résolution feinte.

— Je suis désolée…

— Il ne faut pas. Peut-être devrais-je entrer chez les Ursulines comme toi. Ainsi, nous pourrions finir nos jours ensemble.

— Tu y serais misérable, dit Charlotte avec une pointe de mélancolie.

— Et toi ? demanda Aimeline avec douceur.

Charlotte ne sut que dire. En réalité, sa foi vacillait depuis quelque temps, tout comme sa détermination. Contrairement à ce qu'elle s'était imaginé, il y avait peu de place pour l'amour dans un pensionnat. Pire, force lui était de reconnaître que la vie au couvent était souvent dépourvue de chaleur humaine. C'était à croire que les religieuses considéraient les fillettes sous leur supervision comme des êtres dénués d'émotions. Charlotte souffrait de cette froideur et s'était fait réprimander plus d'une fois par la mère supérieure pour ses débordements affectifs. En définitive, l'existence austère que menaient les âmes qui séjournaient à l'intérieur de ces murs ressemblait plus à celle des nonnes cloîtrées, et l'endroit prenait des allures de prison.

Charlotte se morigéna aussitôt. Elle-même était logée, nourrie et entourée des autres membres de sa congrégation. Tout ce qu'elle devait faire en retour, c'était de se dédier à Dieu et d'alléger du mieux qu'elle le pouvait la situation de fillettes placées sous sa tutelle. De plus, elle était tout près de la crèche où avait été abandonné son neveu, le bambin illégitime de Violette. Si un malheur devait survenir, elle trouverait un prétexte pour s'y rendre et intervenir. Quand Aimeline lui avait parlé de l'enfant dans l'une de ses lettres, elle n'en avait rien dit aux religieuses par prudence et elle s'était empressée de brûler la missive. Le petit Ernest avait été conçu dans le péché, et les sœurs qui œuvraient dans les orphelinats éprouvaient peu d'empathie pour les enfants de cet acabit.

Sa surprise avait été grande en apprenant par Aimeline que ses parents avaient décidé de recueillir le bébé sous leur toit une fois qu'il serait en âge de voyager sans risque. Ce qui était affligeant, c'était que, malgré le placement à venir, les sœurs refusaient de le baptiser, condamnant son âme à la damnation éternelle si jamais il mourait entre-temps.

— Sais-tu quand les parents doivent venir chercher Ernest? s'enquit Charlotte assez bas pour n'être entendue que de son aînée.

L'anxiété qui perçait dans sa voix trouva un écho chez Aimeline.

— J'ai reçu une lettre de mère à ce propos. Je dois retourner à Métis avec Ernest en compagnie de cousine Rosina sous peu. J'ignore pour quelle raison, mais mère tenait à ce que je demeure sur place durant cette période d'attente et à ce que ce soit moi qui le ramène. Je n'ai rien contre des vacances dans la vieille ville, mais plusieurs mois se sont écoulés depuis mon arrivée. Je m'ennuie de la mer et de la ferme.

C'était plus que cela, et Aimeline n'osait l'avouer à sa benjamine, se perdant en conjectures. Elle habitait chez Rosina depuis le mois d'avril et c'était tout juste si elle avait eu la permission de mettre le nez dehors. De plus, toute visite au couvent lui avait été refusée jusqu'à aujourd'hui, ce qu'elle ne comprenait pas. Pas plus que l'hostilité que lui avait manifestée la tourière qui était assise en retrait et qui les observait en affichant une mine rébarbative.

— Une fois à Métis, Rosina poursuivra sa route jusqu'à Halifax pour aller y voir une amie. Père devrait m'attendre à la gare pour me ramener à la maison.

— Je suis heureuse pour le petit Ernest. Il aura plus de chance de grandir sainement, entouré des siens. Promets-moi cependant d'insister auprès de père pour le faire baptiser dès que possible, car je crains pour le salut de son âme.

Aimeline le lui jura, tracassée comme sa cadette par ce point. Mais en réalité, c'était toute cette histoire qui la laissait perplexe. Quelque chose lui échappait. D'accord, sa mère vouait un amour inconditionnel à Violette, mais pourquoi avoir tant voulu prendre Ernest sous son toit étant donné son statut illégitime ? Toujours est-il que son père s'était plié de bonne grâce à cette requête. D'autant plus qu'il s'agissait d'un petit garçon. Afin d'épargner la famille d'un scandale, Pauline et lui avaient convenu de dire qu'Ernest était le fils orphelin d'une lointaine parentèle de Rosaire qu'ils recueillaient à leur ferme par charité. C'était une piètre explication, mais elle en valait bien d'autres. Même Margaret, Florentine et Alfred ignoraient la vérité.

— Tu as visité un peu Québec ? demanda Charlotte à sa sœur pour alléger l'atmosphère qui s'était alourdie.

— Pas vraiment ! Je devais rester aux côtés de cousine Régina, qui n'était pas assez bien portante pour m'accompagner. Et étant donné que je ne pouvais pas me promener sans chaperon dans les rues de la ville, j'ai passé une grande partie de mes journées à lire et à broder dans le jardin.

— Pauvre de toi, se moqua gentiment sa sœur.

Elle se doutait que cette oisiveté forcée avait dû saper le moral d'Aimeline, elle qui était habituée à vivre au grand air et à travailler fort.

— C'était agréable au début, mais je m'en suis vite lassée, déclara Aimeline en grimaçant.

Charlotte retint de justesse un éclat de rire. Faire preuve de réserve était de mise entre ces murs austères, aucun débordement n'était permis. Retrouvant son sérieux, elle se pencha vers l'avant.

— Je serai toujours là pour t'écouter, si tu as envie de parler.

— Pour ça, il faudrait que les religieuses soient d'accord, argua Aimeline avec une pointe de mécontentement.

— C'est ma faute. J'ai été désobéissante, lui confia Charlotte en affichant une mine contrite. J'ai été obligée de demeurer en réclusion pendant plusieurs semaines pour expier mes péchés.

— Toi ! s'exclama Aimeline, plus fort qu'elle ne l'aurait dû.

Inquiète, elle coula un regard par-dessus son épaule en direction de la tourière, laquelle s'était davantage renfrognée.

— Oups…, fit-elle en revenant à Charlotte.

Cette dernière jeta un coup d'œil succinct vers la nonne. Soucieuse, elle reporta son attention sur son aînée.

— Disons que je me suis exprimée un peu trop librement sur le sort des pauvres pensionnaires, poursuivit-elle. Ce qui a déplu à la mère supérieure.

— Tu m'en vois désolée.

— Ce n'est pas grave. Ce n'est rien en comparaison de la vie stricte de ces fillettes. Les plus chanceuses quitteront vite cette enceinte. Quant aux autres…

Elle préféra ne pas terminer sa phrase. Aimeline n'avait pas à porter le poids de ce fardeau sur ses épaules ni à savoir le nombre de petites qui pleuraient dans leur lit la nuit venue.

— C'est fini ! intervint de manière abrupte la religieuse acariâtre derrière Aimeline.

Cette dernière afficha une mine attristée, regrettant que cette visite ait été aussi courte.

— Je reviendrai dès que possible, promit-elle en se relevant. J'aimerais tant pouvoir te serrer dans mes bras, chuchota-t-elle d'une voix malheureuse en insérant ses doigts entre les barreaux.

Charlotte les frôla en vitesse, profitant du fait que sa sœur était debout et la soustrayait temporairement au regard de la tourière. Charlotte ne s'attendait pas à ce que le départ de sa sœur la fasse souffrir autant ni à ce que cette rencontre remue des émotions contradictoires en elle. Aimeline lui sourit avec douceur avant de lui envoyer un baiser soufflé.

Lorsque la porte se referma sur sa sœur, Charlotte eut l'impression qu'on l'arrachait aux rayons bienfaisants du soleil. La bouffée d'oxygène que son aînée avait apportée avec elle lui manquait déjà. Des larmes montèrent à ses yeux. L'austérité du couvent lui pesait, comme si les murs de pierres se refermaient sur elle.

~

À son retour chez sa cousine, Aimeline avait une lettre qui l'attendait. Sa surprise fut grande en découvrant qu'elle venait de Métis, et en particulier de Nora. Elle fixa l'enveloppe pendant quelques secondes sans arriver à se résoudre à la décacheter. C'était insensé, et elle le savait. Nora était son amie d'enfance, même si elles ne s'étaient pas vues depuis la mort tragique de Clyde. Tout en prenant une bonne respiration, elle se résigna à en prendre connaissance. Ses mains tremblaient, l'empêchant de déchiffrer l'écriture en pattes de mouche de la jeune femme. Elle ferma les paupières, puis expira avec lenteur avant de les rouvrir.

Elle lut la lettre une première fois, puis une seconde avant de parvenir à enregistrer son contenu. Elle se laissa tomber avec lourdeur sur le banc de quêteux situé à l'entrée, ses jambes refusant de la porter plus longtemps. Nora lui parlait des membres de sa famille et lui mentionnait par la même occasion qu'Eliot songeait sérieusement à s'enrôler. Elle lui expliquait le bonheur éprouvé par les siens, car Darren s'était décidé à donner signe de vie.

Aimeline tritura la feuille de papier entre ses doigts, le regard brillant de larmes. Contre toute attente, Darren se trouvait à Québec depuis un moment, et pas à Montréal. Il travaillait sur le chantier de construction du pont de Québec. D'instinct, la jeune femme tourna la tête vers la fenêtre qui donnait sur la rue, s'attendant presque à le voir surgir.

Aimeline vérifia la date du cachet sur l'enveloppe. Celle-ci avait été postée il y avait un mois. Tout ce temps passé dans la même ville que Darren sans le savoir. Le coup qu'elle venait de recevoir en plein cœur la laissa pantelante. Elle appuya sa nuque douloureuse contre le mur derrière elle en fermant les paupières. Heureusement, Rosina faisait une sieste à cette heure, elle ne serait pas témoin de son émoi.

Elle souleva la lettre devant ses yeux. Le dernier segment du pont devrait être soudé en place le 11 septembre, et toute la famille McNeil serait présente pour assister à l'événement. Nora lui transmettait l'invitation de ses parents à se joindre à eux pour cet instant historique. Aimeline émit un faible gémissement et ses mains retombèrent sur ses cuisses. Comment faire face aux McNeil après tout ce temps, surtout qu'elle risquait de croiser Darren ? Les larmes qu'elle n'était pas parvenue à contenir l'aveuglèrent, puis un sanglot s'échappa de sa gorge nouée. C'était au-dessus de ses forces !

~

Québec, septembre 1916

Les deux semaines qui s'étaient écoulées depuis la réception de la lettre de Nora s'étaient égrenées avec une lenteur insupportable, d'autant plus qu'Aimeline n'avait pas pu revoir Charlotte. La tourière qui les avait surveillées dans le parloir s'était plainte à la supérieure, prétextant que les deux jeunes femmes avaient discuté à voix haute et sans retenue, alors que le chuchotement était de mise en ces lieux saints. Par conséquent, Charlotte avait été une nouvelle fois privée de visite, au plus grand dam d'Aimeline. C'était la goutte d'eau qui avait fait déborder le vase. Avide de chaleur humaine, elle avait accepté l'invitation des McNeil. Toutefois, elle s'était promis de s'éclipser avant que Darren ne rejoigne son clan, pour éviter de souffrir inutilement.

Levée à l'aurore, Aimeline commençait à ressentir les affres d'une nuit blanche passée à se retourner dans son lit. Elle bâilla en s'ébrouant. Elle devait se dépêcher de faire ses ablutions, car les hommes de la famille McNeil tenaient à voir les bateaux partir de l'anse Sillery au petit matin, pour se rendre ensuite à l'emplacement où serait hissée la section centrale du pont. Elle s'aspergea le visage avec de l'eau froide pour se rafraîchir. En épongeant sa peau, elle croisa son propre reflet dans le miroir. *Seigneur! J'ai une tête de déterrée,* pensa-t-elle. D'humeur sombre, elle termina de se préparer sans entrain, puis s'empara d'un morceau de fromage et d'une petite miche de pain dans la cuisine. Elle enveloppa le tout dans un chiffon, l'estomac trop retourné pour avaler quoi que ce soit dans l'immédiat.

En ouvrant la porte avec précaution pour ne pas réveiller sa cousine, elle fut happée par la fraîcheur du matin. Elle ne fut pas surprise de constater que les McNeil patientaient devant la maison. Avant qu'elle ne puisse émettre la moindre parole, Nora sauta en bas de la charrette et s'élança vers elle dans un cri de joie. Son amie l'étreignit avec une telle force qu'Aimeline en eut le souffle coupé.

Eliot les rejoignit d'un bond souple et embrassa avec chaleur la joue de sa chère voisine, comme l'aurait fait un grand frère.

— Viens, le reste de la famille a hâte de te dire bonjour, dit-il avec une pointe d'amusement dans la voix en désignant ses parents.

Aimeline fut émue de cet accueil affectueux, ne s'attendant pas à un traitement de cette envergure. Le cœur gros, elle se dirigea vers l'arrière du véhicule, Nora pendue à son bras. Elle accepta ensuite la main que lui tendit Gordon pour l'aider à monter. Sensible à la ressemblance marquée que partageait le jeune homme avec Darren, elle déglutit avec peine. Moyra, l'épouse de Gordon, lui dédia un sourire amical.

— Heureuse de vous revoir, Aimeline!

Aimeline cligna des paupières. Touchée au-delà des mots, elle prit place dans la charrette avec un léger malaise. Nora s'assit à sa gauche et enlaça ses doigts aux siens. Sur le banc avant, Fenella l'enveloppa d'un regard empli de tendresse, tandis que, dans un éclat de rire joyeux, Douglas la salua de la tête avant d'ordonner au cheval de s'ébranler.

~

La frénésie était palpable dans le véhicule, tout comme dans les rues de la vieille partie de la ville. C'était à croire qu'ils se trouvaient en plein cœur de la journée, et, plus ils approchaient du pont, plus l'activité s'intensifiait. Il était juste sept heures; pourtant, des milliers de personnes se massaient de chaque côté de la rive. Il faut dire que cette construction colossale représentait un défi de taille, du jamais vu auparavant. Aimeline avait lu dans les quotidiens que plusieurs ministres et dignitaires se tiendraient à bord de navires affrétés pour l'occasion. Même sir Wilfrid Laurier se déplacerait pour assister à cet événement historique. Des journalistes, ainsi que des citoyens venus des quatre coins de la province, avaient voyagé durant la nuit pour être présents, ce qui était le cas de la famille McNeil.

Un banc de brouillard s'était formé sur le fleuve à l'aurore, nimbant les lieux d'un décor presque surnaturel. Par chance, la brume commençait à se dissiper, au plus grand soulagement des spectateurs. Trois remorqueurs tiraient avec précaution la partie centrale du pont et cinq autres s'assuraient depuis l'arrière qu'elle ne déviait pas de sa trajectoire. C'était fascinant de voir ce monument de métal glisser avec grâce sur l'eau, tel un magnifique cygne.

Lorsque Douglas trouva un espace disponible près de la rive, le tronçon avait atteint sa destination et des ouvriers s'activaient à fixer les extrémités aux quatre lames qui le tiendraient suspendu durant sa montée. Aimeline eut une pensée pour Darren, qui était aux premières loges. Désorientée par cette vision surréelle, elle porta une main à son front. Que faisait-elle ici ? Autour d'elle, la foule s'anima avec enthousiasme dès que l'arche s'éleva dans les airs. Des coups de sifflet retentirent des bateaux massés le long du fleuve pour marquer l'exploit. Incapable de se détendre, Aimeline retint sa respiration. Une portion du pont s'était effondrée neuf ans plus tôt, entraînant la mort de plusieurs hommes. Darren se tenait sur la partie centrale avec d'autres travailleurs, en équilibre au-dessus du vide. Le cœur étreint dans un étau, elle pressa ses paumes ensemble, priant en silence pour que l'opération ne tourne pas au drame. La mère de Darren devait éprouver les mêmes appréhensions qu'elle, car ses lèvres remuaient dans une supplique muette.

La traverse de métal poursuivait son ascension avec lenteur et se trouvait à quinze pieds de l'onde lorsque, soudain, une secousse fit trembler la structure, suivie d'un grincement sinistre. Darren eut tout juste le temps de lever les yeux vers Liam avant d'être brusquement soulevé sur le tablier. Il s'accrocha à l'une des poutres par réflexe quand l'agrafe qui retenait le coin du côté nord céda. La chaîne le frôla de peu en fouettant l'air. Puis, il y eut un flottement de quelques secondes et les autres grappins lâchèrent à tour de rôle sous la pression dans un bruit de détonation assourdissant. Darren sentit son cœur remonter dans sa gorge quand le tronçon plongea dans une chute vertigineuse.

Au moment de l'impact avec la surface de l'eau, il fut arraché à sa prise. Un énorme éclaboussement fit rejaillir des jets d'eau sur tout ce qui se trouvait dans un rayon rapproché. Puis, les remous provoqués par cette giclée phénoménale entraînèrent les hommes vers le fond avec une force démesurée. Darren culbuta sur lui-même et, désorienté, il ne fut plus en mesure de différencier le bas du haut. Dans un détour étrange de son esprit, son subconscient le ramena au jour maudit où Clyde avait perdu la vie. Tout comme son frère, Darren allait mourir noyé. Une barre de fer tordue se détacha de la structure, entaillant la manche de sa chemise et sa peau en s'enfonçant dans le fleuve. Sous la douleur cuisante, il expira le restant d'air qui se trouvait dans ses poumons. Autour de lui, l'eau était brouillée. Suffoquant, il eut une pensée pour Aimeline. S'il décédait maintenant, elle ne saurait pas qu'il l'avait tenue à l'écart durant tout ce temps parce qu'il ne se sentait plus digne d'elle. Une tristesse sans fond l'envahit alors que son corps était parcouru de spasmes incontrôlables.

Liam fixait l'onde obscure qui venait d'engloutir le tronçon, emportant Darren dans son sillage. Suspendu dans le vide, il s'agrippait à la chaîne qui retenait quelques secondes plus tôt l'une des extrémités. Il avait été rudement secoué, mais il s'y était raccroché avec l'énergie du désespoir, conscient qu'il en allait de sa survie. Alors qu'il était ramené par des compères sur la partie intacte du pont, il vit des ouvriers émerger de l'eau et tenter d'atteindre la berge à la nage. Des navires aidaient les malheureux, mais impossible de distinguer les traits des rescapés à cette distance.

Sur le rivage, Aimeline était tétanisée, tout comme le reste de la famille McNeil. Autour d'eux, des cris perçaient l'air alors qu'une effervescence gagnait les spectateurs à la vue des secours qui s'organisaient. Les yeux rivés sur le fleuve, Aimeline eut l'impression que son sang désertait ses veines. Elle savait par Nora que Darren était parmi les quatorze hommes œuvrant sur la travée centrale.

— Darren ! hurla-t-elle en amorçant un geste vers l'onde tumultueuse.

Eliot, qui se trouvait à ses côtés, la rattrapa et la ramena de force vers lui. Il était aussi pâle qu'elle et n'arrivait pas à croire à ce nouveau coup du sort. La vie ne pouvait pas se montrer cruelle à ce point une seconde fois ! Retenue contre le torse du jeune homme, Aimeline criait le nom de Darren en pleurant et en se débattant comme une possédée.

13

Aimeline faisait les cent pas dans le hall de l'Hôtel-Dieu de Québec, l'hôpital où nombre d'ouvriers blessés avaient été conduits. Midi avait sonné et les McNeil étaient toujours sans nouvelles de Darren. Tout ce qu'ils savaient pour le moment, c'était que vingt-cinq hommes manquaient à l'appel et que des plongeurs avaient été dépêchés sur les lieux. Incapable de demeurer en place, Douglas McNeil s'était absenté une heure plus tôt pour tenter d'en apprendre plus.

Aimeline plaqua un poing sur sa bouche pour étouffer un cri de désespoir. Elle revoyait en boucle la travée tomber en chute libre, puis se tordre et se ployer avant de s'engouffrer dans l'onde froide. Elle entendait encore le grincement sinistre et la cohue générale qui s'en était suivie. On lui avait dit que des travailleurs avaient été recueillis par des embarcations, mais, ignorant le nom des rescapés, elle en était réduite à prier avec ferveur pour que Darren fasse partie de ce groupe.

Tout en fendant la foule, Douglas revint vers son clan d'un pas vif, un homme sur ses talons. Aimeline crut défaillir en reconnaissant Liam O'Neil, mais l'Irlandais arborait une expression sombre qui ne laissait rien présager de bon.

— Il est vivant ! s'empressa de les informer Douglas. Il a été récupéré par des matelots.

Dès qu'il arriva à la hauteur du groupe, il étreignit son épouse avec soulagement. Eliot en fit de même avec Nora quand il la vit vaciller. Seule à l'écart, Aimeline tremblait comme une feuille au vent. Liam la rejoignit pour la soutenir. Il était surpris de la trouver ici. Elle devait vraiment aimer Darren pour être présente, alors que ce dernier l'avait abandonnée lâchement.

— Il va s'en sortir. Il n'a que quelques égratignures, lui murmura-t-il avec douceur en lui frottant le dos.

Le visage enfoui dans le gilet rêche du jeune homme, Aimeline pleurait à chaudes larmes.

— Il en faudra plus pour venir à bout de cette tête de mule, s'efforça-t-il de plaisanter pour détendre l'atmosphère. Il râle déjà pour qu'on lui donne son congé de l'hôpital.

Aimeline éclata de rire à travers ses pleurs et renifla de manière peu féminine. Liam lui sourit avec bienveillance en lui tendant un mouchoir de poche.

— Vous devriez aller le voir.

Elle se redressa aussitôt, comme piquée au vif. C'était impossible et au-dessus de ses forces. Par réflexe, elle remit une certaine distance entre Liam et elle. Le menton tremblant, elle essuya ses yeux humides en tentant de reprendre contenance.

— Il est préférable que je parte, souffla-t-elle d'un air misérable en triturant le morceau de tissu entre ses doigts.

Puis, sans un mot de plus, elle tourna les talons, prête à fuir.

— Mademoiselle Beaupré, attendez ! insista Liam. Darren a besoin de vous.

Elle eut un pâle sourire.

— Vous n'avez pas à me ménager, monsieur O'Neil. Il y a longtemps que j'ai compris que je ne représentais plus rien pour Darren. En fait, c'était une très mauvaise idée de venir…

— Vous vous trompez, la coupa-t-il. Darren est toujours éprouvé par la perte de Clyde.

— Comme nous tous, répliqua-t-elle en englobant la famille McNeil du regard.

— C'est plus grave que ça… Il vous aime, n'en doutez pas. Mais tant qu'il ne se sera pas pardonné pour la mort de Clyde, il ne pourra pas aller de l'avant et être heureux.

Ces paroles plongèrent Aimeline dans un état de perplexité profond, mais elle se secoua aussitôt. Elle avait assez souffert par la faute de Darren McNeil et s'était résignée à passer à autre chose.

— Au revoir, monsieur O'Neil.

Là-dessus, elle lui tourna le dos sans lui donner la possibilité de s'expliquer. Fenella, qui la vit quitter les lieux, voulut la rattraper, mais Douglas la retint.

— C'est à Darren de réparer les torts causés par son silence, pas à toi.

— Mais… elle souffre…

— Je sais, soupira-t-il. C'est pourquoi il est préférable de la laisser partir et de ne pas ajouter à son fardeau.

Fenella posa la joue sur l'épaule de son époux avec tristesse, consciente qu'il disait vrai. C'était à Darren de se reprendre en main et de reconquérir la jeune femme. Elle ignorait dans quel état d'âme elle retrouverait son fils et ne pouvait s'empêcher de faire un parallèle entre les événements présents et ceux ayant conduit à la mort de son benjamin. Son cœur se serra.

~

Le roulement continu du train plongea Aimeline dans un état de somnolence bienfaisant. Après deux nuits blanches successives, elle avait les nerfs à fleur de peau. À son retour chez sa cousine, Rosina lui avait appris que leur départ pour Métis aurait lieu le lendemain. Ce qui lui avait convenu étant donné la situation. L'unique point qu'elle regrettait dans ce départ précipité, c'était de ne pas avoir été en mesure de rendre une dernière visite à Charlotte. Mais peut-être était-ce préférable ainsi, car elle ne serait pas parvenue à dissimuler son désarroi à sa sœur. Mieux valait ne pas la troubler avec les récents événements.

Il y eut un léger vagissement sur sa droite qui lui arracha un sourire ténu. Le petit Ernest faisait fondre son cœur avec son air angélique. Dès qu'elle s'était présentée à la porte de cet horrible orphelinat en compagnie de Rosina, elle avait compris qu'il en allait de la survie de son neveu. Le bambin était chétif et hurlait à fendre l'âme dans son lit. Touchée, Aimeline l'avait tenu contre elle pour le consoler et lui avait chanté une berceuse de son enfance. Rassuré par cette présence bienveillante, il avait fini par cesser de pleurer et s'était endormi au rythme du balancement des bras qui le berçaient.

La religieuse qui les avait accueillies s'était montrée froide, ce qui avait hérissé Aimeline. Par chance, une seconde nonne, beaucoup plus humaine, leur avait apporté en catimini un biberon de lait ainsi qu'une couverture pour garder le poupon au chaud durant le voyage de retour.

Ce fut ainsi que les deux femmes se retrouvèrent à bord du train en partance pour Métis avec Ernest. Aimeline frôla la joue satinée du bébé du bout des doigts. Des émotions jusqu'alors inconnues l'envahirent et elle eut un pincement au cœur. Pour la énième fois, elle se demanda comment Violette avait pu se résigner à abandonner son fils. Elle-même se sentait prête à le défendre bec et ongles depuis qu'elle l'avait tenu dans ses bras.

— Tu auras une belle vie à la ferme, lui chuchota-t-elle avec tendresse. Tu ne manqueras pas d'attention avec Esther, Margaret et Florentine. Et il est à prévoir qu'Alfred sera impatient de pouvoir jouer avec toi.

Un doux sourire sur les lèvres, elle replaça la couverture pour qu'il n'ait pas froid. Elle ne put s'empêcher de penser que, si son existence s'était déroulée de manière différente, Ernest aurait pu être son enfant et celui de Darren. Elle ferma brièvement les yeux sur sa douleur. Elle ne devait pas s'engager sur cette voie, c'était trop pénible.

Métis

Dès l'entrée du train en gare, Aimeline se sentit revivre. Elle était de retour parmi les siens. Après avoir jeté un regard rayonnant par la fenêtre, elle se tourna vers Rosina et l'embrassa sur la joue.

— Merci de m'avoir accueillie chez vous.

— Ce fut un plaisir pour moi, répliqua Rosina. Je vais m'ennuyer de vous.

— Il faudrait venir nous rendre visite à votre retour d'Halifax. Le reste de la famille sera heureux de vous revoir.

Un sourire ravi se dessina sur les lèvres de Rosina.

— Pourquoi pas, ce serait une excellente idée ! renchérit-elle avec chaleur. Dans ce cas, nous nous disons à bientôt.

Réjouie par cette perspective, Aimeline se leva avec entrain, Ernest blotti dans ses bras.

— N'oubliez pas de m'écrire en attendant, insista Rosina.

— Je n'y manquerai pas.

Après un dernier au revoir à sa cousine, Aimeline s'engagea dans l'allée étroite d'un pas alerte. À l'extérieur, un employé de la compagnie ferroviaire s'affairait à sortir les bagages du fourgon. En l'apercevant sur le quai, la jeune femme salua son père avec exubérance, le cœur plus léger. Rosaire lui répondit avec vigueur, heureux de la retrouver et de connaître enfin son petit-fils.

Aimeline descendit les marches du wagon avec l'aide du chef de gare, puis se dirigea vers son père en souriant. Il l'accueillit avec deux baisers sonores sur les joues et un éclat de rire contagieux.

— Montre-moi ce petit bout d'chou ! dit-il avec entrain en prenant Ernest dans ses bras.

Indifférent aux regards en coin des passagers qui circulaient sur la plate-forme, il observa avec émerveillement le bambin.

— Il est beau, n'est-ce pas ? déclara Aimeline.

— Il n'a que la peau sur les os, protesta Rosaire. Il va falloir le remplumer pour qu'il devienne vigoureux.

Aimeline s'esclaffa. Elle reconnaissait le sens pratique de son père. Il n'avait que faire de l'apparence d'un homme, fût-il un bébé ou un garçonnet. Ce qui comptait pour lui, c'était que l'enfant soit costaud pour travailler dans les champs le moment venu.

Après avoir remis l'enfant dans les bras de sa fille, Rosaire s'empara des bagages pour les transporter jusqu'au chariot. Aimeline le suivit d'un pas léger tout en inspirant avec plaisir l'air vivifiant du large.

— J'en connais qui vont être excités comme des puces à notre retour, argua Rosaire en lui adressant un clin d'œil complice.

Un grand sourire fendit les lèvres d'Aimeline, qui imaginait ses sœurs et son frère sautant sur place, impatients de découvrir le bambin.

Octobre 1916

Un mois s'était écoulé depuis le retour d'Aimeline et, étrangement, Pauline refusait de s'occuper du petit, ce qui échappait à l'entendement étant donné qu'elle avait été la première à proposer qu'il soit ramené à Métis. C'était tout juste si elle acceptait de le regarder, ce qui chagrinait Aimeline et ne manquait pas de l'intriguer, tout comme le reste de la fratrie. C'était plus fort qu'elle, Aimeline ne cessait de s'interroger à ce sujet, surtout que la charge de s'occuper d'Ernest lui incombait entièrement. C'était à croire qu'il était son fils et pas celui de Violette. Confuse, elle s'en était ouverte à son père, mais il était aussi perdu qu'elle.

Tôt ce matin-là, elle s'affairait à la cuisson d'une miche lorsque ses yeux furent attirés par un mouvement à l'extérieur en bordure de la grange. En reconnaissant sa mère, elle fronça les sourcils. Elle n'avait pas l'habitude de se rendre à l'étable, encore moins avec un baluchon entre les mains. Poussée par la curiosité, Aimeline essuya ses mains sur son tablier, puis se décala pour avoir une vue d'ensemble de la cour arrière. À cette heure, personne ne s'y trouvait, les tâches quotidiennes ayant été exécutées. Pourtant, sa mère semblait parler à quelqu'un, ses lèvres remuaient. Puis, Aimeline l'aperçut disparaître à l'intérieur du bâtiment. Hésitante, elle demeura face à la vitre, avant de se décider à sortir. Mais à peine eut-elle fait deux pas que Pauline referma le battant de la grange derrière elle et revint vers la maison les mains vides.

— Est-ce que ça va ? s'informa Aimeline lorsque sa mère parvint à sa hauteur.

— Qu'est-ce que tu veux ? riposta Pauline d'un ton sec.

Aimeline recula par réflexe. Il y avait longtemps que sa mère ne s'était pas adressée à elle avec autant de virulence. Elle dut s'en rendre compte à son tour, car elle se tendit en jetant un regard circulaire sur les environs.

— Où sont les autres ?

— Père est dans les champs, Esther est avec Ernest et les petits se préparent pour l'office religieux, répondit Aimeline avec un brin d'incompréhension.

Elle vit sa mère se détendre. Toutefois, ses yeux la fuyaient. C'était à croire qu'elle avait été prise en flagrant délit, ce qui n'avait aucun sens. Intriguée, Aimeline se tourna en direction de la grange.

— Pourquoi…

— Assez perdu de temps ! trancha sa mère. Le curé a choisi notre famille pour confectionner le pain bénit de la messe d'aujourd'hui, nous ne devons pas être en retard. File à la cuisine !

De plus en plus confuse, Aimeline se mordit la joue, mais s'exécuta malgré son inconfort, ne souhaitant pas croiser le fer avec sa mère. Après tout, en quoi les agissements de cette dernière la concernaient-ils ? Elle était déjà fort occupée avec Ernest. Entre les boires à heures irrégulières, le lavage des langes et ses tâches quotidiennes, elle ne chômait pas.

Sans un mot de plus, Pauline la dépassa en trombe, la nuque raide. Aimeline lui emboîta le pas en jetant un dernier regard suspicieux en direction de la grange. Sa mine chiffonnée ne passa pas inaperçue auprès d'Esther lorsqu'elle la rejoignit dans le salon.

— Qu'est-ce qu'il y a ? s'informa sa cadette en lançant un coup d'œil discret en direction de leur mère, qui gagnait sa chambre.

— Rien d'important, répondit Aimeline d'une voix lointaine.

— Tu es certaine ? Si elle te cause à nouveau des soucis, il faut en avertir père.

— Ce n'est pas ça. C'est juste une impression étrange…

Puisque sa sœur ne semblait pas vouloir préciser sa pensée, Esther s'approcha d'Aimeline, Ernest dans les bras.

— Au sujet de mère ?

— Tout va bien. Ne t'inquiète pas pour moi. Mon manque de sommeil doit m'embrouiller l'esprit.

— Pff ! Ce n'est pas surprenant avec ce petit démon, argua Esther. C'est à peine s'il te laisse fermer l'œil de la nuit.

— Il est insécure. Ma présence le rassure quand je le prends avec moi dans mon lit.

— Dis plutôt qu'il est gâté par sa tatie, la taquina Esther en couvant le bébé du regard.

— Avoue que tu craques aussi pour lui, répliqua Aimeline en riant avec douceur.

— Qui pourrait résister à ce minois ?

— Mère.

Esther se rembrunit d'emblée. Sa sœur avait raison. Leur mère semblait avoir en aversion son petit-fils, ce qui était déplorable. Au même moment, un vagissement s'éleva de ses bras.

— Ce petit glouton a encore faim, nota Esther.

— C'est compréhensible. Il n'était pas nourri adéquatement à l'orphelinat. Pas surprenant, dans ces conditions, qu'autant de bambins y meurent.

Une vague de tristesse envahit Aimeline. Par bonheur, Ernest avait été arraché à son sort.

— Donne-lui à boire, je m'occupe de sortir la dernière miche du four. Elle doit être prête, lança Aimeline en regagnant la cuisine.

Que les Beaupré aient été choisis pour fournir le pain de la messe d'aujourd'hui était un honneur. Il était de coutume qu'une fois dans l'église, le curé bénisse les miches pour ensuite les rompre avec les paroissiens. Toutefois, cette générosité requérait une dépense financière de la part des familles désignées ainsi qu'une surcharge de travail. D'ailleurs, depuis la veille, Aimeline mettait la main à la pâte pour qu'il y en ait suffisamment pour tous les habitants présents, hypothéquant ses maigres heures de sommeil. Constatant que le temps filait, elle s'empressa de terminer sa tâche afin de pouvoir se préparer à son tour.

À l'approche du perron de l'église, Aimeline éprouva une drôle d'impression lorsque certains regards se détournèrent d'elle. Ne s'expliquant pas cette soudaine froideur, elle resserra son étreinte autour du petit corps chaud d'Ernest, qui, étant repu, dormait à poings fermés.

Au moment d'entrer dans le lieu saint, la mère de son amie Joséphine se signa en la fixant avec dureté. Cette personne intransigeante et d'une extrême piété l'avait toujours mise mal à l'aise. C'était à croire qu'elle voyait le mal partout ! Aimeline chercha Joséphine des yeux, mais ne la trouva nulle part.

— Est-ce que Joséphine est là ?

— Ma fille est alitée, cracha la mégère avec morgue. Elle est près de son terme, alors ne t'avise pas de l'approcher.

Aimeline tiqua face à cette hostilité injustifiée. N'y comprenant rien, elle jugea plus prudent de prendre ses distances, surtout qu'Ernest venait de s'agiter dans sa couverture. La mère de son amie dévisagea le bambin avec une condamnation silencieuse au fond du regard. Les entrailles nouées, Aimeline entra à l'intérieur de l'église d'un pas pressé et se dépêcha de prendre place aux côtés de sa famille. Elle était confuse. Pourquoi Joséphine ne lui avait-elle pas dit qu'elle était sur le point d'accoucher ? Elle aurait pu se rendre chez elle pour alléger un peu ses tâches ménagères en l'aidant ou en cuisinant quelques plats. Tout cela n'avait aucun sens. Se sentant soudain à l'étroit, elle commença à étouffer. Ses joues rouges alarmèrent son père, qui se trouvait à sa gauche. Mais alors qu'il s'apprêtait à la questionner, le curé remonta la nef, imposant le silence à ses ouailles.

Le sermon se révéla interminable et le curé, plus vindicatif qu'en temps normal, arguant haut et fort que le péché de la chair était condamné par l'Église, surtout lorsqu'il avait lieu en dehors des liens sacrés du mariage. Tout au long de son discours, Aimeline avait senti le poids de son regard désapprobateur s'arrêter sur elle plus d'une fois. C'était marquant au point qu'Esther commença à se trémousser sur le banc à ses côtés et que leur père se renfrogna. Quant à leur mère, elle priait avec une ferveur qu'Aimeline ne lui connaissait pas.

Les paroissiens étaient tous agenouillés lorsqu'un servant de messe apporta à l'ecclésiastique les pains préparés par Aimeline. Sa bible dans la main droite et Ernest calé dans le coude de son bras gauche, elle attendait que les miches soient bénies par le curé pour pouvoir se relever. Cette position devenait inconfortable et le bambin se faisait lourd. Un homme bâilla derrière elle et un autre se moucha bruyamment après avoir éternué. De toute évidence, elle n'était pas la seule à trouver le sermon du jour fastidieux. Néanmoins, personne ne se risquerait à déplaire à l'homme d'Église en se plaignant.

Surprenant les fidèles, le servant de messe descendit la nef jusqu'à la hauteur des Beaupré et s'arrêta devant Pauline. Il se racla la gorge avant de l'aborder en chuchotant, visiblement mal à l'aise.

— Notre bon curé désire savoir qui a confectionné les pains avant de procéder à la bénédiction.

— Pardon ? s'exclama Rosaire en se redressant, l'expression peu amène.

Le pauvre garçon se tassa, de plus en plus troublé. Jamais une telle chose ne s'était produite dans leur paroisse, et il était embarrassé de placer la famille Beaupré dans cette position. Mais le nouveau clerc arrivé dans leur petit village au printemps était inflexible sur les principes fondamentaux qui régissaient l'Église.

— Il n'y a aucun mal, intervint Pauline d'une voix modulée, les prenant tous de vitesse. C'est Aimeline qui les a préparés, poursuivit-elle avec une lueur de victoire dans le regard.

Le servant de messe les salua d'un signe de tête, puis retourna d'un pas crispé vers l'ecclésiastique. En entendant la réponse, le religieux s'empara des miches et les jeta dans le panier qui était utilisé pour recevoir les dons, et cela, sous l'expression horrifiée d'Aimeline. Un murmure s'éleva dans le lieu saint, donnant le tournis à la jeune femme.

— Tout bon chrétien ne saurait manger le pain du péché ! éructa-t-il haut et fort pour couvrir le brouhaha. La jeune personne qui a confectionné ces miches devrait avoir honte de se présenter dans cette église, alors qu'elle s'est vautrée dans la luxure et qu'elle a mis au monde un enfant illégitime.

Un silence lourd s'abattit sur l'assemblée, et les regards convergèrent vers Aimeline, qui, se sentant faible, prit place sur le banc en vacillant. Elle avait chaud et froid simultanément. Son père, dont le visage avait viré au rouge brique, se leva d'un bond.

— Qu'est-ce que ça signifie ? s'enflamma-t-il en s'oubliant.

— Taisez-vous ! lui ordonna le curé d'un ton virulent. Comment osez-vous vous dresser de la sorte dans la maison de Dieu ?

— J'ose, tonna Rosaire, parce qu'il s'agit d'un mensonge immonde.

— Blasphème ! cria l'ecclésiastique en se signant.

En constatant que Rosaire restait sur ses positions, il s'emporta, furieux d'être défié de cette façon.

— Sortez ! hurla-t-il, ulcéré.

— Je le ferai volontiers après avoir rectifié les faits ! fulmina Rosaire. Ernest n'est pas l'enfant d'Aimeline, mais celui de Violette, mon aînée ! jeta-t-il à la tête de l'homme d'Église. Ceux qui connaissent ma famille savent que je dis la vérité.

Ébranlé par l'assurance du fermier, le curé demeura coi quelques secondes. Puis, il se reprit, refusant de perdre la face devant ses ouailles.

— La vérité a été avouée au confessionnal, sous le regard de Dieu. La personne a juré sur le crucifix de notre Seigneur. Toute méprise est donc impossible, s'insurgea le religieux.

Dès que ces paroles furent prononcées, Rosaire se tourna d'un bloc vers son épouse, qui affichait une expression extatique qui le fit tiquer. Sa femme était à l'origine de ces diffamations, comprit-il avec effarement. Son comportement depuis le printemps prenait un nouveau sens à la lumière des événements: son insistance à vouloir accueillir Ernest sous leur toit alors qu'elle semblait le détester, l'éloignement d'Aimeline pendant près de cinq mois à Québec, ses manœuvres pour que celle-ci soit la seule à s'occuper du petit. Il était facile par la suite, pour une personne extérieure, de s'imaginer qu'Aimeline s'en était allée à Québec pour accoucher en toute discrétion. De prétendre que l'enfant était celui d'une lointaine parente décédée amenait également de l'eau au moulin. Personne ne pouvait discréditer ces mensonges pour l'heure, puisque Rosina était partie pour Halifax chez une amie pour une période indéterminée et que les sœurs qui avaient accouché Violette étaient cloîtrées dans un couvent à Québec.

Avec dégoût, Rosaire empoigna Pauline par le bras et la traîna à l'extérieur de l'église sous le regard effaré de tous. Ne désirant pas devenir le point de mire de l'assemblée, Aimeline se leva à son tour et lui emboîta le pas d'une démarche chancelante. Soucieuse, Esther lui prit Ernest au passage. Puisant dans ses réserves, Aimeline trouva la force de se rendre jusqu'à la porte sans s'effondrer. La vision voilée, elle tâtonna à l'aveuglette pour attraper la poignée. Ce fut Margaret qui poussa le battant pour elle. L'air vif d'octobre fouetta son visage brûlant. La tête en feu, Aimeline peinait à respirer tant sa poitrine était comprimée. Elle ne pourrait pas se relever d'une telle calomnie.

Les traits déformés par la colère, Rosaire secoua Pauline.

— Qu'as-tu fait? cria-t-il, rouge de rage.

Un rire mauvais fusa des lèvres de son épouse, dont, enfin, la vengeance était complète. La honte qui entachait désormais le nom d'Aimeline ne s'effacerait pas de la mémoire des paroissiens. Rosaire aurait beau s'égosiller en tentant de rectifier les faits, un doute subsisterait dans l'esprit des gens. Peu lui importait le sort que son mari lui réservait en guise de représailles. Elle serait peut-être absente lorsque viendrait le coup final, mais elle avait, malgré tout, la satisfaction de savoir qu'elle avait provoqué la chute de cette infâme Aimeline et que, sous peu, c'en serait fini de Rosaire Beaupré.

— Que croyais-tu ? cracha-t-elle avec aigreur. Il était hors de question que j'élève un second bâtard.

Elle eut de nouveau un rire dément qui sidéra Rosaire tout comme Aimeline. Les traits du visage de Pauline étaient déformés par une haine à l'état pur.

— Il n'est que justice que cette fille du péché, continua-t-elle en pointant Aimeline du doigt, s'occupe de l'enfant illégitime d'une autre et qu'elle se voie marquée du sceau de l'infamie.

Aimeline dut prendre appui au mur de l'église pour ne pas s'effondrer. Le flot de rancœur que sa mère déversait sur elle l'atteignait de plein fouet, lui charcutait le cœur.

— Louisa n'a eu que ce qu'elle méritait en mourant en couche, et ce maudit docteur aurait dû laisser cette abomination crever avec elle, poursuivit-elle en fusillant Aimeline du regard.

Fou de colère, Rosaire la gifla à toute volée, puis honteux de son geste, il recula avec horreur en titubant.

— Va-t'en ! Et ne reviens plus jamais à Métis ! lui ordonna-t-il d'un ton glacial.

— Avec plaisir ! s'esclaffa Pauline en crachant au visage d'Aimeline.

Sidérée par la haine qui transpirait par chacun des pores de la peau de sa mère, la jeune femme n'eut aucune réaction. Ses oreilles cillaient, son sang tambourinait contre ses tempes. Elle était désorientée et n'arrivait plus à réfléchir, comme si son esprit s'était vidé de toute substance.

— Prends le premier train, Pauline. Je ferai suivre tes effets plus tard, tonna Rosaire.

Cette dernière lui adressa un rictus sardonique. Elle n'en attendait pas moins de lui. Redressant le menton, elle s'éloigna le dos droit, drapée de son manteau de fierté et jouissant enfin d'une vengeance plus que satisfaisante.

Des voix bourdonnaient autour d'Aimeline, qui remarqua à peine qu'un mouchoir essuyait son visage avec douceur. Puis, elle fut soulevée du sol et transportée jusqu'au chariot. Le parcours menant à la ferme se fit dans le silence le plus complet, et ce ne fut qu'une fois arrivée à la maison qu'elle sortit de son état d'hébétude. D'un signe de tête, Rosaire indiqua à Esther d'entrer avec Ernest et le reste de la fratrie. Puis, il fit face à Aimeline.

— Allons marcher un peu, lui suggéra-t-il avec sensibilité.

Le moment était venu d'expliquer à sa fille ses origines. Il aurait dû lui parler de sa véritable mère depuis longtemps, en de meilleures circonstances. Louisa était une femme remarquable pour laquelle il avait eu une affection profonde qui allait au-delà de toute raison. Elle était très différente de sa sœur Pauline, à l'image de la magnifique personne qu'était devenue Aimeline en vieillissant.

— Tu ressembles tellement à ta mère, commença Rosaire avec nostalgie. Louisa possédait la même pureté d'âme que toi.

La gorge étreinte, Aimeline le fixa d'un regard perdu. Son père semblait avoir aimé sa tante… non, sa mère…, rectifia-t-elle mentalement avec un mélange d'émotions. La tristesse de son père était palpable, signe que Louisa lui manquait, malgré les années écoulées. Rosaire embrassa sa fille sur le front avec tendresse. Puis, il prit une brusque inspiration. La naissance d'Aimeline avait été tragique et, pendant plusieurs années, il s'était demandé si ce n'était pas le châtiment de Dieu pour les péchés qu'il avait commis. N'eût été le bon docteur qui avait pratiqué une césarienne d'urgence, Aimeline serait morte avec Louisa. Contrairement à ce que laissait sous-entendre Pauline, il n'avait pas succombé à ses plus bas instincts sous l'effet de l'alcool. Il avait véritablement aimé Louisa. Bouleversé, il écrasa une larme solitaire sur sa joue burinée.

Pauline exécrait l'idée de devoir élever l'enfant illégitime de sa sœur. Pourtant, Rosaire n'avait rien voulu entendre. Même les parents de Pauline avaient exigé que leur fille reconnaisse Aimeline comme sa propre enfant afin d'éviter un scandale et d'entacher le nom de la famille. Pauline ne leur avait jamais pardonné cette mascarade, pas plus qu'à Rosaire, qui l'avait trompée honteusement avec Louisa. Leur couple s'était brisé ce jour-là, et Pauline ne fut pas en mesure de ressentir de l'amour pour les enfants qu'elle avait mis au monde par la suite. Seule Violette avait trouvé grâce à ses yeux, car elle représentait la vie que Pauline avait toujours désirée avant que son monde ne s'écroule, alors qu'elle n'était qu'une jeune mariée avec des rêves plein la tête.

Rosaire passa une main lasse sur son visage. Avouer la vérité à Aimeline ne serait pas aisé, mais c'était nécessaire. Ensuite, il s'occuperait des fausses accusations qui pesaient sur elle, la couvrant d'opprobre.

~

Une semaine avait passé depuis les aveux de son père et Aimeline était toujours sous le choc. Elle n'éprouvait aucune rancœur ; au contraire, elle regrettait de n'avoir pu rencontrer la femme merveilleuse qu'il lui avait dépeinte. De plus, apprendre que Pauline Beaupré n'était pas sa véritable mère s'était révélé un soulagement, presque une délivrance. Aimeline eut un rire dérisoire à cette pensée. Cela n'empêchait pas, cependant, sa situation actuelle d'être catastrophique. En dépit des explications de son père, certains villageois continuaient de la dévisager avec mépris, convaincus qu'elle était une fille perdue. Un double poids à porter sur ses épaules.

Revenant au moment présent, elle s'immobilisa face à la maison de Joséphine Frappier. Embarrassée, elle frotta une tache imaginaire sur sa robe d'un noir d'encre. Son amie d'enfance avait rendu l'âme la veille en mettant au monde un bébé mort-né. Son mari, un croyant aussi fervent que la mère de Joséphine, avait refusé d'appeler le docteur pour l'aider à accoucher. Selon lui et les Frappier, ce qui adviendrait de Joséphine serait laissé à la volonté du Seigneur. Nul homme n'était autorisé à s'insurger contre les desseins de Dieu. Était-il judicieux, dans ce cas, qu'Aimeline se présente devant la famille endeuillée ?

C'est injuste! se rebella Aimeline en ravalant sa colère et sa tristesse. Joséphine était une jeune femme pleine de vie. Elle ne méritait pas de mourir à cause de l'entêtement des siens. Mais voilà, le nouveau curé resserrait son emprise sur ses ouailles, aspirant à les soustraire à l'influence grandissante du mal et imprégnant son fanatisme religieux dans certains esprits.

Prenant son courage à deux mains, Aimeline s'engagea sur les marches du perron. Elle tenait à offrir ses condoléances aux Frappier et à rendre un dernier hommage à son amie. De pouvoir partager son chagrin avec ceux qui l'avaient côtoyée l'aiderait à mettre un baume sur son cœur malmené. Résolue, elle entrouvrit le battant en redressant le menton. La mère endeuillée ne lui laissa toutefois pas l'occasion de franchir le seuil et fonça droit sur elle au pas de charge.

— Dehors, catin ! cria-t-elle en la pointant du doigt. Tu ne viendras pas troubler le dernier repos de ma pauvre Joséphine ni souiller sa dépouille par ta présence.

Le visage défait, Aimeline ne vit pas Nora et Eliot s'approcher pour l'encadrer. Présents pour offrir leurs condoléances à la famille, ils s'étaient déplacés de concert pour se porter à son secours.

— Il n'y a rien de vrai dans ces calomnies, intervint Eliot d'un ton sec. Vous ne pouvez pas empêcher Aimeline de dire adieu à son amie. Ce serait un sacrilège.

— C'est le fait qu'elle soit là qui est un sacrilège, répliqua l'époux de Joséphine en se plantant devant eux pour leur barrer le passage.

Eliot se braqua aussitôt, nullement intimidé par la carrure de l'homme. Son comportement était ridicule, mais personne dans la demeure n'osait s'interposer. Les Frappier avaient condamné Aimeline avant l'épisode du pain bénit à la messe, ce qu'Eliot ne s'expliquait pas. Peut-être Pauline Beaupré avait-elle distillé quelques paroles vindicatives avant d'aller se confesser.

— Laissez-la faire ses adieux et nous nous en irons tout de suite après, tenta de les raisonner Eliot.

— Non ! répondit le mari d'un ton implacable. Vous êtes chez moi ! Je vous ordonne de partir. Cette pécheresse n'est pas la bienvenue.

— Ça n'a aucun sens. L'enfant n'est pas d'Aimeline, s'impatienta Eliot.

Les prenant tous par surprise, la mère de Joséphine empoigna Aimeline de ses doigts squelettiques et la repoussa sans façon. Eliot voulut intervenir, mais Aimeline leva un regard bouleversé vers lui qui le freina dans son élan.

— Eliot, je vais m'en aller, souffla-t-elle d'une voix malheureuse en secouant la tête.

— Aimeline…

— C'est mieux ainsi. Je ferai mes adieux à Joséphine dans ma prière du soir. Je suis certaine qu'elle m'entendra, conclut-elle.

Puis, dirigeant son visage ravagé de tristesse vers la femme endeuillée, elle tenta de ramener son bras vers sa poitrine.

— Vous pouvez me lâcher, dit-elle avec une fêlure perceptible. Je vais partir…

La mégère la relâcha en affichant un dégoût évident, puis lui tourna le dos. Eliot eut un regard mauvais pour le mari, qui demeurait braqué devant eux.

Le teint pâle, Aimeline observa une dernière fois Joséphine drapée de sa plus belle robe. Le corps rigide de son amie reposait dans un cercueil qui lui parut si glacial qu'elle eut un frisson. Puis, rassemblant son courage, elle quitta les lieux la tête haute. Nora, qui n'avait pas réagi tant elle était choquée, lui emboîta le pas avec soulagement. Ne désirant pas la laisser seule après une telle épreuve, Eliot insista pour la reconduire à la ferme en chariot. Aimeline lui en fut reconnaissante, car elle n'aurait pas eu la force de retourner à pied à la maison.

~

Aimeline eut besoin de quelques jours pour se remettre de ce soufflet. Et malgré la prévenance affectueuse dont la couvrait sa famille, elle plongea malgré tout dans un état de profond abattement. Les religieuses de la crèche refusaient d'envoyer une missive au curé pour corroborer les affirmations de Rosaire, arguant qu'elles ne pouvaient pas rompre le sceau de la confidentialité qui entourait les naissances des orphelins dont elles avaient la garde. Sans cette preuve, Rosaire devrait attendre le retour de Rosina pour appuyer ses dires. Mais Aimeline se questionnait. Rosina accepterait-elle d'aider Rosaire maintenant qu'il avait expulsé sa cousine de sa demeure ? Prendrait-elle plutôt le parti de sa parentèle ? Cette incertitude la rongeait, d'autant plus qu'elle n'en pouvait plus d'être l'objet de commérages dès qu'elle avait le dos tourné. Au point où elle n'osait plus sortir de la ferme ni recevoir qui que ce soit à la maison.

Perdue dans ses pensées, Aimeline déambulait au hasard dans les champs, ses bottes claquant contre la terre gelée, ses cheveux virevoltant sous le vent déchaîné. Indifférente au froid qui rougissait ses joues, elle repoussa par habitude les mèches qui retombaient devant ses yeux.

Une idée faisait son chemin depuis le début de la matinée, s'offrant à elle comme un dernier espoir à sa position insoutenable. Pourquoi n'irait-elle pas rejoindre cousine Rosina à Halifax ? Qui sait, l'amie de celle-ci l'accueillerait peut-être chez elle en attendant que la situation se tasse à Métis ? Une fois sur place, Aimeline pourrait convaincre Rosina d'écrire une lettre à l'intention du curé afin de lui relater les faits entourant la naissance d'Ernest. Aimeline n'en pouvait plus de rester à Métis. Elle devait reprendre son existence en main, peu importait ce qu'il lui en coûterait. Elle emmènerait Ernest avec elle, même si ce n'était pas le choix le plus judicieux étant donné les rumeurs qui couraient à son sujet, mais elle devait donner à sa famille un répit salvateur. S'il le fallait, elle se ferait passer pour une veuve de guerre quand elle serait à Halifax. Ce qui était crédible puisque les Canadiens enrôlés dans l'armée pour combattre en Europe transitaient par cette ville et qu'un contingent s'y trouvait en permanence.

Forte de cette décision, elle fit demi-tour, sa jupe claquant sur ses jambes, et se pétrifia de peur. Un homme venait dans sa direction d'un pas vif. Le cœur au bord des lèvres, elle se raidit en reconnaissant les traits mesquins de Léopold. Animée par un sentiment d'urgence, elle releva le bas de sa robe et s'élança sans réfléchir vers la maison qui se dessinait au loin. Le souffle court, elle évita de jeter un regard par-dessus son épaule de crainte de perdre de précieuses secondes.

Derrière elle, des halètements entrecoupés de grognements mauvais se rapprochaient. Au risque de se rompre le cou, elle poursuivit sa course effrénée sur le terrain inégal, sans même regarder où elle mettait les pieds. La demeure était plus près, mais elle était encore trop loin pour que ses occupants l'entendent hurler. Ses poumons brûlaient, l'air y entrant avec difficulté tant ils étaient comprimés. La peur au ventre, Aimeline continua sur sa lancée.

Son nom fut crié dans son dos une première fois, puis une seconde. La rage contenue dans l'intonation n'était guère rassurante.

— Par pitié, murmura-t-elle dans un souffle haché. Aidez-moi, supplia-t-elle en s'adressant à Dieu.

Une poussée violente la projeta vers l'avant, la prenant au dépourvu. Elle percuta la terre dure avec rudesse, son front heurtant la surface inégale. Elle roula sur elle-même, emportée par son élan. Légèrement étourdie, elle se retourna avec lenteur. Aussitôt, un poids massif fondit sur elle et l'écrasa.

— Bonjour, douce Aimeline, glissa Léopold d'une voix sirupeuse en la fusillant du regard.

Des points dansèrent devant Aimeline pendant quelques secondes, rendant sa vision floue, mais l'intonation hargneuse de Léopold lui arracha un petit cri.

— J'ai enfin réussi à te mettre la main dessus, éructa-t-il.

Alors qu'elle levait les bras pour le repousser, il saisit ses poignets et les plaqua au sol avec une facilité déconcertante. Puis, prenant avantage de la position de faiblesse de la jeune femme, il s'empara goulûment de ses lèvres, les meurtrissant avec cruauté. Aimeline se trémoussa sous lui dans une vaine tentative pour se libérer, mais ses jambes étaient entravées par le tissu de sa jupe. Léopold émit un rire gras en relevant les yeux, jouissant du désarroi dans lequel il avait plongé la gueuse. Elle lui avait été promise par Pauline Beaupré et il comptait profiter de ses charmes avant le mariage.

Baissant le visage, il la lécha, laissant une traînée dégoulinante sur son cou. Un frisson de dégoût parcourut Aimeline. Fouettée par l'adrénaline, elle se rebella malgré son corps endolori. Elle se contorsionna tant et si bien que sa robe remonta. Elle hurla pour alerter sa famille, mais une paume recouvrit sa bouche, empêchant le moindre son de sortir. Mais en agissant de la sorte, Léopold relâcha sa prise sur l'un des poignets. Saisissant sa chance, Aimeline mordit la main qui la muselait, provoquant une réaction vive chez son assaillant. Léopold se redressa à moitié en vociférant. Exploitant l'ouverture qui s'offrait à elle, Aimeline souleva l'une de ses cuisses et lui assena un puissant coup de genou dans l'entrejambe.

— Garce ! rugit-il en se pliant en deux.

Profitant de son recul, elle le poussa de toutes ses forces, puis bondit sur ses pieds dès qu'elle fut libre de ses mouvements. Sans perdre de temps, elle se précipita vers la maison en serrant les dents pour contenir la douleur qui la tenaillait.

— Je t'aurai ! cracha Léopold en se relevant avec peine.

La respiration saccadée, il lâcha une bordée de jurons. Ce n'était pas l'envie qui lui manquait de poursuivre Aimeline, mais il était préférable qu'il trouve une cachette avant que Rosaire Beaupré ne soit alerté et ne se lance à sa recherche pour lui faire la peau.

Quand Aimeline déboula dans la maison en coup de vent, tous les regards convergèrent dans sa direction. En avisant ses cheveux en bataille, son front égratigné et son expression hagarde, Rosaire se releva précipitamment de sa chaise, la faisant basculer vers l'arrière.

— Bâtard ! s'écria-t-il avant que sa fille ne s'effondre dans ses bras.

Des points lumineux dansaient devant les pupilles d'Aimeline et une douleur vive ravageait ses flancs. Elle tremblait tellement qu'elle était incapable de contrôler les mouvements de son corps.

— Aimeline, l'appela son père en la sentant mollir contre lui.

— Léo… pold…, parvint-elle à articuler d'une voix désincarnée.

À ce nom, chaque muscle de Rosaire se contracta.

— L'enfant de chienne est revenu ? lui demanda-t-il avec une colère froide.

Aimeline opina faiblement de la tête, n'arrivant pas à en dire davantage tant elle était secouée.

— Où est-il ? Aimeline, où est ce salopard ? insista-t-il en la pressant.

— Champs…

Les traits déformés par la fureur, il posa les yeux sur Esther, qui le dévisageait d'un air affolé.

— Occupe-toi de ta sœur ! lui ordonna-t-il en aidant Aimeline à s'asseoir dans un fauteuil. Margaret, va barrer la porte de devant, poursuivit-il d'un ton brusque. Et n'oublie pas de refermer derrière moi, termina-t-il en se dirigeant vers la cuisine d'été à grands pas.

Margaret s'empressa de s'exécuter, alors que Florentine serrait Alfred contre son petit corps pour le rassurer.

~

La nuit était avancée lorsque Rosaire revint bredouille de ses recherches. Il lui avait été impossible de retrouver la trace de Léopold. Il rageait en silence, car il lui fallait ménager Aimeline. De toute façon, il avait l'intention d'organiser une battue au petit matin et de demander l'assistance des McNeil pour ratisser plus large.

Lorsqu'il pénétra dans le salon, un bon feu brûlait dans l'âtre. Les plus jeunes s'étaient pelotonnés contre Aimeline et Alfred sommeillait dans son giron, tout comme Ernest dans les bras d'Esther. Un silence lourd régnait dans la pièce, rompu par le crépitement des flammes. À la question muette de sa fille, il secoua la tête avec accablement.

— Je compte poursuivre les recherches demain, la rassura-t-il néanmoins. Cette charogne ne doit pas être très loin.

Aimeline afficha un sourire confiant. Elle avait longuement réfléchi au cours des dernières heures. Plus que jamais, elle était résolue à mettre son plan à exécution. D'ici deux jours, elle serait avec Ernest dans le train en direction d'Halifax. Ce qui lui laissait le temps nécessaire pour préparer leurs effets personnels. Son instinct lui criait de s'éloigner le plus possible de Métis. Fatiguée, elle dissimula un bâillement peu gracieux derrière sa main. Son père le remarqua.

— Je vais monter Alfred dans son lit. Allez toutes vous coucher et ne vous inquiétez pas… Je monterai la garde dans le salon jusqu'à demain matin.

Épuisée, Aimeline obtempéra en silence. La nuit lui porterait conseil et l'aiderait sans doute à y voir plus clair.

~

Un cheval poussa un hennissement près de la cabane à outils qui servait d'abri sommaire à Léopold. Jetant un coup d'œil nerveux par l'une des fentes entre les planches disjointes, le fourbe remarqua qu'un cavalier descendait de sa monture, le dos voûté. En se retournant, l'homme révéla des traits tirés. Léopold retint un cri de jubilation en reconnaissant Darren McNeil. *Le hasard fait si bien les choses!* pensa-t-il avec délectation. Les hommes de la famille McNeil avaient quitté la ferme tôt ce matin-là afin d'effectuer une battue avec Rosaire Beaupré. Ils étaient partis en compagnie des femmes pour qu'elles tiennent compagnie à Aimeline et au reste de la fratrie. Ce qui lui laissait le champ libre.

Il avait été fort avisé de trouver refuge sur les terres des McNeil. Personne n'avait songé à le chercher à cet endroit. Quant à ses effets personnels, ils étaient cachés sous une latte de plancher dans la grange des Beaupré. Il sortit sans bruit de la cabane à outils, puis contourna le réduit à pas mesurés afin de ne pas alerter le nouveau venu. Ce faisant, il se retrouva dans l'allée menant à la demeure des McNeil.

— Si ce n'est pas le retour de l'enfant prodigue, siffla-t-il d'un ton narquois en se campant derrière Darren, les jambes écartées.

Darren se retourna d'un bloc en plissant les paupières. Toute fatigue déserta son corps quand il reconnut l'individu. Agissant d'instinct, il fonça droit sur Léopold et l'accueillit d'un direct à la mâchoire.

— Espèce de salaud, tu ne manques pas d'air! rugit-il en le regardant se redresser, l'œil mauvais.

Léopold esquissa un sourire sardonique en essuyant avec lenteur le sang qui suintait de sa lèvre inférieure. Les poings serrés, Darren ne demandait qu'à le frapper de nouveau. Ne désirant pas se lancer dans une rixe, Léopold leva une main en guise de paix, prenant Darren par surprise.

— Je méritais sans doute cette correction, avoua-t-il avec suffisance. Mais je doute qu'Aimeline soit de cet avis. Elle n'apprécierait pas que son fiancé soit rossé de coups par son voisin.

— Quoi ! s'écria Darren en se crispant.

Léopold feignit la stupeur en voyant l'expression du jeune McNeil.

— Désolé de te l'apprendre de cette manière abrupte, mon vieux. Je croyais que ta famille t'avait informé de la situation. Mais ton silence soutenu et ton exil ont dû contribuer à ce quiproquo.

Perdu en conjectures, Darren fut déstabilisé l'espace d'un instant. Se pouvait-il que les siens lui aient caché un renseignement aussi sensible ? Son cerveau fonctionnait à toute vitesse. Pourquoi pas ? Après tout, ce n'était que récemment qu'il avait su qu'Aimeline avait assisté à l'effondrement du pont à Québec, et encore, c'était par l'entremise de Liam. À son réveil à l'hôpital, personne n'en avait soufflé mot, pas plus qu'à sa sortie de l'urgence. Que devait-il en déduire dans ce cas ?

— Pour quelle raison Aimeline aurait-elle accepté de t'épouser ? cracha Darren avec agressivité, le cœur en miettes à cette seule perspective.

— Nous avons eu un fils ensemble. C'est donc normal. D'ailleurs, il était plus que temps que je rectifie la situation entre nous. Je venais en informer ta famille.

À peine eut-il terminé sa phrase que Darren l'empoigna par le col de sa chemise en le faisant reculer avec vigueur contre l'un des murs de la maison. Léopold perdit le souffle sous la force de l'impact.

— Je vais te tuer ! rugit Darren en levant le poing.

— Et qu'adviendra-t-il alors du petit Ernest ?

La question freina Darren dans son élan. Léopold en profita pour enfoncer le clou plus profond.

— Tu as abandonné Aimeline sans un mot, comme un lâche. Elle était inconsolable au début, puis elle a fini par se résigner. J'étais là pour la réconforter. Si bien qu'elle en est venue à me pardonner pour cet incident fâcheux avec le train.

— Un incident fâcheux ! éructa Darren en resserrant sa prise, les prunelles étincelantes de rage.

— Oui ! Et c'est de l'histoire ancienne maintenant, ajouta Léopold avec indolence.

Ce faisant, il afficha une expression ennuyée qui mit davantage Darren hors de lui. Mais Léopold n'en eut cure et poursuivit sur sa lancée d'un ton moralisateur :

— Aimeline n'avait pas d'autre choix. Tu ne lui as donné aucune nouvelle au cours de l'année et demie qui vient de s'écouler. Que croyais-tu, McNeil ? Qu'elle allait finir vieille fille ? Attendre après un miracle ? Non ! Elle se devait de tourner la page. Un soir qu'elle était dévastée, la situation a dérapé, échappant à notre contrôle, et nous nous sommes intimement rapprochés. Ernest est arrivé neuf mois plus tard. J'étais parti pour trouver du travail et, lorsque j'ai appris la naissance de mon garçon, je suis revenu endosser mes responsabilités.

Chaque mot prononcé par Léopold lacérait le cœur de Darren, dont le visage se tordit d'horreur en comprenant qu'il était la cause de ce gâchis. Il avait pris trop de temps à se remettre et Aimeline avait perdu tout espoir. Se dégoûtant lui-même, il relâcha Léopold en grimaçant et recula de quelques pas, anéanti.

— Tu peux aller le constater toi-même si tu ne me crois pas. Mais je t'avertis, susurra Léopold avec délice, veille à ce qu'Aimeline ne t'aperçoive pas, ni personne de la famille au demeurant. Elle a déjà assez souffert par ta faute.

Léopold jouait gros, mais il comptait sur l'abnégation de Darren McNeil pour s'exécuter en douce. Une fois que ce dernier aurait vu le petit Ernest de ses yeux, son esprit étroit s'accrocherait à cette vérité, puis il s'en irait loin d'ici, lui laissant le champ libre pour la suite de son plan.

Tel que Léopold l'avait prévu, Darren s'élança vers sa monture, puis l'enfourcha d'un mouvement rude qui fit tressaillir l'étalon. Léopold retourna dans son abri sommaire, préférant attendre la nuit avant d'assener le coup final à la jeune femme. Une fois qu'elle serait définitivement perdue, Aimeline n'aurait aucune échappatoire, surtout si McNeil quittait Métis de manière subite.

~

Darren se dissimula en retrait d'une série d'épinettes sans faire de bruit. Le regard rivé sur la maison des Beaupré, il en était à chercher un moyen de s'en rapprocher sans être aperçu quand la porte d'entrée s'ouvrit, livrant passage à

Aimeline, un poupon calé sur la hanche. Il crut recevoir un coup d'enclume derrière la tête alors que des lames chauffées à blanc lui fouillaient les entrailles. Incapable de détourner les yeux de la scène, il observa la jeune femme embrasser le petit et le presser contre son cœur avec tendresse avant de s'en aller vers le chariot. Effondré, Darren tituba vers l'arrière. Une brûlure vive embrasa tout son être, lui donnant l'impression d'endurer mille morts. La respiration courte et les traits déformés par la souffrance, il recula jusqu'à sa monture. Il enfourcha son étalon dans un état second, puis le dirigea vers la route d'une main tremblante. Il devait quitter Métis sur-le-champ, sous peine de perdre la raison.

14

Le sifflement du train fit tressauter Ernest dans les bras d'Aimeline, qui le berça doucement tout en le couvant du regard. Par chance, le son strident ne l'avait pas réveillé complètement et il se rendormit en poussant un petit soupir de contentement. La banquette qu'avait réservée Rosaire pour le voyage rendrait le trajet à venir plus agréable. À peine Aimeline eut-elle le temps de s'installer avec plus de confort qu'un homme souleva son chapeau en guise de salutation en passant près d'elle. Cette marque de déférence la toucha, surtout en ces temps éprouvants. Le visage du voyageur ne lui était pas familier, ce qui signifiait que l'inconnu n'était pas au courant du scandale qui entachait sa réputation à Métis. Du moins, sous le couvert de l'anonymat, elle pourrait être prise pour une veuve de guerre qui se retrouvait seule au monde avec son fils.

Une vieille dame et une seconde, qui devait être sa sœur ou une amie proche, prirent place sur le siège devant Aimeline en discutant avec vivacité. Leur babillage animé lui arracha un léger sourire, qu'elle s'empressa de dissimuler en jetant un regard vers l'extérieur.

Un vrombissement se fit entendre, puis leur wagon s'ébranla dans une secousse. Le train se préparait à quitter la gare, prêt à s'élancer. La neige n'ayant pas encore recouvert le sol de son manteau blanc, la voie était dégagée. Le cœur gros,

Aimeline salua sa famille à travers la fenêtre. Étonnamment, son père ne s'était pas opposé à sa décision de partir, sans doute parce que Léopold demeurait introuvable. Par précaution, il avait laissé croire à Margaret, à Florentine et à Alfred que leur sœur retournait à Québec avec Ernest. Seuls Esther et Rosaire connaissaient sa destination réelle. C'était préférable ainsi, pour éviter que cette information ne vienne aux oreilles de Léopold.

Sur un ultime signe de main, Aimeline vit disparaître de son champ de vision les visages familiers qui lui étaient chers. Elle écrasa avec discrétion une larme sur sa joue. Elle ignorait pour combien de temps elle devrait s'exiler à Halifax, si bien qu'elle avait mis dans ses bagages tous ses effets personnels. Lorsque Rosaire l'avait jointe par téléphone la veille, cousine Rosina s'était empressée d'accepter de prendre Aimeline avec elle chez son amie. Révoltée d'apprendre que le curé s'était montré aussi peu charitable, elle s'était engagée à envoyer une lettre explicative pour rectifier les faits concernant la naissance d'Ernest. Elle espérait que ce serait suffisant. Vieille fille tout comme elle, son amie de longue date se réjouissait d'accueillir de jeunes visiteurs sous son toit, certaine que la présence d'Ernest redonnerait vie aux lieux.

Maintenant que le train était en branle, Aimeline pouvait respirer plus librement. Personne de Métis n'était monté à bord avec elle, ce qui garantissait son anonymat. Et étant donné que les règles de la compagnie ferroviaire interdisaient au chef de la station de dévoiler le nom des passagers, sa destination resterait secrète. De plus, les dames âgées qui semblaient revenir du wagon-restaurant étaient trop accaparées par leur discussion pour lui prêter attention.

Lasse après cette course effrénée pour préparer leur départ, Aimeline déposa Ernest dans le petit landau portatif fixé au siège à ses côtés, puis appuya sa nuque contre le dossier du banc en fermant les paupières. Autant profiter de la sieste du bambin pour récupérer un peu.

La locomotive s'éloignait au loin dans un panache de fumée lorsque Darren arriva à la gare. Il jeta un regard absent vers le dernier wagon qui disparaissait à l'horizon sans savoir qu'Aimeline se trouvait à bord. Il était en avance pour prendre son propre train en direction de Montréal, mais peu lui importait. Tout ce qui comptait, c'était qu'il puisse quitter Métis sans être vu de sa famille. Il n'avait pas eu le courage de faire face à ses parents. Mieux valait pour lui s'exiler à Montréal, y dénicher un travail permanent et ne jamais revenir à Métis. Liam y était et logeait chez une veuve irlandaise qui louait des chambres dans Griffintown afin d'arrondir ses fins de mois. Darren ignorait cependant s'il ferait signe à son vieil ami une fois sur place, ne souhaitant pas pour l'instant se faire rebattre les oreilles au sujet d'Aimeline. Il évaluerait la situation rendu là-bas.

~

Poussé par une rage froide, Léopold renversait tout ce qui se trouvait sur son chemin, énervant les animaux qui commençaient à s'agiter. Il n'avait pu mettre son plan à exécution, car il lui avait fallu rester caché pendant deux jours à cause de la battue effectuée par Rosaire Beaupré et les McNeil. Par-dessus le marché, les femmes de cette maudite famille écossaise étaient demeurées auprès d'Aimeline. Impossible pour lui de l'approcher dans ces conditions. Quand il avait enfin pu sortir de son trou à rat, ce fut pour découvrir que la gueuse avait disparu sans laisser de trace.

Animé par une fureur meurtrière, il arracha l'une des planches de l'étable et la lança en direction des vaches, les faisant meugler de panique. Durant plusieurs mois, il avait pu se dissimuler dans la grange sans inquiéter les bêtes, car elles s'étaient habituées à son odeur au cours de l'été qu'il avait travaillé à la ferme. Toutefois, tout ce remue-ménage les perturbait dans leur routine quotidienne et toute cette cacophonie finirait par attirer l'attention sur l'étable.

N'ayant pas décoléré, Léopold monta à l'étage pour attraper son baluchon, puis s'empressa de redescendre l'escabeau de bois. Il n'avait peut-être aucun indice pour l'heure sur la destination qu'avait prise Aimeline avec le rejeton, mais il n'était pas sans ressource. Pauline Beaupré pourrait se révéler une mine d'informations et une aide précieuse pour l'exécution de son plan, même si elle avait été exilée à Trois-Rivières par son époux. Sa haine envers Aimeline était palpable de même que son désir de vengeance.

Léopold irait la rejoindre à Trois-Rivières et, à eux deux, ils finiraient par retrouver Aimeline pour terminer ce qu'ils avaient commencé. En attendant, il se ferait plaisir en infligeant une punition digne de ce nom à Rosaire Beaupré. S'emparant de l'anse d'un fanal accroché à un clou, il craqua une allumette et l'approcha de la mèche. Une fois que la flamme fut haute, il lança l'objet sur le plancher près d'une botte de foin. En se renversant, l'huile à lampe se répandit comme une traînée de poudre et s'embrasa. Avec un rire démentiel, Léopold pivota et courut vers la porte.

Alors qu'il s'apprêtait à sortir, il heurta de plein fouet Esther qui venait d'entrer. La jeune fille fut projetée au sol sous la force de l'impact et Léopold ne fit aucun geste pour amortir sa chute. À la place, il s'esclaffa de plus belle, une lueur malveillante dans le regard. Esther se recroquevilla sur elle-même à la vue de l'homme, son cœur remontant dans sa gorge.

— Brûle, petite insignifiante ! Brûle !

Là-dessus, Léopold empoigna Esther par le bras et la souleva brutalement de terre. Les yeux écarquillés par la peur, elle poussa un cri d'effroi lorsqu'il la lança avec vigueur vers le feu. Elle faillit tomber sur le ballot de foin embrasé et évita le pire grâce à un réflexe la faisant dévier de sa trajectoire.

Un rire sarcastique résonna dans son dos avant que le battant ne soit refermé d'un coup brusque. Autour d'Esther, les bêtes s'affolaient et cherchaient à fuir les flammes. Terrorisée, la jeune fille demeura figée sur place. Puis, la chaleur du brasier commença à s'intensifier et à échauffer la peau exposée de son visage et de ses mains, un contraste saisissant avec le froid extérieur. Sortant de sa léthargie, Esther s'élança vers la porte de la grange et l'ouvrit toute grande.

— Au feu ! hurla-t-elle. Au feu !

Alerté à son tour, Rosaire se précipita à l'extérieur. Une peur sourde imprégna ses traits en apercevant la scène. L'incendie gagnait du terrain et une odeur de brûlé montait jusqu'à lui. De leur ferme, les McNeil remarquèrent avec effarement le panache de fumée noire qui s'élevait dans les airs.

De son côté, Esther n'hésita pas. Dès qu'elle aperçut son père, elle retourna à l'intérieur du bâtiment pour tenter d'étouffer les flammes avec les vieilles couvertures qui tenaient la famille au chaud l'hiver dans le traîneau.

— Fais sortir les bêtes ! lui cria Rosaire en lui arrachant le plaid des mains.

Sans perdre une seule seconde de plus, il essaya d'éteindre le brasier. Dehors, un martèlement de sabots se rapprochait de leur demeure. Des voix d'hommes retentirent, puis les

McNeil vinrent aider Rosaire. En la voyant peiner avec les animaux, Eliot vint prêter main-forte à Esther. Il eut un coup d'œil soucieux en direction des doigts rougis de la jeune fille, qui, fouettée par l'adrénaline, ne semblait pas avoir conscience de leur état.

Lorsqu'ils parvinrent tous à circonscrire l'incendie, le jour commençait à décliner. Par bonheur, les flammes n'avaient pas endommagé la structure de la grange, s'étant principalement concentrées sur les ballots de foin. Quelques poutres avaient noirci, une odeur de fumée imprégnait les lieux, mais rien qui ne puisse être remis en état. Il avait été plus difficile de retrouver les bêtes affolées qui s'étaient éparpillées un peu partout. La plupart avaient été récupérées, mais une vache manquait à l'appel, ainsi que deux poules. À tout le moins Rosaire avait-il bon espoir de repérer le bovidé dès le lendemain. Mais il y avait trop de prédateurs avides de chair fraîche dans les bois environnants pour que les poules aient survécu.

De retour dans la maison avec Esther et les McNeil, Rosaire remercia Fenella, d'un signe de tête, de s'être occupée des petits pendant qu'ils combattaient l'incendie. Par surcroît, elle avait préparé une soupe nourrissante pour tous afin qu'ils puissent se sustenter après cette épreuve éreintante.

Rosaire se laissa tomber avec lourdeur sur une chaise en se frottant les paupières. Devant lui, Esther n'en menait pas large, le visage barbouillé de suie et les cheveux en bataille. Son manteau et le bas de sa robe n'avaient pas été épargnés, roussis par les flammes.

— Que s'est-il passé dans la grange ? s'informa son père, la mine grave.

La lueur hésitante qui traversa les prunelles d'Esther lui fit froncer les sourcils. Eliot, qui n'avait pas manqué de le remarquer, vint se poster à la droite de la jeune fille et s'accroupit à ses côtés en déposant une main réconfortante sur son avant-bras.

— Est-ce toi qui as déclenché cet incendie ? la questionna-t-il avec douceur.

Esther baissa un regard empli d'incertitude sur lui en secouant la tête.

— Non, souffla-t-elle. C'est Léopold…

Rosaire se releva aussitôt de sa chaise.

— L'enfant de chienne ! rugit-il, hors de lui.

Pourquoi cet homme s'acharnait-il sur sa famille ? Perdu dans de sombres questionnements, il n'eut pas conscience de la retenue d'Esther, mais Eliot, qui ne l'avait pas quittée des yeux, s'en alarma.

— Esther, est-ce qu'il t'a fait du mal ? s'informa-t-il sans la relâcher.

Il sentit les muscles du bras se crisper. Alerté à son tour par le mutisme soutenu de sa fille, Rosaire se pencha vers elle.

— Esther ? l'appela-t-il avec inquiétude.

Sa fille leva un regard hanté vers son père. Elle revoyait l'expression malveillante de Léopold.

— Il m'a jetée vers le brasier pour que j'y brûle, répondit-elle dans un souffle de voix.

Fenella plaqua une main sur sa bouche pour contenir un cri de répulsion. Quant à Eliot, il prit l'un des poignets d'Esther avec d'infinies précautions et retourna la paume vers lui. Malgré la délicatesse du geste, elle grimaça de douleur. Eliot fut secoué en apercevant les cloques qui recouvraient la peau à certains endroits.

— Oh mon Dieu ! s'écria Fenella, bouleversée.

Elle s'empressa de rejoindre la jeune fille pour l'étreindre avec tendresse. Eliot leva ses prunelles animées d'une lueur féroce vers Rosaire, qui tenait à peine en place tant il tremblait de rage. Indifférente à la froideur qui gagnait les hommes, Fenella aida Esther à se relever.

— Nora, occupe-toi des petits et veille à ce qu'ils se préparent pour la nuit. Je vais soigner les blessures d'Esther.

Là-dessus, elle échangea un regard préoccupé avec son époux. Douglas hocha la tête pour lui indiquer qu'il restait avec leur voisin. Dès que les enfants et les femmes furent sortis de la pièce, Rosaire ne cacha plus sa fureur.

— Je vais le tuer ! s'emporta-t-il en abattant son poing sur la table.

— Et je vous assisterai, déclara Eliot d'un ton tranchant en se redressant.

Alors qu'il observait son père, Douglas opina. Lui également s'assurerait que Léopold Gauthier ne cause plus de tort à personne. Cet homme était dangereux et ne pouvait demeurer en liberté !

Montréal, novembre 1917

Liam abattit son poing avec vigueur contre le battant en maugréant. Personne ne répondait, mais il avait vu une silhouette se mouvoir derrière la fenêtre. Déterminé, il cogna une nouvelle fois, faisant vibrer le bois écaillé sous la force de ses coups.

— McNeil, ouvre cette maudite porte ! rugit-il à bout de patience.

Depuis deux mois, il tentait de retrouver la trace de Darren. La famille McNeil pensait qu'il était retourné dans le Nord pour travailler, mais il n'en avait rien cru. Darren aurait été incapable de retourner dans un camp de bûcherons après la mort tragique que Clyde y avait connue. À la place, il s'était terré dans Griffintown pour se faire oublier de tous. Liam en avait assez de courir derrière un fantôme, et ce n'était pas l'envie qui lui manquait d'abandonner Darren à son triste sort, mais il avait promis à Eliot qu'il ne laisserait pas tomber son frère. Et une promesse était sacrée, en particulier lorsqu'elle était donnée à un homme qui quittait le pays pour aller à la guerre.

Liam jura comme un charretier. C'était à croire que la mort de Clyde avait déclenché une série de catastrophes : Charlotte était entrée chez les Ursulines, Aimeline s'était exilée avec le petit Ernest, la famille Beaupré avait été persécutée par ce maudit Gauthier, Eliot s'était enrôlé dans l'armée et Darren s'était évanoui dans la nature. Les McNeil étaient dévastés. Le choix d'Eliot n'était pas surprenant, puisque ce dernier s'était intéressé à cette foutue guerre dès le début. Quant à Darren, son comportement demeurait un mystère pour son entourage, plongeant ses parents dans la confusion la plus totale. Liam comprenait le traumatisme de son ami, mais tout de même, après plus de deux ans, Darren devait faire son deuil de Clyde, tourner la page et, surtout, se pardonner pour son impuissance à changer le cours des événements.

Liam jeta un regard dégoûté sur l'amoncellement de déchets qui s'accumulaient dans la rue. Depuis combien de temps les éboueurs n'étaient-ils pas passés dans cette partie de la ville ? Plusieurs semaines, s'il se fiait à l'odeur pestilentielle et aux rongeurs qui pullulaient dans le coin. Il plissa le nez en retenant une grimace. Darren s'était tenu à l'écart des autres ouvriers sur les chantiers durant l'été, y compris de l'Irlandais. Personne n'avait voulu faire équipe avec lui, car il se montrait beaucoup trop téméraire, comme s'il n'avait plus rien à perdre. Un non-sens, selon Liam.

L'Irlandais abattit de nouveau son poing sur le battant délabré en tempêtant. La porte s'ouvrit abruptement, le prenant par surprise.

— Fous le camp ! mugit Darren, une expression patibulaire sur le visage.

Nullement intimidé, Liam le repoussa vers l'intérieur et pénétra dans le réduit. Darren vivait dans un taudis, à l'image de l'homme qu'il était devenu. Les lieux étaient si insalubres que Liam n'osait s'appuyer aux murs, et encore moins prendre place sur l'unique chaise. Il eut un regard de dégoût pour la vaisselle sale ainsi que les détritus qui remplissaient l'évier et recouvraient le comptoir.

— Calvaire, McNeil ! Une porcherie serait plus propre que cet endroit, s'exaspéra Liam en faisant face à son ami.

— Tu n'as qu'à partir ! Je ne te retiens pas ! cracha Darren de mauvaise foi.

— Foutaise ! s'emporta Liam. Tu es pathétique !

Piqué par cette réplique, Darren s'échauffa.

— Sors ! cria-t-il.

— Sinon quoi ? Tu me jetteras à la porte ? Tu n'en auras même pas la force, le nargua Liam. Tu t'es vu ? Tu as l'air plus mort que vif.

Ce qui était peu dire. Darren avait le teint cadavérique, les yeux cernés et il avait perdu du poids. Il ressemblait à un spectre, ce qui n'était guère rassurant.

— Combien de temps comptes-tu continuer à te terrer dans ton trou à rat ?

— Ce n'est pas tes affaires !

— Tu vas te laisser crever ici, n'est-ce pas ? comprit Liam avec abattement. Tu es si rongé par la culpabilité que tu as décidé de tous les abandonner…

Instable émotivement, Darren se jeta sur son compagnon dans le but de le frapper et de le faire taire. Il refusait que Liam réveille cette partie de lui qu'il cherchait à anesthésier. Liam se déporta sur le côté et le regarda s'effondrer avec écœurement.

— Reste donc où tu es. Tu ne vaux pas mieux qu'un ver de terre rampant sur le sol. Elle est belle, la fierté écossaise, le provoqua-t-il.

Étendu sur le plancher crasseux, Darren ne bougea pas. Liam passa une main accablée dans sa tignasse ébouriffée.

— Tu crois être le seul à souffrir de ne pas avoir pu sauver Clyde. Nous étions tous présents, y compris Eliot... et impuissants à le dégager de ces maudits billots.

Un gémissement lui parvint, signe que Darren l'écoutait.

— Ce n'est pas toi qui as causé l'éboulement des pitounes, c'est le bois du *rack* qui a cédé sous la pression. Ce n'est pas toi non plus qui as poussé Clyde dans le lac. Tout comme toi, il s'est retrouvé au mauvais endroit au mauvais moment.

Liam se tut quelques secondes, le temps de laisser ses paroles faire leur chemin dans l'esprit embrouillé de Darren.

— L'unique différence entre vous deux, c'est qu'il n'a pas pu se mettre à couvert. C'est pour ça qu'il est mort et que, toi, tu es vivant! clama l'Irlandais.

Son ton implacable fit tressaillir Darren, qui releva les yeux vers lui, l'air misérable.

— J'ai trahi mon frère, le reste de ma famille et Charlotte en n'arrivant pas à sauver Clyde.

Darren était rongé par un tel sentiment de culpabilité qu'il se punissait. Liam en fut consterné. Il devait effectuer une dernière tentative pour le raisonner.

— Mais pour qui te prends-tu? l'attaqua-t-il avec dureté. Tu n'es pas Dieu! Tout comme Clyde, ta vie était menacée. La même chose s'est produite lors de l'effondrement du pont à Québec. Tu aurais pu crever comme les treize autres gars qui ont péri... Mais tu as survécu!

Il fit une pause pour se reprendre, la gorge nouée par l'émotion.

— Tu es toujours là...

Darren peinait à y voir clair. Son sommeil était peuplé de cauchemars et il avait du mal à dormir. Il était vidé de toute énergie et n'était plus que le pâle reflet de l'homme qu'il avait été jadis. Il n'était pas mort lors de ces deux tragédies et ne se demandait pas pourquoi, obnubilé qu'il était par sa culpabilité.

— Comment m'as-tu retrouvé ?

Liam releva un sourcil, surpris par cette question.

— Plusieurs Irlandais vivent à Griffintown, dont une de mes cousines lointaines. Elle offre des chambres en location à des ouvriers. Un de ses pensionnaires a reconnu la description que je lui ai faite de toi.

Darren émit un son étranglé. C'était à croire que le destin s'acharnait sur lui.

— Tes parents s'inquiètent beaucoup. Ils ont perdu un fils et un second manque à l'appel. Ils n'ont pas besoin de se ronger les sangs pour un troisième. Tu devrais être auprès d'eux.

Darren s'assit avec lenteur en se frottant le visage. Les coudes en appui sur les genoux, il tentait d'y voir plus clair, si bien que les dernières paroles de Liam mirent un moment avant de s'imprégner dans son cerveau.

— Qui manque à l'appel? demanda-t-il en comprenant soudain que son ami ne faisait pas référence à lui.

La peur au ventre, il releva la tête vers l'Irlandais.

— Qui ? insista-t-il avec une incertitude dans la voix.

Liam prit le temps de jauger Darren en poussant un profond soupir, le mettant au supplice, puis il se décida à répondre :

— Il s'agit d'Eliot. Il s'est enrôlé en mars et, depuis la bataille survenue à la crête de Vimy en avril, tes parents n'ont plus de nouvelles de lui. Les bataillons canadiens qui y étaient ont été décimés et Eliot se trouvait dans l'un d'eux.

— Non ! s'écria Darren en bondissant.

— Son nom figure dans la liste des disparus, ta famille ignore ce qu'il est advenu de lui et l'armée est impuissante à lui en dire plus.

Perturbé, Darren marcha de long en large, le dos voûté. Liam eut pitié de lui et il fut sur le point de se taire, mais il était venu pour deux raisons. Hors de question qu'il se dégonfle.

— Il te faut aussi savoir que j'ai réussi à élucider une partie du mystère concernant Léopold Gauthier. Cet homme n'est pas celui qu'il prétend être.

Dépassé par les événements, Darren se retourna d'un bloc vers son compagnon. Pourquoi Liam mentionnait-il l'époux d'Aimeline ?

— Ça ne me regarde plus. Il est désormais le mari d'Aimeline. Je n'ai plus voix au chapitre, souffla-t-il d'une intonation sourde.

— Quoi ! s'écria Liam, éberlué. Mais de quoi parles-tu au juste ?

— J'ai croisé Léopold l'automne dernier et il m'a annoncé son union prochaine avec Aimeline et le fait qu'ils avaient eu un enfant ensemble.

— Et tu as cru ce fils de pute !

Liam n'en revenait pas. Il était tellement furieux qu'il hésitait entre frapper Darren ou quitter les lieux en claquant la porte. Il choisit la première option et assena un violent coup de poing sur la mâchoire de son ami. Darren sentit sa tête partir vers l'arrière et le choc le déséquilibra. Il se raccrocha à la table pour ne pas s'effondrer.

— Ciboire, McNeil ! Tu n'es qu'un imbécile ! explosa Liam.

Darren frotta son menton douloureux en s'efforçant de reprendre ses esprits. Devant lui, Liam écumait de rage, ce qui n'avait aucun sens. À moins que Léopold Gauthier ne se soit joué de lui ce jour-là… Dans ce cas, si c'était exact, à qui était le bambin qu'Aimeline tenait dans ses bras ?

Darren avait dû se faire cette réflexion tout haut, car Liam s'avança d'un pas, les traits durcis.

— Le petit est celui de Violette, qui l'a abandonné dans une crèche à Québec à sa naissance. Aimeline l'a pris sous son aile, expliqua-t-il entre ses dents serrées.

Darren nageait dans la confusion la plus totale, mais Liam ne s'y attarda pas et poursuivit :

— Ce cinglé a agressé Aimeline et il a mis le feu à la grange des Beaupré pendant qu'Esther s'y trouvait. Durant cinq jours, Rosaire Beaupré a lancé une battue avec ta famille pour le retrouver. Mais cette anguille a réussi à se sauver et Aimeline a dû s'enfuir avec le bébé après que Pauline Beaupré eut menti en l'accusant devant le curé d'être la mère de l'enfant. La réputation d'Aimeline n'y a pas survécu.

Liam jura dans sa langue maternelle avant de dominer Darren de toute sa hauteur.

— Ce fou furieux était devant toi et tu l'as laissé filer. Pire, tu as cru ses ignominies, forçant Aimeline à s'exiler et à vivre dans la peur constante que ce malade la rattrape, s'emporta Liam. Calvaire ! C'est pas vrai !

— Je l'ignorais, s'enflamma Darren à son tour en sentant une colère sourde l'envahir.

— Exactement ! rugit Liam. Tu ne le savais pas parce que tu avais décidé de t'apitoyer sur ton sort et de te terrer comme un rat en abandonnant tous ceux qui t'étaient chers !

La tirade de Liam atteignit Darren en plein cœur. Il s'était comporté comme un lâche au moment où les siens avaient le plus besoin de lui. Il devait faire quelque chose.

— Où est-elle ?

Liam souleva les épaules en signe d'impuissance.

— Tu vas devoir interroger son père, car ta famille n'en a aucune idée. Une rumeur circule selon laquelle elle se serait rendue à Québec chez sa cousine Rosina, mais c'est peu probable.

La mâchoire crispée, Darren fouilla les yeux de son compagnon, mais Liam n'avait aucune raison de lui mentir. Il allait devoir faire face à Rosaire, en espérant que celui-ci n'éprouve aucune rancune à son égard. Quant à Eliot, il croisait les doigts pour que ses parents aient reçu de bonnes nouvelles entre-temps. Si ce n'était pas le cas, il ferait des recherches de son côté.

Devant lui, Liam le dévisageait avec suspicion. Se pouvait-il que Darren se soit enfin réveillé ? L'étincelle colérique qui brillait désormais dans le regard de son ami était encourageante. S'ils combinaient leurs efforts, ils finiraient par mettre la main sur Léopold Gauthier. En se rappelant les propos récents de l'une de ses proches, Liam se rembrunit.

— Léopold Gauthier n'est pas le véritable nom de ce salaud, commença-t-il en plissant les yeux.

— Que sais-tu à son sujet ? demanda froidement Darren, un muscle tressautant sur sa joue.

— Lorsque je suis allé reconduire O'Brian au quai où mouillait l'*Empress of Ireland* avant son dernier voyage, deux de ses amis s'y trouvaient. Tout comme lui, ils devaient embarquer à bord du paquebot. Il s'agissait de Léopold Gauthier et de sa sœur Béatrice. Et l'homme ne ressemblait en rien à l'ouvrier qu'a engagé Rosaire Beaupré.

Darren prit une brusque inspiration. Ces renseignements étaient à la fois éclairants et lourds de conséquences.

— Celui qui a agressé Aimeline se tenait en retrait derrière les deux Gauthier. J'ignore s'il les connaissait ou s'il était là par hasard. Mais il me paraissait louche. J'avais oublié cet événement jusqu'à ce que je reparle d'O'Brian avec une proche parente. C'est à ce moment-là que s'est fait le déclic dans ma tête.

Les traits du visage de Darren se durcirent. Si ce faux jeton avait usurpé l'identité d'un autre, c'était qu'il s'efforçait de dissimuler un passé douteux ou de fuir la justice. Rien de reluisant. Dans ce cas, quel rôle avait-il joué dans la mort du véritable Léopold Gauthier et de sa sœur lors du naufrage ? Darren appréhendait le pire, mais il ne saurait jamais la vérité. Un sentiment d'urgence le gagna. Il devait prendre la route pour Métis, mais avant, il devait retrouver un semblant de décence.

~

Heureux de la tournure que prenaient les événements, Léopold affichait un sourire narquois. Il avait fini par savoir à quel endroit se cachait Aimeline Beaupré. Se terrant à Trois-Rivières depuis des mois, il demeurait en contact étroit avec Pauline Beaupré. Et la nouvelle qu'elle venait de lui annoncer mettait un terme à sa traque.

Coup de chance, cousine Rosina avait envoyé à Pauline Beaupré une lettre dans laquelle elle parlait de son séjour chez une amie à Halifax et du plaisir de passer les fêtes en compagnie du petit Ernest. De toute évidence, cette Rosina n'était pas informée de la polémique entre Pauline et sa fille. De plus, Rosaire Beaupré, tout comme Aimeline, devait ignorer que les deux parentes communiquaient ensemble.

Ce devait être un signe divin : Aimeline était bel et bien pour lui et il la retrouverait à temps à Halifax pour célébrer Noël avec elle. Il laissa échapper un rire dépourvu de toute chaleur. Il saurait la mettre à sa main et n'hésiterait pas à utiliser le rejeton de Violette pour y parvenir. Après, il se débarrasserait du môme et garderait Aimeline pour lui seul.

~

Halifax, décembre 1917

Aimeline arrivait du port, portée par un nouvel espoir. Depuis qu'elle avait appris par Esther la disparition d'Eliot, elle se rendait aux quais dès l'annonce de la venue d'un bateau en provenance d'Europe. Maintes fois, elle avait interrogé les soldats blessés qui revenaient du front, sans succès. Aucun d'eux n'était au courant de ce qu'il était advenu des contingents de la bataille de Vimy.

Elle avait néanmoins persisté dans ses recherches, semaine après semaine, mois après mois. Elle le devait aux McNeil, qui s'étaient toujours montrés bienveillants envers sa famille. Elle savait, par l'intermédiaire d'Esther, que Douglas rendait souvent visite à son père. Tous deux se soutenaient dans leurs épreuves respectives. Ce qui était une bonne chose, selon elle. Mais les siens lui manquaient. En fait, elle n'aurait jamais cru qu'il lui faudrait s'absenter aussi longtemps de Métis. Cependant, le temps était venu pour elle de mettre un terme à cet exil.

Personne n'avait revu Léopold depuis un an, ce qui était rassurant. D'autre part, Rosina avait envoyé une lettre à l'intention du curé quelques mois plus tôt pour disculper Aimeline et, de son côté, Charlotte avait eu la permission de quitter brièvement les murs du couvent pour voyager jusqu'à Métis afin de rencontrer l'ecclésiastique et de lui exposer la vérité. Ses habits de religieuse n'avaient pas manqué d'influencer favorablement l'homme d'Église, qui avait accepté de réviser son jugement.

En réaction à l'attitude blasphématoire qu'elle avait eue, il avait pris la décision d'excommunier Pauline Beaupré. Elle lui avait menti en plein confessionnal, dans la maison de Dieu. Un acte sacrilège et impardonnable à ses yeux, au-delà de toute rédemption. Il avait communiqué avec Mgr Cloutier, l'évêque de Trois-Rivières, pour l'informer de la situation étant donné que la pécheresse vivait dans sa paroisse. Aimeline redoutait une réaction vive de la part de sa mère et préférait ne pas croiser sa route. Elle ne pouvait qu'espérer que Pauline n'oserait pas mettre un pied à Métis après une telle débandade.

Le cœur en liesse malgré ses appréhensions, Aimeline songea à son retour prochain chez elle. Elle ne serait peut-être pas avec sa famille pour Noël cette année, mais elle aurait l'occasion de se reprendre. Afin de semer un peu de bonheur dans l'existence de Rosina et de son amie, elle avait décidé de passer les fêtes à Halifax. Les deux femmes projetaient de décorer la maison avec faste pour marquer l'événement. Même si elle devait rentrer au bercail au début de janvier, Aimeline n'attendrait pas jusque-là pour prévenir les McNeil qu'elle était parvenue à glaner des informations concernant Eliot. Selon un jeune soldat qu'elle avait croisé ce matin-là au port, Eliot serait en vie. Elle en aurait le cœur net sous peu, car un détachement en provenance de la région de Vimy devait arriver à Halifax dans les jours à venir. Aimeline s'en réjouissait.

Toute à sa joie, elle ne prêta pas attention à l'individu qui la suivait en douce, le regard rivé dans son dos. Léopold affichait un rictus vicieux. Il avait reconnu Aimeline sans difficulté au cœur de la foule animée. Il n'avait pas été long à la retrouver au moyen de l'adresse que Pauline lui avait refilée. Néanmoins, il ne voulait rien précipiter, préférant noter les habitudes de la jeune femme avant d'agir. De toute façon, ce n'était que le 5 décembre ; il avait donc plusieurs jours devant lui pour s'exécuter, lui donnant ainsi le temps nécessaire pour préparer sa revanche. Cette fois-ci, il ferait courber l'échine à Aimeline sans que personne puisse l'en empêcher.

15

Le lendemain matin, Aimeline descendait d'un pas pressé la rue principale en direction du port, curieuse de découvrir l'identité du cargo qui était arrivé trop tard la veille pour gagner les quais. Le navire avait été retenu derrière le filet de protection tendu durant la nuit pour empêcher les sous-marins allemands d'entrer dans le bassin. La ville abritait une base navale ; il était donc hors de question de se faire prendre par surprise. De plus, non seulement les soldats et les armes transitaient par Halifax, mais des dépôts de munitions longeaient le débarcadère, offrant une cible alléchante à l'ennemi.

L'endroit fourmillait d'activités. Le petit vendeur de journaux interpellait les passants, les marchands ouvraient leur boutique, les enfants allaient en classe et les militaires arpentaient les docks. Un train-train quotidien qui rendait l'agglomération portuaire vivante. Espérant recueillir des informations auprès du nouvel équipage, Aimeline gagna la berge. Tout comme elle, des promeneurs commençaient à s'y masser, attirés par le comportement étrange du cargo qui approchait dans le détroit et celui d'un second navire. C'étaient le *Mont-Blanc*, retenu par le filet la veille, et l'*Imo*. Pour une raison obscure, l'embarcation française avait l'air pressée d'atteindre les quais et le bateau norvégien, de le quitter. Abasourdie, Aimeline vit l'*Imo* se diriger vers la sortie en ligne droite alors que le *Mont-Blanc* remontait le canal face à lui. Aucun des deux capitaines ne semblait vouloir céder le passage.

Ce ne fut qu'à la dernière minute que le *Mont-Blanc* dévia de sa route et que l'*Imo* stoppa ses moteurs. Malheureusement, la manœuvre d'évitement provoqua l'effet inverse et propulsa les deux navires l'un sur l'autre. Dans un bruit de tôle froissée, l'*Imo* percuta l'avant du *Mont-Blanc* et s'enfonça dans sa coque. Des étincelles fusèrent de toutes parts lorsqu'il fit marche arrière, embrasant du même coup le benzène entreposé sur le pont du cargo français. L'incendie se propagea ensuite vers les cales, qui contenaient des tonnes d'explosifs.

Aimeline poussa un cri étranglé en apercevant les flammes qui s'élevaient du *Mont-Blanc*. Des curieux se massèrent de plus en plus autour d'elle en émettant des exclamations de stupeur chaque fois qu'un baril de benzène était projeté dans les airs dans une gerbe de feu. C'était comme assister à un spectacle pyrotechnique.

— Mon Dieu ! souffla Aimeline en s'écartant de la foule.

De sa position, elle ne vit pas les marins qui abandonnaient le *Mont-Blanc* avec empressement ni le pilote qui guidait le capitaine dans le détroit. Soudain, un individu portant l'uniforme la bouscula au passage et remonta l'allée centrale en courant. Nullement rassurée, Aimeline lui emboîta le pas alors que les habitants s'accumulaient en plus grand nombre sur le quai. Elle aperçut même un groupe d'enfants bifurquer vers le port au lieu de regagner leur école. Agitée, elle s'arrêta devant la vitrine du télégraphe où venait de s'immobiliser le soldat.

— Le bateau en feu est rempli d'explosifs ! cria ce dernier à Vince Coleman, l'opérateur télégraphique. Tout va sauter d'une minute à l'autre. Il faut fuir ! insista-t-il en tirant l'homme par la manche.

Le visage de Vince pâlit, tout comme celui d'Aimeline, car, même s'il s'était exprimé en anglais, elle avait parfaitement compris de quoi il retournait.

— Un train de passagers est en route pour la station de North Street, déclara Vince en se dégageant. Nous devons l'avertir du danger. Des centaines de personnes se trouvent à bord.

Le militaire l'abandonna à son sort, ne souhaitant pas y laisser sa peau. Alors qu'il s'apprêtait à rentrer à l'intérieur du bâtiment, Vince remarqua Aimeline. En la reconnaissant, il revint vers elle d'un pas précipité.

— Sauvez votre vie, madame Beaupré, dit-il d'un ton pressant en l'empoignant par les épaules. Courez !

Puis, il se tourna vers la foule massée sur place.

— Fuyez tous ! hurla-t-il.

L'urgence dans sa voix extirpa Aimeline de sa torpeur. Agissant d'instinct, elle prit ses jambes à son cou, imitée par d'autres gens qui l'entouraient, dont un homme à la silhouette sombre.

Vince retourna en vitesse à son poste et commença à télégraphier un mot à l'intention du conducteur de la locomotive.

— Ici Vince Coleman. Retenez le train. Navire de munitions en feu dans le port. Explosion imminente. Confirmez réception du message. Au revoir, les gars.

Les secondes s'égrenaient, lui donnant l'impression qu'une éternité s'écoulait. Le front en sueur, il pria pour que le machiniste reçoive son message à temps. Puis, il eut une pensée pour les habitants de la ville massés sur le quai et ceux se trouvant dans les environs. Il aurait pu sauver sa peau, mais il tenait à s'assurer que sa mise en garde avait été entendue. Il se préparait à télégraphier de nouveau lorsqu'une réponse lui parvint enfin. Le train s'apprêtait à freiner.

Le soulagement qui l'envahit fut tel qu'il se releva en tremblant. Puis, une lumière éblouissante nimba son bureau une fraction de seconde avant que la vitre n'éclate sous le souffle d'une explosion. Il fut projeté vers l'arrière, son corps broyé par la force de l'impact. Il mourut sur le coup.

Darren relisait pour la énième fois une phrase du roman qu'il tenait entre les mains, mais il était incapable de se concentrer. Il arriverait sous peu à Halifax et il lui tardait de retrouver Aimeline. Plus que tout, il désirait s'excuser de son comportement lamentable auprès d'elle et espérait de tout cœur qu'elle trouverait la force de lui pardonner. Il souhaitait l'épouser, passer le restant de ses jours à la rendre heureuse et compenser la souffrance qu'elle avait vécue par sa faute. Convaincre Rosaire Beaupré de sa bonne foi s'était révélé une entreprise ardue, et sans doute serait-il encore en train de chercher à le faire si Esther n'avait pas intercédé en sa faveur. Il suspectait toutefois qu'il lui serait plus éprouvant de se faire entendre d'Aimeline.

Darren laissa échapper un soupir lourd qui attira l'attention de Liam. Son ami avait insisté pour l'accompagner, préférant être présent pour rattraper le coup si jamais Aimeline refusait de le rencontrer.

— Cœur qui soupire…

Liam fut interrompu par l'arrêt brutal du train. Projeté violemment vers l'avant, Darren eut juste le temps d'amortir le choc avec son bras.

— C'est quoi, ce…

Au même instant, une explosion retentit au loin, provoquant un immense champignon de fumée dans le ciel. En comprenant que la déflagration venait d'Halifax, Darren afficha un visage exsangue. Les Allemands attaquaient la ville portuaire, crut-il avec effroi.

— Aimeline ! lâcha-t-il en se relevant d'un bond.

Les entrailles nouées par la peur, il tenta de se frayer un chemin dans la cohue générale qui s'installait à bord du wagon.

L'onde de choc pulvérisa tout sur son passage, faisant éclater les fenêtres et s'écrouler des bâtiments entiers. Des débris de bois, de vitre et de pierre volèrent dans toutes les directions, fauchant les malheureux qui se trouvaient sur leur trajet. La rafale de feu qui s'ensuivit fut puissante au point de tout embraser. Tout fut détruit en un instant dans un rayon d'un kilomètre.

Aimeline remontait la rue en courant pour essayer de s'éloigner le plus vite possible du port lorsqu'elle fut soulevée dans les airs, tel un fétu de paille, puis projetée au sol avec une violence inouïe. Sonnée, elle demeura immobile quelques secondes avant de se risquer à tourner la tête, mais son corps refusa de bouger. Un bourdonnement assourdissant envahit ses oreilles, puis, soudain, un silence oppressant recouvrit les lieux quelques secondes, comme si le temps lui-même s'était arrêté.

Ensuite, un mur céda sous le poids d'un toit chevrotant et s'écroula près d'Aimeline dans un fracas retentissant. Des débris tombèrent sur elle, ensevelissant en partie son bras droit. Toussotant, elle tenta de remuer son corps, mais une planche vint percuter son mollet gauche et un objet pointu perfora sa chair. C'est tout juste si elle eut un tressaillement, la douleur anesthésiée par la torpeur qui l'engourdissait. Elle avait l'impression d'être plongée dans un épais brouillard, puis ce fut le noir total lorsque les ténèbres l'engloutirent.

~

Quand Darren et Liam parvinrent à atteindre la maison où résidait Aimeline, la journée était bien avancée. Par chance, la demeure se trouvait assez loin du port pour ne pas avoir été pulvérisée, mais l'onde de choc avait tout de même fait éclater les fenêtres. Des pleurs d'enfant provenaient de l'intérieur. Gagné par un espoir insensé, Darren força le battant sans même s'annoncer. Des éclats de verre crissèrent sous ses bottes et un froid mordant imprégna ses vêtements. Aucun cadre n'avait résisté, des vestiges de vaisselles et de bibelots parsemaient les planchers, des livres avaient été projetés hors de leurs rayons. Remontant le couloir, il fouilla des yeux chaque recoin, la peur au ventre. Les portes qui étaient fermées au moment de la déflagration avaient été arrachées de leurs gonds. Darren était frappé par l'ampleur du désastre.

— Il y a quelqu'un ? Rosina ?

Des paroles étouffées lui parvinrent de l'arrière de la maison ainsi que les pleurs plus prononcés d'un enfant. Il se dirigea vers ce qui devait être la cuisine, Liam sur les talons. Animé par les affres de l'angoisse, il pénétra en trombe dans la pièce. Deux dames d'un certain âge étaient blotties l'une contre l'autre, un bambin d'un peu plus d'un an entre leurs bras. Il fouilla l'endroit du regard avec frénésie à la recherche d'Aimeline, mais en vain. La jeune femme n'était pas là. Darren sentit un poing se refermer autour de son cœur, le comprimant.

— Où est Aimeline ? demanda-t-il d'une voix atone. Où est-elle ? cria-t-il plus fort face au silence soutenu des deux malheureuses.

Ernest éclata en sanglots de plus belle, effrayé par ce nouveau débordement de violence.

— Chut, mon coco. Chut, glissa Rosina dans un murmure qu'elle souhaitait apaisant en frottant le dos du petit.

L'enfant se calma peu à peu, bercé par le rythme régulier des bras de Rosina. S'efforçant de retrouver son flegme, Darren prit une profonde inspiration pour dominer le tumulte qui grondait en lui.

— N'ayez pas peur, commença-t-il d'un ton plus posé. Je ne vous veux aucun mal. Mon nom est Darren McNeil. Je suis un voisin des Beaupré. Et voici Liam O'Neil, un ami de longue date.

Un pli barra le front de Rosina alors que Liam s'inclina avec galanterie. Ce nom de famille ne lui était pas inconnu. Aimeline avait reçu une lettre d'une Nora McNeil à Québec, puis la visite des membres de cette famille. Elle les avait accompagnés ce jour-là, lors de l'effondrement de la partie centrale du pont. Dubitative, elle leva un regard perdu vers l'individu qui avait fait irruption comme un coup de vent dans la cuisine.

— Vous êtes un parent de Nora McNeil ? demanda-t-elle avec une pointe d'incertitude.

— C'est ma sœur, répondit Darren en rongeant son frein.

Liam posa une main sur l'épaule de son compagnon pour l'inciter à tempérer ses ardeurs. Darren l'observa de biais avant de prendre une seconde inspiration. Il ne souhaitait pas brusquer la femme visiblement ébranlée, mais il devait savoir pour Aimeline.

— Je voudrais voir Aimeline. Je dois lui parler.

Rosina resserra son étreinte autour du petit corps d'Ernest alors que ses prunelles se voilèrent. Confuse, elle secoua la tête avec hébétude.

— J'ignore ce qui lui est arrivé, répondit-elle avec un trémolo dans la voix. Elle devait se rendre au port recueillir des informations au sujet de votre frère disparu.

De nouvelles larmes vinrent aux yeux de Rosina. Darren ferma les paupières sur les doutes qui l'affligeaient. L'explosion provenait des quais. À quel endroit se trouvait Aimeline au moment de la déflagration ? Un goût de bile remonta dans sa bouche. Il refusait d'envisager le pire, pas alors qu'il s'apprêtait à la rejoindre pour lui demander pardon. La vie ne pouvait pas lui ravir pour la seconde fois un être cher de manière aussi brutale. Il se racla la gorge, ne voulant pas laisser libre cours à son désarroi.

— Je vais la retrouver, s'engagea-t-il d'une voix sourde.

Une plainte étouffée lui parvint de la part de Rosina. Avec lenteur, il s'approcha d'elle, puis essuya sa joue en sang de son mouchoir de poche. Avec sensibilité, il embrassa Ernest sur le sommet de son petit crâne à peine fourni, puis riva son regard dans celui de Rosina.

— Je vais la ramener, insista-t-il. Où qu'elle soit, martela-t-il avec ferveur. En attendant, mon ami restera avec vous.

Liam s'apprêtait à répliquer, mais se tut en apercevant la résolution inflexible au fond des yeux de Darren.

— J'ai besoin que tu demeures avec eux, le pria Darren.

— D'accord ! Je ne bougerai pas d'ici, promit Liam. Et si jamais Aimeline revient entre-temps, je te ferai prévenir.

Darren lui pressa le bras en guise de remerciement. Puis, sur un signe de tête, il s'éloigna à grandes enjambées, déterminé à remuer ciel et terre.

La souffrance se manifesta dès qu'Aimeline reprit connaissance. Un battement de paupière plus tard, elle émit une plainte en grimaçant. L'intensité de la douleur qui irradiait de sa jambe était telle qu'elle lui coupa le souffle pendant quelques secondes. Des points lumineux dansèrent devant ses yeux. Refusant de s'évanouir de nouveau, Aimeline serra les dents. Un spasme la secoua, puis un sursaut d'adrénaline reflua dans ses veines. Hors de question qu'elle se laisse mourir !

Des larmes roulèrent sur ses joues, creusant des sillons sur son visage maculé de noir. Elle était en vie, et c'était tout ce qui importait pour le moment. Des gémissements ainsi que des pleurs parvinrent à ses oreilles. Le peu qui demeurait debout d'une maison s'écroula non loin d'elle, soulevant un nuage de poussière qui la fit toussoter. Des hurlements apeurés s'élevèrent autour d'elle. Le danger était omniprésent, elle ne devait pas rester là.

Aimeline remua avec prudence son bras enseveli sous les gravats afin de s'assurer qu'elle n'avait rien de cassé. Il était sensible, mais semblait indemne. Malgré tout, par prudence, elle préféra se servir du bras gauche comme appui pour se redresser. Ce faisant, elle se déplaça. Une douleur fulgurante lui retourna l'estomac. Un cri de souffrance fusa de ses lèvres exsangues, couvrant le bruit des pas qui se rapprochaient.

— Attendez, lui ordonna un homme en se penchant au-dessus d'elle.

Deux militaires en piteux état s'accroupirent à ses côtés pour l'assister.

— Ne bougez pas, nous allons vous aider, lui signala l'un d'eux.

Ils se relevèrent de concert et entreprirent de dégager Aimeline des débris qui la recouvraient. Ils s'exécutèrent rapidement. Ne restait plus que la planche tombée en travers de ses jambes. Ignorant ce qui se trouvait dessous, ils la soulevèrent avec vigueur. Elle poussa un hurlement au moment où le clou qui s'était enfoncé dans son mollet fut extirpé sans douceur. Les deux soldats se figèrent en apercevant la plaie sanguinolente dans la chair. L'un d'eux se répandit aussitôt en excuses, alors que le second s'empressa de saisir la trousse de premiers soins qu'il portait en bandoulière autour du cou. Sans perdre de temps, il se dépêcha de confectionner un pansement sommaire. Aimeline eut le souffle coupé par la douleur quand ils l'aidèrent à s'asseoir avec précaution.

— Est-ce que vous arriverez à tenir debout et à marcher ? s'informa l'un de ses sauveteurs, la mine soucieuse.

Elle fut incapable de répondre, toute son énergie concentrée à endiguer l'étourdissement qui la submergeait. Les yeux larmoyants, elle plaqua une main sur sa bouche.

— Mademoiselle, vous devez vous relever et rejoindre le plus vite possible la forêt à l'ouest de la ville afin d'y trouver un abri. Une seconde explosion peut survenir à tout moment.

Aimeline se sentit gagnée par un nouveau sentiment de panique. Des cris désespérés retentissaient dans l'air. Les fours à bois près du port s'étaient effondrés, nourrissant l'incendie qui s'était déclaré.

— Les dépôts de munitions sont en feu, tout risque de sauter ! Il vous faut fuir ! insista-t-il d'une voix pressante.

Son compère et lui aidèrent Aimeline à se mettre debout alors qu'elle lança un regard effrayé vers les flammes qui progressaient dans leur direction.

— Vous pouvez marcher ?

Elle essaya de faire quelques pas sans assistance. Satisfait, l'un des soldats lui adressa un sourire encourageant.

— Vous y arriverez !

Alors que les deux sauveteurs s'apprêtaient à faire demi-tour, elle attrapa par le bras l'un d'eux en hochant nerveusement la tête en signe de dénégation. Le militaire se dégagea doucement de sa prise.

— Nous devons aller voir les autres blessés et regrouper les enfants qui ont perdu leurs parents.

Elle étouffa une exclamation de désespoir à la pensée des petits déambulant dans les rues, désorientés et démunis comme elle. Elle acquiesça, une lueur vacillante dans les yeux. Les soldats la saluèrent en silence, puis s'éloignèrent, à l'affût du moindre signe de vie parmi les décombres.

Dès que les deux hommes furent hors de portée, Aimeline entendit retentir des claquements de mains dans son dos. Elle sursauta, puis un frisson remonta le long de sa colonne vertébrale lorsqu'un individu éclata d'un rire mauvais. Avant même de se tourner, elle sut qui il était. Comment avait-il fait pour la retrouver ?

— Bonjour, douce Aimeline, la nargua Léopold avec cynisme. Quel acte d'abnégation ! Une véritable sainte !

Elle n'était pas de taille à affronter la folie de cet homme. Le peu de volonté qu'il lui restait la déserta d'un coup. À l'idée de faire face à cet être ignoble, elle sentit toutes les fibres de son être se révulser. Elle déglutit avec difficulté avant de trouver le courage de se retourner. Léopold se dressait au milieu du chemin, lui barrant la route. Une zébrure le défigurait sur le côté gauche de son visage et des traînées de sang s'écoulaient de la blessure. Ses vêtements étaient aussi abîmés et tachés que ceux qui la couvraient, elle.

Aimeline recula d'un pas incertain, consciente qu'elle ne ferait pas le poids si Léopold se décidait à l'agresser, surtout dans son état. Elle jeta un regard affolé autour d'elle. Du coin de l'œil, elle aperçut une brèche dans les décombres d'une maison, non loin de sa position. Peut-être pourrait-elle s'y faufiler avant qu'il ne la rattrape. Serrant les dents, elle s'y dirigea le plus vite qu'elle put sans réfléchir.

Ayant une cheville esquintée, Léopold perdit un temps précieux à cause de son boitillement. Il se pencha pour saisir au vol l'un des pieds d'Aimeline, qui arriva à lui échapper *in extremis* et disparut dans le trou. Il laissa fuser un flot de jurons, furieux qu'elle parvienne à se dérober de la sorte. Déterminé à la capturer, il se jeta à genoux et entreprit aussitôt d'élargir le passage, fragilisant la structure par la même occasion. Obnubilé par sa traque, il ne prêta pas attention à ce détail.

Dissimulée au fond de sa cachette provisoire, Aimeline peinait à reprendre son souffle et à calmer les tremblements qui la secouaient. L'élancement qui s'était avivé dans sa jambe lorsqu'elle s'était exécutée lui avait arraché un cri de souffrance. La douleur pulsait maintenant jusqu'à ses tempes. Aimeline gémit faiblement. Il n'y avait aucune issue pour elle dans cet abri sommaire. Dès qu'il aurait terminé d'agrandir l'ouverture par laquelle elle s'était faufilée, Léopold pourrait l'atteindre facilement.

Un grincement sinistre retentit dans la charpente instable, faisant frissonner Aimeline, suivi d'un craquement funeste, puis un second. Mais cela n'arrêta pas Léopold pour autant. La jeune femme frémit de plus belle. Elle était à l'étroit et étouffait.

— Aurais-tu peur de moi, douce Aimeline ? la nargua Léopold dans un gloussement grossier.

Elle hoqueta en geignant. Au même moment, de la poussière parsema sa chevelure de blanc, puis quelques débris tombèrent sur ses genoux repliés. Une main surgit dans le trou et se tendit vers elle en lui frôlant un pied. Elle ramena sa jambe sur sa cuisse autant qu'elle put en poussant un hurlement de terreur.

Un ricanement lui parvint de l'extérieur. Les battements de son cœur s'accélérèrent. Un léger tremblement secoua ce qu'il restait de la charpente. La structure allait s'écraser, comprit-elle avec horreur dans un éclair de lucidité. Alors qu'Aimeline se faisait cette réflexion, un grondement menaçant confirma ses appréhensions. Avant qu'elle ne puisse réagir, la surface sur laquelle elle prenait appui se déroba sous elle et lui arracha un nouveau cri. Se protégeant de ses bras, elle rentra sa tête dans ses épaules et se recroquevilla sur elle-même pour épargner son visage. Les murs autour d'elle s'effondrèrent dans un fracas retentissant, entraînant le toit déjà à moitié affaissé dans leur chute. Les imprécations de Léopold se transformèrent en un gargouillis sinistre pendant qu'Aimeline était propulsée sur le côté. Elle atterrit sur une poutre en équilibre précaire. Sous elle, le plancher laissa place à un trou béant. Elle s'agrippa de toutes ses forces à la solive de bois. Le temps sembla se suspendre pendant une fraction de seconde, puis un craquement de mauvais augure la secoua. Comprenant que son appui ne tiendrait pas sous son poids, elle ferma les paupières brièvement pour tenter de faire le vide dans son esprit. D'instinct, elle s'allongea sur le madrier avec d'infinies précautions, à l'affût du moindre bruit suspect, puis commença à se mouvoir à plat ventre avec prudence. Pas une seule fois, elle ne regarda en dessous d'elle, de crainte d'être aspirée par le trou béant. Elle rampa jusqu'à l'extrémité du trou en cherchant son souffle.

En arrivant au bout, Aimeline étouffa ses pleurs et trouva le courage de se relever. À peine debout, ses jambes se dérobèrent sous elle. Elle eut un hoquet de frayeur et s'accrocha de justesse à la charpente pour ne pas basculer vers l'arrière. Serrant les dents, elle se crispa et obligea son corps à bouger. Non sans peine, elle passa par-dessus les fragments épars sur son chemin, tout en prenant soin de vérifier où elle mettait les pieds de crainte que son poids ne fasse céder la surface instable.

Une faible lumière apparaissait par un orifice à quelques pas d'elle. Elle s'y dirigea, le cœur tambourinant à coups redoublés dans sa poitrine. Le silence qui la cueillit une fois qu'elle retrouva l'air libre la saisit, puis ce fut l'odeur métallique du sang qui la frappa. Traînant sa jambe blessée, elle contourna l'amas de débris avec vigilance. Elle ignorait où se trouvait Léopold et ne pouvait courir le risque qu'il la repère le premier. Avec prudence, elle étira le cou et jeta un rapide coup d'œil par-dessus une montagne de gravats. Elle eut un haut-le-cœur en découvrant la scène macabre. Un morceau de fenêtre éclatée s'était fiché dans la chair de Léopold à la hauteur de sa nuque, le crucifiant sur place. Paralysée par l'horreur, Aimeline fut incapable de détacher son regard de la tête presque complètement sectionnée de son agresseur. Pliée en deux, elle plaqua une main sur sa bouche, l'estomac soulevé par des spasmes. Le corps tremblant, elle recula d'un pas chancelant et poussa un cri sous la douleur qui irradia de son mollet blessé. Comme dans un état second, elle contempla son pansement, qui s'était relâché.

Elle s'ébroua, consciente qu'elle devait trouver un refuge avant que la nuit ne tombe. Déjà, la température chutait et de lourds nuages annonciateurs de mauvais temps se massaient à l'horizon. N'arrivant pas à réfléchir davantage tant elle était secouée, elle s'ébranla en abandonnant la dépouille de Léopold derrière elle.

~

Darren était dépassé par la scène de désolation qui se déployait sous ses yeux. Des corps mutilés et carbonisés gisaient au cœur des décombres, d'autres flottaient à la surface de l'eau parmi des débris. Des blessés en état de choc déambulaient dans les rues, des mères hurlaient le nom de leurs enfants et retournaient en pleurant chaque petit être rencontré sur leur passage. Une partie de la cité avait été soufflée comme un simple château de cartes, laissant place à un véritable champ de bataille.

Des soldats cherchaient des survivants, utilisant ce qu'ils trouvaient à portée de main pour servir de brancard. Deux hommes transportaient d'ailleurs une femme étendue sur une porte. Ceux qui étaient gravement blessés étaient abandonnés sur place, faute de volontaires pour les emmener en lieu sûr. Un officier criait aux gens de trouver refuge à l'ouest de la ville, loin de tout danger. Darren survola les lieux dévastés d'un regard empreint de désespoir. Une veine saillit dans son cou. Les habitants avaient tout perdu : leurs maisons, leurs gagne-pain et sans doute des êtres chers.

Darren refusait d'accepter qu'Aimeline ait pu périr dans l'explosion. Elle avait survécu ! Il devait en être ainsi, sinon il n'aurait plus aucune raison de continuer à vivre.

— Aimeline ! souffla-t-il dans une intonation douloureuse en enjambant ce qui lui semblait être un morceau d'ancre.

Comme un écho à sa supplique, il entendit de faibles pleurs sous un éboulement. N'écoutant que son instinct, il souleva les planches ébréchées et jeta les débris sur le côté. Il fut ébranlé en trouvant un petit corps fragile recroquevillé sur lui-même. Un sanglot s'échappa de la bouche de la fillette terrorisée. Darren se pencha avec précaution pour ne pas effrayer l'enfant davantage et lui murmura des paroles réconfortantes. Puis, après être parvenu à l'extirper des décombres, il la prit dans ses bras et la recouvrit de son manteau. Avec tristesse, il remarqua la dépouille d'une femme au même endroit, probablement la mère de la petite.

Aimeline s'était jointe aux rescapés qui marchaient d'un air hébété vers l'ouest. Elle tenait une dame âgée par le bras pour l'aider à avancer. Dépassée par la tragédie, elle n'osait poser le regard sur le visage de la femme. Comme plusieurs, la malheureuse avait les yeux en sang, des éclats de vitre incrustés dans les prunelles. Aimeline avait croisé tant de gens avec des blessures similaires. Transie de froid, elle resserra autour de ses épaules les pans de ce qu'il lui restait de manteau. Par chance, le petit groupe arrivait à destination. Des soldats avaient allumé des feux de camp sur place afin que les survivants puissent se réchauffer un peu. Aimeline laissa la dame entre les mains de personnes secourables, puis glissa sur le sol en grimaçant. Elle était si faible qu'elle ferma les paupières dès qu'elle fut allongée sur la terre battue. Sa jambe n'aurait pu la porter plus loin.

L'hôpital ayant été détruit, il n'y avait aucun endroit pour rassembler les blessés ni suffisamment de matériel pour les soigner. Darren marchait entre les corps figés dans la mort, la fillette blottie dans ses bras. Épuisée, la petite s'était endormie, son nez gelé niché dans le cou de son sauveur. Darren n'avait pas eu le cœur de l'abandonner aux quatre militaires qui s'occupaient de regrouper les enfants perdus. Elle avait été suffisamment éprouvée et, pour une raison qu'il ignorait, elle s'accrochait à lui de toutes ses forces. Pour la énième fois, il déposa un baiser sur le sommet de sa tête pour la rassurer.

Il avait questionné quelques soldats qu'il avait rencontrés en chemin. Un officier lui avait appris que des secours avaient été dépêchés pour les assister. Des chirurgiens, des médecins, de la nourriture et de l'eau allaient venir par train. Plus tard, un hôpital rudimentaire serait érigé dans l'une des écoles pour parer au plus pressé, mais, en attendant, chacun était livré à lui-même, ce qui inquiétait Darren d'autant plus.

Lorsque le jour se leva, Aimeline était ankylosée. Elle resta prostrée, ses idées confuses. Le souffle cristallisé dans l'air glacial, elle riva son regard sur le ciel d'un blanc laiteux qui la surplombait. À bout de forces, elle ferma les paupières. Pourquoi ne pas demeurer allongée sur ce lit funèbre et se laisser sombrer dans un sommeil létal ? Ne plus résister, abandonner les armes et la souffrance derrière elle. Qu'avait-elle à perdre ?

C'est alors que les ténèbres commencèrent à l'envelopper de leur étreinte mortelle. Les battements de son cœur ralentirent, sa respiration se fit ténue, engourdissant ses sens et la douleur par le fait même. Un faible vagissement retentit au loin, éveillant un écho de lucidité dans son esprit abruti. Un tressaillement la parcourut et ramena petit à petit sa conscience à la surface. Il s'agissait des vagissements d'un jeune enfant. Le visage d'Ernest prit forme derrière ses paupières closes, rappel vivant de son existence. Qui s'occuperait de lui si elle venait à disparaître ? Tout comme elle, il avait été rejeté. Pouvait-elle l'abandonner à son tour ? Un gémissement remonta dans sa poitrine à cette réflexion et des larmes roulèrent sur ses joues. Elle n'avait pas le droit de renoncer à Ernest. Même si sa famille prendrait soin de lui, elle savait au fond de son cœur que personne d'autre qu'elle ne l'aimerait comme une mère.

Un cri franchit ses lèvres. Le retour à la réalité s'avérait souffrant, lui coupant le souffle. Ses muscles étaient raides et refusaient de bouger. Elle déplaça sa jambe blessée et ne put retenir un nouveau hurlement de douleur. Elle avait l'impression que la plaie pulsait, provoquant des élancements lancinant jusqu'à sa cuisse.

— Seigneur, donnez-moi la force de me relever, implora-t-elle d'une voix misérable en hoquetant.

À la première tentative, Aimeline s'effondra sur le sol. Elle demeura recroquevillée en pleurant, les épaules secouées par de profonds sanglots. Au bout d'un moment, elle obligea son corps affaibli à se redresser. Elle devait rejoindre les siens, s'assurer qu'Ernest était sorti indemne de l'explosion. Puisant à même une volonté qu'elle ignorait posséder, elle avança d'un pas vacillant en serrant les lèvres.

Autour d'elle, des soldats demandaient aux mieux portants de se réfugier auprès de connaissances ou de proches parents situés hors de la zone du désastre.

— Tout danger est écarté ! proclamait l'un d'eux. Retournez auprès des vôtres.

Un autre militaire s'approcha d'elle.

— La température continuera de chuter, vous devez chercher un endroit sûr. Serez-vous en mesure de vous abriter ?

Aimeline balbutia un « oui » étouffé en entourant sa taille de ses bras. La maison où elle résidait était assez loin du port pour avoir été épargnée. Une fois sur place, elle savait que Rosina serait en mesure de soigner sa blessure. Il lui suffisait de trouver la force de marcher jusque-là. Alors qu'elle baissait la tête, prise de vertige, son regard tomba sur la vieille dame qu'elle avait secourue la veille. Cette dernière était assise à l'écart des feux, exposée au vent, ses membres raidis par le froid mordant. En avançant d'un pas boitillant, Aimeline appréhendait le pire. Le corps de la femme était figé ; ses vêtements, gelés et recouverts d'une légère couche de frimas. Le blizzard qui avait soufflé durant la nuit avait eu raison d'elle. La gorge nouée, Aimeline détourna les yeux en se signant, incapable de supporter plus longtemps cette vision accablante. Ce fut cependant ce qui lui donna le coup de fouet nécessaire pour entamer son éprouvant périple.

~

Quand il retourna chez l'amie de Rosina après des heures de recherches infructueuses, Darren était accablé et harassé. L'incertitude le rongeait, mais il refusait de baisser les bras. Pour l'heure, il jugeait plus prudent de ramener la fillette dans un endroit où elle pourrait se réchauffer et manger à sa faim. Une fois qu'il serait rassuré à son sujet, il repartirait à la recherche d'Aimeline, qui était quelque part au cœur de cet enfer. Il devait la retrouver.

Ses traits tirés en disaient long sur son état d'esprit lorsqu'il pénétra dans la cuisine où s'étaient réfugiés Rosina, son amie et Ernest. C'était l'unique pièce qui était relativement intacte et qui possédait une source de chaleur suffisante pour les tenir au chaud. Des couvertures avaient été empilées dans un coin pour servir de couche sommaire. Tous trois portaient plusieurs épaisseurs de vêtements pour ne pas geler dans la maison emplie de courants d'air.

— Doux Jésus ! s'exclama Rosina en le voyant extraire la fillette de son manteau. Qui est cette pauvre enfant ?

Pressé de réchauffer leurs corps frigorifiés, Darren se rapprocha du poêle à bois avec l'enfant. Assis sur les plaids, Ernest le détailla de ses grands yeux. Par chance, le bambin ne semblait pas avoir été blessé et, vu son jeune âge, il ne garderait aucun souvenir de ces événements désastreux. Darren observa la petite. Ce ne serait malheureusement pas son cas. Elle devait avoir environ trois ans et serait assurément marquée par la tragédie. Il espérait qu'elle ne se retrouverait pas seule au monde désormais. Ce qu'elle avait vécu était déjà assez traumatisant.

Rosina vint vers eux, un biscuit entre les mains. En temps normal, la fillette aurait dû s'en emparer avec avidité, mais au lieu de cela, elle demeura blottie contre Darren, le regard apeuré.

— *It's OK, sweetie*, chuchota-t-il d'une voix apaisante.

Voyant qu'elle ne bougeait pas, Darren prit le gâteau sec et le lui tendit. Elle le saisit avec empressement et l'avala presque d'un coup.

— Pauvre ange ! se désola Rosina.

Elle alla chercher un verre de lait et une tartinade de confiture, puis les donna à Darren. Avec douceur, elle frôla le bras de la petite pendant que celle-ci mangeait le tout en manquant s'étouffer.

— *Take your time*, lui dit Darren avec douceur.

Sans quitter Darren des yeux, elle termina d'engouffrer le dernier morceau. Rosina attrapa avec délicatesse le gobelet vide et le déposa sur la table en essuyant une larme sur sa joue. L'état pitoyable de l'enfant lui fendait le cœur, tout comme l'expression désespérée de Darren. De toute évidence, il n'avait pas retrouvé Aimeline. Ébranlée, Rosina prit quelques secondes pour se reprendre avant de se retourner. La fillette était sur le point de s'endormir sur Darren. Du moins avait-elle avalé un peu de nourriture.

— Étendez-la sur les couvertures, nous prendrons soin d'elle.

Darren allongea avec précaution le petit corps amolli sur le lit de fortune, puis le recouvrit d'un plaid. Il se préparait à se relever quand Rosina lui tendit un morceau de fromage et de pain. Lui aussi devait se sustenter. Darren la remercia d'un signe de tête avant de quitter la cuisine. Dans le couloir, il croisa Liam, les bras chargés de bois. Son ami n'eut besoin d'aucun mot pour comprendre la situation.

— Aimeline est forte !

Darren prit une brusque inspiration, tout en le fixant d'un regard empli d'incertitude.

— Aie confiance ! Tu la retrouveras…, l'encouragea Liam.

Liam avait raison. Aimeline saurait affronter cette situation catastrophique. Elle trouverait le moyen de survivre. Rasséréné, Darren décida de retourner à sa recherche sans plus tarder. Il avait déjà avalé le repas frugal que lui avait offert Rosina lorsqu'il sortit de la maison. À peine eut-il fait deux pas qu'une silhouette chancelante se profila au coin de la rue. Darren eut l'impression de recevoir un direct dans l'estomac.

— Aimeline ! cria-t-il à pleins poumons en s'élançant vers elle.

La jeune femme releva la tête avec lenteur. Son monde vacilla à la vue de Darren et ses genoux se dérobèrent sous elle, puis l'obscurité l'engloutit. Darren la rattrapa de justesse avant qu'elle ne s'affale par terre. Il tomba à genoux, son précieux fardeau pressé contre son cœur.

— *Mo chridhe*, murmura-t-il d'une intonation étranglée.

Le corps qu'il serrait contre lui était glacé. Une douleur aiguë le transperça.

— Ouvre les yeux, l'implora-t-il. Par pitié, Aimeline…

Sa voix se cassa sur cette dernière supplique. Paniqué, il souleva la jeune femme, puis la transporta jusqu'à l'intérieur de la maison. En le voyant revenir avec une forme inanimée entre les bras, Rosina appréhenda le pire.

— Mon Dieu, non…

Liam, qui était accroupi devant le poêle à bois, se retourna prestement vers son ami. Il eut une courte prière pour la jeune femme en avisant sa pâleur cadavérique.

— Il faut la réchauffer, déclara Darren d'un ton pressant en le rejoignant devant la source de chaleur.

Rosina alla rassurer la fillette, qui venait de se réveiller en sursaut, pendant que Liam alimentait le feu. Darren posa un genou à terre, puis s'empressa de départir Aimeline de ses vêtements trempés sous le regard pudique des deux dames. Liam se détourna et en profita pour mettre de l'eau à bouillir afin de préparer une tisane. Une fois qu'Aimeline fut nue, Darren ne perdit pas de temps et entreprit de frotter son corps gelé avec vigueur pour réactiver la circulation sanguine.

— Allez, *mo chridhe*, reviens, insista-t-il, la peur au ventre.

Un faible gémissement monta aux lèvres de la jeune femme.

— Bats-toi, Aimeline, glissa-t-il à son oreille en continuant de la frictionner.

Ses hivers passés dans les camps de bûcherons l'avaient habitué aux coups de froid, mais pas Aimeline. Liam lui tendit une couverture tout en détournant le regard par déférence. Darren la saisit pour envelopper sa compagne. La peau d'une pâleur inquiétante commençait à rougir, ce qui le rassura. Puis, les prunelles d'Aimeline papillonnèrent.

— C'est ça… Réveille-toi… Reste avec moi…

La torpeur qui engourdissait Aimeline s'estompa peu à peu. Lorsque le sang se remit à circuler dans ses veines, une douleur fulgurante lui coupa le souffle. Un gémissement pitoyable franchit ses lèvres.

— Je sais…, chuchota Darren en la serrant dans ses bras. Accroche-toi !

Submergée par la souffrance et épuisée au-delà de toute limite, elle s'affala contre la poitrine de son compagnon, à bout de forces.

— Ça va aller, *mo chridhe*. Je suis là…

Alors qu'elle dérivait dans une inconscience bienfaisante, Darren pria avec ferveur pour qu'elle ne lui soit pas arrachée durant son sommeil.

— Apportez-moi ce qu'il faut pour soigner ses blessures ainsi que des vêtements chauds, demanda-t-il d'une voix sourde.

Rosina s'exécuta aussitôt avec diligence.

La nuit qui suivit mit Darren au supplice. La plaie au mollet d'Aimeline avait été nettoyée, désinfectée et pansée. Il en avait été de même pour les multiples écorchures sur le reste de son corps. À voir l'état pitoyable de ses vêtements ainsi que les bleus qui marbraient sa peau, Darren suspectait qu'Aimeline se soit retrouvée assez près de l'explosion pour être soufflée par l'onde de choc. Ce qui l'inquiétait. Il pria pour qu'elle n'ait subi aucun dommage interne. Préoccupé, il dégagea avec délicatesse une mèche rebelle qui traversait le visage contusionné de la jeune femme. Il ferait tout en son pouvoir pour aider Aimeline à traverser cette épreuve et, cette fois-ci, il ne l'abandonnerait pas. Quoi qu'elle dise ou qu'elle fasse, il la suivrait jusqu'au bout du monde s'il le fallait et demeurerait à ses côtés pour la protéger. Il serait son phare dans la nuit, l'ancre à laquelle s'accrocher pour ne pas dériver.

Épuisé à son tour, Darren appuya sa nuque douloureuse sur le mur derrière lui et ferma les paupières sans pour autant lâcher la main qu'il tenait captive dans la sienne.

Lorsqu'elle reprit connaissance, Aimeline fut tout d'abord perdue. Elle reconnaissait le décor qui l'environnait, mais il lui semblait étrange de se retrouver dans cette pièce. Un silence feutré régnait autour d'elle et des rayons de soleil baignaient les lieux d'une lumière pâle hivernale. Le feu qui brûlait dans l'âtre la réchauffait. Elle en était reconnaissante, elle qui avait été transie la nuit dernière. Alors que son esprit s'éclaircissait, des bruits ténus lui parvinrent de l'intérieur de la maison. Elle comprit que des personnes s'activaient à l'étage au-dessus d'elle. Puis, une respiration profonde et régulière attira son attention sur sa droite. Elle tourna la tête avec lenteur et fut interdite en découvrant Darren.

Il était assoupi et paraissait détendu. Étonnamment, il était en bras de chemise et son col était déboutonné, laissant entrevoir les poils sombres de sa poitrine. Elle cligna des paupières, confuse. Que faisait-il à Halifax ? Et pourquoi dormait-il à ses côtés ? Mal à l'aise d'être témoin de cette scène pour le moins intime, elle releva les yeux vers le visage de Darren, qui arborait une barbe de quelques jours assombrissant ses joues et sa mâchoire volontaire. De plus, ses cheveux étaient en bataille, comme s'il y avait passé ses mains à plusieurs reprises.

Certaine qu'un élément lui échappait, elle fouilla dans sa mémoire à la recherche d'une information susceptible de l'éclairer. Ce fut à ce moment-là que tout lui revint avec une clarté effarante : l'explosion, son calvaire, la mort de Léopold et l'apparition de Darren au cœur de cet enfer. Ainsi, elle n'avait pas rêvé ; il était venu la retrouver. Mais pour quelle raison ? Il y avait si longtemps qu'il l'avait abandonnée sans donner de nouvelles… une éternité en fait… Elle n'y comprenait plus rien.

Avec réserve, Aimeline bougea sa jambe blessée pour se déplacer et fut surprise de constater que son mollet était un peu moins douloureux que la veille. Quelqu'un avait soigné sa plaie. Était-ce lui ? Elle se redressa sur un coude avec prudence et capta aussitôt l'odeur masculine qui se dégageait de lui, ce qui la troubla.

— Darren…, murmura-t-elle d'une voix chevrotante.

Une paume massive pressa la sienne en guise de réponse, puis Darren souleva les paupières. Il éprouva un choc en croisant le regard de la jeune femme. Touché en plein cœur par l'incertitude qui s'y reflétait, il demeura muet quelques secondes, puis ses traits se détendirent.

— Tu es enfin revenue parmi nous, souffla-t-il avec un soulagement évident qui la remua.

De plus en plus perdue, elle fronça les sourcils. Avec d'infinies précautions, il se pencha vers elle et effleura de ses lèvres chaudes le pli soucieux qui venait d'apparaître sur la peau lisse de son front. Puis, il appuya son front contre le sien.

— Tu as été inconsciente pendant quatre jours, lui expliqua-t-il avec une intonation douloureuse. J'étais si inquiet…

Il ne termina pas sa phrase et embrassa plutôt Aimeline avec une sensibilité désarmante. La jeune femme se laissa aller contre lui, déstabilisée par cette nouvelle, et surtout par cette douceur. Darren aspira avec ravissement son souffle léger tout en frôlant le satin velouté de sa joue, submergé par la profondeur de ses sentiments.

Lorsqu'il interrompit le baiser, Aimeline nageait en plein chaos. Darren en eut conscience et en fut bouleversé. Il porta leurs mains entrelacées à ses lèvres pour déposer un baiser empreint de tendresse sur chacun de ses doigts. En sentant frémir Aimeline, il se redressa. Elle avait beaucoup souffert, et il en était en grande partie responsable. Il ne devait surtout pas la brusquer.

Elle le scruta en silence, déconcertée par la tournure que prenaient les événements. Des larmes montèrent à ses yeux, embrouillant sa vision. Il essuya avec lenteur ses joues humides de ses pouces calleux.

— Je te demande pardon pour tout le mal que je t'ai fait.

Cette voix profonde s'imprégna en elle, la remuant. Un amalgame d'émotions se reflétait dans le regard troublé de Darren, qu'elle n'avait jamais vu aussi bouleversé. Elle pencha la tête sur le côté tout en cherchant à lire en lui. Il ne se déroba pas, laissant transparaître sans faux-semblant le doute et les remords qui le rongeaient.

— Je t'aime, *mo chridhe*, murmura-t-il d'une voix rauque. Je t'ai toujours aimée, mais j'étais trop stupide pour le reconnaître.

Incertaine, Aimeline leva une main avec lenteur et frôla la joue rugueuse du jeune homme. La peau était chaude sous ses doigts tremblants, que Darren enveloppa d'une étreinte amoureuse en souriant tristement.

— Tu dois savoir qu'à la mort de Clyde, je me suis senti si coupable que je n'ai pas eu le courage d'affronter ma famille, et encore moins de me présenter devant toi… J'ai préféré fuir comme un lâche et, dès lors, je me suis perdu en chemin…

Il ploya la nuque avec fatalisme en voûtant les épaules et demeura ainsi pendant quelques secondes, avant de se résigner à redresser l'échine. Il devait se montrer honnête envers elle s'il désirait avoir ne serait-ce qu'une chance de regagner son estime ainsi que son cœur.

— Puis, j'ai croisé la route de ce salaud de Léopold Gauthier…

À ce nom, Aimeline revit dans son esprit le corps sans vie de son tortionnaire, le cou sectionné par un éclat de vitre. Elle se raidit par réflexe et Darren s'en inquiéta.

— Quand nos routes se sont croisées l'automne dernier, j'ai cru ses mensonges lorsqu'il m'a affirmé qu'Ernest était de lui et que vous alliez vous marier. Je n'en suis pas fier, enchaîna-t-il rapidement. Si je ne m'étais pas laissé aveugler par ma culpabilité, jamais tu n'aurais eu à t'enfuir pour trouver refuge dans cette ville.

Aimeline secoua la tête, hébétée. Darren avait donc parlé à Léopold avant qu'elle parte de façon précipitée pour Halifax. Accablée par cette découverte, elle le repoussa inconsciemment. Ce recul le blessa, mais il ne pouvait pas le lui reprocher. Après tout, elle était en droit de le détester.

— Pourras-tu jamais me pardonner ?

L'angoisse contenue dans l'intonation du jeune homme atteignit Aimeline en plein cœur. Darren souffrait en son âme et conscience. À aucun moment, il n'avait voulu la mettre en danger. Elle ne devait pas oublier que Léopold était fourbe et que sa duplicité n'avait connu aucune limite. En mystifiant Darren de cette manière, il avait frappé au bon endroit. Mais la révélation de ce nouveau mensonge ne la surprenait guère. Aussi devait-elle s'affranchir une bonne fois pour toutes de ce fou furieux et, pour cela, il lui fallait trouver le courage de passer outre les erreurs de Darren, de saisir le bonheur qui s'offrait à elle. Après tout, le cours de la vie était imprévisible, elle était bien placée pour le savoir.

— Léopold Gauthier est mort durant l'explosion, parvint-elle à prononcer.

Elle était incapable d'un dire plus pour le moment, mais du moins pourrait-elle rassurer son entourage.

Darren comprit au regard fuyant et à la posture rigide de sa compagne qu'il y avait davantage au sujet de Léopold Gauthier, mais il devinait également que ce n'était pas le temps d'en discuter. Il se montrerait donc patient et attendrait qu'Aimeline soit prête à se confier à lui. Dans l'intervalle, il l'entourerait de son amour, lui apporterait son soutien afin de lui permettre de guérir et d'avancer.

Darren encercla Aimeline par la taille de son bras robuste, puis la ramena vers lui avec douceur, lui laissant tout le loisir de se dégager de sa prise. Il appréhendait une nouvelle rebuffade de sa part, mais par chance, au lieu de se dérober, elle choisit de se blottir contre son torse. Elle ferma les paupières. Elle se sentait enfin à sa place et en sécurité, des émotions qu'elle n'avait pas ressenties depuis longtemps. Le soupir tremblotant qui s'échappa de ses lèvres atteignit Darren au plus profond de son être. D'une main apaisante, il caressa le dos de la jeune femme tout en resserrant son étreinte.

— Tu es en vie… C'est tout ce qui compte pour l'instant, murmura-t-il dans ses cheveux. Mais quand tu souhaiteras parler, je serai là pour t'écouter.

Le silence s'étira entre eux, nul mot n'étant nécessaire pour exprimer leurs sentiments réciproques. De toute manière, tout chez lui criait son amour pour elle. Réconfortée, elle demeura immobile, goûtant le plaisir simple de percevoir les battements tranquilles du cœur de Darren, d'être environnée par sa chaleur. Une expression attendrie se dessina sur le visage du jeune homme.

— Je t'aime, *mo chridhe*, lui répéta-t-il avec ferveur. Si tu savais à quel point…

Elle releva la tête vers lui et posa un doigt en travers de ses lèvres. Puis, elle plongea de nouveau dans son regard empli d'un amour inconditionnel.

Un discret raclement de gorge troubla l'ambiance intime qui enveloppait le couple dans un cocon douillet.

— Je suis heureux de constater que vous êtes de retour parmi nous, annonça Liam.

Aimeline se tourna dans sa direction. L'Irlandais se tenait debout dans l'encadrement de la porte de la cuisine et affichait un sourire bienveillant.

— Et je connais un petit garçon qui en sera ravi également, ajouta-t-il. La pauvre Rosina ne savait plus quel moyen employer pour garder Ernest à l'écart pendant que vous récupériez des forces. Il ne cessait de vous réclamer.

Un soulagement vif s'empara d'elle en comprenant qu'Ernest et Rosina se portaient bien. Ainsi, ils avaient évité le plus gros de la déflagration. Une larme roula sur sa joue et Liam en fut touché.

— Moi qui croyais que cette nouvelle vous réjouirait, la taquina-t-il gentiment.

La bonne humeur contagieuse de Liam allégeait l'atmosphère. Aimeline laissa échapper un éclat de rire libérateur, chassant les derniers lambeaux de noirceur qui assombrissait son esprit. Le cœur en liesse, Darren se pencha vers elle, une expression tranquille sur le visage. Le moment était venu pour lui de reprendre sa vie en main et d'accepter le fait qu'il avait droit, lui aussi, au bonheur.

— Aimeline Beaupré, veux-tu toujours m'épouser ? prononça-t-il d'une voix grave, le regard empli d'un espoir insensé.

Épilogue

Métis, 31 décembre 1917

Assise à l'écart des autres, Aimeline regardait sa famille et les McNeil danser avec entrain sur un rigodon. Sa jambe n'étant pas pleinement remise, elle se contentait de suivre le rythme en tapant du pied. Ce n'était pas plus mal, car elle peinait à retrouver son énergie d'antan. Le médecin du village ne s'en inquiétait pas outre mesure. Après tout, elle avait traversé une terrible épreuve. Mais elle était vivante et devait en remercier le Seigneur tout-puissant. D'autres n'avaient pas eu cette chance. Deux mille âmes étaient mortes ce jour-là à Halifax, soufflées par la force de la déflagration. Neuf mille personnes avaient été blessées, dont plusieurs avaient perdu la vue. Vingt-cinq mille résidents étaient à la rue, soit plus d'un tiers de la population. Deux cents cadavres n'avaient jamais pu être identifiés, sans parler du traumatisme vécu par tous ceux présents au moment de la tragédie. Par bonheur, la ville de Boston avait déployé des efforts considérables pour venir en aide à leurs voisins canadiens, donnant l'occasion aux autorités de reprendre peu à peu le dessus.

Aimeline posa un regard attristé sur la petite Mary, qui riait aux éclats dans les bras de Darren alors qu'il la faisait tournoyer dans les airs. Après quelques jours de recherches, ils avaient été en mesure de découvrir son identité. Malheureusement, cela avait été pour apprendre qu'elle avait perdu sa mère durant l'explosion et que son père était mort à la guerre un an plus tôt. Mary n'avait aucune autre famille connue. Elle était seule au monde. Pourtant, par un détour étrange du destin, sa route avait croisé celle de Darren et, contre toute attente, l'enfant s'était attachée à lui. Si bien qu'au moment de quitter Halifax, Darren n'avait pu se résigner à l'abandonner derrière lui dans un orphelinat. Incapable de rompre le lien qui unissait ces deux êtres, Aimeline lui avait alors proposé d'adopter la petite et, dans la foulée, ils avaient pris la décision d'en faire tout autant pour Ernest. Certes, c'était peu conventionnel, et leurs démarches soulevaient plusieurs commérages au sein du village, mais peu leur importait. Seul l'avenir des deux enfants comptait à leurs yeux et, dès qu'ils se marieraient au printemps, ils commenceraient ensemble une nouvelle vie.

D'un commun accord, ils avaient décidé de se fiancer à Noël, comme l'avaient fait Clyde et Charlotte deux ans plus tôt. C'était d'ailleurs en mémoire de ce dernier qu'ils avaient choisi cette date. Charlotte n'avait pu se joindre à eux, préférant demeurer chez les Ursulines pour les fêtes. Aimeline suspectait que les souvenirs concernant Clyde étaient encore trop vifs dans la mémoire de sa sœur, ce qui l'attristait. Aimeline ignorait si Charlotte prononcerait les vœux qui scelleraient son destin, mais elle souhaitait de tout cœur qu'elle y renonce le moment venu. Sa cadette avait tant à offrir que ce serait un péché qu'elle reste cloîtrée dans un monastère jusqu'à la fin de ses jours. D'autant plus que cet endroit était froid et austère.

Un nouvel éclat de rire de Mary ramena Aimeline au moment présent. La vie lui offrait enfin le plus beau des cadeaux : une existence auprès de l'homme qu'elle aimait, entourée de magnifiques enfants qu'elle chérirait. En attendant leur mariage tant espéré, Darren demeurait avec Mary dans sa famille chez les McNeil et Aimeline habitait chez elle avec Ernest, au plus grand bonheur de la fratrie Beaupré. Ce n'était pas l'idéal étant donné la situation avec les petits, mais c'était le meilleur arrangement qu'ils avaient trouvé en attendant que Darren entame la construction de leur demeure sur les terres des Beaupré, à la fonte des neiges. Le jeune homme avait accepté la proposition de Rosaire de le seconder à la ferme afin d'alléger son fardeau. Aimeline en était heureuse. Sa place était ici, à Métis. Elle ferma les paupières brièvement, profitant au maximum de cette réunion en famille.

Que demander de plus, sinon qu'Eliot, qui manquait toujours à l'appel, retrouve bientôt le chemin de la maison. Il le fallait… Par chance, Violette et Pauline étaient sorties de leur existence à tous. Peu importait le sort que les deux femmes avaient connu, cela ne concernait plus Aimeline, du moins l'espérait-elle.

En apercevant le pli qui barrait le front de la jeune femme, Darren revint vers sa bien-aimée. Au passage, il transféra Mary dans les bras de Rosina, qui fêtait le réveillon du Nouvel An avec eux. Il s'agenouilla devant Aimeline, puis enserra ses mains dans les siennes. Elle ouvrit les yeux à son contact. Une lueur incertaine dansait dans ses prunelles. Il avait une bonne idée de la tournure qu'avaient prise ses pensées, et il s'en désolait.

Aimeline lui sourit, réconfortée par sa présence. Elle devait passer outre les épreuves qu'elle avait endurées. Après tout, elle avait tout lieu de se réjouir. Léopold Gauthier ne la persécuterait plus et, même si elle n'oublierait pas les événements tragiques survenus à Halifax, elle avait survécu. Quant à Darren, même s'il avait été hanté par des démons par le passé, elle savait qu'ensemble, ils surmonteraient les difficultés qui ne manqueraient pas de se dresser sur leur chemin tout au cours de leur vie. Elle avait foi en eux, en ce sentiment puissant qui les unissait. À elle de jouir pleinement de chaque petit moment de bonheur, de laisser ses tourments derrière elle.

— Les enfants vont s'écrouler de fatigue avant même de se retrouver dans leur lit, fit remarquer Darren avec une pointe d'amusement.

— Mary semble ne plus se souvenir des horreurs qu'elle a vécues, murmura Aimeline d'une voix lointaine. Et j'en suis soulagée. Ernest l'adore. Ils méritent d'être heureux.

— Tout comme toi, *mo chridhe*. Le temps est venu de te reposer sur mes épaules et de t'en remettre à moi.

— Je ne suis pas la seule à mériter cette seconde chance, lui signifia-t-elle, le regard aimant.

Darren embrassa ses doigts délicats et fixa longuement la bague de fiançailles qui ornait son annulaire avant de revenir à ses prunelles limpides. Il n'arrivait pas encore à croire qu'elle ait accepté de l'épouser. De pouvoir bientôt contempler son visage nimbé des premiers rayons du soleil lui réchauffait le cœur. Chaque lever du jour serait le plus merveilleux des réveils.

— C'est vrai ! Grâce à toi, j'ai l'impression de revivre et d'avoir trouvé mon port d'attache. Je m'étais perdu et tu as su atteindre mon cœur en dépit de tout.

— Et toi, tu m'as cherchée parmi les décombres à Halifax sans perdre espoir, répondit-elle avec gravité.

— Où que tu sois, Aimeline, je te retrouverai toujours… Contre vents et marées s'il le faut, lui assura Darren.

La ferveur dans sa voix la remua jusqu'au plus profond de son être. Leur chemin avait été semé d'embûches. Ils avaient été si souvent malmenés par les éléments déchaînés que c'était un miracle qu'ils soient enfin réunis.

— Je t'aime, chuchota-t-elle avec timidité, peu habituée encore à s'ouvrir librement à lui.

— Je t'aime aussi, glissa-t-il avant de s'emparer de sa bouche dans un baiser vibrant d'amour et de passion.

Malcom et Gordon sifflèrent en chœur dans leur dos, alors que Margaret et Florentine poussèrent de petits cris scandalisés. Rosaire éclata d'un grand rire sonore, ravi de ce dénouement heureux. Il eut au même moment une douce pensée pour Louisa. En dépit de tout, leur fille avait trouvé le bonheur et il espérait qu'elle en était témoin de là-haut.

Aimeline pouffa lorsque Darren la relâcha, un sourire ravageur sur les lèvres. Puis, la soulevant sans effort, il rejoignit le reste de la famille dans une ronde folle, arrachant une exclamation enjouée à la jeune femme. Le cœur débordant de joie, Aimeline noua les bras autour de la nuque de son partenaire et, enfin libre de toute entrave, se laissa transporter par la musique…

Précisions de l'auteure

Il est à noter que la bibliothèque d'Atwater a ouvert ses portes en 1917. Il s'agissait de la première bibliothèque publique à Montréal. Pour les besoins de mon roman, je l'ai cependant fait ouvrir trois ans plus tôt.

À noter aussi que les Reford de Métis ont acquis leur Rolls-Royce en 1918 et non en 1914, mais encore là, j'ai devancé cette date.

Également, le terrain de golf de Métis fut fondé uniquement en 1919, soit après la date que j'ai mentionnée dans le roman.

Personnages réels mentionnés dans le roman

- Élisée Caron : gardien du phare de Métis jusqu'en 1933
- Henry George Kendall : capitaine du paquebot l'*Empress of Ireland*
- Adélard Bernier : pilote qui dirige les navires sur le fleuve Saint-Laurent
- James Grant : docteur à bord de l'*Empress of Ireland*
- Jean-Baptiste Pouliot : capitaine du *Lady Evelyn*

- Henrietta Westwood, Frank Percy Brooks et Dorothy : passagers de l'*Empress of Ireland*
- Mary Parker et sa fille Reta : passagères de l'*Empress of Ireland*
- John Molson : fondateur de la brasserie Molson
- Elsie Reford : propriétaire d'Estevan Lodge (qui devient plus tard Les Jardins de Métis)
- Archie McGugan : postier à Métis
- John MacNider : homme d'affaires écossais-québécois qui est le pionnier de l'établissement et du développement des Seigneuries de Grand-Métis et de Métis-sur-Mer, au Québec. Dès 1818, il encourage et facilite l'arrivée de nombreux immigrants sur sa seigneurie (sources : Wikipédia et Répertoire du patrimoine culturel du Québec).
- Sir Wilfrid Laurier : premier ministre du Canada de 1896 à 1911
- Mgr Cloutier : évêque de Trois-Rivières
- Vince Coleman : opérateur télégraphique à Halifax

Remerciements

Merci à mon époux, mon âme sœur, qui continue de m'encourager à persévérer jour après jour dans mon écriture et qui se montre si généreux envers moi. Merci pour tout, mon amour !

Je voudrais aussi remercier mes six bêta-lectrices, qui passent beaucoup de temps à relire mes romans et qui me sont d'une aide précieuse : Gwénaëlle Lecomte, Sylvianne Breton, Jessica Gagnon-René, Nathalie Legault, Marie-France Gascon et Marie-Josée Boissonneault. Encore une fois, un gros merci du fond du cœur.

Merci aux Éditeurs réunis d'avoir accepté ce nouveau projet de série d'époque. C'est toujours un plaisir et un honneur de travailler avec votre équipe.

Et finalement, un gros merci aux lecteurs et lectrices qui me suivent dans ce retour à l'historique.

MARQUIS
Québec, Canada